KB104602

원티드

WANTED

초연 장편소설

원티드 비밀남녀 1

고즈넉이엔티 GOZKNOCK ENT

원티드 1

초판 1쇄 발행 2019년 4월 29일

지은이 초연
펴낸이 배선아
펴낸곳 (주)고즈넉이엔티

출판등록 2017년 3월 13일 제2018-000115호
주소 서울시 중구 퇴계로26길 52 1층
대표전화 02-6269-8166 **팩스** 02-6166-9199
이메일 gozknock@naver.com

ⓒ 초연, 2019
ISBN 979-11-6316-044-1   04810
       979-11-6316-043-4   (세트)

이 도서의 국립중앙도서관 출판예정도서목록(CIP)은 서지정보유통지원시스템
홈페이지(http://seoji.nl.go.kr)와 국가자료공동목록시스템(http://www.nl.go.kr/kolisnet)에서
이용하실 수 있습니다. (CIP제어번호: CIP2019014542)

차례

나 잘난
맛에 살아요

"무지방 우유 숏사이즈 다크 로스트 카푸치노, 카페인은 1/2, 시럽은 빼줘요."

커피를 드시겠냐는 검찰청 여직원의 질문에 단우는 당연하다는 듯 그렇게 대답했다. 믹스커피 봉투와 종이컵을 손에 들고서 준비하고 있던 여직원은 당혹스러운 낯빛이 되었다. 그러나 그것도 잠시뿐, 그녀는 이내 결심한 듯 종이컵을 내려놓고 단우에게 양해를 구했다.

"잠시만 기다려주시면 카페에 가서 사 가지고 올게요!"

"고마워요."

단우는 여직원을 지그시 쳐다보면서 엷은 미소를 지었다. 조각같이 매끈한 얼굴 윤곽, 오목조목 잘 주차된 선명한 이목구비, 비단결 같은 머리카락, 디자이너 명품 슈트에 감싸인 훤칠하고 균형 잡힌 체격. 그는 믿기지 않을 만큼 잘생긴 남자였다. 그의 그윽한 눈빛을 정면으로 받은 여직원은 금방이라도 기절할 것 같은 표정이 되었다. 아마 그 순간 그녀는, 단우를 위해서라면 아폴로 13호라도 타고 날아가서 커피를 사올 수 있었을 것이다.

여직원이 허겁지겁 검사실을 뛰쳐나간 후, 단우는 아까 하던 얘기를 마저 하기 위해 비스듬히 돌았던 자세를 고쳐앉았다.

"그래서 오랜 고민 끝에, 법정에 나가 증언하기로 마음 먹었다는 겁니다. 극악무도한 조직폭력배 두목이 한 사람을 생매장해 죽이고도 그대로 법망을 빠져나가는 모습은 지켜볼 수 없으니까요. 톱스타이기 이전에 한 인간으로서 말입니다."

"그래요, 정말 다행이에요. 잘 결심하셨습니다."

단우의 말에 맞장구치는 사람은 서울중앙지방검찰청 강력부 서아진 검사였다. 꽃미남 영화배우라고 해서 콩깍지가 씌지 않는 그녀는, 증언 하나 하는 거 가지고 무슨 지구라도 구하는 것처럼 거드름을 피우는 단우가 꼴불견이었다. 하지만 어쩌겠는가. 이 콧대 높은 남자가 영구미제로 남을 위기에 처한 '은행원 생매장 살인사건'의 유일한 목격자인 것을.

단우는 바지에 내려앉은 먼지를 보고 눈썹을 가볍게 찡그리더니, 손끝으로 바짓단을 탁탁 털어내면서 말을 이었다.

"저번에 말씀하신 증인보호 프로그램이라는 거에 대해서도 생각해 봤습니다. 괜찮을 것 같더군요. 하지만 그쪽에서 이래라저래라 시키는 대로 따르기만 하는 건 내 성격에 맞지 않습니다. 그렇게 해서 내가 안전할 수 있을지 확신도 없고."

"그러면요? 혹시 원하는 조건이 있으신가요?"

"첫째, 내가 지금 살고 있는 펜트하우스와 동일한 평수와 동일한 설비를 갖춘 안전가옥을 제공할 것. 둘째, 방탄 및 방폭 기능이 갖춰진 롤스로이스급 차량을 열 명 이상의 경호원과 함께 제공할 것. 아, 물론 경호원은 키 180cm 이상에 용모는 단정해야 합니다. 나는 일상이 화보라서 그림을 해치는 요소가 들어가면 안 되니까. 셋째, 난 직업 특성상 해외로케나 영화제 참석을 위해 외국을 돌아다니는 일이 많습니다. 그때마다 대한민국 공군이 호위하는 전용기를 지원해줄 것."

"페, 펜트하우스……. 롤스로이스……. 전용기……."

서 검사는 너무나 말도 안 되는 스케일에 망연자실해져서 멍하니 중얼거렸다. 그러나 차단우의 야심 찬 계획과 요구사항은 거기서 끝이 아니었다.

"아, 그리고 내가 법정에 출석해서 증언할 때는 영화 스태프들이 동행할 겁니다. 촬영감독, 조명감독, 음향감독, 스타일리스트, 메이크업 아티스트, 로드매니저까지. 정의를 구현하는 영화배우 차단우의 멋진 모습을 스페셜 코멘터리가 들어간 한정판 블루레이 DVD로 제작할 예정이거든요."

"……."

서 검사는 손으로 이마를 짚으면서 땅이 꺼지게 깊은 한숨을 쉬었다. 마이크에 대고 숨만 쉬어도 음반이 날개 돋친 듯 팔려나간다는, 카메라 앞에 눈만 깜박거려도 천만 관객이 개떼처럼 몰려온다는 가수 겸 영화배우 차단우. 그를 증인보호 프로그램에 넣는 게 쉽지 않으리라는 건 처음부터 각오한 일이었다. 그러나 단우의 상식이라는 게 일반 사람의 것과 이렇게나 심각하게 동떨어있을 줄은 몰랐다.

"차단우 씨, 아무래도 뭔가 단단히 착각하고 계신 것 같군요. 증인보호 프로그램은 애들 장난이 아닙니다. 차단우 씨의 유명세를 더 높여주기 위한 리얼리티 쇼도 아니고요. 이건 국가행정이고 사법시스템의 일환입니다. 차단우 씨가 멋대로 좌지우지할 수 있는 게 아니라고요."

서 검사는 서랍 속에서 밀봉된 서류 폴더를 꺼내 책상 위에 올려놓았다. 그녀가 봉인을 뜯고 폴더를 열자, 그 안에서 '대한민국 최초 증인보호 프로그램 WANTED'라는 타이틀이 붙은 서류가 나왔다. 서류의 오른쪽 상단에는 '극비'라는 글자가 대문짝만한 빨간 글씨로 붙어 있었다. 서 검사는 그 서류를 단우의 눈앞에 밀어놓으면서 설명했다.

"증인보호 프로그램의 핵심은 사건 가해자를 포함한 그 누구도 증인을 찾을 수 없도록 만드는 데 있습니다. 그러므로 차단우 씨는 이 프로그램에 들어오는 순간부터, 영화배우 일을 포함한 모든 연예계 활동을 전면 중단하셔야 합니다. 좀 더 평범하고 눈에 띄지 않는 일을 하면서 사는 게 맞아요."

"뭐라고요? 연예계 활동을 중단하라고요?"

단우가 서 검사로부터 지금 당장 이 자리에서 혀를 깨물고 고꾸라져 죽으라는 말을 들었더라도, 이보다 더 황당해하지는 않았을 것이다.

"말이 되는 소릴 해야지. 노래하고 연기하는 일은 내 전부예요. 평범한 일 같은 건 할 줄도 모르고, 할 생각도 없다고. 검사님도 눈이 있으시면 한 번 보시죠. 이 얼굴을. 영화배우 외에 다른 일을 한다는 게 가당키나 한 얼굴입니까, 이게?"

"아, 그거 말인데요. 저희 증인보호 프로그램에는 전신 성형수술을 포함한 외모 변형 과정이 필수로 들어갑니다."

"성형수술이요? 어디를? 청담동 성형외과에서 의사들이 남자 고객으로부터 제일 많이 듣는 말 1위가 뭔지 압니까? '차단우처럼 만들어주세요.'란 말입니다. 내가 여기서 더 잘생겨지기란 물리적으로 불가능해요."

"물론 더 잘생겨지려고 하는 건 아닙니다. 미용 목적 성형수술이 아니니까요. 차단우 씨의 경우는 그와 반대로, 좀 더 수수하고 소박한 외모로 바꾸기 위한 수술을 하게 되겠죠."

"……."

"무슨 문제라도……."

"더 이상 얘기할 가치조차 없군요. 그 프로그램에는 저 말고 다른 사람을 넣어주시죠. 정신 나간 스토커에게 시달리는 여자라든가, 대기업 내부비리를 폭로한 제보자라든가, 숨어 살고 싶어하는 사람은 널렸을 거 아닙니까. 저는 그렇게 살고 싶지 않습니다. 초야에 묻혀 살려고 철모르는 열다섯 살 때부터 볼 거 못 볼 거 다 봐 가면서 고달픈 연습생 생활한 거 아닙니다."

"그러면 증언은……."

"걱정 안 하셔도 됩니다. 증언은 할 거니까. 단지 그 증인보호 프로그램인지 증인파괴 프로그램인지에는 들어가지 않겠다는 겁니다. 제 몸은 제가 알아서 지키겠습니다. 경호에 쓸 돈은 충분하니까. 국가에서 대주지 않는다면 사비로 대죠."

단호하게 말을 마친 단우는 의자를 밀면서 자리에서 일어났다. 오늘 남은 한나절 동안 촬영해야 화보가 2개, 검토해야 하는 대본이 5개, 거기에 패션잡지사와의 인터뷰까지 예정되어 있었다. 그에겐 시간 낭비할 여유가 없었다. 단우는 주머니에서 휴대폰을 꺼내 단축번호 1번을 눌렀다. 수화기 건너편에서 여자 목소리가 들리자, 단우는 무뚝뚝한 말투로 지시했다.

"어, 송채윤. 나야. 끝났으니까 입구에 차 대기시켜놓고 있어. 내려갈게."

자기 할 말만 하고 전화를 끊어버린 단우는, 의자에 걸쳐놓았던 재킷을 집어 들었다. 그가 재킷을 어깨에 걸치는 그 단순한 동작을 하는 것만으로도, 무슨 양복 CF의 한 장면을 보는 것 같았다. 연예인 보기를 돌같이 한다는 서 검사조차 순간적으로 현혹될 정도였다.

그녀는 얼빠진 표정으로 그 장면을 쳐다보다가, 황급히 정신을 차리고 고개를 설레설레 저으면서 단우에게 말했다.

"차단우 씨, 본인이 얼마나 큰 위험에 노출되어 있는지 모르는 거 같군요. 그러다간 분명히 후회하게 될 겁니다. 그리고 그땐 이미 늦었을 거예요."

"전 세계에서 가장 선진적인 증인보호 프로그램을 갖추고 있는 나라가 미국입니다. 현재까지 1만 7천여 명이 프로그램에 들어갔는데, 그중 50퍼센트가 중도 포기하고, 25퍼센트는 범죄자로 전락하고, 10퍼센트는 자살하거나 실종되었다죠? 천만 달러 이상의 예산을 쏟아붓는 프로그램도 결과가 그 모양인데, 'WANTED'는 얼마나 넉넉한 예산을 확보하고 있는지 궁금하군요."

숨도 쉬지 않고 유창하게 쏟아낸 단우의 말에 서 검사는 놀란 표정이 되었다.

"그런 자세한 내용을 어떻게……."

"얼굴 반반한 영화배우니까 머리는 텅 비었을 거라고 생각했다면 오산입니다. 러닝타임 3시간 30분에 달하는 영화 대사를 외우려면 백치미로는 안 되거든요. 내 신변을 보호할 방법은 다 생각해 놓았습니다. 적어도 멀쩡한 사람 얼굴 망가뜨리는 계획보단 똑똑한 계획이고. 그러니 걱정은 접어두시죠."

단우는 빈틈없는 말로 쐐기를 박고서 등을 돌렸다. 여기 오면서도 대한민국 검찰이나 경찰에게 그렇게 큰 기대는 하지 않았던 그였다. 단 한 명뿐인 가족이자 그가 아끼고 신경 쓰는 유일한 사람인 어머니가 요즘 주변에서 뭔가 이상한 일이 일어나는 것 같다고 호소하지 않았다면 애초에 여기 올 생각은 하지도 않고 그냥 알아서 해결하려 했을 것이다. 혹시나 했더니 역시나, 그의 마음에 딱 드는 뾰족한 대책 같은 것은 없었다.

실망한 기색으로 검사실 문으로 나가던 그는, 때마침 종이 캐리어에 커피와 조각 케익을 담아가지고 헐레벌떡 뛰어들어오던 여직원과 마주쳤다. 그녀는 밖으로 나가는 단우의 모습을 보고 절박하게 외쳤다.

"저기, 차단우 씨. 커피 사왔는데요!"

"미안합니다. 제가 좀 바빠서. 커피는 숙녀분께 드리는 걸로 하죠."

단우는 조금 전까지 정색하고 있던 표정을 싹 지워버리고, 봄바람처럼 따뜻하고 온화한 미소를 지으면서 다정하게 말했다. 제아무리 강철의 심장을 가진 여자라도 사르르 녹여버릴 것 같았다.

천의 얼굴을 가진, 그런데 그 천 개의 얼굴이 모두 이루 말할 수 없이 잘생긴 남자 차단우. 그는 스스로 말한 것처럼 절대 평범하게 살 수는 없는 사람이었다. 타고난 영화배우고 하늘에서 빛나는 스타였다.

살기 위해
죽어야 하는 남자

"얼마 전 백룡영화제 신인상을 수상한 아이돌 출신 인기 영화배우 차단우 씨가 교통사고로 사망했다는 소식이 전해져 충격을 주고 있습니다. 성운경찰서는 오늘 오후 7시 20분경 동부대로에서 차 씨가 타고 있던 마세라티 차량이 전복되어 화재가 발생했다고 밝혔습니다."

단우는 눈꺼풀을 천천히 들어 올렸다. 머리가 깨질 듯이 아팠고 눈의 초점이 제대로 맞춰지지 않았다. 밤새도록 만취한 것처럼 어지럽고 몽롱했다. 머리부터 발끝까지 뭔가 두꺼운 옷으로 감싸놓은 것처럼 답답하고 숨이 막혔다. 사극을 찍으면서 온몸은 물론이고 얼굴까지 가리는 갑옷을 입어본 적이 있는데, 딱 그때와 같은 느낌이었다. 왜 그런 갑갑함이 느껴지는지 아직 알 수 없었지만. 단우는 혀를 내밀어 까칠해진 입술을 축이면서 서서히 현실로 돌아왔다.

코끝을 찌르르 자극하는 포르말린 냄새. 먼지 한 점 없이 깨끗하고 온통 하얗기만 한 천장과 벽. 여기가 병원이라는 것을 짐작하기는 어렵지 않았다. 지금 주변에서 왱알거리는 소리가 누군가 켜 놓은 텔레비전에서 나오는 9시 뉴스 앵커의 음성이라는 것도. 비몽사몽 중에도 그 목소리만큼은 유독 또렷하게 들려왔다.

"차 씨는 사고 직후 성운대학병원으로 이송되었으나 끝내 숨진 것으로 밝혀졌고, 경찰은 사고 원인을 조사 중입니다. 2009년 데뷔 후 7년간 가수로서 최정상에 군림하다가 최근 영화배우로 전향, 충무로의 샛별로 주목받던 차 씨의 갑작스러운 비보에 동료 연예인들과 팬들은 충격을 감추지 못하고 있습니다."

단우의 동공이 크게 벌어졌다. 그는 정신이 번쩍 드는 것을 느끼면서, 화면을 빠르게 스쳐 가는 일련의 이미지를 바라보았다. 그림처럼 근사하게 웃고 있는 그의 프로필 사진과, 바로 저번 주 레드카펫에서 트로피를 들고 찍은 인터뷰 영상, 그리고 곧이어 나타난 것은 사고현장 영상이었다.

도로 한복판에 만신창이가 된 채 풍뎅이처럼 뒤집혀 있는 낯익은 승용차, 바로 그의 차였다. 사방에 널려 있는 파편과 발톱 자국처럼 길고 날카로운 스키드마크가 사고의 처참함을 증언하고 있었고, 그 주변을 구급차와 경찰차가 둘러싼 채 요란하게 사이렌을 울리고 있었다.

"차 씨의 시신이 안치된 성운대학병원 장례식장 앞에는 그의 가족, 지인들과 함께 팬클럽인 '단우진리교' 회원 수백 명이 몰려들었으나, 경찰 측에서는 검시가 필요하다는 이유로 시신을 누구에게도 공개하지 않고 있는 상황입니다."

단우는 이게 꿈인지 생시인지 알 수 없는 혼란 속에서 계속 화면을 주시했다. 이제 뉴스 카메라는 병원 앞을 비추고 있었다. 문전성시를 이룬 인파 속에서 단우는 그가 아는 얼굴들을 찾아냈다. 그가 속해 있는 연예기획사 'WIN엔터테인먼트'의 김 대표는 침중한 표정으로 누군가와 통화 중이었고, 그의 유일한 가족인 엄마는 그의 로드매니저인 채윤과 껴안은 채 울고 있었다. 그 옆에서는 그의 스타일리스트인 화경이 안타까운 듯 발을 동동 굴렀다.

응급실 간판에서 스며 나온 불길한 붉은빛이 그들의 얼굴을 교차하듯 비추었다. 단우는 그들 주변을 둘러싼 웅성대는 소음이 그의 침대 옆 창문에서 흘러들어오고 있는 소음과 정확히 일치한다는 사실을 불현듯 깨달았다. 뉴스에 나오고 있는 병원이 바로 이 병원이었다. 그의 가족이, 지인들이, 수백 명의 팬들이 지금 이 시각 건물 바깥에 모여 있는 것이다. 어떻게 된 영문인지는 알 수 없지만 그의 죽음을 애도하면서. 아무래도 이건 정말 지독히도 나쁜 꿈인 것 같았다.

'시신이라니! 내가 이렇게 멀쩡히 살아 있는데! 알려야 해! 내가 여기 있다고!'

단우는 침대를 손으로 짚으면서 상반신을 일으키려고 했다. 그러나 그 어느 쪽도 마음대로 되지 않았다. 손을 짚는 것도, 상반신을 움직이는 것도. 손발 끝에 얼음이 무겁게 매달려 있는 것 같은 둔중한 느낌이 들었다.

단우는 잘 돌아가지 않는 고개를 억지로 돌려서 주위를 둘러보려 했다. 벽에 붙어 있는 둥근 거울에 뭔가 희끄무레한 것이 비쳤다. 돌처럼 뻣뻣한 목에 간신히 힘을 주어 조금 더 고개를 틀었다. 그러자 마침내 유리에 반사된 스스로의 모습을 볼 수 있었다. 그와 동시에 단우의 입술 사이에서 경악에 찬 신음소리가 새어 나왔다.

"저, 저게 뭐야? 내 얼굴이, 내 몸이 왜 저래?!"

살아 움직이는 미라. 거울에 비친 형상을 가장 잘 설명할 수 있는 말은 그것이었다. 머리끝부터 발끝까지 두꺼운 석고붕대로 칭칭 감겨 있었고, 붕대 곳곳에는 붉은 물감 같은 것이 얼룩처럼 묻어 있었다. 자신이 고개를 움직이는 방향의 정확히 반대편으로 미라가 움직이는 걸 확인하지 않았다면, 단우는 여기가 공포영화의 촬영현장이고 눈앞에 보이는 건 특수분장한 스턴트맨이라고 생각했을지도 몰랐다.

이게 꿈이 아닌 현실이라는 걸 깨닫는 순간, 비명을 지르고 싶었다. 그러나 얼굴에도 붕대를 감아놓은 탓에 입을 크게 벌리는 것조차 맘대로 되지 않았다. 눈을 부릅뜬 채 거친 숨을 몰아쉬고 있는데, 병실 문이 열리고 누군가 들어왔다.

"차단우 씨? 깨어나신 건가요?"

"서아진 검사님? 이게 어떻게 된 거죠?"

단우는 그의 침대 머리맡으로 다가와 앉는 검은색 정장 차림의 여자를 단번에 알아보았다. 지난번 검찰청에서의 회합이 수포로 돌아간 후, 그들이 다시 만나는 건 정확히 한 달만이었다. 그동안 서 검사는 검사실에 처박혀 재판준비에 몰두했고, 단우는 유럽과 할리우드, 동아시아를 누비고 다니면서 새 영화를 홍보했다.

"움직이지 말아요. 차단우 씨는 많이 다쳤습니다. 죽지 않은 게 기적일 정도로."

"내가…… 다쳤다고요?"

"아무것도 기억나는 게 없으세요? 오늘 있었던 교통사고도?"

서 검사는 단우를 꿰뚫어 볼 듯 날카로운 눈초리로 추궁하듯 물었다. 교통사고. 그 단어를 듣자마자, 사고 당시의 기억이 단우를 기습하듯이 갑자기 돌아왔다. 지나는 차가 거의 없는 지방도로로 들어서는 순간, 번호판을 가린 1.5톤 화물트럭이 그의 승용차를 향해 무서우리만큼 빠른 속도로 달려왔다. 트럭은 처음부터 그의 승용차를 표적으로 정했던 것처럼 거침없이 정면을 들이받아 뒤집어 놓았다.

충돌하는 바로 그 순간, 안전벨트를 느슨하게 맨 탓에 차량 밖으로 튀어나와 버린 단우의 몸은 데굴데굴 굴러 어두컴컴한 수풀 한 구석에 처박혔다. 그는 유리 조각에 찔린 무릎을 끌어안고 동그랗게 누워 신음하면서, 뒤로 잠시 물러났던 트럭이 뒤집힌 승용차를 다시 한번 전속력으로 들이받아 박살 내는 광경을 고스란히 지켜보았다. 그건 그의 인생 전체를 통틀어 가장 공포스러운 경험이었다.

"누군가…… 누군가 나를 죽이려 했습니다."

"그래요, 그런 것 같더군요. 아마 작두파 놈들일 겁니다. 차단우 씨가 목격한 생매장 사건의 범인. 제가 분명히 경고했죠. 위험하다고, 후회하게 될 거라고."

"작두파라니, 하지만, 지난 한 달 동안 아무 일도 없었는데……."

단우는 망연자실한 낯빛으로 중얼거렸다. 그때 검사실에서 서 검사가 엄포를 놓은 후, 단우도 내색하진 않았지만 은근히 긴장했다. 그래서 소속사에서 붙여준 것 외에 개인 경호원을 추가로 고용하고, 펜트하우스 문에 새로운 잠금장치를 달고, 지역 경찰관에게 순찰까지 돌아달라고 부탁했다. 그러나 그렇게 대비한 게 무색할 정도로 한 달 내내 아무런 일도 일어나지 않았다. 언제나 그런 것처럼 득실대는 팬들과 연예계 관계자들을 제외하면 수상한 인물이라고는 쥐새끼 한 마리 얼씬하지 않았다.

그러자 단우는 점차 방심하게 되었다. 개인 경호원은 그만 나오게 했고, 지역 경찰관의 순찰도 멈추게 했다. 오늘은 심지어 로드매니저와 스타일리스트까지 떼어놓고, 혼자서 오랜만에 한가롭게 교외 드라이브를 나갔다. 그리고 사고를 당하고 만 것이다. 서 검사는 그럴 줄 알았다는 듯 혀를 쯧쯧 찼다.

"당연히 그놈들도 곧바로 치진 않죠. 우리 측에서도 차단우 씨의 신원은 철저히 극비에 부쳤으니, 그걸 알아내려면 시간이 걸렸을 겁니다. 법원에도 절대 기밀을 지켜달라고 했는데, 아마 작두파 두목의 변호사를 통해 흘러가지 않았나 싶어요. 차단우 씨가 누군지 알아낸 후에도, 한동안 주위를 돌면서 감시했겠죠. 차단우 씨가 무방비한 상태로 혼자 남게 될 때를 기다리면서."

"그게 바로 오늘이었단 거군요."

"그렇습니다. 지금은 마약성 진통제를 맞고 있어서 잘 모르겠지만, 차단우 씨의 부상은 매우 심각한 상태예요. 아스팔트에 빠른 속도로 구르면서 어깨와 등, 허리, 허벅지, 종아리, 그리고 얼굴 일부에 심재성 2도 화상을 입었어요."

"얼굴! 얼굴에 화상이라고요!"

단우는 다른 말은 귀에도 들어오지 않는 듯 버럭 고함쳤다. 물론, 고함친다는 건 그의 생각일 뿐이고, 실제 입 밖으로 나온 건 쇠를 숟가락으로 긁는 것처럼 듣기 싫게 끽끽대는 쉰소리일 뿐이었지만. 단우는 자기 얼굴을 만져보려고 했지만, 감각이 둔해진 손끝에 더듬더듬 잡히는 것은 단단히 둘러놓은 붕대자락뿐이었다.

"의사 말로는 인조피부가 준비되는 대로 피부이식 수술에 들어갈 거라고 하네요. 그 후엔 성형수술도 여러 번 해야 할 거라고요. 그래서 말인데요, 차단우 씨."

서 검사는 크나큰 충격에 빠져 헤어나오지 못하고 있는 단우를 향해 말했다.

"대한민국 검찰에서는 주요 증인인 차단우 씨를 더 이상 방치할 수 없다고 판단, 강제로 증인보호 프로그램에 편입시켰습니다. 언론에는 차단우 씨가 이번 교통사고로 사망한 것으로 알렸고요. 이제부턴 저희가 차단우 씨를 안전하게 지켜 드리겠습니다. 그러니 차단우 씨도 협조해 주셔야 합니다."

서 검사의 말투는 점점 간곡해졌지만, 단우는 그 말이 들리지도 않는 듯했다.

"내가…… 사망한 걸로 알려졌다고요?"

누구 맘대로. 누구 허락을 받고 함부로 나를 죽여. 단우는 밤하늘의 별처럼 화려하게 빛나는 자신의 삶을 사랑했다. 새로운 삶, 다른 사람으로의 삶 같은 건 원치 않았다. 그가 원하는 건 그 삶을 위협하고 있는 무리가 감쪽같이 사라지는 것뿐이었다.

사라져야 하는 건 그들 쪽이지 단우가 아니었다. 분노와 억울함이 목구멍으로 치솟아 오르는데, 다시 한번 병실 문이 열리면서 낯선 남자가 나타났다. 곰처럼 커다란 덩치에 순박하고 선량해 보이는 인상을 한 중년 남자였다. 그는 서 검사를 보자마자 정중하게 고개를 숙이더니 보고했다.

"검사님, 차단우 씨 어머님이 시신이라도 보게 해달라고 계속 요구하고 계신데요. 일단 검시를 해야 해서 지금은 볼 수 없다고 말씀드려 놓았습니다."

"우리 엄마!"

엄마가 자길 찾는다는 말을 듣는 순간, 단우는 이제껏 없던 괴력을 발휘하면서 침상에서 몸을 벌떡 일으켰다.

"우리 엄마 만나게 해 줘요! 매니저도, 대표님도! 난 이대로 죽은 사람이 되진 않을 겁니다. 언론에 모든 걸 밝히고 범인에 대한 강력 처벌을 요구하겠어요."

"차단우 씨가 정말 어머님을 생각하신다면, 앞으로는 만나지도 연락하지도 말아야 합니다. 단우 씨가 살아있다는 게 알려지면 어머님도 위험해지실 거예요."

"우리 엄마가…… 위험해진다고요?"

"네, 작두파는 단우 씨를 끌어내기 위해서라면 무슨 짓이든 할 테니까요. 그런 놈들입니다. 단우 씨가 고발한 작두파 두목 마봉두는, 라이벌 조직의 두목을 무너뜨리기 위해 그의 일곱 살짜리 딸을 유괴해 살해했다는 혐의도 받았던 사람입니다. 그때도 범행을 입증하지 못해 무죄 판결을 받고 풀려났지만요."

"……."

단우는 입을 벌린 채 화석처럼 굳어져 꼼짝도 하지 못했다. 코딱지만 한 분식집을 꾸리면서 아버지 잃은 아들을 키우느라 뼈가 삭도록 고생만 한 불쌍한 홀어머니. 단우에게는 유일한 가족이고, 핏줄이고, 보호해야 할 대상이고 사랑이었다. 단우는 한참 동안 생각에 잠겨 있다가, 이윽고 고개를 들고 서 검사에게 물었다.

"내가 증인보호 프로그램에 들어가면, 나뿐만 아니라 내 어머니의 안전도 보장해줄 수 있습니까? 앞으로 남은 평생?"

"물론이에요. 최선을 다해 보호하겠습니다. 직접 접촉할 순 없겠지만, 어머님 소식도 꼬박꼬박 받아볼 수 있게 해 드릴 겁니다."

서 검사 대신 대답한 사람은 아까 들어온 중년 남자였다. 서 검사는 살짝 옆으로 비켜서면서 남자와 단우가 마주 보게 해준 다음, 간결한 말로 그를 소개했다.

"소개할게요, 차단우 씨. 서울지방경찰청 소속 신류진 경감입니다."

"신류진입니다. 지금부터는 저를 '핸들러'라고 불러주십시오."

"핸들러라, 당신들이 하는 일에 딱 어울리는 말이군요."

단우는 의미심장하게 중얼거렸다. Handler. 조언자, 참모. 운동선수를 트레이닝해서 길러내는 사람을 뜻하기도 하는 단어. 제3자의 인생을 좌지우지하는 사람에게는 딱 어울리는 명칭이다 싶었다. 신 경감은 무뚝뚝하게 대답했다.

"네, 이 세상에서 '차단우'의 흔적을 모두 지우고, 누가 봐도 '차단우'라고는 알아볼 수 없는 새로운 사람을 만들어내고 관리 감독 및 보호하는 일, 그게 제 역할입니다. 자, 그러면 먼저 이름을 정하는 일부터 시작해 볼까요?"

인생역전에
실패한 여자

"잘 들어, 무조건 튀는 게 중요해. 그래야 원 샷을 받을 수 있어. 뭔 말인지 알지? 카메라가 다가오면 일단 끼를 부리고 보란 말이야. 자, 한번 해보자."

채윤은 바짝 군기가 들어 차렷 자세로 서 있는 소년을 향해 말했다. 그녀가 하나, 둘, 셋, 숫자를 세는 게 끝나자마자 소년은 부르르 떨더니 한쪽 눈을 찡긋했다. 역병 걸린 환자의 기습 발작 같은 그 모습을 보고 채윤은 어이가 없었다.

"유노 너, 방금 뭐한 거니?"

"윙크요. 요즘 이런 게 잘 먹힌대요."

"그래, 먹히겠지. 욕 팍팍 먹히는 소리가 여기까지 들린다. 다른 거 해볼까?"

"다른 거라면…… 복근 깔까요?"

"너 복근 있어?"

"아니요. 쉐딩으로 만들면 너무 티날까요?"

유노의 천진난만한 물음에 채윤은 머리가 지끈지끈 아파졌다. 아무리 전 국민이 아이돌화되는 아이돌 과잉시대라지만, 그래도 쥐뿔이라도 있어야 서바이벌 오디션 프로그램에서 살아남아 데뷔할 수 있지 않겠는가. 정 안되면 차력 쇼라도 시켜야 되나 고민하고 있는데, 청바지 뒷주머니에 넣어둔 휴대폰이 진동했다. 휴대폰 화면에 뜬 '아이돌 킹 작가' 문구를 본 채윤의 눈이 반짝 빛났다. 그녀는 서둘러 전화를 받으면서 조금 전과는 비교되지 않을 만큼 사근사근한 목소리를 냈다.

"김 작가님, 무슨 일이세요? 안 그래도 우리 애들 모아놓고 '아이돌 킹' 얘기하고 있었는데. 곧 프로필 사진 촬영이죠? 애들 언제 데리고 갈까요?"

―송 대표님, 드릴 말씀이 있는데요. 정말 죄송하지만 CY엔터테인먼트 연습생들은 이번 시즌에 출연하지 못하게 됐어요.

"네? 뭐라고요? 갑자기 왜요? 출연계약서에 도장까지 다 찍어놨는데 왜요!"

―올인 엔터에서 연습생을 보내주겠다고 해서요. 거긴 메이저 기획사잖아요. 히트 친 선배 그룹이 있어서 인지도도 높고요. 방송국 입장에서는 아무래도 신생 기획사보다 더 우대해줄 수밖에 없죠. 이해해주세요. 이 바닥 생리가 원래 이러니까.

"아니, 그런 게 어딨어요! 데뷔 기회가 없었던 중소 기획사와 무명 연습생들에게 데뷔 기회를 준다는 게 프로그램 취지 아니었어요? 이건 방송국과 대형 기획사의 횡포라고요! 여보세요? 여보세요?"

채윤은 열성적으로 따졌지만 이미 전화는 끊어져버린 후였다. 그녀는 뚜뚜, 무정하게 울리는 신호음을 들으면서 망연자실한 표정을 지었다.

"대표님, 우리 '아이돌 킹' 출연 취소된 거죠?"

스피커폰으로 통화한 것도 아니었는데, 유노를 비롯해서 사무실 안에 함께 있던 연습생 일곱 명은 채윤의 표정만 보고도 상황을 파악했다. 역시 이 기획사 저 기획사 옮겨 다니면서 산전수전 다 겪은 연습생 애들이라 그런지 눈치 하나는 귀신같이 빨랐다. 연습생 중 나이가 가장 많은, 리더 격인 청년은 채윤과 나이 차이가 몇 살 나지도 않았다. 채윤은 두 주먹을 불끈 쥐면서 낙관적인 말투로 대답했다.

"괜찮아! 원래 데뷔하기 전에는 몇 번씩 엎어지고 그런 거 감수해야지. 이게 다 너희들 대박 나려고 그러는 거야! 내가 어떻게든 더 좋은 기회를 잡아 올게!"

"아뇨, 대표님. 저흰 그냥 나갈게요. 이런 망엔터에서 묻히느니, 차라리 무소속으로 있으면서 대형 기획사에서 연락이라도 오길 기다리는 게 훨씬 희망적일 거 같아요. 저희 잡을 명분도 없으시죠? 계약서에 보면 6개월 이내 데뷔 못 하면 계약해지 가능하다고 되어 있잖아요. 단체로 해지할게요."

"나가다니, 저희라니, 다른 애들도 다 같이 간다는 거야?"

"누구 하나 죽으라고 할 순 없으니까요. 아, 그런데 유노는 남겨두고 갈게요."

리더는 그렇게 청천벽력 같은 선언을 하더니, 나머지 연습생들을 이끌고 사무실을 나가버렸다. 아, 물론 유노는 남겨두고. 누구 하나 죽으라고 할 순 없다더니, 제일 늦게 기획사에 들어온, 얼굴만 청순한 게 아니라 뇌도 청순한, 노래도 춤도 개인기도 못 하는 아웃사이더 연습생은 죽으라고 해도 상관없는 모양이었다.

"너무 실망하지 마세요, 대표님. 제가 열심히 하면 되죠."

유노의 애교스러운 말도 위로가 되기는커녕 오히려 성질을 북돋울 뿐이었다. 채윤은 양팔로 머리를 싸매고 주저앉았고, 유노는 순진무구한 강아지처럼 그 옆으로 다가와 그녀의 어깨를 토닥거렸다. 그때, 사무실 문이 벌컥 소리를 내며 열렸다.

"애들아, 돌아온 거니?!"

채윤은 반갑게 일어나면서 소리쳤지만, 사무실에 등장한 사람은 그만두고 나간 연습생들이 아니라 세련된 외모의 30대 중반 여성이었다. 그녀는 좌절 포즈를 취하고 있는 채윤에게 다가가 질책하듯 물었다.

"송, 너희 회사 애들 방금 쌍욕하면서 우르르 몰려나가던데 어떻게 된 거야?"

"유노 빼고 애들이 한꺼번에 그만뒀어. 어떡해, 화경 언니. 나 망하려나 봐."

화경은 채윤의 말을 듣고도 놀라지 않았다. 국내 3대 기획사에 손꼽히는 WIN엔터테인먼트 소속으로 예전에는 차단우의 전속 스타일리스트였고, 지금은 일루전이라는 아이돌 그룹을 스타일링하고 있는 그녀는 연예계에서 잔뼈가 굵었다.

"그러니까 내가 처음부터 혼자 나가서 기획사 차리는 건 무리라고 했잖아. 좀 더럽고 치사해도 나랑 같이 WIN에서 부비고 있었어야 한다니까. 로또 당첨금 끌어안고서 취미로 톱스타 로드매니저.

얼마나 편하고 근사해?"

"난 편하고 근사한 거 관심 없어. 대형 기획사 시스템에 내가 얼마나 환멸 느꼈는지 언니도 잘 알잖아. 사람을 착취하는 게 아니라 가족처럼 돌봐주는 기획사, 스폰서도 마약도 로비도 조폭도 없는 건전한 기획사, 난 그런 회사를 만들고 싶었다고. 로드매니저부터 시작해서 결국은 독립하고 성공한 사람들 많으니까."

채윤은 억울한 듯 하소연했지만, 화경은 여전히 냉철하고 분석적인 태도였다.

"그 사람들이야 다 로드로 10년, 20년씩 뛰면서 닦아놓은 인맥이 있고, 믿고 뽑아먹을 스타가 하나씩 있었으니까 그렇지. 넌 그런 것도 없잖아. 그냥 4년 동안 스태프로, 팬매니저로, 로드매니저로 진흙탕에서 구르기밖에 더했어?"

"언니, 내가 그것보단 더 했지! 지옥처럼 바쁘게 살면서도 사이버 대학원 등록해서 경영자과정 밟고, 특강도 들으러 다니고, 복권 당첨 30억은 받자마자 한 푼도 안 쓰고 고스란히 펀드에 넣어서 단번에 35억까지 불려놨다고. 그 정도면 꽤 열심히 준비한 거 아니야?"

"35억? 야, 그게 우리 같은 쩌리한테나 큰돈이지 엔터업계에서는 그냥 코 한 번 풀면 날아가는 돈이야. 아니, 그보다 애초에 이 시장에는 돈보다 중요한 게 세 가지나 있으니까. 첫째 인지도, 둘째 인지도, 셋째 인지도. 두말하면 입 아프지?"

화경은 채윤이 로또에 당첨된 금액으로 기획사를 차리겠다고 선언했던 8개월 전부터 수도 없이 늘어놓았던 레퍼토리를 다시 한번 반복했다.

"물 좋은 연습생들은 인지도 높은 기획사에만 가. 그러면 인지도 높은 기획사는 걔네를 잘 키워서 스타를 만들지. 그러면 그 기획사 인지도는 더 높아지고 물 좋은 연습생들은 또 거기로만 몰려들어. 어떻게 돌아가는 건지 알겠지?"

"하지만, 우리 애들도 실력 있고 끼 있는 애들이었는데. 그 전 기획사에서 밀어주지 않아서 빛을 못 보고 있는 원석 같은 애들만 모아서 내밀었다고! 모든 연예인 지망생이 다 성형외과 종합 패키지에, 기형적인 33사이즈에, 빽 있는 아빠 엄마 둬야 하는 건 아니잖아. 그렇지 않은 애들도 데뷔할 길이 있어야 할 거 아냐."

"그러니까, 전 기획사에서 왜 그런 애들을 데뷔 안 시키겠냐? 데뷔를 시켜도 인기가 없고 돈이 안 되니까 그런 거잖아. 실력? 끼? 전국민이 가수 뺨치게 노래하는 대한민국에서 그게 뭐가 중요해? 반짝반짝 비주얼이 중요하지. 그게 없는 애들은 초대형 기획사에서 죽자사자 밀어도 겨우 뜰까 말까인데, 인지도라고는 1도 없는 무명 기획사에서 뭘 하겠다고."

화경은 세상 물정 모르는 어린아이 보듯 채윤을 바라보면서 고개를 절레절레 저었다. 채윤은 받아칠 말이 없었다. 야심 차게 시작했던 사업이 무시무시한 속도로 하락세를 타고 있는 건 사실이었으니까. 아니, 애초에 상승한 적이 없었기에 하락세라고 표현하는 것도 어불성설이었다. 자본금으로 내놓았던 5억 원은 사무실과 연습생 기숙사를 빌리고, 연습생을 스카우트하고, 먹여 살리고, 트레이닝 하느라 순식간에 사라져버렸다. 복권 당첨금의 6분의 1을 한꺼번에 꼴아박았는데, 성과가 난 것은 아무것도 없었다. 종편에서 하는 연습생 아이돌 데뷔 서바이벌 프로그램이 구원의 동아줄이 될 줄 알았는데, 알고 보니 썩은 줄로 밝혀진 것이다.

"언니, 난 말이야 이 회사를 유명하게 만들기 위해서라면 머리 풀고 벌거벗고 명동 한복판에서 춤이라도 출 수 있을 거 같아."

"아서라, 나 영치금 넣어주는 거 지겹다. 그 경험은 전남편 한 명으로 충분해."

화경이 진저리를 치는 찰나, 테이블 위에 올려놓았던 채윤의 휴대폰이 다시 한번 울렸다. 화면에 뜬 '아이돌 킹 PD' 문구를 본 채윤은 놀라서 펄쩍 뛰어올랐다.

"언니! 아이돌 킹 PD야! 우리 애들 다시 출연시켜주려나 봐!"

"떠들 시간에 얼른 받기나 해, 이것아."

화경의 재촉에 채윤은 얼른 전화를 받았다. 심장이 하도 빠르게 뛰어서 갈비뼈 밖으로 튀어나올 것 같았다. 그래도 궁하다는 인상은 주기 싫어서 괜히 흐흠, 흐흠, 헛기침을 하면서 목소리를 차분하게 가다듬었다.

"네, CY엔터테인먼트 대표 송채윤입니다."

—송 대표님, '아이돌 킹' 신원재 PD입니다.

"아, PD님. 무슨 일이세요? 혹시 우리 연습생들을 다시 출연시키시려는 거라면, 일정이 바쁘긴 하지만 긍정적으로 고려할 여지가 충분히……."

—아뇨, '아이돌 킹'은 이미 자리가 다 찼습니다. 제가 연락드린 건 다른 프로그램 섭외 건입니다. 연습생이 아니라 송채윤 대표님을 섭외하고 싶어서요.

순간적으로 채윤은 자기가 뭘 잘못 들었나 했다. 반신반의하면서 질문했다.

"네? 절 섭외하신다고요? 그게 무슨 말씀이세요?"

—저희 예능국에서 '아이돌 킹' 후속으로 신개념 연애 리얼리티 프로그램 '러빙유'를 준비하거든요. 진정한 사랑을 찾는 싱글녀 한 명이 각양각색의 개성을 지닌 싱글남 네 명과 열흘간 한집에 살면서 짜릿하게 썸을 탄다는 콘셉트죠.

"싱글녀 한 명, 싱글남 네 명, 같은 집에서 썸이요? 설마 그 싱글녀로 절?"

—네, 맞습니다. 시청자들에게 위화감을 주지 않을 정도로 평범해 보이면서, 깜짝 놀랄 만한 반전 이력을 가진 인물이 필요하거든요. 송채윤 대표님, 고졸 출신으로 로드매니저 생활하다가, 어느 날 갑자기 30억 로또에 당첨돼서 본인 기획사를 차리셨죠? 딱 '러빙유'의 여주인공에게 어울리는 비하인드 스토리에요.

한 마디로 그녀를 '일확천금의 인생역전에 성공한 행운녀' 캐릭터로 활용하겠다는 얘기였다. 그들은 그녀를 돈만 많고 머리만 텅텅 빈 속물로 묘사할 수도 있고, 아니면 돈을 무기로 분수에 안 맞는 상류사회에 입성하려고 발버둥 치는 야심가로 묘사할지도 몰랐다. 채윤은 그런 얕은 수에 넘어가줄 생각은 추호도 없었다.

"제안은 감사하지만 PD님, 아시다시피 전 기획사를 운영 중이라서요. 눈코 뜰 새 없이 바빠요. 죄송합니다. 다른 분을 찾아보세요."

채윤이 김샌 표정을 지으면서 전화를 끊으려고 하는데, 수화기 건너편에서 PD의 다급한 목소리가 메아리쳤다.

—잠깐만요, 대표님! 조금만 더 들어봐주세요. 대표님 사업에도 결코 손해 보는 일은 아닐 겁니다. 기획사 인지도를 높이는 데 큰 도움이 될 거예요.

"뭐라고요?"

'인지도'라는 단어가 무슨 화살처럼 채윤의 귀를 쏙 파고들었다. 그녀는 내려놓으려던 휴대폰을 도로 귀에 바짝 갖다 붙였다. PD의 유창한 설명이 이어졌다.

―연예인 지망생이나, 자영업자 중에 자기홍보 목적으로 연애 리얼리티 쇼 나오시는 분들 많습니다. 실제로 그렇게 해서 데뷔하거나 대박 난 사례도 있고요. 더구나 대표님은 출연하시게 되면 홍일점이시니까, 제가 대놓고 팍팍 밀어드리겠습니다.

"밀어……주신다고요?"

―프로그램 중간중간 대표님이 사업하는 모습도 보여주고, 기획사 소속 연습생들도 보여주고요. 홍보 효과 제대로 낼 수 있게 도와드리겠습니다. 어떻습니까?

그 말을 듣는 순간, 채윤의 마음이 한 줄기 갈대처럼 휘청 흔들렸다. 평소 같으면 '관종들이나 하는 리얼리티 쇼 출연 따위 관심 없다'고 큰소리를 떵떵 쳤겠지만, 지금이 어떤 상황인가. 홍보를 위해서라면 노상의 누드 댄스도 감내하고 싶은 절박한 상황이었다. 채윤은 잠시 망설이다가 다시 입을 열었다.

"그 대신 세 가지 조건이 있어요. 첫째, 'CY엔터'라는 상호를 지속적으로 노출시켜 줄 것. 둘째, 우리 회사 이미지를 긍정적으로 보여 줄 것. 그리고 마지막, '아이돌 킹' 다음 시즌에 그때 데리고 있는 우리 연습생들을 전원 출연시켜 줄 것."

채윤은 부지런히 머리를 굴려 조건을 내놓으면서도 그게 다 받아들여지리라고는 생각지 않았다. 들어주면 좋고 아니면 그만이라는 식이었다. 그러나 신 PD는 흔쾌히 대답했다.

―좋습니다. 출연계약서와 상세한 프로그램 기획안은 팩스로 보

내드리죠. 송 대표님, 아니 송채윤 씨. 앞으로 잘 부탁드립니다!

그리고 전화가 끊어졌다. 채윤은 입을 벌린 채 아무 말도 하지 못했다. 화경과 유노가 호기심에 가득 찬 시선으로 그런 그녀를 보고 있었다.

"왜? 무슨 일인데? 뭘 한다는 거야?"

채윤은 이 상황을 어떻게 설명해야 할지 감이 오지 않았다. 금방이라도 떨어질 것처럼 너덜거리는 'CY엔터' 로고를 바라보면서, 멍하니 중얼거릴 뿐이었다.

"언니, 나 TV 출연하게 될 것 같아."

부활을
꿈꾸는 남자

"3세대 아이돌 비주얼 센터는 역시 우리 이현이지. 얼굴만으로 지구를 구하잖아. 보아라, 저 은혜로운 비주얼을! 찬양하라, 저 눈부신 피지컬을!"

"어머, 누구 맘대로 센터세요? 양심 어디 감? 솔직히 이현이 노래 잘하는 건 인정하는데, 와꾸로는 노아한테 밀리는 거 인간적으로 인정해야 하는 거 아냐?"

"다들 입 다물어! 어딜 비벼! 춤 되고 연기도 되는 내 새끼 래원이가 최고야!"

뻑뻑하고 맛없는 김밥을 억지로 씹어 삼키고 있던 지훈은 눈살을 확 찌푸렸다. 아까부터 앞 테이블에 앉아 텔레비전을 보고 있는 여고생들이 지나치게 시끄러웠던 것이다.

브라운관에서는 화려한 무대 의상을 입은 남자 아이돌 그룹이 예쁘장한 얼굴에 산뜻한 미소를 띤 채 트로피를 받아들고 있었다. 음악방송 프로그램 MC가 흥분한 목소리로 말하는 게 지훈의 귀에도 고스란히 들어왔다.

"대세 아이돌 그룹 '일루전'은 이로써 12주 연속 1위라는 어마어마한 기록을 달성했는데요. 이 기록은 3년 전, 고(故)차단우 씨의 추모앨범이 세웠던 밀리언셀러 기록을 경신한 것으로……."

MC의 말에는 아무런 악의가 없었지만, 지훈에게는 그게 죽은 차단우를 퇴물 취급하면서 깎아내리는 것으로 들렸다. 지훈의 인내심이 한계에 다다랐고, 그는 테이블 위에 놓여 있던 리모컨을 들어서 채널을 돌려버렸다.

"똥구멍고릴라는 전 세계적으로 멸종 위기에 놓여 있는 희귀종으로 강인하고 사나워 보이지만 실은 '산중호구'로 불릴 만큼 온순한 동물입니다……."

교육방송으로 채널이 바뀌면서 느닷없이 동물 다큐멘터리가 나오자, 여고생들은 어어, 하고 소리쳤다. 사랑하는 아이돌 그룹의 영광스럽고 감동적인 앵콜 곡을 듣지 못하게 만든 범인을 찾기 위해 매의 눈으로 두리번거리던 그들의 시야에, 뒤 테이블에 앉아서 그릇에 붙은 밥풀을 주워 먹고 있는 남자가 들어왔다. 허리와 허벅지에 붙은 군살이 정직하게 드러나는 통통한 몸매, 열 번 마주쳐도 열 번 다 잊어버릴 것 같은 평범하기 짝이 없는 얼굴, 그리고 결정적으로 꾀죄죄하고 후줄근한 트레이닝복을 본 여고생들은 곧바로 그의 정체성을 한 마디로 규정해버렸다.

"아저씨! 왜 맘대로 채널을 바꿔요? 우리 보고 있었는데!"

"뭐? 아저씨? 내가 어딜 봐서 아저씨야! 그리고 너희들, 어른 식사하시는데 시끄럽게 떠드는 거 아니야. 저것들이 뭐가 좋다고. 노래

도 못하고, 춤도 못 추고, 생긴 것도 무슨 백단무지 꼬다리마냥 희어
멀건해가지고. 차라리 내가 훨씬 낫지."

"힐! 완전 미쳤나 봐! 지금 그 얼굴이랑 우리 애들 얼굴을 비교하
는 거예요? 아저씨 거울은 보고 사세요? 어디 현피 한 번 떠보자 이
거예요?"

자기를 모욕하는 건 참을 수 있지만, 자기 가수를 모욕하는 순간
광폭한 맹수로 돌변해 덤벼드는 건 모든 아이돌 팬의 공통적인 특
징이다.

지훈은 그걸 누구보다 잘 알면서도 그들을 건드렸다. 여고생들은
서로를 향해 눈짓하더니, 일제히 자리를 박차고 일어났다. 그리고
순식간에 지훈의 테이블로 다가와 그를 에워쌌다.

"사과하세요! 당장! 대한민국 원탑인 우리 '일루전'한테 사과하시
라고요!"

"……."

지훈은 유달리 발육이 좋고 튼튼해 보이는 4명의 여고생이 만든
벽에 둘러싸여 옴짝달싹 못했다. 실언했다고, 미안하다고 말하고 채
널을 다시 돌려주면 될 텐데, 꼴에 자존심은 있어서 또 순순히 지기
는 싫었다. 요즘 한창 연예계를 뜨겁게 달구고 있는 저 기생오라비
같은 아이돌 그룹을 대단하다고 인정하기는 더 싫었다.

지훈이 어떻게 해야 하나 고민하고 있을 때, 분식집 문이 열리면
서 눈이 아프도록 새파란 제복을 입고 하얀 모자까지 쓴 교통순경
이 들어왔다.

"거기 학생들, 싸우는 거 아니지?"

누군가 하고 돌아봤던 여고생들은 교통순경의 우람한 덩치와 그

가 목에 걸고 있는 호루라기를 보더니 그 기세가 한풀 꺾였다. 그들은 아까처럼 서로 눈짓하더니 다시 우르르 자기들 테이블로 돌아갔다. 그들 중 한 명이 지훈을 향해 따끔하게 일침을 놓았다.

"다음부터 조심해요, 꼰대 아저씨. 젊고 잘생겼다고 질투하는 거 되게 추해요."

"뭐? 꼰대? 아저씨?!"

발끈하면서 자리를 박차고 일어나려는 지훈을, 교통순경이 도로 잡아 앉혔다.

"그만해라, 지훈아. 언제까지 그런 말에 일일이 열 내면서 덤벼들래? 넌 이제 누가 봐도 어엿한 아저씨야. 잘나가던 아이돌 출신 영화배우 차단우가 아니라고. 내가 더 이상 서울지방경찰청 소속 경감이 아니라 그냥 동네 교통순경인 것처럼."

교통순경, 아니 류진은 테이블 위에 놓인 그릇에서 단무지를 집어 먹으면서 처량한 어조로 말했다. 3년 전, 야심 차게 출발한 대한민국 최초 증인보호 프로그램 'WANTED'에 '핸들러'라는, 말만 들어도 폼 나는 직책으로 발탁되면서 창창한 출셋길이 열리게 되었다고 기뻐한 건 그리 오래 가지 않았다.

제1호 보호대상이었던 차단우까지는 모든 게 순조로웠다. 류진과 서 검사는 단우의 존재를 세상으로부터 철저히 은폐하고, 지방주입 수술과 홑꺼풀 수술, 광대뼈 확대수술 등 온갖 기상천외한 기법의 성형수술을 통해 그의 화려한 외모를 감쪽같이 감춰버리는 데 성공했다. 그 모습으로 비공개 법정에 출석한 단우는 판사, 검사, 변호사만 있는 가운데 작두파 두목의 살인을 입증하는 증언을 했고, 조폭 두목은 무기징역형을 선고받고 감옥에 갔다.

두목이 사라졌다고 해서 작두파 세력 자체가 곧바로 와해되는 건 아니었기에, 서 검사는 일단 단우에 대한 보호를 지속하기로 했다. 작두파가 완전히 해산하고 단우가 안전해졌다고 판단되면, 그때는 예전처럼 숨넘어가게 멋진 얼굴은 아니어도 그럭저럭 잘생긴 얼굴로 살 수 있도록 복원 성형수술을 해주고, 괜찮은 집과 수익이 짭짤한 직업까지 마련해주겠다고 약속했다. 그리고 60대 초반인 조폭 두목이 감옥에서 형을 살다가 사망하게 되면, 그때 단우는 두둑한 보상과 함께 원래의 자신으로 돌아갈 수 있게 되어 있었다. 그게 경찰청과 검찰청이 합작해서 만들어낸 'WANTED'의 아름다운 청사진이었다.

그러나 제2호 보호대상이 들어오면서 모든 게 형편없이 꼬여버렸다. 제2호는 동아시아 전역에 걸쳐 활동하는 인신매매조직에 대해 증언하려던 젊은 여성이었다. 서 검사와 류진은 단우에게 했던 것처럼 그녀의 외관을 바꾼 후 비공개 법정에 출석시켰다.

그런데 증인보호 프로그램 내부의 어디에선가 정보가 누설되었는지, 법원 주차장에서 누군가 그녀에게 총을 쏴서 중태에 빠뜨리고 말았다. 유일한 증인은 식물인간이 되고, 사건은 통째로 공중에 날아가면서 모든 비난이 'WANTED' 프로그램에 쏟아지게 되었다. 비용만 잔뜩 들이고 효과가 없다는 것이었다. 결국 'WANTED' 프로그램은 시작한 지 1년 만에, 여전히 극비상태에서 중단되고 말았다.

"아니야, 형. 난 절대 받아들이지 않을 거야. 받아들이고 포기하는 순간 내 인생은 끝나는 거니까. 이렇게 시궁창 같은 삶은 내 삶이 아니야."

한때 차단우로 살았던 김지훈은 이를 박박 갈면서 대답했다. 프로그램이 중단되면서 그가 바닥에서 위로 올라올 수 있는 사다리도 함께 치워지고 말았다. 서 검사는 사죄의 표시로 그에게 최선을 다해 어떻게든 살 방편을 마련해주겠다고 약속했지만, 그녀의 '최선'이 그의 기준에서는 최악이었다.

너무 근사해서 다들 예명이라고 생각하던 '차단우'라는 본명은 '김지훈'이라는, 발에 채일 만큼 흔하게 굴러다니는 이름으로 변했다. 그가 살던 펜트하우스만큼 안락하진 않았지만 그래도 그럭저럭 살 만했던 안전가옥에서 나오자, 해는 비치지 않고 빗물만 줄줄 새는 고시원 단칸방이 그를 기다리고 있었다. 매달 주어지는 70만 원의 보상금과 구청 민원센터 비정규직이라는 초라한 직업. 이제 지훈은 오직 거기에만 의지해서 살아야 했다.

시경에서 쫓겨나 교통정리를 하는 신세가 된 류진이 지훈을 딱하다는 듯 쳐다보았다. 3년간 고락을 함께하면서 그들은 이제 서로를 '핸들러, 보호대상'이 아니라 '형, 동생'으로 부르는 사이가 되어 있었다.

"뭐, 안타깝긴 하지만 어쩌겠냐. 그래도 어쩌면 우리는 나은 편일 수도 있어. 엊그제 들으니까 서 검사님은 무슨 외진 바닷가 지역으로 발령 나셔서, 아침저녁으로 통통배 타고 출퇴근하신다고 하더라."

"장난해? 난 어제 민원실 복도에 웬 술 취한 놈이 똥을 싸놓고 가서, 그걸 혼자서 다 치웠어. 근데 더 미치는 게 뭔 줄 알아? 그놈이 오늘도 싸놓고 갔어! 다 치우고 나서 토하느라 밥도 못 먹었어. 이래도 내 인생이 '나은 편'인 것 같아?"

"……미안하다, 너한테는 정말 면목이 없다."

류진은 고개를 떨어뜨리면서 지훈에게 사죄했다. 벌써 골백번은 더한 사죄였다. 만일 류진이 사비를 들여서라도 지훈을 구제할 수 있다면 그렇게 했을 것이다. 그러나 그 또한 기센 마나님의 돈 벌어 오라는 닦달과, 비싼 장난감을 사달라고 칭얼대는 두 아이의 아빠였다. 남의 망가진 삶을 원상 복구시켜줄 힘 같은 건 없었다.

"형을 탓하는 게 아냐. 형이 최선을 다했다는 건 나도 알고 있으니까. 날 위해서 경찰 간부에게 항의하다가 좌천당하기까지 했잖아. 그러니까 이젠 내가 나서야겠어. 프로그램이 다시 살아날 가망도 없고, 누군가 도와주러 오지도 않을 거라면, 내 손으로 직접 탈출구를 찾아야겠다고."

"네가 직접? 어떻게?"

지훈은 라면 국물이 동그랗게 묻은 트레이닝복 바지 뒷주머니에서 휴대폰을 꺼내 류진의 눈앞에 내밀었다. 지훈의 열악한 형편을 단적으로 보여주는 2G폰은 인터넷에 접속하는 데도 몇 분이 넘게 걸렸고, 해상도가 낮아 화면도 잘 안 보였다. 류진은 두 눈을 연신 깜박이면서 화면에 떠 있는 광고문을 쳐다보았다.

"IBS 연애 리얼리티 프로그램 '러빙유'의 참가자를 모집합니다. 10일간의 동거 생활을 거쳐 아름답고 사랑스러운 그녀의 마음을 사로잡은 최종 우승자에게는 3억 원의 상금과 최고급 SUV가 부상으로 주어집니다. 능력과 매력, 끼를 갖춘 다양한 참가자의 지원을 기다립니다. 지원 조건은 20대에서 30대 사이의 신체 건강한 대한민국 남성으로 현재 기혼 상태가 아니어야 하며……."

지원 조건을 읽어내려가던 류진은 문득 멈추고서 지훈을 바라보았다.

"설마, 네가 나가겠다는 건 아니지?"

"바로 그거야. 여기서 우승해서 3억 원과 SUV를 타고, 그걸 기반으로 새로운 인생을 개척해야겠어. 재성형도 하고, 내가 잘 알고 있는 연예계 쪽으로 작은 사업체라도 하나 내서 사장님 대접받으면서 살 거야. 예전처럼 눈부시게는 못 살아도, 지금처럼 개똥같이 살지는 말아야지."

단호하게 말하는 지훈의 태도에 류진은 이게 농담도 장난이 아니라는 것을 깨달았다. 류진은 지훈의 손에서 휴대폰을 빼앗으면서 저도 모르게 언성을 높였다.

"야! 말도 안 돼! 자살행위나 다름없어! 잊었나 본데, 넌 증인보호 프로그램에 들어가 있는 증인이야! 있는 듯 없는 듯 조용히 살아야하는 놈이 전국에 방송되는 TV프로그램에 출연하겠다고? 카메라 앞에 얼굴을 들이밀겠다고?"

"형이야말로 잊었나 본데, 그 잘난 증인보호 프로그램이란 건 이미 망했어. 그리고 아까 봤잖아. 이제 나는 누가 봐도 의심할 여지 없는 추남이라고. 설령 내가 카메라에 대고 차단우라고 외친다고 해도 그 말을 곧이곧대로 들을 사람은 대한민국에 단 한 사람도 없을걸."

"……"

이미 모든 걸 고려한 듯 차분하고 침착한 지훈의 태도에, 류진도 잠시 마음을 가라앉히면서 생각에 잠겼다. 지훈의 말에 일리가 없는 건 아니었다. 차단우의 죽음은 'WANTED' 프로그램이 처음이자 마지막으로 만들어낸 완벽한 업적이었다. 누구도 그가 살아있다고 의심하지 않았다. 심지어 '단우진리교'는 지금도 매년 그의 기일에 어마어마한 규모로 추모 광고를 내걸고 추모 상영회를 개최했다. 만에 하나 차단우가 살아있다 하더라도, 그가 이렇게 볼품없는 모습으로 변했으리라고는 누구도 상상치 못하리라고, 아무리 좋게 봐줘도 강원도 감자를 닮은 지훈의 소박한 얼굴을 보면서 류진은 생각했다. 지훈은 그런 류진을 향해 단호하게 못 박았다.

"만일 이 프로그램에 출연하지 못하게 막는다면, 그때는 정말 경찰서에 가서 자수할 생각이야. 내가 차단우라고. 3년 전 사고로 죽지 않았다고. 필요하다면 지문대조든 DNA 분석이든 뭐든 해서 내 신원을 되찾아달라고 하겠다고. 그렇게 되면 'WANTED'라는 프로그램의 존재와 그 처참한 실패가 온 천하에 드러나게 될걸. 물론 나도 위험에 처하겠지만, 어차피 지금도 사는 게 별로 사는 것 같지 않은데 그 정도는 감수해 보지 뭐."

"……."

지훈의 비장한 선언, 아니 협박으로 이미 대화는 끝난 거나 다름 없었다. 류진은 말없이 고개를 끄덕일 수밖에 없었다. 사실 마음 한 편으로는, 이 프로그램이 나가고 싶다고 해서 다 나갈 수 있는 게 아니라는 것에 희망을 걸고 있기도 했다.

'그래, 설마 붙겠어? 이 세상에 잘 생기고 능력 있고 매력 넘치는 남자가 얼마나 많은데. PD가 눈깔이 삐지 않은 이상, 천하에 노총각으로 늙어 죽을 것 같은 구청 말단 직원 김지훈을 뽑겠느냔 말이야!'

네 명의 남자와
한 명의 여자

"실례합니다."

지훈은 반쯤 열린 현관문을 통해서 드넓은 집안을 살펴보았다. 아무도 없는 것 같았다. 짐이라고 해봤자 옮길 것도 없었고, 갈아입을 옷가지와 세면도구를 넣은 사과박스 한 개가 전부였다. 지훈은 박스를 일단 신발장 앞에 놓고, 앞으로 한 달간 살게 될 '러빙유 하우스' 안으로 발을 들여놓았다.

50평 규모의 복층 목조주택은 외관뿐만 아니라 내부도 무척 세련되고 현대적이었다. 지훈은 신이 나서 집안을 둘러보기 시작했다. 1층에는 큰방 2개와 드레스룸, 큰 욕실과 거실, 부엌과 다이닝룸이 있었고, 나선형의 계단을 타고 올라가면 2층에 큰방 1개와 드레스룸, 작은 욕실과 테라스가 있는 구조였다. 침구 색깔이나 방 꾸밈새를 보니 1층이 남자들을 위한 방이고 2층이 홍일점을 위한 방임을 알 수 있었다. 1층 큰방에 놓인 최고급 침대를 본 지훈은 충동을 이기지 못하고 결국 그 위에 몸을 던졌다.

"우와, 이렇게 좋은 침대에 누워보는 게 도대체 얼마 만이냐!"

지훈은 한때 그의 펜트하우스에 놓여 있던 스웨덴 왕실 침대를 떠올리면서 푹신한 침대 위를 뒹굴거렸다. 고시원의 손바닥만 한 간이침대 따위와는 비교도 되지 않았다. '집안 곳곳에 카메라가 설치되어 있다'는 PD의 말은 순간적으로 잊어버렸다. 그때, 드레스룸 문이 열리면서 말쑥한 정장 차림의 젊은 남자가 나타났다. 지훈은 화들짝 놀라 몸을 일으키면서 남자에게 사과했다.

"아, 죄송합니다. 아무도 없는 줄 알았어요."

"괜찮습니다. 스태프 아니고 참가자시죠? 저도 참가자입니다. 임서준이라고 합니다. 법무법인 필승 소속 변호사고요."

"김지훈입니다. 성운구청 민원실 계약직이에요."

지훈은 반사적으로 대꾸해놓고서 괜히 무안해졌다. 자기가 봐도 서준과 레벨 차이가 너무 심하게 났던 것이다. 커다란 보스턴백과 브리프케이스를 옮기고 있는 서준은, 일부러 과시하지 않아도 돈 많은 티가 났다. 몸에 걸친 정장과 넥타이, 시계, 뿌리고 있는 향수까지도, 손꼽히게 비싼 명품이라는 걸 다른 사람은 몰라도 지훈은 단번에 알아볼 수 있었다.

잘나가는 전문직에, 훤칠하고 균형 잡힌 체격에, 그걸로 부족했는지 얼굴까지 잘생겼다. 오랫동안 연예계에 몸담았던 지훈이 보기에도 흠잡을 데 없는 깔끔하고 준수한 외모였다. 지훈은 류진에게 사정해서 빌려 입은 싸구려 양복을 내려다보면서 열등감을 느끼지 않으려고 애썼다.

'내가 그 빌어먹을 증인보호 프로그램에만 안 들어갔으면, 아니

수술만 안 했어도 저런 범생이 변호사 따위한테 밀릴 일은 없었어!'

지훈이 어색한 표정을 지으며 거실로 나왔을 때는, 나머지 두 명의 남자 참가자가 도착해 있었고, 서준이 그들에게 커피를 내주고 있는 중이었다.

"한이건입니다. 소방관입니다."

지훈은 이건을 평가하듯 꼼꼼히 뜯어보았다. 어린 나이부터 아이돌 그룹으로 데뷔해 활동하면서, 지훈에게는 아직도 누군가를 보면 캐릭터와 포지션으로 나누는 버릇이 남아 있었다. 그런 관점에서 볼 때 이건은 전형적인 '섹시 야수남' 타입이었다. 태평양처럼 떡 벌어진 어깨와 얇은 니트 위로 울룩불룩 튀어나온 근육, 쌍꺼풀 없는 가느다란 눈은 진지하고 강인해 보였고 심지어 직업까지 소방관이었다. 틀림없이 '몸짱 소방관 자선 달력화보' 같은 걸 찍었을 것이다.

"안녕하세요, 유하현이에요! 프리랜서 DJ고요. 가끔 알바로 피팅 모델도 하고, 파티도 다니고 전천후로 뛰어요. 형들, 잘 부탁해요!"

서글서글하게 웃으면서 인사하는 하현은 누가 봐도 '귀엽고 애교 많은 연하남' 포지션이었다. 추운 날씨에도 아랑곳하지 않고 반소매 티셔츠에 찢어진 청바지 차림을 하고 있는 건, 예술적이고 자유분방한 기질 때문이기도 하고, 아직 어려서 혈기왕성한 까닭도 있을 것이다.

하현은 핸드페인팅을 한 가방을 내려놓자마자 제일 먼저 블루투스 스피커부터 꺼내서 연결했다. 잠시 후, 카페나 레스토랑에서 자주 들었을 법한 산뜻한 라운지 음악이 흘러나와 분위기를 한결 가볍게 해주었다.

지훈은 누가 봐도 매력과 개성이 충만한 세 남자를 바라보면서, 자신은 그들과 어울리지 않는다는 것을 절실히 느꼈다. 변호사인 서준은 분명 '젠틀한 교회오빠' 또는 '자상한 리더'로 분류하면 되는데, 뜬금없이 굴러들어온 못난이 비정규직은 어떤 타이틀을 내세워야 할까. 시청자들로 하여금 '그래도 내가 쟤보다는 낫다'는 자기 위안과 만족을 느끼게 해주는 일종의 자존심 부스터 역할인지도 몰랐다.

똑똑—.

그때, 잠겨 있지 않은 현관문에서 노크 소리가 나면서 거실 안에 있던 모든 이의 주의를 집중시켰다. 프로그램의 리얼리티를 살리기 위해 촬영 스태프는 위급사태가 일어나지 않는 한 이 집에 들어오지 않는다고 했다. 그렇다면 지금 이곳에 나타날 사람은 한 명뿐이었다.

지훈을 제외한 남자들은 몇 초간 서로 바라보다가, 이내 약속이나 한 것처럼 일어나 현관으로 달려갔다. 지훈은 어떻게 할지 망설이다가 떨떠름한 표정으로 그 뒤를 따라갔다.

"여성 참가자 분이시죠? 추운 날씨에 오시느라 고생 많으셨네요."

"어서 오세요! 환영해요! 커피 드실래요? 아니면 차?"

서준은 정중한 인사로, 하현은 쾌활한 인사로 홍일점을 반겼다. 이건조차 묵묵히 그녀 곁으로 다가가 캐리어를 받아드는 매너를 보여주었다. 유일하게 아무것도 하지 않고 있었던 건 지훈뿐이었다. 딱히 다른 생각이 있어서 그런 건 아니었고, 그저 여자든 남자든 다른 사람을 자발적으로 챙겨준다는 개념이 그의 몸에는 배어 있지 않았다. 구청 민원실에서 동네북에 시다바리 노릇하는 것도 지겨운데, 여기서까지 그렇게 빌빌 기어야 하나 싶기도 했고. 굳이 그렇게 안 해도 여자 마음을 얻을 자신이 있기도 했다.

'이 바보들아, 여자는 그렇게 설설 기면서 잘해준다고 넘어오지 않

아. 냉정하고 무뚝뚝하게 굴다가, 결정적인 순간에 한 번 친절하게 해주면 홀딱 반해버리는 게 여자라고. 아무것도 모르는 풋내기들.'

지훈은 그가 차단우이던 시절, 연예계에서 인기 정점을 구가하던 시절, 싸가지 없게 굴면 굴수록 여자들이 '냉미남'이라고 추어올리면서 더 사족을 못 쓰던 것을 떠올리면서 속으로만 웃었다. 그러나 그의 웃음은 오래 가지 못했다. 코트를 벗으면서 현관으로 들어오던 여자와 눈이 마주친 순간, 화석처럼 굳어버린 것이다.

"송채윤?"

지훈은 아는 척하면 안 된다는 것도 잊어버리고 그녀의 이름을 불렀다. 3년 만이었다. 2년 동안 그의 로드매니저였던 채윤을 다시 만난 것이. 지훈은 경천동지할 만한 변화를 겪었지만, 채윤은 예전과 별로 달라진 것이 없었다. 선머슴처럼 짧게 치고 다녔던 단발머리가 어깨너머로 제법 길어져 조금 성숙해 보인다는 것을 빼면. 아담하고 호리호리한 체구, 하트 모양의 얼굴형과 오밀조밀한 이목구비는 귀여운 인상을 주었지만 화려한 미모는 결코 아니었다. 모든 게 카메라에 담길 거라는 걸 알면서도 화장을 진하게 하지 않은 소탈함도 그녀다웠다. 그녀는 강아지처럼 크고 큰 눈을 동그랗게 뜨면서 조금 놀란 듯 지훈에게 물었다.

"절 아세요? 어떻게요?"

지훈은 아차 싶었다. 첫 만남의 재미를 살리기 위해, PD를 비롯한 스태프들은 참가자들에게 서로에 대해 이름과 나이를 비롯한 모든 정보를 철저히 비밀에 부쳤다. 그러니 누가 알려줬다고 말할 수는 없었다. 그렇다고 해서 전부터 알던 사이라고, 네가 내 매니저였다고 말할 수는 더더욱 없는 노릇이었다. 당황한 지훈은 재빨리 주위를 두리번거리다가 이건이 끌고 있는 채윤의 캐리어를 보고 말했다.

"아, 미안해요. 가방 꼬리표에 이름이 써있는 걸 봤어요. 해외여행 다녀온 지 얼마 안 됐나 봐요."

"네, 좋은 일이 있어서 축하 여행 다녀왔어요. 저, 아무리 그래도 초면에 대뜸 반말로 이름 부르시는 건 좀 그렇네요."

예의 바른 태도를 유지하면서도 할 말은 야무지게 다 하는 채윤을 보고 지훈은 놀라지 않을 수 없었다. 그가 알고 있는 쭈구리 로드매니저의 모습이 아니었기 때문이다. 그들이 함께하는 동안 채윤은 문자 그대로 '예스걸'이었다. 지훈, 아니 단우가 하라는 건 뭐든지 다 했고, 하지 말라는 건 죽어도 하지 않았다. 채윤이 단우의 극성팬이었다가 오직 그를 보고자 하는 열망에 기획사 입사까지 한 성공한 덕후, 이른바 '성덕'이라는 건 기획사 안에서 공공연하게 알려진 사실이었다. 지훈은 차단우가 공식적으로 사망하던 날, 채윤이 그의 엄마를 부둥켜안은 채 서럽게 울고 있는 걸 뉴스 화면에서 봤던 걸 떠올렸다.

'그래, 송채윤이 날 진짜 좋아했었지. 빠순이 중에서도 극성 빠순이였는데.'

지훈은 3년간 제법 단단하게 여물어진 듯한 채윤을 바라보면서, 네가 그래 봤자 빠순이 아니겠냐고 은근한 실소를 머금었다. 조금 전 경쟁자들을 보면서 잃어버렸던 자신감이 순식간에 돌아왔다. 아니, 빠르게 상승해서 아예 최고치를 찍었다. 반평생 그를 짝사랑했던 여자를 유혹하라니, 이거야말로 식은 죽 먹기가 아닌가.

'이거, 일이 너무 쉽게 돌아가는데?'

구청 계약직 직원,
김지훈입니다

"그럼 우리 일단, 밥부터 먹을까요?"

네 남자와 한 여자 사이의 어색하고 서먹한 분위기를 깨뜨린 것은 서준의 한 마디였다. 역시 '자상한 리더' 포지션다웠다. 거실에 걸린 벽시계는 어느새 저녁 6시 30분을 가리키고 있었다. 막내 하현이 주린 배를 움켜쥐는 시늉을 하며 반색했다.

"네! 짐 옮기느라 힘 좀 썼더니 배고파서 죽을 것 같아요! 그런데 여기 누구 밥해주는 사람이 있어요? 아님 시켜 먹어요?"

"밥 해주는 사람이 어딨겠어요. 매일 시켜먹을 수도 없고. 우리가 해 먹어야지."

무뚝뚝하게 대답한 사람은 이건이었다. 짤막한 토론 끝에, 3명과 2명으로 인원을 나누어서 앞 조는 집 안 청소를, 뒷 조는 식사 준비를 맡기로 했다.

"그럼 저는 식사 준비를 할게요. 아무래도 남자분들보다는 나을 테니까."

채윤이 식사 당번을 자원하고 나서자, 지훈을 제외한 남자들의 눈이 번득하고 빛났다. 단둘이 요리라니, 이것이야말로 입주 첫날부터 채윤과 친해질 수 있는 절호의 기회라고 생각한 것이다. 가장 먼저 나선 것은 이번에도 서준이었다.

"남자라고 해서 요리를 못한다고 생각하시면 섭섭하죠. 저, 파스타 꽤 합니다."

"저는 떡볶이 잘 만들어요! 홍대 유명한 맛집에서 알바도 한 적 있어요!"

서준에 이어 하현도 채윤의 파트너가 되기를 자청하고 나섰다. 이건은 아무 말 하지 않았지만 슬쩍 앞으로 한 발짝 나서는 걸 보니 물러설 마음이 없어 보였다. 그러나 채윤은 그들을 한 번 슥 훑어보고 나서는, 여태까지 단 한 마디도 하지 않은 채 우두커니 구석에 서 있던 지훈을 지목했다.

"거기, 그쪽 분. 혹시 괜찮으시면 저녁 준비하는 것 좀 도와주실래요?"

"네? 저요?"

당연히 경쟁에서 밀려나리라 생각했던 지훈은 떨떠름하게 되물었다. 채윤은 멋지고 잘생기고 체격 좋은 세 남자의 눈빛을 무시한 채 지훈을 향해 고개를 끄덕여 보였고, 결국 지훈은 채윤과 단둘이 부엌에 나란히 서서 저녁을 준비하게 되었다.

'역시, 외모가 좀 변했다고 해서 페로몬까지 변하진 않는 모양이군. 송채윤은 자기도 의식하지 못하는 사이에 나한테 끌리고 있는 게 틀림없어. 미남을 찾아내는 건 여자의 본능이라니까.'

지훈은 프로그램 촬영 첫날부터 당당하게 선택받았다는 생각에 의기양양해져 있었다. 채윤이 오직 '재수 없는 잘난 남자들'의 콧대를 초장부터 꺾어놓을 생각으로 제일 못나고 볼품없어 보이는 그를 골랐다는 사실은 까맣게 모른 채로. 식재료를 찾기 위해 냉장고를 열었던 채윤은 자기도 모르게 이맛살을 찡그렸다.

"기본적인 건 대충 다 갖춰놨다고 스태프가 그러더니, 있는 게 별로 없네요. 장을 봐 가지고 와야 하나."

"어디 봐요."

지훈은 채윤의 어깨 너머로 고개를 살짝 들이밀고 휑한 냉장고 안을 들여다보았다. 있는 거라곤 달걀 한 줄과 몇 종류의 채소, 인스턴트 김치, 햄과 참치 통조림이 전부였다. 그는 면밀한 시선으로 그 재료들을 살펴보더니 고개를 끄덕였다.

"이 정도면 충분해요. 다섯 명이서 세 끼는 먹고도 남겠네. 나한테 맡겨요."

쌀통을 찾아낸 지훈은 능숙한 솜씨로 순식간에 쌀을 씻어서 불려놓고, 계속해서 찬장에서 프라이팬과 냄비, 도마, 식칼 같은 조리도구들을 찾아서 척척 꺼내놓았다. 거기서 로드매니저가 없으면 물한 잔도 제대로 찾아 마시지 못하던 응석쟁이 톱스타 차단우의 모습은 그림자도 찾아볼 수 없었다.

감옥과도 같았던 안전가옥에서 꼼짝도 하지 못하고 갇혀 산 게 1년. 그다음에는 공동부엌을 사용하는 고시원에서 나홀로 자취생활을 한 게 2년이었다. 지훈은 오로지 살아남기 위해서, 더 싼 재료로 더 많은 음식을 해 먹는 법을 배워야만 했다. 때로는 류진으로부터, 때로는 옆 방 장수생으로부터, 때로는 직접 인터넷 검색을 해서 '자취요리' 레시피를 모으기도 했다. 냉동 밥에 간장을 비벼 먹으면서 일주일을 버텨본 적도 있는 그에게, 이 정도 재료로 5인분의 음식을 만들어내는 건 일도 아니었다.

"요리를 잘 하시나 봐요. 혹시 직업이 쉐프예요?"

채윤은 얼핏 보기에도 먹을 걸 좋아하는 것처럼 생긴 지훈의 투실투실한 얼굴선을 보면서 넌지시 물었다. 사실 그녀는 그를 처음 봤을 때부터 조금 충격받은 상태였다. PD와 작가는 그녀에게 '능력과 끼와 매력이 출중한' 최정예 싱글남 4인방을 선발해뒀다고 큰소리를 떵떵 쳤다. 집에 들어서자마자 마중하러 나온 3인방은 아니나 다를까 어디 내놔도 손색없을 정도의 꽃미남들이었다. 그런데 그 뒤에 웬 흙 묻은 강원도 감자 같은 게 섞여 있다가 '갑툭튀'한 것이다.

'그렇다고 뭔가 든든한 빽이 있을 것 같지도 않고. 뭔가 기발한 재주가 있지 않는 한, 저 외모로 연애 리얼리티 프로그램에 출연했다는 게 설명이 안 되지.'

연예기획사에서 일하면서 방송계의 생리에 대해 잘 알게 된 채윤은 당연히 그렇게 생각했다. 요즘 외모가 좀 딸리더라도 요리 하나는 기가 막히게 잘 하는 남자들이 '요섹남' 타이틀을 걸고 TV에 나와 인기를 끄는 경향이 있던데, 이 남자도 그런 부류인가 생각했던 것이다. 그러나 지훈은 단호하게 고개를 가로저었다.

"쉐프 아니고요, 그냥 구청 계약직 직원이에요."

"구청 직원이요?"

채윤은 두 눈을 동그랗게 뜨면서 물었다. 결코 대놓고 얘기하진 않았지만, 평범한 구청 직원이 어떻게 리얼리티 프로그램에 출연하게 된 것인지 궁금해하는 기색이 역력했다. 지훈은 그 기색을 알아차렸다.

"네, 구청 직원이 어떻게 여기 나왔나 신기하죠? 사전면접 볼 때 개인기를 몇 개 했는데 그게 PD 맘에 들었나 봐요."

"아, 개인기요."

그제야 채윤은 이 상황이 이해가 간다는 듯 고개를 끄덕거렸다. 흠잡을 데 없이 쟁쟁한 후보들만 있으면 방송의 의외성이 덜할 테니, 기상천외한 '개그 캐릭터' 담당으로 제작진이 투입시켜 놓은 게 이 구청 직원인 모양이었다.

'그렇다면 누구도 이 사람을 우승 후보로 진지하게 생각하진 않는다는 거네. 그래, 이런 역할이 하나 있어야 지켜보는 시청자들도 숨통이 트이겠지.'

채윤으로서도 반가운 일이었다. 이 집에 살아야 하는 기간은 한 달. 그리 길다고는 할 수 없었지만 그렇다고 짧은 시간도 아니었다. 그동안 채윤에게도 믿고 편하게 의지할 수 있는 친구가 필요할 터였다. 앞서 만난 세 남자는 채윤이 경계해야 할 '잘난 남자들'이었지만, 이 남자는 이리 보고 저리 봐도 경계해야 할 구석이라고는 눈곱만큼도 없었다. 이 강원도 감자를 말동무로 삼기로 마음먹은 채윤은, 커다란 볼에 계란을 깨 넣고 있는 그의 옆으로 다가가 친근하게 물었다.

"무슨 개인기인데요? 재밌는 거예요? 저한테도 좀 보여주실 수 있어요?"

"보여달라고요? 여기서요? 카메라가 찍고 있을 텐데?"

"뭐, 어때요. 그거 모르고 살러 온 것도 아니고. 보여주세요, 네?"

채윤은 지훈에게 조르듯 간청했다. 그녀가 뒷이야기를 듣기로,

'러빙유'의 남자 출연자 4명을 선발하는 데 무려 200명이 지원했다고 했다. 50대 1의 무시무시한 경쟁률을 단번에 뚫게 만든 개인기라니 기대되지 않을 수 없었다. 뭔가 말도 안 되게 웃겨서 배를 잡고 바닥을 데굴데굴 굴러 다니게 만들 만한 것이 아닐까.

'연예인 성대모사? 아니면 엽기댄스? 콧구멍 평수 넓히기? 차력? 뱃살로 나무젓가락 같은 거 부러뜨리나? 의외로 애교를 잘 부린다거나? 그것도 웃기겠는데? 지금 내 인생이 너무 다큐멘터리 인간극장이어서 개그콘서트 좀 보면 좋겠는데.'

채윤은 호기심에 가득 찬 눈길로 지훈을 빤히 쳐다보았다. 인생역전을 하기 위해, 채윤의 선택을 받기 위해 이곳에 온 지훈으로서는 다른 선택의 여지가 없었다. 그는 거품기로 계란을 휘젓던 손을 잠시 멈추고 헛기침을 하며 목을 가다듬었다.

"흠흠, 어, 저, 그럼…… 짧게 보여드릴게요."

지훈이 거품기를 마이크처럼 쥐고서 턱 아래로 가져가는 것을 보고, 채윤은 기대에 부풀었다. 역시 성대모사를 하는구나 싶었던 것이다. 그런데 다음 순간, 지훈의 표정이 진지하게 바뀌고 자세가 곧게 펴졌다. 그는 긴 속눈썹이 촘촘하게 뻗어 있는 눈을 살짝 내리깔더니 불현듯 입술을 떼고 노래를 하기 시작했다.

—언젠가 내가 너의 기억에서 사라졌을 때, 우리 함께한 날들 희미해졌을 때—.

동굴처럼 낮고 깊게 울리는 목소리. 꾸미거나 과장하지 않는데도 듣는 사람의 귀를 대번에 사로잡는, 담담하면서도 묵직한 톤. 채윤은 순간적으로 두 눈을 크게 떴다. 한때 그녀가 미친 듯이 좋아해서 CD에 생채기가 날 때까지 듣고 또 들었던, 아침에 일어나는 순간부터 밤에 잠드는 순간까지 틀어 놓던 노래, 차단우의 솔로 데뷔곡 'Memory'였다.

지금도 그녀는 눈만 감으면 머릿속에 CD를 틀어놓은 것처럼 차단우의 노래 한 소절 한 소절을 생생하게 되살릴 수 있었다. 그런데 지금 이 부엌에서 잔잔히 울려 퍼지고 있는 목소리는, 그 옛날 음반으로 들었던 것과 오싹하리만큼 똑같았다. 도저히 다른 사람이라고는 생각할 수 없을 정도로.

채윤은 지훈이 몇 마디의 노래를 하는 동안 마치 최면에 걸린 사람처럼 꼼짝하지 못했다. 그가 노래를 끝낸 후에도 마찬가지였다. 그림자처럼 길게 드리워진 노래의 여운이 부엌을 맴도는 동안, 채윤은 마치 유령을 보는 것 같은 시선으로 지훈을 뚫어지게 쳐다보고 있었다. 요리를 하기 위해 걷어 올렸던 얇은 스웨터의 팔 소맷단 아래로 오톨도톨 소름이 돋아 있는 게 보였다. 채윤은 두둑하게 살집이 잡혀 있는 남자의 등에 대고 자기도 모르게 불쑥 내뱉었다.

"당신, 누구예요?"

지훈은 의미가 불분명한 채윤의 질문을 받고도 당황하는 기색을 보이지 않았다. 그저 볼에 들어 있는 계란이 완전히 말간 노란색이 될 때까지 능숙하게 젓는 손을 멈추지 않으면서, 서늘한 한기가 어려 있는 채윤의 얼굴을 보고 빙긋 웃으며 대답할 뿐이었다.

"전 성운구청 계약직 직원, 29살 김지훈입니다."

완벽한 남자들의
치명적인 비밀

"우와, 이게 지훈이 형이 직접 만든 거라고요? 형, 나하고 결혼하면 안 돼요?"

계란말이를 눈앞에 갖다 대고 너스레를 떨어대는 하현 덕분에 저녁 식탁 분위기는 대번에 화기애애해졌다. 모락모락 김을 피워올리고 있는 참치김치찌개, 반달 모양으로 먹음직스럽게 1인분씩 말아진 오므라이스, 신선한 햄 샐러드가 풍성하게 식탁을 메우고 있었다. 모두 지훈의 솜씨였고, 실상 채윤은 손가락 하나 까딱하지 않은 것이나 다름없었다.

식사를 차리면서 다섯 명은 간단히 자기소개를 했고, 서로를 부를 호칭을 대강 정리한 후였다. 26살인 하현은 남자들을 '형'이라고, 한 살 위인 채윤을 '누나'라고 넙죽넙죽 부르는 막강한 붙임성을 과시했다.

"맛있는 거 만들어주는 사람이면 무조건 결혼할 거야? 남녀노소

불문하고?"

하현을 향해 어이없다는 듯 웃으면서 가볍게 핀잔을 주는 서준은 지훈과 동갑인 29살, 그 옆에서 묵묵히 밥을 떠먹고 있는 이건은 서른 살로 맏형이었다. 그러니까 지훈은 나이순으로 따지면 이 집에서 둘째가는 위치를 차지하고 있는 셈이었다. 물론 체감상으로는 전혀 그렇게 느껴지지 않았지만.

반짝반짝 윤이 나도록 잘생긴 남자들 사이에 섞여 밥을 먹고 있자니 자기도 그중 하나가 된 것 같은 착각이 들었지만, 그러다가도 기다란 사각 식탁 유리에 반사된 보름달 같은 얼굴을 보면 가혹한 현실이 새삼 가슴에 사무쳤다. 그때 하현이 새로운 화제를 꺼냈다.

"그런데 우리 방을 어떻게 써야 할지, 그것부터 결정해야 하지 않을까요?"

"채윤 씨가 2층 큰 방 쓰고, 1층 방 두 개를 남자 둘씩 쓰도록 하죠. 생활 패턴 비슷한 사람들이 방을 같이 쓰는 게 맞을 것 같은데, 이건 형하고 지훈 씨는 둘 다 공무원이니까 일찍 출근하죠? 둘이 같이 지내면 되겠네."

지훈은 자칫 민감할 수 있는 문제를 순식간에 정리해버리는 서준의 능력을 보면서 내심 감탄을 금치 못했다. 온화하고 자상해 보이는 외모와 달리 서준이야말로 이중에서 가장 수완이 좋은, 원하는 것은 반드시 손에 넣고 마는 사람일 거라는 확신이 들었다. 그리고 분명 가장 제치기 힘든 경쟁상대이기도 할 것이다. 지훈은 그냥 밥을 먹고 있는 것만으로도 위압적인 분위기를 풍기는 이건의 건장한 체구를 힐끔거리면서 얼른 말했다.

"아니요, 전 공무원 아니에요. 일 없을 땐 출근 안 하기도 하고요.

서준 씨는 변호사라 바쁠 테니까, 하현이하고 제가 한방 쓸게요. 프리랜서들끼리."

이 중 지훈이 그나마 대하기 편한 사람이 하현이었다. 어리고, 해맑고, 자유분방하고, 끼가 넘치는, 가만히 있기만 해도 생기로 통통 튀는 소년에 가까운 청년. 하현은 지훈에게 한쪽 눈을 찡긋해 보이더니, 곧이어 채윤에게 말을 걸었다.

"완전 좋죠. 채윤 누나! 저희 방에 자주 놀러 오세요! 아, 그런데 누나는 무슨 일 하세요?"

"그냥 작은 회사 하나 하고 있어요. 창업한 지 얼마 안 된."

채윤은 조용히 웃으면서 대답했다. PD는 그녀가 복권 당첨자라는 사실을 최종 선택이 끝날 때까지 공개하지 말자고 했다. 지극히 평범한 줄 알았던 여자가 로또 당첨자로 밝혀졌을 때의 충격과 그로 인한 남자들의 심리변화를 최대한 생생히 카메라로 포착하고 싶다는 것이었다. 이유는 달랐지만 채윤도 거기엔 찬성이었다.

"창업 좋죠. 요샌 온라인을 기반으로 하면 무자본으로도 가능하니까요."

"여자 혼자서 용감하네요. 대단해요."

채윤은 아무것도 모른 채 창업에 대해 신나게 떠드는 남자들을 내버려 둔 채 오므라이스를 한술 떴다. 직접 만든 소스가 듬뿍 입혀진 밥 덩어리를 입안에 넣는 순간, 채윤의 두 눈이 휘둥그레졌다. 찰기 있는 밥은 쫀득거리고, 계란 지단은 입에서 녹을 것처럼 부드러웠고, 소스는 별 것 넣지도 않았는데도 깊고 풍부한 맛이 났다. 채윤이 요즘 먹었던 음식 중 가장 맛있었다. 그녀는 사람 좋아 보이는 웃음을 띠면서 허허거리고 있는 지훈을 은근히 눈여겨보았다.

'아까 그 노래도 그렇고, 보통은 아니야. 확실히.'

그들은 배부르게 저녁을 먹은 후, 다 같이 커피를 마시러 거실에 나왔다. 캡슐머신으로 뽑은 커피를 한 잔씩 들고 테이블에 둘러앉은 후 서로 휴대폰 번호를 주고받고 있는데, 입주할 때는 없었던 새로운 물건이 그들의 눈에 띄었다. 그걸 가장 먼저 발견한 것은 지훈이었다.

"응? 이게 뭐지?"

"시크릿 박스라고 쓰여 있어요. 제작진이 두고 간 거 같은데요!"

하현은 지훈이 들여다보고 있던 사각형 상자를 대뜸 열어젖혔다. 상자 뚜껑에 가볍게 꽂혀 있던 작은 카드가 빠지면서 테이블 위로 툭 떨어졌다. 카드를 집어 든 서준이 내용을 들여다보려다가, 문득 생각난 듯 채윤에게 먼저 건네주었다.

"이건 채윤 씨가 읽는 게 좋겠어요. 이 프로그램의 주인공이니까."

채윤은 떨떠름하게 그 카드를 받아들었다. 프로그램 진행에 어떤 형태로든 제작진이 개입할 것이라는 언질은 없었다. 그저 자연스럽게, 마치 우연에 의해 한 집에 살게 된 사람들처럼 이 집에 살면서 평소와 같이 일도 하고, 가족과 친구를 만나고, 그러다가 마음이 내키면 데이트도 하라는 게 제작진이 정해준 방침이었다. 설마 이제 와서 말을 바꾸려는 건 아니겠지. 채윤은 불안한 기분으로 카드에 타이핑되어 있는 글씨를 읽기 시작했다.

―사랑과 비밀은 양립할 수 있을까요? '러빙유'의 숨겨진 타이틀은 '러빙유―히든 시크릿'입니다. 진실한 인연을 찾기 위해 이곳에 온 네 남자는 사실 누구에게도 털어놓을 수 없는 비밀을 간직하고 있습니다.

이게 도대체 무슨 소리야. 카드 메시지를 읽던 채윤은 고개를 번쩍 쳐들고 테이블 맞은편에 앉은 남자들을 찌릿하게 쳐다보았다. 지훈과 이건, 서준마저도 순간적으로 그녀의 시선을 피했다. 오직 하현만이 이 상황이 게임처럼 재미있다는 듯 어깨를 으쓱하며 빙글 빙글 웃고 있을 뿐이었다. 채윤은 메시지를 마저 읽었다.

　—지금부터 그 네 가지의 치명적인 비밀을 공개합니다. 다만, 어느 비밀이 누구의 것인지는 알 수 없습니다. 남자 출연자들은 그 비밀이 자신의 것이라는 것을 철저히 숨겨야 하고, 송채윤 씨에게 이를 털어놓거나 들켰을 경우에는 그 즉시 러빙유 하우스에서 나가야 합니다.

　마지막 문장을 들은 지훈은 저도 모르게 어깨를 움찔했다. 출연자로 선정된 후 제작진의 요구에 따라 '가장 큰 비밀'을 적어내긴 했지만, 그게 이런 식으로 쓰일 거라는 설명은 듣지 못했던 것이다. 그나마 다행인 건, 지훈의 비밀은 그 누구도 절대 맞출 수 없을 거라는 점이었다. 지훈은 그의 양옆에 앉아 있는 이건, 서준, 뒤쪽 창틀에 기대어 앉아 있는 하현을 보면서 그들의 비밀은 뭘지 궁금해했다.

　'보나마나 별 거 아니겠지. 엄마에게 거짓말한 적이 있다? 양다리를 걸친 적이 있다? 편식이 심하다? 기껏해야 뭐 그런 거 아니겠어.'

　채윤도 비슷하게 생각했는지, 상자 속에 손을 넣어 빨간색 봉투를 꺼내면서도 별다른 동요를 보이지 않고 있었다. 낙인을 떼어내고 봉투를 열자 손바닥만 한 크기의 카드가 나왔다. 채윤이 카드를 들여다보는 순간, 누구의 것인지 알 수 없는 꿀꺽 하고 침 삼키는 소리가 적막한 거실에 울려 퍼졌다.

—첫 번째 비밀, 난 포르노 영화를 찍은 적이 있다.

"헐, 대박!"

채윤이 운을 떼자마자, 하현이 벌떡 일어나면서 감탄사를 내질렀다. 첫 번째 비밀부터 사뭇 충격적이었다. 지훈은 그 비밀의 주인공이 이건일 것으로 추측했다. 그를 처음 봤을 때부터 그 근육질의 다부진 몸매를 보면서 소방관 화보 정도는 찍지 않았을까 생각했으니까. 다른 사람들도 비슷한 생각을 하는지, 모두의 시선이 은근슬쩍 이건에게로 쏠렸다. 그러나 그는 눈썹 하나 미동도 하지 않으면서 채윤을 향해 덤덤하게 말했다.

"그다음은요?"

—두 번째 비밀, 난 10억의 빚을 지고 있다.

분위기가 대번에 싸늘해졌다. 포르노 영화도 그랬지만, 거액의 빚은 결코 농담거리가 될 수 있는 게 아니었기 때문이다. 아까와는 달리 이번에는 누구도 특정 인물에게 눈길을 주려고 하지 않았다. 그러나 지훈은 직감적으로 알 수 있었다. 이 거실 안에서 가장 빈해 보이는, 없어 보이는 사람은 바로 자신이고, 따라서 진짜 10억 빚을 진 사람을 뺀 나머지는 이미 자신을 빚쟁이로 점 찍었으리라는 것을.

'쯧쯧, 어쩌다가.'

채윤은 반쯤은 한심해 하는, 반쯤은 불쌍해하는 눈빛으로 지훈을 바라보다가 그가 그녀를 돌아보는 순간 얼른 시선을 돌렸다. 지훈에 대해서만큼은 경계심을 풀고 허물없이 지내보려고 했는데, 10억 빚에 대한 얘기를 듣고 나니 조심해야 할 것 같았다. 그만한 액수의 빚을 지면 멀쩡하던 사람도 제정신이 아니게 될 테니까.

—세 번째 비밀, 난 세쌍둥이를 키우고 있는 돌싱이다.

쿠쿵. 그 순간 거실 안에 있던 사람들의 심리를 효과적으로 표현한다면 딱 그거였다. 쿠쿵. 아마 그 비밀을 적어낸 본인도, 이런 식으로 그게 공개될 줄은, 아니 어쩌면 이 프로그램에 출연할 수 있을 줄은 몰랐을 것이다. 누군진 몰라도 참으로 궁박하고, 또 참으로 솔직한 사람이었다.

"이쯤 되면 계속해서 읽기 두려워지네요. 유부남이라도 나오는 거 아닌가 몰라."

채윤은 단순한 농담으로 들리지 않는 뼈 있는 말을 던졌고, 거실 안의 분위기는 더욱 무거워졌다. 이게 보통의 연애 리얼리티 프로그램이었다면, 그들은 지금쯤 서로의 첫인상에 대해 실없는 농담을 하거나, 아니면 가벼운 게임 같은 것을 하면서 즐거운 시간을 보냈을 터였다. 그 대신, 지금 그들은 자신들의 인생을 건 게임을 벌이고 있는 기분이었다. 채윤은 잠시 망설이다가 다시 카드로 시선을 돌렸다.

—세 번째 비밀, 난 세쌍둥이를 키우고 있는 돌싱이다.

유부남은 아니었지만 어떻게 보면 차라리 유부남이 나았다. 채윤은 눈앞이 깜깜해지면서 당장이라도 이곳을 뛰쳐나가 도망가고 싶은 기분이 되었다. 혼란스러운 심정은 다들 마찬가지였는지, 하현이 지훈을 슬며시 쳐다보더니 해서는 안 될 말을 불쑥 내뱉어 버렸다.

"어, 난 지훈이 형이 10억 채무자인 줄 알았는데……."

그 뒤에 생략된 말은 '그런데 애 딸린 돌싱이었어?'였을 것이다. 그걸 깨닫는 동시에 모두의 시선이 지훈에게 쏠렸고, 정말 묘하게도 분위기는 조금 가벼워졌다. 결혼생활을 10년 정도는 한 유부남이라고 해도 전혀 어색하지 않을 정도인 지훈의 비주얼이 세 번째 비밀의 무게를 덜어내는 결과를 가져온 것이다. 아마 지훈이 정말로 애 줄줄이 딸린 남자로 밝혀진다 하더라도, 시청자들도 그렇고 채윤도 그렇고 양심 없다고 비난하기보다는 '오죽 사는 게 힘들었으면' 하는 동정을 먼저 보내게 될 것 같았다. 어째 포르노 영화를 제외하고는 밝혀지는 비밀마다 자기 것으로 몰리는 건지. 왠지 억울했던 지훈은 채윤을 독촉했다.

"다음 거요, 다음 것도 읽어요. 채윤 씨."

─네 번째 비밀, 난 성형수술을 한 적이 있다.

앞선 비밀들의 파급력이 지나치게 컸던 탓일까. 성형수술 정도는 이제 별다른 임팩트를 갖지 못했다. 채윤은 시크릿 카드를 꽉 쥐고 있던 손을 슬쩍 내리면서 하현을 보고 가벼운 농담을 던졌다.

"아, 그러고 보니까 하현 씨 눈 앞트임 한 거 같네. 맞죠?"

"무슨 말씀이세요, 저 100% 자연산이거든요. 전 서준 형의 높은 콧대가 의심스럽다고요. 칼 대지 않고 나오는 각도인가, 저게?"

"난 평생 성형외과 문턱도 넘어본 적 없어. 내 코보다는 이건 형님 턱이 더 조각같이 생긴 것 같은데."

"별 소릴 다."

세 남자가 서로의 얼굴을 뜯어보면서 제일 잘생긴 부분을 의심하는 걸 보고, 지훈은 혼자서 울컥했다. 10억 빚, 애 셋 얘기가 나올 때는 다들 이견 없이 자기를 지목하더니, 성형수술 얘기가 나오자 약속이나 한 것처럼 누구도 자기를 신경 쓰지 않는 게, 다행스러워야 하는데 반대로 기분이 나빴다.

"저기, 내가 성형수술을 했을 거라고는 아무도 생각 안 하는 건가요?"

지훈이 용기 내 던진 질문에, 몇 초 동안 좌중에 침묵이 흘렀다.

그리고 잠시 후, 그동안 싸하게 가라앉았던 분위기를 일시에 날려 버리는 폭소가 터졌다. 서준과 하현은 서로의 등을 때리면서 웃어 댔고, 이건은 손으로 입을 막은 채 웃고 있었다. 유일하게 웃지 않은 사람은 채윤뿐이었다.

"이런 걸로 웃으면 안 되죠. 성형이 꼭 미용성형만 있는 건 아니잖아요. 지훈 씨도 성형수술 했을 수 있어요. 전 그렇게 생각해요."

채윤이 자기편을 들어주려고 한다는 건 아는데, 지훈은 어째 별로 고맙지가 않았다. 그 옆에서 끅끅대던 하현이 눈꼬리에 눈물을 달고서 농담을 던졌다.

"형, 그 의사 누군지는 몰라도 고소해서 한 10억 받아내야겠네요."

결국엔 다시 한번 정신없는 웃음이 터졌다. 네 번째 비밀의 주인 공인 지훈은 웃지도, 울지도 못하고 그 모습을 지켜보고 있어야만 했다.

똥차, 롤스로이스가 되어
돌아오다

"사람 엿 먹이는 것도 정도껏 해야지. 어떻게 이런 핵폭탄을 숨겨 놨다가 촬영 중에 터뜨리냔 말이야! 사방에 카메라가 있는 걸 뻔히 아는데, 거기다 대고 내가 화를 낼 수도 없는 노릇이잖아. 그냥 웃으면서 태연한 척 넘어가야지, 어휴."

저녁 식사 후의 자유시간, 채윤은 휴대폰을 들고 2층 테라스로 나왔다. 이 광활한 집에서 화장실, 샤워실과 더불어 유일하게 카메라가 설치되어 있지 않은 공간이었다. 출연자들은 그곳에서 가족이나 친구들과 통화를 해도 좋다고 사전에 허락을 받았다. 채윤이 제일 먼저 전화한 상대는 당연히 절친한 언니 화경이었다.

"방송국 놈들 하는 짓이 원래 다 그렇지. 야, 난 이제 새삼 놀랍지도 않다. 연예인 뺨치는 훈남 넷…… 아니, 네 말에 따르면 훈남 셋에 흔남 하나가 모였는데, 걔네가 전부 빚쟁이, 애아빠, 성형괴물, 포르노 제왕이란 말이지. 그것도 누가 누군지도 모르고 랜덤으로다

가. 누가 생각했는지는 몰라도 진짜 천재적이고, 악마 같은 발상이네. 다들 미친 듯이 욕하면서도 그 재미로 본방사수하겠어. 이야, 시청률 쭉쭉 올라가는 소리가 벌써 들린다. 솔직히 나부터도 보고 싶어지는걸? 첫 방송이 언제라고 했지?”

“아무리 시청률이 중요해도 그렇지, 이건 완전 사기극이잖아! 외모와 능력과 끼를 겸비한 매력둥이 4인방이라면서! 두근두근 썸을 타라면서! 애가 하나도 아니고 셋이나 딸린 아버님이랑 어떻게 로맨틱해지냔 말이야!”

채윤은 흥분한 나머지 가쁜 숨을 몰아쉬면서 씩씩거렸다. 화경은 그녀가 잠시 숨을 고를 시간을 준 후, 언제나 그렇듯 냉철하고 따끔한 지적을 해왔다.

“화낼 게 뭐가 있어? 어차피 너도 기획사 홍보 목적으로 출연하는 거고, 거기서 진지하게 사람 만날 생각은 없었잖아.”

“그렇긴 하지만…….”

“남자란 종족은 태생적으로 답이 없는데, 특히 지 잘난 줄 아는 놈들은 완전히 구제불능이라면서? 얼굴 잘생긴 놈은 바람 피우고, 돈 많은 놈은 잰 체하고, 머리 좋은 놈은 이기주의의 정점을 찍고. 그걸 다 갖춘 놈들은, 아주 그냥 종합 패키지로 뒤통수를 친다고. 네가 네 입으로 그랬잖아. 그 프로그램에 나오는 놈들도 보나마나 ‘잘나가는 놈들’일 테니까, 보기 좋게 뺑 까주겠다고까지 해놓고서.”

“…….”

채윤은 뭐라고 반박할 말을 찾지 못했다. 어쩌면 그녀는 이기적인 의도를 가지고 사랑 찾기 프로그램에 나가려는 스스로를 그런 식으로 합리화하려고 했는지도 몰랐다. 꽃미남 재벌 2세가 백마처럼 미끈한 외제차를 타고 짠 나타나서 여자를 신분 상승시켜주는 전개는 이제 너무 지겹다고. 그러니까 세상에 '흔녀의 반란'을 제대로 한번 보여주겠다고. 콧대 높은 놈들한테 당하고 살면서 이를 박박 갈던 수많은 여자들을 대표해서 내가 사이다를 트럭째로 들이부어 주겠노라고.

"뭐, 어쨌든 다 소용없게 됐지. 밖에서 연애 상대를 찾는 것보단 그래도 더 나을 거라고 생각했는데 반대가 되어 버렸으니까. 기왕 이렇게 된 거, 난 최초 목적대로 회사 홍보나 열심히 해야겠어. 마지막 선택은, 그냥 포기하거나 아니면 우승이 제일 절실한 사람을 고르든가 하지 뭐."

"글쎄, 난 좀 생각이 다른데."

만일 다른 사람이 그렇게 말했다면 채윤은 더 들으려고도 하지 않았을 것이다. 그러나 화경은 그녀에게 특별한 존재였다. 고등학교 졸업 후 대학 진학도 포기하고 '단우진리교' 서울지부 교주로서 덕질에만 열중하던 채윤의 인생은 좋게 말하면 가능성이 터지기 전이었고, 나쁘게 말하면 그냥 망한 상태였다. 그런데 채윤이 밤새워 만든 차단우 생일 이벤트 기획안을 우연히 보게 된 화경이 그 센스와 열정에 감탄해 그녀를 WIN엔터의 스태프로 전격 발탁했던 것이다. 이후 팬매니저, 로드매니저로 성장하면서 채윤은 화경과 거의 매일 함께 다녔고, 네 집 내 집 할 것 없이 서로 왔다 갔다 하면서 친자매처럼 지냈다.

"남자건, 여자건, 세상에 흠 없는 사람이 어딨겠어. 다들 감쪽같이 숨기고 있는 것뿐이지. 매독 있는 거 숨기고 결혼한 내 전남편 새끼처럼 말이야. 그에 비하면 제일 지독한 비밀을 처음부터 알고 시작하는 게 차라리 정직해서 난 맘에 든다. 요즘 세상에 이혼은 흠도 아냐. 빚은 갚으면 되는 거고. 성형은 뭐, 기껏해야 쌍수 정도 했겠지. 포르노가 좀 세긴 한데, 혹시 모르잖아? 포르노 업계에서 고이고이 모셔갈 만큼 테크닉이 엄청난지도?"

"언니!"

"농담이야, 농담. 그러니까 내 말은, 처음부터 편견 갖지 말고 혹시라도 괜찮은 놈이 있는지 잘 찾아보란 얘기야. 솔직히 너, 차단우 이후로는 XY염색체를 제대로 좋아한 역사가 없잖아. 그나마 그것도 안 좋게 끝났고."

"언니."

"아, 미안. 차단우 얘기하는 거 안 좋아하지. 어쨌든 너그러운 마음을 가지라고. 개인적으로는 빚 10억이 제일 나을 것 같긴 하다. 그거 말고는 흠이 없단 얘긴데, 까짓거 10억 네가 갚아주면 되잖아? 로또 당첨금 꽤 많이 남았지?"

확인하는 듯한 화경의 질문에, 채윤은 이번에야말로 코웃음을 쳤다.

"30억 정도 남았는데, 300억이 남았다고 하더라도 생판 모르는 남자 빚 갚아주는 데 쓰진 않을 거야. 그러려고 로또 당첨된 게 아니라고. 차라리 이 프로그램 끝나고 바깥에서 멀쩡한 남자를 찾아서 연애하다 결혼하는 게 백배 낫지. 언니 말대로, 난 이제 XY염색체는 못 믿겠거든, 겉과 속이 똑같은 놈이 하나도 없다니까."

채윤은 그 말을 마지막으로 전화를 끊었다. 통화가 너무 길어지면 카메라를 통해 집 안 상황을 모니터링하고 있는 제작진의 눈에 이상하게 보일지도 몰랐다. 원칙적으로 출연자들은 프로그램 내에서 일어나는 일에 관해 외부 사람에게 발설하지 못하도록 되어 있었으니까. 스포일러 예방 차원에서라나 뭐라나. 그러나 어차피 그 원칙이 제대로 지켜지지 않으리라는 걸 채윤은 너무도 잘 알고 있었다.

정작 채윤이 몰랐던 건, 한 뼘 정도 열린 테라스 문을 통해 그녀와 화경의 통화 내용을 듣고 있던 지훈의 존재였다. 그는 놀라움에 가득 찬 눈을 하고 2층 복도에서 침실로 통하는 짧은 복도에 우두커니 서 있었다. 일부러 엿들으려고 한 것은 아니었다. 남자 넷이 함께 쓰는 1층 욕실에 수건이 없어서, 혹시 2층 욕실에는 있는지 찾으러 왔다가 흘러나오는 말소리를 듣게 된 것이었다.

처음엔 그냥 지나가려다가, '화경 언니!' 하고 부르는 채윤의 말소리를 듣고는 도저히 멈춰 서지 않을 수 없었다. 아마도 그가 차단우였던 시절 스타일리스트였고, 채윤의 단짝 친구이기도 했던 그 화경인 게 분명했다. 지훈은 그들의 통화에서 단서를 얻을 수 있으리라고 생각했다. 평범했던, 아니 평범한 것보다 더 못했던 로드매니저 송채윤이 방송국 PD의 눈에 띄어서 이 프로그램에 출연하게 된 경위를. 그런데 통화를 듣고 알게 된 사실은 그의 예상보다 훨씬 더 충격적이었다.

'로또 당첨이라니, 아직도 남은 돈이 30억이나 있다니……'

30억이라는 액수에 비교하자 우승 상금인 3억은 보잘것없게 여겨졌다. 만일 정말로 채윤의 눈에 들어 결혼이라도 하게 된다면? 물론 공동명의긴 하겠지만 총 30억이 수중에 들어오게 될 것이다. 그 정도면 남은 평생 지훈이 꿈꾸던 화려하고 안락한 삶을 만끽하기에 충분했다.

'이건 하늘이 내게 준 기회야. 무슨 일이 있어도 송채윤의 마음을

잡아야 돼.'

지훈은 테라스에 홀로 서 있는 채윤에게 어떻게 접근하면 좋을지 잠시 고민했다. 그때, 1층 계단 아래쪽에서부터 우르르 몰려오는 발소리가 들리더니 3명의 다른 남성 출연자들이 모습을 드러냈다. 아마도 지훈이 2층에 올라가서 오랫동안 내려오지 않자 무슨 일이 있는 건지 궁금했을 것이다. 그건 의심하거나 질투하는 게 아니라, 정말 순수한 호기심이었을 가능성이 컸다. 그들에게 있어 지훈은 애초에 견제해야 할 대상이 아니었으니까.

그들의 시선이 복도에 장승처럼 서 있는 지훈을 지나쳐, 테라스 난간에 기대어 서 있는 채윤에게 가닿았다. 그리고 오늘 채윤이 집에 오면서부터 시작되었던 예의 그 신경전이 또다시 시작되었다.

"채윤 씨, 그렇게 추운 데서 있으면 감기 걸려요. 얼른 들어와요."

온화한 어조로 말하면서 어서 들어오라고 손짓한 사람은 서준이었다.

"아, 전 괜찮은데요……."

"누나, 무릎담요 갖다 줄까요? 잠깐만 기다리세요!"

"그럼 난 따뜻한 커피라도."

하현과 이건은 누가 빨리 다녀오는지 내기라도 하듯 1층 거실과 부엌을 향해 달려갔다. 그 모습을 보자 서준도 뭔가 가지고 와야겠다는 생각이 들었는지 1층에 있는 자기 방으로 향했다. 그 기세를 봐서는 휴대용 난방기라도 하나 가져다가 틀어놓을 기세였다. 그 대열에 합류하지 않은 건 이번에도 지훈뿐이었다. 채윤은 묵묵히 문을 열고 테라스로 나오는 지훈을 보면서 놀리듯 가볍게 물었다.

"지훈 씨는 저 '프로자상러'들 사이에 안 낄 거예요?"

프로불편러도 아니고 프로자상러. 채윤만 보면 뭐든지 해주지 못해서 안달인 남자들을 두고 그녀가 즉석에서 붙인 별명이었다.

지훈은 그 말에 담긴 자조적인 뉘앙스를 알아차렸지만, 그런 티를 내지는 않았다. 채윤의 눈에 띄려고 애쓰는 다른 출연자들을 비웃고 싶진 않았던 것이다. 전략이 다를 뿐, 자신 또한 프로그램에서 우승하기 위해 채윤에게 의도적으로 접근해야 하는 입장은 똑같았으니까. 지훈은 채윤의 말에 대답하는 대신, 테라스 구석에서 찾아낸 안락의자를 그녀 앞에 가져다놓았다. 그리고 입고 있던 외투를 벗어 방석 대신 의자에 곱게 깔아놓으면서 자못 무심하게 들리는 어조로 말했다.

"앉아요. 밤바람 쐬는 거 좋아하잖아요. 몸에 열이 많아서 겨울에도 가끔 반팔 입는 사람이니 무릎담요나 따뜻한 커피는 필요 없을 거고."

"그걸 어떻게……."

채윤의 두 눈이 놀라움에 커졌다. 그가 한 말은 전부 사실이었다. 지훈은 이번에도 그 말에 대답하지 않았다. 그 대신 휴대폰을 꺼내더니 가만히 볼륨을 높이고 음악을 틀었다. 겨울밤에 어울리는 잔잔한 피아노곡이었다. 테라스를 밝히고 있는 희부연 조명 속으로 공기만큼이나 청명한 음악 소리가 여운을 남기며 퍼져나갔다. 지훈은 채윤이 잠자코 안락의자에 와서 앉는 걸, 살며시 눈을 감고 음악에 귀 기울이는 걸 보면서 나지막한 음성으로 말했다.

"있잖아요, 밤에 혼자서 듣는 음악은 이상하게 더 선명하게 들리지 않아요? 악기 선율 하나하나, 목소리 결 하나하나까지 또렷하게 들리죠. 그래서 더 아름답고, 그래서 더 외롭고, 더 슬프고."

"아……."

채윤은 자기도 모르게 작은 탄성을 발했다. 방금 지훈이 한 말, 그 말을 예전에 분명 들은 적이 있는 것 같았다. 그런데 그게 언제였는지, 어디서, 누구로부터 들었는지가 기억나지 않았다. 지훈은 그렇게 채윤의 마음속에 작은 돌멩이 하나를 던져 놓은 채 조용히 그녀 곁을 지나서 걸어갔다.

"조용히 음악 들을 수 있게, 방해되지 않게 나가 있을게요. '프로자상러'들도 내가 알아서 차단할 테니까 신경 쓰지 말아요."

그 말을 마지막으로 남긴 지훈은 얌전히 테라스 문을 닫고 복도로 나갔다. 채윤은 그런 그의 행동이 고마웠다. 사실 이것이야말로 그녀에게 가장 필요한 거였다. 네 명의 남자 출연자들로부터 잠시 벗어나서 한숨 돌리는 것. 이 정신 나간 프로그램이 가져다준 충격에서 회복할 시간이 필요했으니까.

과도하게 기교를 부리지 않은 감성적인 피아노 연주가 그녀의 마음을 한결 편안하게 해 주었다. 채윤은 그 피아노곡이 자신이 아는 곡임을 뒤늦게 깨달았다. 예전에 차단우의 로드매니저를 하던 시절, 야간이나 새벽 촬영을 마치고 집으로 돌아오는 길이면 단우가 항상 틀게 했던 음악이었다. 그걸 들으면 잠이 잘 온다고 했다.

반투명한 테라스 문 너머로 반대편에 서 있는 지훈의 실루엣이 그림처럼 비쳤다. 얼굴뿐만 아니라 피지컬도 비현실적인 다른 남자 출연자들과 달리, 지훈의 실루엣은 정말로 옆집에서, 앞집에서, 뒷집에서도 흔히 볼 수 있을 법한 중년 남성의 소박한 체형이어서 보고 있으려니 왠지 웃음이 나왔다.

'정말 특이한 사람이야. 이상하고, 신기한데, 겉모습은 또 너무 평

범해서 경계하려고 해도 경계심이 생기질 않아.'

채윤은 최종 선택에서 그냥 김지훈을 골라버리면 재밌겠다는 생각을 했다. 방송국뿐만 아니라 시청자들도 온통 뒤집어질 것이다. 그리고 3억 원이라는 상금도, 귀티나 윤기가 좔좔 흐르는 세 남자보다는 꾀죄죄한 그에게 훨씬 더 절실하게 필요해 보였다.

'불우이웃 돕는다고 칠까? 그것도 나쁘지 않겠네. 어차피 내 돈도 아닌데 뭐.'

딸기우유
좋아하는 여자

"채윤 씨는 오늘 뭐 하세요, 일요일인데?"

서준의 질문이 떨어지기 무섭게 아침 식탁에는 묘한 긴장감이 흘렀다. 저게 데이트 신청인지 아닌지, 채윤은 뭐라고 답할 것인지, 경쟁자들은 부지런히 머리를 굴리며 가늠해보느라 바빴다. 채윤은 시리얼에 우유를 부으면서 태연하게 대답했다.

"저 오늘 바빠요. 새 사무실로 이사하는 날이거든요. 이것만 먹고 바로 나가 봐야 해요."

"그래요? 그러면 제가 태워다 드릴까요? 저도 오늘 클라이언트 미팅이 있어서."

서준은 미리 준비하고 있던 것처럼 자연스럽게 말했다. 그러나 이대로 선수를 빼앗기고 있을 나머지 선수들이 아니었다. 하현은 모닝빵을 입에 가득 넣고 우물거리면서 발랄하게 말했다.

"누나, 혹시 오토바이 타는 거 좋아해요? 블루투스 헬멧 쓰고 노래 들으면서 달리면 끝내줘요!"

이에 질세라, 믹서기로 갈아 만든 야채즙을 마시고 있던 이건도 끼어들었다.

"목적지에 신속하게 도착하길 원하신다면 제 차를 타시죠. 소방차 운전 경력 7년 차입니다."

촬영 둘째 날 아침부터 다시 시작된 '여주 쟁탈전'에, 채윤은 벌써 질리려고 했다. 이쯤 되면 이 남자들이 순수하게 자기 때문에 경쟁하는 건지, 아니면 그냥 자존심 싸움을 하는 건지 살짝 헷갈릴 지경이었다. 어쩌면 한 명의 여자 앞에서 서로 우월한 지위를 차지하려고 다투는 건 남자의 유전자 속에 새겨진 본능이 아닐까. 채윤은 그 와중에도 자기에겐 그런 유전자 따위 없다는 듯 초연한 표정의 지훈을 힐끗 쳐다보았다. 넌 왜 가만히 있느냐는 무언의 질문이었다.

"전 차가 없어서요. 채윤 씨한테 차가 있으면 대신 몰아줄 수는 있는데."

지훈의 말이 채 끝나기도 전에 모든 이의 시선이 그에게 집중됐다. 아직 서른도 안 된 나이에 차가 없는 게 무슨 죄도 아닌데. 아니, 죄인가? 옆얼굴이 따끔거리도록 와닿는 눈길들이 죄라고, 그것도 대단한 중죄라고 말하는 것 같았다.

감히 차도 없으면서 여자를 에스코트하겠다고 나서다니. 한심하다기보다는 딱하다는 시선으로 지훈을 보고 있던 하현이, 다른 사람들을 향해 눈길을 돌리면서 입 모양으로 '10억, 10억'이라는 말을 만들어 보였다. 10억 빚을 가진 사람이니 그 정도는 이해해주자는 의미였다. 어젯밤 지훈과 같은 방에서 자면서 그나마 친해진 사이라고 두둔해주는 것이었다. 두둔의 방식이 조금 잘못되기는 했지만.

"그러면 우리 다투지 말고, 블라인드 게임으로 결정할까요?"

서준의 제안으로 간단한 게임이 시작되었다. 대학생들이 미팅 자리에서 많이 할 법한 물건 고르기 게임이었다. 남자들이 방에 가서 가지고 온 자기 물건 하나씩을 커피 테이블 위에 올려놓자, 채윤은 감고 있던 눈을 떠서 그 물건들을 확인했다.

'어휴, 이럴 거면 블라인드 게임을 왜 해.'

세 개의 물건은 마치 이름표를 붙여놓기라도 한 것처럼 개성이 뚜렷했다. 은은한 오데코롱 향기가 풍기는, 세련된 스트라이프의 명품 손수건은 서준의 것이 분명했다. 알록달록한 원석을 박은 커스텀 이어폰은 하현을 위해 만들어진 게 틀림없었고, 상남자의 기운이 팍팍 풍기는 잭나이프는 이건의 분위기 그 자체였다. 그렇다면 마지막 물건은 자동적으로 지훈의 것이 되는 셈이었다. 채윤은 테이블 위에 오도카니 앉아 있는 분홍색 사각형의 물체를 보고 눈이 동그래졌다. 다른 사람들도 뜻밖인 건 마찬가지였는지, 하현이 야유를 보내는 소리가 들렸다.

"에이, 먹을 걸 내놓는 건 반칙 아닌가?"

"물건이라고만 했지 반드시 소지품이어야 한다고 한 적은 없으니까. 아, 물론 그게 내 거라는 건 아니고."

지훈의 천연덕스러운 대구에, 채윤은 눈앞에 놓인 딸기우유를 빤히 쳐다보았다. 한때 지겹도록 입에 달고 살았던 초저가 브랜드의 딸기우유였다. 오랜만에 보니 조금은 반갑기도 했다. 채윤은 잠시 망설이는 듯하더니 호기심에 이끌리는 어린아이처럼 스르륵 손을 뻗어 딸기우유를 집어들었다. 그 모습을 묵묵히 지켜보던 이건이 고개를 끄덕이며 결론을 내렸다.

"그럼 이걸로 승자는 결정 난 거네."

"아, 내 이어폰 70만 원짜리인데 700원짜리 딸기우유한테 졌어."

하현은 장난스럽게 탄식했지만 정말로 기분이 상한 것처럼 보이진 않았다. 서준도 마찬가지였다. 그 이유는 단 하나, 그중 누구도 지훈을 진지하게 견제할 만한 대상으로 여기지 않고 있기 때문이었다.

사실 그건 채윤도 마찬가지였다. 만일 서준이나 이건이나 하현이었다면, 데려다줄 필요 없다고 거절했을지도 몰랐다. 그들의 젠틀함이나 터프함이나 귀여움에 자기도 모르게 끌리는 걸 원치 않았으니까. 그러나 지훈에게는 그렇게까지 철벽을 칠 필요가 없었다. 그냥 가는 길에 가볍게 말동무나 해야겠다고 생각할 뿐이다. 오늘은 카메라맨도 동행하지 않기로 했으니까.

'러빙유 하우스'에서의 생활은 예상했던 것보다 훨씬 자유롭고 편안해서, 종종 카메라가 사방에 설치되어 있다는 사실도 잊어버릴 정도였다. 카메라맨이 바깥까지 따라와 촬영하는 것은 룰에 따른 공식적인 데이트를 할 때뿐이라고 했다. 물론 채윤은 완전히 마음을 놓지는 않았다.

'언제 어디서 몰래카메라랍시고 튀어나올지 몰라. 그러니 최대한 안전한, 아무리 오래 있어도 아무 일도 일어나지 않을 사람하고 있는 게 낫지.'

지훈에 대한 채윤의 그런 평가는, 함께 지하 주차장으로 내려와 차에 탔을 때 더 굳어졌다. 빨대 꽂은 딸기우유를 쪽쪽 빨면서 차 문을 열었던 채윤은 지훈 쪽을 보고 황당한 표정이 되었다. 그래도 명색이 함께 하는 첫 외출인데 야구 모자에 티셔츠, 청바지에 윈드 브레이커 차림으로 나온 것도 그랬지만, 당연하다는 듯 조수석 문을 열고 있는 게 더 어이가 없었다.

"왜 거기 타세요? 운전하신다면서요?"

"생각해보니 제가 면허가 없네요. 그냥 여기 탈게요."

보통 남자라면 꼬리를 내리고 사라졌겠지만, 한때 칸과 베를린과 베니스까지 진출한 영화배우였던 남자는 달랐다. 뻔뻔하게 철판을 깔고 조수석에 냉큼 올라타 안전벨트까지 맸다. 사실 지훈에게 면허가 없는 건 아니었다. 단지 자기 이름으로 된 면허증이 없을 뿐이지. 그 사실이 주차장에 내려와서야 생각났다.

'요즘 면허시험 어려워졌다던데, 류진 형한테 하나 만들어달라고 할까.'

지훈은 채윤이 물 흐르듯 노련한 움직임으로 차를 빼고, 주차장 밖으로 몰고 나가는 모습을 부러운 듯 바라보며 생각했다. 그래 봤자 차 살 돈도 없었지만. 사람 인생이라는 게 이렇게까지 극단적으로 뒤바뀔 수 있나 싶었다. 차단우로 살던 시절에는 선팅된 밴 속에 갇혀 있는 게 지겨워 가끔은 사람 많은 지하철, 버스가 그리웠는데, 이제는 출근길마다 시달리는 지옥철을 떠올리기만 해도 속이 메슥거렸다.

지훈은 빽빽하게 들어찬 차 사이를 요리조리 잘도 빠져나가는 채윤을 보면서 보일 듯 말 듯 한 미소를 머금었다. 저 기막히게 약삭빠른 운전 솜씨를 길러준 것도 다 자기 공이다 싶어서.

"사무실 이사한다고 했죠? 무슨 사업 같은 거 해요?"

"아, 네. 연예기획사요. CY엔터테인먼트라고요."

"WIN이 아니고요?"

"거기서 WIN이 왜 나와요?"

지훈이 무심결에 던진 질문에, 채윤의 눈동자가 날카로워졌다. 그렇지 않아도 지훈이 자기에 대해 너무 잘 아는 게 이상했는데, 이젠 예전에 일했던 기획사 이름까지 튀어나오자 더욱 수상쩍었다. 지훈은 임기응변을 발휘해서 얼버무렸다.

"우리나라에선 제일 유명하잖아요. 그 누구더라, 차단우도 거기 소속이었고."

"하긴, 그 바닥에 대해 아무것도 모르는 사람들도 WIN이랑 차단우는 알죠."

채윤은 의외로 쉽게 수긍했다. 그와는 별개로 그녀의 입에서 '차단우'라는 이름을 듣는 게 처음이라서, 지훈은 흠칫했다. 채윤은 단한 번도 그런 호칭으로 그를 부른 적이 없었다. 공식적인 자리에서는 '차 배우님', 비공식적인 자리에서는 '오빠'라고 불렀다. '차단우'라고 하니까 꼭 아무 상관도 없는 타인 같았다.

"사실 저도 WIN 로드매니저 출신이에요. 그런데 8개월 전에 그만두고 나왔어요. 더러운 꼴을 하도 많이 봐서. 그것과는 좀 다른 회사를 차리고 싶었거든요."

"더러운 꼴이요?"

"엔터업계는 그 어떤 곳보다 자본주의 원리가 우선하는 비정한 곳이에요. 거기에 사람은 없고 돈만 있어요. 얼마나 열심히 일하는지보다는 얼마를 벌어오는지가 더 중요하죠. 겉보기에만 화려하고 실상은 기본적인 근로조건 따위 개무시하는 아오지탄광 같은 곳이라고요."

"음, 맞아요. 맞아요."

지훈은 순간적으로 무슨 얘기인지 전혀 모르는 척해야 한다는 것도 잊어버리고, 고개를 연신 끄덕이면서 격하게 공감했다. 채윤은 정체된 구간에서 깜박이도 켜지 않고 끼어들려는 차를 본 순간, 차선 바로 옆까지 인정사정없이 차를 밀어붙여 끼어들기를 차단하면서 말을 계속해나갔다.

"그래서 엔터에 오래 몸담다 보면 인간성이 메말라버려요. 그러지 않으면 살아남기 어렵거든요. 그렇게 한 사람, 한 사람 마모시키면서 회사는 성장해 나가는 거죠. 그 과정에서 제일 먼저 희생당하는 사람이 누군지 아세요?"

"연예인이죠."

"매니저예요."

지훈의 대답은 그와 동시에 튀어나온 채윤의 분개에 찬 목소리에 묻혀 버렸다. 지훈이 의아한 낯빛을 하는 순간, 무리하게 끼어들기를 시도하던 차량이 채윤의 방해 때문에 화가 났는지 느닷없이 귀청 떨어지게 큰 클락션을 울렸다. 채윤은 운전석 차창을 반쯤 내리더니, 거침없이 밖을 향해 가운뎃손가락을 내밀면서 말했다.

"소속 연예인은 잘나가는 동안 대접이라도 받죠. 밥줄이니까요. 하지만 매니저는요? 똥개처럼 구르면서 일해도 고맙다, 수고했다 말해주는 사람 하나 없어요. 그게 네 일이니까. 네가 월급 받는 이유가 그거니까. 호칭이 괜히 '매니저'냐고. 그딴 소리나 지껄이죠. 천하의 개새끼들이에요."

지훈은 채윤의 말을 듣고 있는 동안 묘한 기시감에 빠져들었다. 어디선가 많이 들어본 듯한 말과 말투. 차단우일 때 쓰던 말이나 말투와 비슷하다는 생각이 들었다. 혹시 채윤이 말하는 '개새끼'가 차단우를 말하는 것일까. 지훈은 잠시 의심했다가 이내 고개를 설레

설레 저으면서 부인했다.

'아니야, 난 그래도 송채윤한테 할 만큼 해 줬어. 커리어에 도움될 만한 충고도 많이 해줬고. 나만큼 로드매니저한테 해줬던 스타가 어디 있다고. 그래서 송채윤도 나 교통사고 났을 때 울고불고 난리 났던 거잖아.'

지훈은 자신이, 아니 차단우가 교통사고로 죽었던 날 밤, 뉴스 화면에 잠시 잡혔던 채윤을 떠올렸다. 단우의 모친을 끌어안고 서럽게 울던 채윤의 모습은, 단순히 함께 일하는 연예인이 죽어서 슬퍼하는 느낌이 아니었다. 그건 분명, 아주 소중한 뭔가를 잃어버린 사람의 감정이었다.

전문적으로 연기 공부를 한 지훈은 그것을 확신할 수 있었다. 암, 그렇고말고. 세상에 차단우를 미워할 수 있는 여자가 어디 있다고. 거듭 고개를 끄덕이며 되뇌고 있을 때, 번화가를 지나 뒷골목으로 들어온 채윤이 허름한 시장 어귀에 차를 세웠다.

"다 왔어요, 여기가 CY엔터테인먼트 새 사무실이에요."

망각의 바다

"언니, 이게 뭐야! 사무실이 아니고 그냥 귀곡산장이잖아?"

채윤은 금방이라도 무너질 것 같은 사무실을 둘러보며 기가 막힌 듯 외쳤다. 지금 이 장면을 찍는 카메라가 없는 게 얼마나 다행인지 몰랐다.

연습생도 한 명뿐인데 전에 쓰던 사무실은 쓸데없이 유지비만 많이 들어서, '소박한' 규모의 사무실로 옮기기로 하고 화경에게 일 처리를 부탁했다. 채윤은 회사를 나간 연습생들을 쫓아다니면서 돌아와달라고 빌고, 그들의 부모들에게서 사기꾼 취급당하고, 그러는 한편 '러빙유' 제작진과 미팅하느라 한동안 눈코 뜰 새 없이 바빴기 때문이다.

그래서 화경이 '예산 범위에 들어맞는 사무실을 드디어 찾았는데 지금 계약하면 월세를 깎아준다더라'면서 전화했을 때, 그녀의 안목을 굳게 믿고 도장을 찍으라고 말했던 것이다. 채윤이 오기를 기다리고 있던 화경은 어깨를 으쓱하면서 어떻게든 사무실의 장점을 어필하려고 했다.

"봐, 채광도 잘 되고 통풍도 기가 막히잖아."

"그야 창문 유리창이 없으니까 그렇지! 게다가 통풍이 잘되면 뭐 해! 시장에서 파는 생선 냄새만 들어오는데! 심지어 벽지도 없잖아. 여기 대체 뭐하던 곳이야?"

"빈티지 인더스트리얼 콘셉트래. 요샌 이런 게 잘 나가."

"콘셉트는 무슨, 그냥 빈한 거겠지!"

채윤은 두 주먹을 불끈 쥐면서 버럭 소리쳤다. 화경은 팔짱을 낀 채 그 모습을 지그시 지켜보고 있다가, 철모르는 어린애에게 충고하듯 혀를 차며 말했다.

"현실을 좀 보고 살아라. 채윤아. 네가 정해준 예산 범위에서, 서울 시내에 사무실 얻는 게 어디 쉬운 줄 아니? 거기다 연예기획사라고 하면 건물주들이 다 질색해. 맨날 노래 틀어놓고 쿵쾅대지, 방음벽 설치한다고 다 건드려 놓지, 어쩌다 소속 연예인 하나 뜨기라도 하면 사생들이 개떼같이 몰려와서 벽에 낙서해놓지. 여기도 겨우 얻은 거야. 시장 안에 있는 건물이라 소음 상관없다고 말해줘서."

어느 한 군데 틀린 것 없는 화경의 말에 채윤은 더는 반박하지 못했다. 화경이 어련히 알아서 잘했으리라는 건 사실 알고 있었다. 다만 인정하고 받아들이기가 어려웠다. 로또 당첨이라는 휘황찬란한 팡파레와 함께 야심 차게 시작한 사업이 이토록 빨리 내리막길을 걷기 시작했다는 것이. 24억의 자본금이 남아 있었지만, 그 정도면 가수든 배우든 소속 연예인이 하나 데뷔한다고 쳤을 때 그 비용을 감당하기에도 간당간당한 수준이었다. 원래는 사무실 건물 구경만

하고 곧바로 돌아가려던 지훈은, 그런 그녀가 좀 딱해 보여서 불쑥 말했다.

"이 정도면 나쁘지 않은데요? 평수도 넓고, 내부도 깔끔하고, 구조도 괜찮고. 전 창문 안 달린 고시원에 사는데 여긴 거기에 비하면 5성 호텔 수준이에요."

지훈이 고시원에 살고 있다는 사실에 채윤이 놀라기도 전에, 화경이 먼저 매의 눈으로 그를 바라보며 추궁하듯 캐물었다.

"그쪽은 누구세요? 혹시 러빙유 출연자 중 한 명? 넷 중에 누구예요? 사채왕? 포르노킹? 슈퍼대디? 아님 마이클 잭슨?"

"마이클 잭슨이요?"

"성형 말이에요, 성형. 보아하니 사채왕 아님 슈퍼대디 같은데. 근데 우리 혹시 어디서 본 적 있나요?"

화경이 눈을 가늘게 뜨면서 의심스럽게 묻는 순간, 그는 가슴이 덜컥 내려앉는 것 같았다. 화경은 곰돌이 푸처럼 퉁퉁하고 친근한 지훈의 얼굴을 곰곰이 뜯어보다가 마침내 생각난 듯 손뼉을 치며 외쳤다.

"아! 알았다! 혹시 삼선동에서 붕어빵 팔지 않아요? 맥도날드 앞에서?"

"……."

"이젠 리얼리티 쇼에서 붕어빵 장수도 출연시키네. 하긴, 뭐. 신선한 캐릭터긴 하다. 이왕 여기까지 온 거, 이사하는 거 좀 도와주고 가요. 난 일하러 가야 해서."

지훈과 화경의 3년 만의 재회는 그렇게, 한쪽이 다른 한쪽을 붕어빵 장수로 단정하고 일을 시키고 가는 것으로 허무하게 끝났다. 어차피 공휴일이라고 딱히 할 일도 없는 지훈은 사무실의 탈을 쓴 귀곡산장에 머무르면서 일을 돕기 시작했다.

"이게 뭐지? '망각의 바다'? 소설책인가?"

채윤의 개인 소지품이 들어 있는 박스를 옮기던 지훈은, 뚜껑 아래로 삐죽 튀어나온 책등을 보고 고개를 갸웃했다. 채윤이 그의 매니저로 있는 동안 책 읽는 모습은 단 한 번도 본 적이 없었다. 문득 그녀의 책 취향이 궁금해졌다. 그걸 알면 그녀에게 더 쉽게 접근할 수 있을지도 모르니까. 저만치서 바닥에 대걸레질하던 채윤이, 박스 안으로 들어가는 지훈의 손을 보고 벼락처럼 고함을 쳤다.

"헉! 그거 손대면 안 돼요!"

"왜요? 뭔데?"

지훈은 자기도 모르게 예전에 그랬던 것처럼 슬쩍 말을 놓으면서, 하늘색 꽃잎이 잔잔하게 그려져 있는 책을 꺼내서 들여다보았다. 일반적인 책과 다르다는 것은 첫눈에 알 수 있었다. 출판사 이름이나 ISBN코드 같은 게 찍혀 있지 않았고, 작가 이름이 들어가야 할 자리에는 '첫눈'이라는 필명이 대신 적혀 있었다. 지훈은 채윤이 대걸레를 내팽개치고 허겁지겁 달려오는 것을 보면서 책장을 펼쳤다.

"여주, 김여주. 네 입술이 날 기억하지 못한다면 기억하게 만들어 줄게. 단우는 여주의 턱을 끌어올리면서 그대로 입술을 덮었……."

'뭐지, 이 손발이 다 오그라드는 대사는. 여주는 또 뭐야? 그 오이처럼 생긴 채소 말하는 건가? 아니면 경기도 여주? 그런데 성이 김 씨야? 내 이름은 여기서 갑자기 왜 툭 튀어나와?'

"으아아! 안 돼! 읽지 마요! 소리 내서 읽지 마! 죽여버릴 거야!"

채윤은 지훈의 손에서 책을 빼앗으려고 필사적으로 달려들었고,

그는 그런 그녀를 피해서 책을 펼친 양손을 허공에 높이 들어 올리면서 계속 읽었다. 살이 찌긴 했지만 한때는 훤칠한 8등신의 비율을 자랑하는 차단우였고, 지방주입시술이 키까지 줄어들게 하진 못했으니까. 아담한 체구의 채윤으로서는 불리한 실랑이였다. 그러나 지훈은 간과하고 있었다. 지금의 송채윤은 그가 알던 그 쭈구리 로드매니저가 아니라는 것을.

채윤은 입술을 지그시 깨물면서 지훈을 노려보더니, 그의 어깨를 양손으로 짚고 폴짝 뛰어올랐다. 그런데 각도를 잘못 맞추는 바람에, 그녀의 정수리가 그대로 지훈의 이마를 들이받으면서 함께 뒤로 넘어지고 말았다.

"윽!"

"헉!"

지훈의 바로 뒤에 소파가 있었던 게 천만다행이었다. 안 그랬다면 시멘트 바닥에 머리를 찧어서 골로 갔을지도 모르니까. 뇌진탕에 걸리는 대신, 지훈은 채윤의 어깨를 감싼 채 소파 위로 벌러덩 넘어졌다. 얼떨결에 지훈에게 끌어 당겨진 채윤도 그의 가슴에 이마를 댄 채 앞으로 쓰러졌다.

"……."

채윤이 지훈의 품에서 고개를 든 순간 두 사람의 눈이 마주쳤고, 찰나의 시간 동안 긴장감 어린 침묵이 감돌았다. 넘어질 때의 반동으로 위로 올라갔던 채윤의 머리카락이 지훈의 턱선을 간질이며 흘러내렸다.

지훈은 채윤에게서 나는 샴푸 향기가 좋다고 생각했다. 채윤은 탄탄한 근육질의 가슴이 아니라 곰처럼 푸근한 가슴에 안기는 느낌도 나쁘지 않다고 생각했다. 그리고 자신이 무슨 생각을 했는지 깨닫는 순간, 다시 한번 용수철처럼 튀어 오르면서 지훈의 몸을 밀쳐냈다.

"그, 그러게 내가 읽지 말라고 했잖아요! 왜 남의 물건을 함부로 만져요?"

"채윤 씨가 이상한 책을 갖고 있었잖아요!"

지훈은 채윤의 비위를 맞춰야 한다는 것도 잊어버리고 맞받아쳤다. 그도 당혹스러운 건 마찬가지였다. 한때 내로라하는 모델이며 여배우들과 염문설을 뿌렸던 그가, 다른 여자도 아닌 송채윤의 머리카락 냄새 따위를 맡다니. 도저히 용납할 수 없는 일이었다.

지훈은 여자를 가까이 한 지 너무 오래되어 그럴 거라고 합리화하려 했다. 지난 3년 동안 그의 반경 1미터 내 들어온 여자라고는 단 둘. 증인보호 프로그램의 서아진 검사와 밀린 방세를 독촉하러 오는 고시원 여주인뿐이었으니까. 지훈의 말을 들은 채윤은 귓불까지 발갛게 달아올라서 변명하려 했다.

"그건 이상한 책이 아니라…… 어머, 지훈 씨! 코에 멍! 멍들었어요!"

하긴, 그렇게 세게 들이받았는데 코피가 터지지 않은 게 신기했다. 채윤과 지훈의 싸움은 중단되었다. 채윤은 지훈에게 소파에 앉아 있으라고 하고는, 재빨리 시장으로 뛰어가서 달걀을 사 왔다. 지훈이 '멍이 있든 없든 못생긴 얼굴이니 괜찮다'고 말해도 소용없었다. 자기 잘못이니 자기가 책임져야 한다는 것이다. 채윤이 지훈의 콧등에 달걀을 문지르는 동안, 그는 호기심을 떨치지 못하고 캐물었다.

"그래서, 아까 내가 본 게 뭔데요? '첫눈'이 누구예요? '망각의 바다'는 뭐고?"

채윤은 짧은 한숨을 쉬었다. 무덤까지 갖고 가고 싶은 흑역사지만, 지훈의 콧등을 팬더 눈처럼 만들어놓았으니 그에게는 빚이 있는 셈이었다. 그나마 이곳에 카메라가 없다는 게 얼마나 다행인지 몰랐다. 그녀는 흠흠, 헛기침해서 목을 가다듬은 다음 매우 진지하게 선언하듯 말했다.

"'망각의 바다', 줄여서 '망바'는 8년 전 대한민국 차단우 팬덤을 휩쓸었던 팬픽이에요. 회차 평균 조회수 6만 건이라는 신화적인 기록에 힘입어 소장본이 나왔고, 그 소장본도 7천 부라는 팬픽 계에는 유례없는 판매 기록을 세웠죠."

"아, 그래서 그 팬픽의 팬이었던 거예요, 채윤 씨는?"

"아니요, 팬은 아니었어요. 작가였지. 그때는 고3이었어요."

채윤의 무뚝뚝한 대답에 지훈은 먹은 것도 없는데 사례가 들릴 뻔했다. 아이돌로 데뷔하던 시절부터 자신을 주인공으로 한 수많은 팬픽이 양산되었다는 건 잘 알고 있었다. 좋게 말하면 판타지, 나쁘면 망상 속 주인공이 된다는 게 때로는 흥미롭기도 했고 때로는 불편하기도 했지만, 그런 것도 다 팬 관리의 일환이라는 소속사 대표의 말에 그런가보다 수긍하고 넘어갔었다.

그런데 그 판타지 양산의 장본인이 바로 자기 옆에 있었다니. 그것도 매니저 역할을 하면서.

예상외로 불쾌한 기분은 들지 않았다. 오히려 일이 더 잘 되어 간다는 생각이 들었다. 그는 채윤을 유혹해서 자기에게 홀라당 넘어오게 하려고 이 자리에 있는 거니까. 그녀가 사춘기 시절부터 그를 이상적인 사랑 이야기의 주인공으로 삼고 환상을 꿈꾸었다면 그건 반가운 일이 아니겠는가. 지훈은 채윤에게 넌지시 물었다.

"저 '망각의 바다', 내가 읽어봐도 돼요? 무슨 내용인지 궁금한데."

"차단우 팬 아니면 재미없어요. 말이 소설이지, 사실상 처음부터 끝까지 차단우를 찬양하는 차단우만을 위한 성경 비슷한 책이니까요."

그렇다면 더욱 반가운 일이었다. 그 말로 지훈을 단념시키려 하던 채윤은 그가 흥미를 잃기는커녕 반짝반짝 눈을 빛내자, 체념한 듯 어깨를 으쓱하면서 소파 팔걸이에 얹어져 있던 책을 한 손으로 밀어주었다. 그녀의 나머지 한 손은 여전히 지훈의 코를 달걀로 문지르는 중이었다.

"어, 근데 이상하네요. 지훈 씨 코끝이 움직이지 않아요. 꼭 피노키오의 나무 코처럼. 이거 왜 이런 거예요?"

"내가 말했잖아요, 성형한 거라고."

지훈은 웃음기 하나 없는 어조로 말했는데, 채윤은 그 말을 듣자마자 기습적으로 폭소를 터뜨렸다. 누구도 돈을 들여 갖고 싶어하지는 않을 듯한 펑퍼짐한 주먹코가 성형이라니. 한참 동안 배를 잡고 끅끅대던 그녀는 하도 웃어서 눈꼬리에 맺힌 물기를 손등으로 닦아내면서 말했다.

"그 이야기는 들어도 들어도 웃기네요. 녹음해놓고 우울할 때 들어야겠어요."

이삿날은 역시
자장면이죠

"대표님, 이사하는 거 도와드리러 왔어요! 저 착하죠?"

지훈과 채윤이 이삿짐을 나르느라 고생하고 있을 때, 구세주처럼 나타난 사람은 바로 유노였다. 채윤은 일하러 왔다면서 머리부터 발끝까지 때 빼고 광내고 나타난 유노를 황당한 듯 쳐다보고 있다가, 우선 지훈에게 인사시켰다.

"김지훈 씨, 소개할게요. 우리 CY엔터테인먼트의 유일한 연습생인 유노예요."

"안녕하십니까! U to the N, O! 유노입니다. 파릇파릇한 열여덟 살, 키 179cm, 몸무게 68kg, 서울말, 부산말, 제주도말까지 3개 국어가 가능합니다. 포지션은 보컬, 필살기는 애교, 잘 부탁드립니다!"

유노는 영업용으로 개발한 듯한 낭랑한 목소리로 외치면서도 연신 주위를 두리번거렸다. 그 자신도 한때 대형 기획사의 아이돌 연습생이었던 지훈은, 유노가 뭘 그렇게 애타게 찾고 있는지 단번에 알아차렸다.

"여기 카메라 없는데. 오늘은 찍으러 안 왔어."

"아, 진짜요? 에이, 그럼 괜히 왔네. 다시 갈게요."

김샜다는 듯 말하고 곧바로 꽁무니를 빼는 유노의 뒷덜미를 채윤이 낚아챘다.

"어딜 가, 이사하는 거 도와주러 왔다면서?"

결국 유노는 지훈과 함께 무거운 음향장비를 나르는 신세가 되었다. 사실 별 도움은 되지 않았다. 칠 줄도 모르는 드럼 세트 두드리는 시늉을 하면서 머리를 흔들어대고, 스탠딩 마이크를 보자마자 달려들어 노래를 불러대는 유노를, 지훈은 철없는 막냇동생 보듯 관대한 시선으로 바라보았다. 그 나이에 걸맞게 까불대는 모습이 보기 싫지 않았다. 아마 여기가 WIN엔터였다면, 저 어린 연습생은 성장판이 닫히기도 전에 연골 갈면서 춤추고, 트레이닝 받고, 군기훈련 받고, 거기에 혹독한 다이어트까지 해서 아마 피골이 상접한 종이 인형 같았을 것이다. 18세의 차단우가 그랬던 것처럼. 지훈은 채윤이 왜 이런 회사를 차리고 싶어했는지 알 것 같았다.

"보고 싶다아—. 우어어어—. 보고 싶다아아아아아—!"

억지로 목을 쥐어짜며 고음을 부르는 유노를 보고, 지훈은 자기도 모르게 눈살을 찌푸렸다. 그는 유노에게 다가가서 잘못된 점을 조목조목 짚어주었다.

"위로 올리는 게 아니야, 앞으로 밀어내는 거지. 숨 뱉어내는 듯이 자연스럽게. 성대가 눌리지 않게. 음정은 그다음에 맞춰도 늦지 않아. 자, 내가 배를 눌러줄 테니까 다시 한번 해 봐."

지훈이 유노의 배를 손바닥으로 지그시 누르면서 허리를 펴 주자, 유노는 미심쩍은 표정을 하면서도 그가 시키는 대로 다시 한번 불러보았다.

"보고 싶다아—! 우와, 진짜 쫙 올라가네요? 대박 신기하다! 형 정체가 뭐예요? 보컬트레이너? 다른 것도 알려줄 수 있어요?"

눈을 반짝반짝 빛내는 유노를 보고 지훈은 그제야 자신이 실수했음을 알아차렸다. 아이돌 그룹 시절 동생들한테 가르쳐주던 버릇이 무의식중에 남아 있었던 모양인데, 더 이상 티 내면 안 되겠구나 싶었다.

"저 그냥 노래하는 거 좋아하는 구청 직원이에요. 아는 거 없어요."

"에이, 그러지 말고 전수 좀 해주세요. 저, 우리 대표님을 위해서라도 꼭 떠야 한단 말이에요!"

"대표님? 송채윤 씨?"

"네, 저 연예인 한다고 지금까지 전전한 기획사만 다섯 군데고, 그때마다 매번 등골 빼 먹히고 사기만 당했어요. 송 대표님은 절 진심으로 걱정해주고, 챙겨주고, 부족한 점 많아도 구박보다는 격려를 먼저 해주시는 따뜻한 분이라고요. 제주도에서 서울까지 올라올 수 있게 이사비용에 오피스텔 비용까지 자비로 다 대주셨는데, 실망하게 해 드리고 싶지 않아서 그래요."

유노의 간절한 표정이, 진심이 담긴 절실한 말이 지훈의 마음을 흔들었다. 그는 유노를 붙잡고 당장 필요한 기본적인 호흡법과 발성법을 알려주었다. 듣고 따라 불러볼 만한 뮤지션 이름들도 알려주었다. 지훈은 길에 우두커니 서서 직사광선을 그대로 받으며 자기 말을 경청하는 소년을 보고 얇은 한숨을 쉬었다.

"그리고 너 말이야, 피부 관리에 더 신경 써. 멋 부리는 거야 나중에 데뷔하고 나면 지겹게 할 테니까. 지금은 잘 먹고, 잘 자고, 볕에 안 타게 조심하고."

지훈은 자기가 쓰고 있던 모자를 유노의 머리에 씌워주면서, 얼굴을 한 번 지그시 들여다보았다.

"본바탕은 괜찮게 생겼네. 하지만 아이돌 판은 잘생겼는지 못생겼는지보다, 사람을 끌어당기는 매력이 있는지 없는지가 더 중요해. 내가 보기에 넌 천하태평에 4차원적인 게 매력인 거 같다. 그러니 억지로 멋있는 척하려고 하지 마. 알았지? 그리고 유노라는 이름은 아무래도 남 따라 한 거 같은데, 네가 지은 예명이야?"

"네, 원래 이름은 좀 촌스러워서요. 이풀잎이거든요."

"그게 훨씬 낫네. 나중에 데뷔하면 대표님한테 본명 쓰고 싶다고 해. 부모님이 지어주신 이름을 소중히 간직해야지. 쓰고 싶어도 못 쓰는 사람도 있으니까."

자못 의미심장하게 덧붙인 지훈의 말에 유노는 조금 의아한 표정이 되었다. 그때, 오토바이 한 대가 부르릉 소리를 내면서 건물 앞으로 달려와 서더니, 철가방을 든 배달원이 내렸다.

"배달 왔습니다! 자장면 3인분 곱빼기 시키신 거 맞죠?"

채윤이 전화로 주문한 점심식사였다. 유노, 지훈과 채윤은 셋이서 사무실 바닥에 신문지를 깔아놓고 간소한 상을 차렸다. 채윤은 지훈에게 자장면 그릇을 건네주면서 민망해했다.

"열심히 도와주셨는데 더 좋은 거 못 대접해서 죄송해요. 우리 회사가 지금 긴축재정 중이거든요."

"더 좋은 거라뇨, 이삿날은 역시 짜장면이 제격이죠."

지훈은 진심이었다. 유명 셰프의 레스토랑에서 먹는 음식 아니면 몸매 관리에 좋은 음식만 찾던, 커피 한 잔도 평범하게 마시지 못하던 시절은 이미 지나간 지 오래였다. 그는 감옥처럼 답답하던 안전가옥을 처음으로 나올 때, 류진과 단둘이 온종일 이삿짐을 옮긴 후 허겁지겁 먹어치운 자장면의 단맛을 아직도 잊지 못했다. 한편, 채윤은 지훈이 불어서 눌어붙은 면발을 나무젓가락으로 뒤적이는 모습을 보다가 못 참겠다는 듯 나섰다.

"이리 줘 보세요. 제가 해 드릴게요."

채윤은 엄숙하게까지 보이는 표정과 달리 신기에 가까운 능숙한 손놀림으로 자장면을 순식간에 비벼놓았다. 몇 번 건드리지도 않은 거 같은데, 면발 구석구석 소스가 촉촉이 배어든 게 아까보다 훨씬 맛깔나 보였다.

'우와, 이거 오랜만이네.'

지훈은 그 자장면을 보면서 와락 반가운 마음이 들었다. 채윤의 자장면 비비는 솜씨는 로드매니저 시절부터 유명했다. 일정이 긴박하게 돌아가는 영화나 드라마 촬영장에서는 다 같이 배달음식으로 끼니를 때우는 때가 많았고 중국 음식도 당연히 단골 메뉴였다. 그런데 지훈, 아니 단우는 채윤이 비벼주지 않은 자장면은 아예 먹으려 하지도 않았다. 어디 그뿐인가. 주변 스태프에게까지 채윤의 신기한 능력에 대해 자랑하듯 말하고 다녀서, 다들 채윤에게 자기 자장면도 비벼달라고 부탁해 오기까지 했다.

"우리 대표님 자장면 진짜 잘 비비시거든요. 아마 전국, 아니 전 세계 연예기획사에서 대표님이 자장면 비벼주는 곳은 우리 회사밖에 없을 거예요."

유노가 당연하다는 듯 자기 그릇을 채윤에게 내밀자, 그녀는 별

말 없이 그걸 받아들여 또 비비기 시작했다. 유노는 순수한 마음에서 하는 칭찬이었지만, 채윤은 그게 마냥 달갑지만은 않았다.

"나도 자장면이나 비벼주는 대표 할 생각은 없었거든. 이런 반지하 단칸방에서 연습생한테 이삿짐이나 나르게 할 계획도 없었고. 유노 너한테는 미안하다. 꽃길만 걷게 해준다고 약속하고 계약했는데. 꽃길은커녕 시작하기도 전에 진창길이어서."

"점점 키워가면 되죠. WIN도 처음에는 컨테이너 사무실에서 대표 두 명으로 시작했어요. 심지어 거긴 자본금도 없어서 법인등록도 못 하고, 연습생들이 데뷔앨범 제작비용 마련하느라 알바까지 했어요. 그래서 차단우도 여학교 앞 패스트푸드점에서 캐셔로 일했는데, 거기서 얼짱으로 소문나면서 인지도도 확 올라간 거예요."

"……."

지훈의 말이 끝나자마자, 채윤과 유노의 눈이 동시에 휘둥그레졌다.

"형은 그런 걸 어떻게 알아요? 연습생도 모르는걸. 그냥 구청 직원 맞아요?"

"그러니까, 내 말이. WIN 로드매니저였던 나도 모르는걸. 진짜 보면 볼수록 신기한 사람이네. 정체가 뭐예요? 차단우가 알바한 얘기는 어떻게 알아요?"

채윤의 말에, 지훈은 당황함을 감추지 못하다가 어설프게 변명했다.

"어, 이건 그냥 제가 차단우 팬이라서. 그 사람 노래도 좋아하고, 영화 드라마 찍은 것들도 다 좋아해요. 마지막으로 찍었던 청룡영화제 수상작은 지금도 시간 날 때마다 한 번씩 볼 정도예요."

"우와, 저도 그 영화 진짜 좋아하는데. 거기서 차단우 엄청 분위기 있게 나오지 않아요? 홍콩의 그 전설적인 배우랑 비슷한 느낌이라니까요."

"에이, 뭐 그렇게까지, 쑥스럽게."

지훈은 모처럼 들어보는 차단우에 대한 칭찬에 저도 모르게 입이 벌어졌다. 지훈과 유노가 한참 신나서 이야기꽃을 피우는데, 유노가 아무 말도 하지 않고 있는 채윤 쪽을 보면서 뜨끔한 표정을 지었다.

"앗, 이런. 우리 대표님 앞에서 차단우 얘기하면 안 되는데. 쉿! 쉿!"

"그래? 왜?"

"안 좋아하세요. 트라우마 있으시대요. 로드매니저 하셨다고 그래서 저도 이것저것 많이 물어봤었는데, 차단우의 'ㅊ'자도 꺼내지 말라고 혼났어요."

지훈은 그 말을 듣고 채윤을 쳐다보았다. 그녀는 금방이라도 울음을 터뜨리거나, 아니면 반대로 화를 낼 것 같은 어두운 낯빛을 하고 있었다.

"자장면 불겠어요. 얼른 먹어요."

채윤은 애써 아무렇지 않은 척하려 했지만, 그 목소리의 떨림까지 감출 수는 없었다. 그 순간 지훈은 가슴이 뭉클해졌다. 차단우가 공식적으로 죽은 지 3년이나 되었는데, 다른 사람들은 그를 모두 잊어버린 것처럼 보이는데도, 채윤에게는 아직도 말도 꺼내지 못할 만큼 크고 깊은 아픔이구나 싶었다. 그게 고마우면서도 미안하고, 기쁘면서도 슬프고, 반가우면서도 안타까웠다.

'미안하다, 채윤아. 넌 날 이렇게까지 좋아하는데. 난 널 이용할 수밖에 없어서.'

교통사고의
기억

"갈 때는 제가 운전할게요. 채윤 씨 너무 피곤해 보여서."

지훈은 좀비처럼 비척비척 운전석 쪽으로 걸어가는 채윤을 보다 못해 말했다. 자장면으로 든든하게 배를 채우고 나서도 그들은 거의 네 시간 가까이 일했다. 지훈과 유노는 그 정도로 끄떡없었지만, 덩치 작은 여자인 채윤은 완전히 녹초가 되어버렸다. 지금 그녀에게 운전을 시켰다가는 분명 사고가 날 것 같았다. 그렇다고 해서 택시를 타고 가기에는 '러빙유 하우스'까지 가야 할 길이 너무 멀었다.

"지훈 씨 면허 없다면서요?"

"뻥이에요. 면허 있어요."

지훈은 어처구니없는 표정을 한 채윤을 두고 태연히 운전석 문을 열고 들어가 앉았다. 면허는 있어도 면허증은 없었지만, 최대한 조심해서 운전하면 별 문제 없으려니 했다. 입씨름할 기운도 없는 듯 조수석에 와서 앉는 채윤의 안전벨트를 채워주면서, 지훈은 묘한 기분이었다. 예전에는 항상 이와 반대였다. 밤새 녹음이나 촬영을 마치고 파김치가 된 단우가 조수석에 앉으면, 채윤이 안전벨트를 채워주고 담요도 덮어준 후 펜트하우스까지 쥐죽은 듯 조용히 차를 운전해가고는 했다.

몸으로 익힌 건 쉽게 잊지 않는다더니, 염려했던 것과 달리 운전대를 잡자 자동으로 손발이 움직였다. 지훈은 여유롭게 차를 몰아가면서 채윤에게 말을 붙였다.

"그래서, '망각의 바다'는 무슨 내용이에요?"

"……"

지훈이 읽어보겠다며 우겨서 받아온 채윤의 소장본은 그의 무릎 위에 고이고이 모셔져 있었다. 외면하는 척하는 채윤을 향해 지훈은 끈덕지게 물었다.

"아까 슬쩍 보니까 여자주인공이 남자주인공을 기억 못 하는 것 같던데, 혹시 기억상실증 설정이에요?"

"네, 톱스타인 차단…… 남자주인공이 자기 팬클럽 회장인 여자주인공과 비밀연애를 하게 되었는데, 여자주인공이 파파라치의 차에 치여서 기억을 잃어버렸어요. 남자주인공은 여자주인공이 기억을 한꺼번에 되찾으면 충격받을까 봐, 그냥 평범한 사람인 척 그녀의 주위를 맴돌면서 하나하나 추억을 일깨워줘요."

지훈의 입가에서 보일 듯 말 듯한 웃음이 비어져 나왔다. 채윤이 고등학교 때 썼다는 팬픽이 묘하게 지금 상황과 맞아 떨어지는 것 같았기 때문이었다.

"그래서요? 나중에 여자주인공은 남자주인공을 알아봐요? 그래서 둘이 사랑에 빠지고? 그들은 결혼해서 오래오래 행복하게 살았습니다?"

"아뇨, 남자주인공이 불치병에 걸려서 피 토하면서 죽어요. 새드 엔딩이에요."

채윤의 단호한 대답에, 지훈은 뒤통수를 한 대 후려 맞은 듯한 반응이었다.

"아니, 왜요! 왜 결말을 그따위로 만든 겁니까! 남자주인공이 불쌍하지도 않아요? 게다가 시대가 어느 시댄데 각혈이에요, 진부하게!"

"아, 깜짝이야. 왜 지훈 씨가 소리를 지르고 그래요? 그냥 팬픽일 뿐인데. 원래 팬픽엔 그런 비극적인 감성이 잘 먹힌다고요. 팬들이 얼마나 좋아하는데. 읽기 싫음 그냥 돌려주세요. 나도 처음부터 별로 보여주고 싶지 않았으니까."

채윤이 지훈의 무릎에 놓인 책을 빼앗으려 하자, 그는 재빨리 손을 뻗어 책 끄트머리를 붙잡았다.

"싫습니다. 읽어볼 겁니다. 처음부터 끝까지 샅샅이! 남자주인공 차단우가 얼마나 처절하게 죽는지 내 눈으로 직접 확인해주겠다고요!"

지훈과 채윤은 책 한 권을 두고 밀고 당기면서 옥신각신 실랑이를 벌였다. 그 와중에 지훈의 시선이 잠시 정면에서 떨어졌고, 저만치 앞에 '공사 중' 사인이 나타났다. 현란한 형광색 글씨를 확인한 채윤이 기겁하면서 버럭 소리를 질렀다.

"지훈 씨, 앞에! 앞에! 위험해요!"

"!"

채윤의 말이 끝나기 무섭게, 도로를 가로질러 서 있는 거대한 공사용 트럭이 그들의 시야를 가로막았다. 뒤늦게 정신을 차린 지훈이 두 눈을 부릅뜨고 급브레이크를 밟았다.

끼이이익—! 날카로운 마찰음과 함께 1미터 가량 미끄러진 자동차가 트럭 앞에서 아슬아슬하게 멈춰섰다. 지훈과 채윤의 몸이 앞으로 확 쏠렸다가 다시 뒤로 확 젖혀졌다. 채윤은 안도감에 가슴을 쓸어내렸다.

"어휴, 큰일 날 뻔했네. 지훈 씨, 괜찮아요?"

"……."

지훈은 대답이 없었다. 그저 양팔로 머리를 싸매고 운전대에 얼굴을 파묻고 있을 뿐이었다. 많이 놀란 것 같았다. 채윤은 조수석 안전벨트를 풀고 그를 향해 몸을 기울이면서 걱정스럽게 물었다.

"지훈 씨? 왜 그래요? 어디 아파요?"

"헉…… 헉…… 숨을 쉴 수가……."

운전대 아래로 힐끔 보이는 지훈의 창백한 입술 사이에서 가쁜 숨소리가 새어 나왔다. 머리카락을 움켜쥔 그의 손등에 푸르스름한 핏줄이 터질 것처럼 불거진 걸 보고 채윤은 겁에 질렸다.

"숨을 못 쉰다고요? 어떡해요? 병원에 갈까요? 아니, 119 부를까요?"

"괜찮…… 괜찮아요…… 그냥 잠시만……."

지훈은 돌덩이에 깔린 것 같은 가슴을 들썩이면서 악문 잇새로 말했다. 교통사고 당시의 트라우마로 인한 공황발작이었다. 교통사고 직후에는 일주일에 한 번꼴로 찾아오던 발작이 점점 뜸해지다가 안전가옥을 나온 후로는 완전히 없어져서 이제 괜찮은 줄 알았는데, 급브레이크 밟는 소리가 트라우마를 자극한 모양이었다. 신경정신과 의사 말로는, 진짜로 숨을 쉴 수 없는 게 아니라 그런 것처럼 느껴질 뿐이라고 했다. 그러니 공포감에 이성을 놓아버리지 않는 것이 가장 중요하다고.

"어떡해, 어떡해요. 많이 힘들어 보이는데…….."

한겨울인데도 땀이 비 오듯 흘러내리기 시작한 지훈의 이마를 보고 채윤은 어쩔 줄 몰라 했다. 그녀는 잠시 망설이다가, 이내 그보다 더 자연스러운 일은 없다는 것처럼 지훈의 손을 잡았다. 그리고 사시나무처럼 떨고 있는 그의 얼굴을 자기 쪽으로 끌어당겨 가슴에 기댈 수 있게 해주었다.

"자, 숨을 천천히 쉬어 봐요. 나랑 같이. 들이쉬고, 내쉬고, 들이쉬고…….."

"후우……후우…….."

지훈은 채윤의 말에만 귀 기울이며 필사적으로 호흡을 가다듬었다. 차분하고 어른스러운 그녀의 목소리가 발작의 두려움을 한결 가라앉혀 주었다. 이마와 뺨에 와닿는 스웨터의 감촉이 까슬까슬하면서도 따스하고, 뭐라 말할 수 없이 포근했다. 창밖에서 겨울바람이 부는 소리가, 채윤의 고른 숨소리와 그에 맞춰 점점 느려지는 지훈의 숨소리 사이로 섞여들었다.

지훈의 얼굴에 점차 핏기가 돌아왔다. 쿵―. 쿵―. 차 안을 가득 메웠던 거친 숨소리가 잦아들면서, 가슴과 이마를 맞대고 있는 두 사람의 심장 소리가 아까보다 훨씬 선명하게 들려오기 시작했다. 지훈이 채윤의 품에서 고개를 살짝 움직이자, 채윤은 당황해서 그로부터 몸을 떼었다.

"아…….."

채윤의 뺨이 사과처럼 붉게 달아올랐다. 아무리 위급상황이었다지만, 지훈과 너무 친밀한 스킨십을 해 버렸음을 깨달은 것이다. 그녀는 자신을 빤히 쳐다보는 지훈으로부터 얼른 시선을 돌리면서 어설픈 변명을 늘어놓았다.

"저기, 난, 그냥 아무 생각 없이 급해서……."

이 차 안에 카메라가 없는 게 얼마나 다행인지 몰랐다. 아니, 그녀가 모르고 있다뿐이지 어딘가 숨겨져 있을지도 몰랐다. 만난 지 하루밖에 안 된 남자를 냅다 품에 끌어안고 다독이는 게 전국에 방송될지도 모른다고 생각하니 모골이 송연했다.

꼬르르륵—!

그때, 오케스트라가 장엄한 클라이맥스를 찍는 듯한 우렁찬 소리가 울려 퍼지면서 두 사람 사이의 어색함과 긴장감을 날려버렸다. 아침부터 해질 때까지 부지런히 일한 지훈의 배꼽시계가 정신없이 울리고 있었다.

"지훈 씨, 우리 밥 먹으러 갈래요? 제가 오늘 하루 종일 너무 부려 먹었죠?"

"밥 먹는 건 좋은데, 이번엔 제가 살 겁니다."

"제가 산다니까요. 일당 대신이에요."

안전을 기하기 위해 운전대 잡은 사람을 바꾸면서, 지훈과 채윤은 서로 밥을 사겠다고 사이좋은 다툼을 벌였다. 결국 지훈이 밥을 사는 대신 채윤이 식당을 고르기로 했다. 채윤은 조수석에 앉아 '망각의 바다'를 들춰보고 있는 지훈을 밉지 않게 흘겨보면서 쫑알거렸다.

"두고 봐요, 진짜 비싼 곳으로 갈 거니까. 막 1인당 15만 원씩 하고 그런 데 가버릴까 봐. 나한테 사게 할걸 하고 금방 후회하게 될걸요?"

그러나 지훈은 피식 웃을 뿐이었다. 그가 하루 동안 꼬박 함께 있으면서 알게 된 채윤의 성격상 그를 골탕 먹이자고 일부러 비싼 식당에 갈 것 같지 않았을 뿐더러, 만일 간다고 해도 식대 정도는 기꺼이 부담할 작정이었다. 30억이 걸려 있는 썸인데, 30만 원 정도도 투자하지 못한다고 하면 그야말로 양심 없는 거라고 생각했다.

채윤은 여유 있어 보이는 그의 태도에 오오, 감탄하며 놀리는 시늉을 하면서 차를 몰았다. 약 20분 후, 채윤은 대학가가 있는 번화가 언저리에 위치한 작은 건물 앞에 차를 세우면서 장난스럽게 말했다.

"다 왔어요. 이 대한민국에서 제일 음식 잘하는 레스토랑."

"여기가요?"

지훈은 반쯤 열린 차창을 통해 지은 지 얼마 안 된 것 같은 깨끗한 건물을 내다보았다. 1층에는 단 두 개의 가게만 입점해 있었는데, 하나는 '미스터 선샤인'이라는 이름의 칵테일 바였고 다른 하나는 '엄마의 손맛'이라는 간판을 달고 있는 자그마한 식당이었다.

지훈은 설마 칵테일바에 가자는 건 아니겠지 싶어 식당을 빤히 쳐다보았지만, 아무리 봐도 특별한 구석이 없어 보였다. 채윤은 아무 말 없이 빙긋 웃으며 차에서 내렸고, 지훈도 그녀의 뒤를 따랐다. 투명해 보일 만큼 깨끗하게 닦인 유리문을 열고 들어가자, 원목으로 꾸며진 소박하고 아늑한 열두 평 남짓의 공간이 나왔다.

식당 이름에 걸맞게 화려한 메뉴보다는 정성스러운 집밥으로 승부하는 컨셉인지, 벽에는 딱 네 종류의 메뉴만 적혀 있었다. 제육볶음정식, 닭볶음탕정식, 고등어구이정식, 함박스테이크정식이었다.

메뉴를 눈으로 쭉 읽어내려가면서 지훈은 놀랍기도 하고 신기하기도 했다. 자기가 가장 좋아하는 음식 네 가지였기 때문이다.

"실은 여기 주인 아주머니가 저랑 인연 있으신 분이에요. 진짜 좋은 분인데, 지훈 씨한테도 인사시켜 드릴게요."

채윤의 말이 끝나기가 무섭게, 안쪽 주방에서 그녀의 목소리를 들은 누군가가 부리나케 달려 나왔다. 빨간 앞치마를 두르고 하얀 머릿수건을 쓴 50대 중반의 여자였다. 머리카락에는 새치가 희끗희끗 섞이고, 눈꼬리와 목덜미에는 잔주름이 조글조글 잡혔지만, 그럼에도 불구하고 여전히 고운 얼굴이었고 날씬한 체격이었다. 왕년에는 분명 상당한 미모를 자랑했을 것이다. 그녀는 채윤을 보고는 눈이 휘어지도록 환하게 웃으면서 두 팔을 벌렸다.

"어이구, 우리 채윤이 왔어? 오랜만이네? 그동안 많이 바빴나봐."

"죄송해요, 어머니. 제가 그동안 너무 뜸했죠? 그 대신 오늘 곱빼기로 먹고 갈게요. 아, 그리고 이쪽은요……."

채윤은 주인 아주머니를 지훈에게 소개해주기 위해 몸을 돌렸다. 그런데 지훈은 채윤의 말을 전혀 듣고 있지 않았다. 소개 같은 건 받을 필요도 없었다. 이 식당의 주인은, 지훈과 이 세상에서 제일 가까웠고, 지금도 마음으로는 항상 가까이 있는 사람이었으니까. 유령을 보는 것처럼 여자를 뚫어지게 보던 지훈의 입술이 스르르 열리면서, 걷잡을 수 없이 떨리는 목소리가 새어 나왔다.

"엄마?"

단우도 지훈도 아닌,
아들의 눈물

"지금 나한테 뭐라고……?"

주인 아주머니는 눈을 휘둥그레 뜨면서 되물었다. 앞치마 자락을 쥔 손이 파르르 떨렸다. 지훈은 충격이 고스란히 드러나는 그 장면을 보고서야 뒤늦게 정신 차렸다. 신분을 절대 드러내서는 안 되는 자신의 처지도 기억해냈다.

"아, 죄송합니다. 저희 어머니하고 무척 닮으셔서, 순간적으로 착각했어요."

"그래요? 이를 어쩌나? 그쪽 손님은 내 아들하고 하나도 안 닮았는데."

주인 아주머니는 지훈의 말에 안도한 듯, 웃음기를 되찾고 슬쩍 농담을 던져왔다. 그랬다. 그녀는 김지훈의 엄마가 아니라, 세상을 떠난 톱스타 차단우의 엄마였다. 그녀는 지훈과 채윤을 중앙 테이블로 안내하면서 허물없는 투로 말했다.

"그런데 목소리가 많이 비슷해서 잠깐 놀라긴 했네요. 처음 보는 얼굴인데 누구? 혹시 우리 채윤이 남자친구예요?"

단우 엄마가 둘을 번갈아 보며 의미심장한 미소를 짓자, 채윤은 손사래를 쳤다.

"남자친구는 무슨! 그런 거 아니에요. 그냥 새로 사귄 친구예요. 오늘 사무실 이사하는 거 도와주고 같이 밥 먹게 됐는데, 어머니 손맛을 보여주고 싶어서요."

"이사 축하 기념이면 좀 좋은 데 가지 그랬어, 미안하게. 그래도 기왕 여기까지 왔으니 열심히 차려볼게. 채윤이는 맨날 먹는 함박스테이크 먹을 거고, 우리 젊은 손님은 뭐 드실 건가요? 그냥 동네 밥집이라 입맛에 맞는 게 있을지 모르겠네요."

단우 엄마가 지훈을 쳐다보며 묻자, 그는 똑바로 대답하지 못하고 어물거렸다.

"아, 저는, 뭐든지 다 좋은데요."

"식당에 와서 그런 식으로 주문하는 사람이 어딨어요? 하나를 콕 집어줘야지."

"아니, 근데 정말 다 좋습니다. 다 맛있어요. 해주시는 음식은 뭐든……"

지훈은 진심이었다. 3년 만에 눈앞에 보이는 엄마의 모습, 귀에 들리는 엄마의 목소리, 익숙한 엄마의 체취. 그것만으로도 충분했다. 찬밥을 간장에 비벼 먹으라고 해도 눈물 나게 맛있게 먹을 것 같았다. 단우 엄마는 별 이상한 손님 다 보겠다는 듯 지훈을 빤히 쳐다보다가, 그 대신 명쾌하게 결론을 내려주었다.

"그럼 고등어구이 정식으로 해요. 오늘 고등어가 물 좋은 게 들어

와서."

"네, 그걸로 주세요."

단우 엄마는 도로 주방으로 들어가고, 지훈과 채윤은 마주 앉은 채 식사가 나오기를 기다렸다. 채윤과 단둘이서 하는 첫 번째 식사. 점수를 딸 절호의 기회였지만 지훈은 다른 곳에 정신이 팔려있었다. 주방 안에서 부산하게 왔다 갔다 하는 엄마의 뒷모습이 바로 그 것이었다.

"저 어머니라는 분, 채윤 씨와 많이 친한 분인가 봐요? 어떻게 알게 됐어요?"

지훈은 단우 엄마의 등에서 시선을 떼지 않은 채 채윤에게 슬쩍 물었다. 3년 전에 멈춰진 그의 세상, 그러니까 차단우의 세상에서는 그의 엄마와 송채윤이 지금처럼 가까운 사이가 아니었다.

물론 단우 엄마가 채윤을 비롯한 모든 스태프들을 틈만 나면 보살펴주지 못해 안달이었고, 채윤도 단우 엄마에게 잘했던 건 사실이었다. 그러나 어디까지나 그것뿐, 차단우와 상관없는 독자적인 관계를 형성하고 있지는 않았다. 채윤은 한참 뜸을 들이다가, 살짝 가라앉은 목소리로 말했다.

"지금으로부터 3년 전쯤에, 같이 일하던 사람이 세상을 떠났어요. 저 아주머니는 그 사람 어머니시고요. 그 사람한테 아버지도 안 계시고, 형제자매도 없어서, 아주머니 혼자 남으셨어요. 그게 마음에 걸려서 자주 찾아가다 보니까 이렇게 됐어요."

단우는 순간적으로 할말을 잊었다. 지난 3년 내내, 단 하루도 엄마에 대해 걱정하지 않고 넘어간 날이 없었다. 이 넓은 세상에, 자기를 제외하고 엄마를 신경 쓰는 사람은 아무도 없다고 생각했다. 그런데 채윤이 엄마를 찾아가 주었다니, 안부를 확인해주었다니. 기대조차 하지 않았던 일이었다.

"자, 식사가 나왔습니다."

넘치도록 담은 밥그릇과 통통한 고등어구이 접시, 각종 밑반찬과 찌개 뚝배기가 담긴 쟁반을 든 단우 엄마가 테이블로 다가왔다. 그 뒤에는 여자종업원이 함박스테이크가 지글지글 끓고 있는 돌판과 볶음밥 그릇, 샐러드와 수프 접시가 담긴 쟁반을 들고서 뒤를 따랐다. 단우는 이 작은 식당이 나름대로 종업원까지 두고 있다는 사실에 한 번 놀랐고, 쟁반이 내려진 후에도 끝도 없이 차려지는 풍성한 음식들에 두 번 놀랐다. 테이블에 남은 자리가 없어 김치 그릇 위에 계란말이 그릇이 포개져 놓인 것을 보면서, 채윤은 기가 차다는 듯 고개를 저었다.

"아니, 어머니. 이렇게 팔아서 무슨 장사가 돼요? 남는 게 아니라 손해나겠네."

"무슨 소리야? 식당 차릴 돈 빌려준 것도 고마운데. 그 보답으로는 약소하지."

"별 거 아니라니까요. 그냥 제가 은행에 돈 넣어두는 거 안 좋아해서 그래요."

채윤은 갈색 소스가 듬뿍 끼얹어진 함박스테이크를 썰면서 쑥스러운 듯 말했다. 그제야 지훈은 그가 벌어오는 돈 아니면 생계수단이 없었던 엄마가 어엿한 식당 주인으로 변신할 수 있었던 이유를 알아차렸다. 은행에 돈 넣는 걸 싫어한다는 말은 아마도 단우 엄마의 미안함을 덜어주려는 선의의 거짓말일 것이다. 채윤의 남은 복권 당첨금 30억은 아직도 은행 계좌에 들어 있을 테니까.

"어머, 고등어는 그렇게 먹으면 안 돼요. 목에 가시 걸려요. 이리 줘 봐요."

지훈이 젓가락으로 자른 고등어 한 토막을 입에 넣으려는 것을 본 단우 엄마가 기겁하면서 가로막았다. 그녀는 비닐장갑 낀 손으로 단우가 내려놓은 고등어 토막의 살을 알뜰하게 발라내기 시작했다. 수백 번 해본 것처럼 능숙한 손길이었다.

"자, 이걸로 먹어봐요. 아, 해 봐요."

단우 엄마는 두툼한 고등어살을 지훈의 입 앞에 내밀었고, 지훈은 반사적으로 입을 벌렸다. 비닐장갑 낀 손이 입술을 꾹 누르면서 들어왔다가 다시 나갔다. 서늘한 비닐장갑의 감촉과 따뜻한 손의 감촉. 지훈은 순간적으로 눈시울이 확 뜨거워지는 것을 간신히 참았다. 와락 무너지지 않으려 애쓰면서 필사적으로 고등어 살을 씹었다. 고소하면서도 짭짤한 감칠맛이 입안에 눈물처럼 퍼졌다.

"어이구, 젊은 사람이라 그런가. 복스럽게 잘 먹네. 우리 아들도 그랬는데. 체하면 안 되니까, 꼭꼭 씹어서 많이 먹어요."

단우 엄마는 그 말을 마지막으로 남기고, 종업원을 이끌고 다시 주방으로 사라졌다. 등허리가 살짝 굽은 그 뒷모습을 바라보는 지훈의 시야가 물기로 뿌옇게 흐려졌다. 함박스테이크를 맛있게 오물거리던 채윤이 그 모습을 보고 흠칫했다.

"지훈 씨, 눈이 빨개졌는데. 많이 매워요?"

"아, 네. 맵네요."

지훈은 충혈된 눈을 고등어구이에 들어간 고춧가루 탓으로 돌릴 수 있는 걸 다행으로 생각하면서, 괜히 입가에 부채질하는 시늉을 했다. 채윤은 컵에 찬물을 따라서 지훈에게 내밀었고, 그는 그걸 마시고 나서 그녀에게 불쑥 물었다.

"그런데 채윤 씨는, 왜 남의 어머니한테 그렇게 잘해줘요?"

"네?"

"차…… 아니, 채윤 씨가 함께 일했던 사람은 죽었다면서요. 보통 알고 지내던 사람과 관계가 끊어지고 나서, 그 사람 부모와 관계를 유지하는 게 흔한 일은 아니잖아요. 득될 것도 없고, 신경 쓰이는 게 한두 가지가 아닐 텐데."

"꼭 득이 되어야만 누구와 관계를 유지하는 건 아니잖아요?"

"네?"

이번에는 지훈이 되물을 차례였다. 득이 되지 않는 관계를 일부러 만든다니, 그의 머릿속에는 아예 없는 개념이었다. 그에게는 엄마를 제외하고는 주변 모든 사람과의 사이에 이해관계가 있었으니까. 정글 같은 연예계에서 어릴 적부터 생존해오면서 그가 배운 게 그거였다. 이 세상에 공짜는 없으니, 공짜를 기대해서도, 공짜로 무언가를 주지도 말라는 것.

이렇게 마주 앉아 밥을 먹고 있는 채윤에게서도 그는 기대하는 게 있었다. 그녀가 그를 선택해서 이 프로그램에서 우승시켜 주는 것, 그리고 언젠가 그녀의 돈이 자신의 수중으로 넘어오는 것. 채윤은 지훈이 무슨 생각을 하고 있는지 전혀 모른 채 태연하게 말을 이었다.

"제가 처음 로드매니저 됐을 때부터, 어머니가 저한테 참 잘해주셨어요. 다른 사람들한테는 다 무시당하기만 했죠. 아들이 엄청 유명한 사람인데도 어머니는 항상 소박하고 겸손하기만 하셔서, 그 점이 참 좋았어요. 어차피 저도 부모님 두 분 다 시골에 계시고, 의

지할 사람도 없고 해서, 엄마처럼 따르는 거죠. 그리고 밥도 진짜 맛있잖아요? 요즘 이렇게 정성스럽게 밥 차려주는 식당이 어딨어요."

　채윤은 해맑게 웃으면서 숟가락을 움직였다. 그 모습을 물끄러미 바라보던 지훈도 따라서 숟가락을 들었다. 목구멍 아래에서부터 치밀어올라오는 뜨거운 것을 꾹꾹 누르면서, 음식이 어디로 넘어가는지도 모르게 급하게 씹어 삼켰다. 달고, 짜고, 맵고, 인생의 모든 희로애락이 그 안에 다 담겨 있는 것 같았다. 그러다가 밥알에 목이 걸려서 켁켁거리기도 했다. 채윤이 그의 등을 두드려주며 걱정해주었다.

　"어휴, 천천히 먹어요. 뭘 그렇게 급하게 먹어요? 집밥 먹는 게 오랜만이에요?"

　"……."

　지훈의 기침이 그치기까지는 한참의 시간이 걸렸다. 마침내 진정되었을 때, 그의 눈꼬리에는 이슬 같은 눈물 한 방울이 맺혀 있었다. 된통 고생했으면 식욕이 떨어질 법도 한데, 지훈은 반드시 그릇을 다 비워야 한다는 사명감에 찬 사람처럼 다시 묵묵히 숟가락질을 했다. 그런 그를 보고 문득 호기심이 챙긴 채윤이 물었다.

　"지훈 씨 부모님은 어디 사세요? 자주 찾아뵈어요?"

　채윤의 질문에, 지훈은 잠시 멈칫했다. 그러다가 주방 쪽을 한 번 힐끗 바라보고는 차분한 태도로 대답했다.

　"아버지는 안 계시고, 엄마만 있어요. 그런데 만나지는 못해요."

　"만나질 못해요? 왜요?"

　"그냥, 그런 사정이 있어요."

　"……."

지훈은 더 얘기하기 싫은 티를 냈고, 채윤은 더 캐묻지 않았다. 그녀가 짐작하기로 지훈에게는 10억 원의 빚이 있었으니, 아마 그게 원인인가 보다 지레짐작할 뿐이었다. 사채업자가 쫓아다닌다거나, 부모님에게 보증을 세우려 한다거나 하는 이유로 채무자가 가족과 강제로 절연하기도 한다는 건 그녀도 잘 알고 있었다. 채윤은 바닥이 보일 때까지 깨끗하게 밥을 긁어먹는 지훈을 보며 혼자 생각했다.

　'내가 이 사람을 선택하면, 그래서 3억 원을 받게 되면, 그때는 부모님을 만나러 갈 수 있을까? 아니면 빚이 10억인데 3억으로는 턱도 없으려나?'

　식사를 마친 후, 지훈과 채윤은 누가 계산할지를 두고 다시 한번 다투었다. 지훈은 약속대로 자기가 내겠다고 했고, 채윤은 자기 멋대로 여기까지 데려왔으니 자기가 내겠다고 고집을 부렸다. 결국 지훈이 계산대를 선점하는 데 성공했다.

　"맛있게 먹었어요? 차린 게 요즘 사람들 입맛이랑은 안 맞아서, 잘 먹었을지."

　단우 엄마는 계산기를 두드리면서 조금 미안한 듯한 표정을 지었다.

　"잘 먹었습니다. 정말 맛있었어요."

　"어머, 그래요? 그럼 다행이고."

　단우 엄마는 가슴을 쓸어내리면서 웃었다. 지훈은 품 안에서 닳아빠진 가죽 지갑을 꺼내 뒤적거리다가, 5만 원짜리 지폐 한 장을 꺼내 내밀었다.

　"거스름돈은 그냥 가지셔도 됩니다."

　"무슨 소리야, 그런 게 어딨어요? 얼른 받아요. 백 원짜리 하나라도 빠뜨리면 다시는 못 오게 할 줄 알아요."

단우 엄마는 입으로만 으름장을 놓은 게 아니라, 정말 백 원짜리 동전 하나까지 꼼꼼히 세어서 지훈의 지갑에 넣어주었다. 그녀의 시선이, 모퉁이가 찢어져 보풀이 다 비어져 나온 가죽 지갑에 잠시 머물렀다.

"어머, 이거, 우리 아들이 쓰던 지갑이랑 똑같은 거네."

지훈은 그녀의 혼잣말에 맞장구를 칠 수도, 아니라고 할 수도 없었다. 교통사고 현장에서 병원으로, 거기서 곧바로 안전가옥으로 옮겨졌던 지훈에게는 남아 있는 소지품이 이 지갑 외에는 아무것도 없었다. 그래서 구멍이 나고 너덜너덜해졌는데도 버리지 못하고 몸에 반드시 지니고 다녔다.

가끔은 자기 자신도 거울 속의 얼굴이 더 익숙하고, 벽에 걸려 있는 차단우의 사진은 낯설어지는 때가 있는 요즘, 과거의 한 조각을 갖고 있는 게 그나마 위안이 되어서였다. 지훈은 단우 엄마를 물끄러미 바라보다가 충동적으로 입을 열었다.

"아주머니, 아니, 사장님. 부탁드리고 싶은 게 하나 있는데요."

"응? 뭔데요?"

"저기, 실례가 안 된다면…… 아니, 실례겠지만…… 한 번만 안아봐도 될까요?"

"응?"

당혹스러워하는 단우 엄마의 표정에, 지훈은 역시 무리한 부탁을 했나 싶어 민망해졌다. 그냥, 도저히 그냥 갈 수가 없어서, 3년 만에 만난 엄마를 조금이라도 가까이서 느껴보고 싶어서 한 말이었는데, 냉정하게 생각해보니 역시 처음 만난 사이에서 나올 만한 말은 절대 아니었다. 미친놈이라고 내쫓는대도 할 말이 없었다.

"아니에요, 그냥 말이 잘못 나왔네요. 신경 쓰지 마세요. 죄송합니다."

지훈은 얼굴을 붉히면서 그대로 몸을 돌려 나가려고 했다. 그런데 그때, 계산대 뒤에서 허겁지겁 나온 단우 엄마가 그를 붙잡더니, 그대로 품에 덥석 껴안았다.

"젊은 사람이 많이 힘든가 보네. 기운 내요. 언제든 편하게 밥 먹으러 오고."

단우 엄마는 지훈의 등을 토닥토닥 두드려주면서 위로하듯 말했다. 그 따뜻하고 다정한 목소리가 귀를 통해 들려오는 동시에, 맞닿은 가슴과 가슴을 통해 울림으로 전해져 왔다. 지훈은 목이 울컥 메는 것을 느끼면서 간신히 대답했다.

"네."

지훈은 식당에서 '러빙유 하우스'까지 돌아오는 내내 한마디도 하지 않았다. 그저 화난 사람처럼 입을 다물고 서늘한 표정으로 창밖을 바라볼 뿐이었다. 채윤은 자기가 뭔가 잘못했나 싶어 그의 눈치를 보기까지 했다. 마침내 집 앞에 도착했고, 둘은 나란히 차에서 내렸다. 대문을 열고 들어가기 전, 지훈이 우뚝 발걸음을 멈춰 세우고는 채윤을 향해 몸을 돌렸다.

"채윤 씨, 오늘. 정말 고마웠습니다."

지훈은 그 말과 함께 허리를 깊이 숙여 인사했다. 너무도 진지하고 정중한 태도에 채윤이 오히려 당황하고 말 정도였다.

"뭐가 그렇게 고마운데요? 맛있는 식당에서 지훈 씨한테서 밥 얻어 먹어준 거? 아니면 심심하게 공칠 뻔한 공휴일을 즐거운 노동으로 보내게 해준 거요?"

"둘 다요."

고개를 천천히 들면서 대답하던 지훈은 채윤과 눈이 마주쳤다. 그 순간, 자신이 방금 한 말이 진심이었다는 걸 깨닫고 조금 놀랐다. 고맙다는 것도, 즐거웠다는 것도, 모두 진심이었다. 마지막으로 이렇게 즐거웠던 때가 언제였나 싶었다.

Open your mind

"웬 마른하늘에 날벼락이야, 진짜. 이게 무슨 소린지도 하나도 모르겠고."

채윤은 거실 테이블에 앉은 채로 땅이 꺼지게 한숨을 내쉬었다. 그녀 앞에는 눈이 아플 정도로 빽빽하게 채워진 서류가 펼쳐져 있었다. 그때 현관문 열리는 소리가 났고, 채윤은 다급하게 서류를 치우기 시작했다. 그러나 지나치게 서두른 바람에, 맨 위에 놓여 있던 서류가 휙 날아가 방금 들어온 사람의 발밑에 떨어졌다.

"고……소장?"

가방을 옆에 내려놓고 서류를 주워들던 서준이 소리 내어 그 제목을 읽었다. 채윤은 후다닥 달려가 그의 손에서 서류를 빼앗아 들고, 서둘러 말을 돌리려 했다.

"서준 씨 오셨어요? 일찍 퇴근하셨네요? 저는 네 명 중에 서준 씨가 제일 늦게 퇴근하실 줄 알았는데. 원래 로펌 변호사는 살인적으로 바쁘다면서요."

"재판 마치고 바로 왔습니다. 저는 원래 일거리를 갖고 와서 집에서 하는 걸 좋아해서요. 그건 그렇고, 채윤 씨 고소당했어요? 누구한테?"

"아니에요! 절대 아니에요! 고소는 무슨! 서준 씨가 잘못 보신 거예요!"

채윤은 거실 전면에 달린 카메라를 힐끗거리면서 필사적으로 부인했다. 서준도 그녀의 그런 시선을 눈치챘다. 그는 굳어졌던 표정을 재빨리 풀고 사과했다.

"그래요, 내가 잘못 봤나 보군요. 미안합니다. 채윤 씨가 고소 같은 걸 당할 리 없죠."

"저, 저는 다른 분들 오시기 전에 장이나 봐 가지고 올게요. 저녁 먹어야죠."

채윤은 테이블에 흩어진 서류들을 주섬주섬 모아서 2층으로 통하는 계단을 올라갔다. 어디다 숨겨둘까 고민하다가, 침실 바로 옆에 붙어 있는 드레스룸의 미닫이문을 열고 들어갔다. 옷을 갈아입는 곳이기 때문에 그곳에는 카메라가 없었다. 드레스룸이라고 해봤자 옷걸이는 대부분 텅텅 비어 있었다. 채윤이 옷을 많이 가져오지 않았고 원래 가진 옷도 적어서였다.

"어휴, 하마터면 들킬 뻔했네."

채윤은 서류 더미를 빈 선반에 올려놓고, 밖에 입고 나갈 가벼운 코트를 찾기 시작했다. 그때, 노크도 없이 미닫이문이 벌컥 열리면서 서준이 안으로 들어왔다.

"으악! 뭐예요! 노크도 없이!"

"아, 미안합니다! 옷 갈아입고 있었던 건 아니죠?"

"갈아입고 있을 수도 있었잖아요!"

"보통 고소당한 사람이 그다음 하는 일이 옷 갈아입는 건 아니니까요."

서준은 태연하게 대답하더니 옷방 안을 둘러보다가, 선반 위에서 서류 더미를 발견했다. 채윤이 미처 말릴 틈도 없이, 그가 서류를 집어 들어 쭉 훑어보는 데는 미처 몇 초도 걸리지 않았다. 사건을 파악하는 것도 마찬가지였다.

"그러니까, 기획사에서 뛰쳐나간 연습생들 부모가 채윤 씨를 상대로, 아이들을 제대로 돌보지 않고 방치했다면서 계약해지 및 손해배상청구소송을 제기한다고요."

"……네."

"연습생들을 제대로 돌보지 않고 방치했습니까?"

"무슨 소리예요! 절대 아니에요! 지방에서 올라온 애들한테는 기숙사도 주고, 학교 다니는 애들은 학비 지원에, 식대와 용돈도 넉넉히 주고 보컬, 랩, 댄스 트레이너를 전부 따로 고용해서 수업도 시켜줬다고요! 억울한 건 저란 말이에요!"

채윤은 버럭 소리를 질렀다가, 지금 화내야 하는 대상이 서준이 아니라는 사실을 깨닫고는 한풀 꺾인 목소리로 다시 물었다.

"서준 씨, 아니 임서준 변호사님. 저 어떻게 하죠? 변호사님 일하시는 로펌에서 혹시 이런 사건도 받아주시나요?"

"저희 로펌에선 기본적으로 지구인이 연관된 사건이라면 가리지 않고 뭐든 합니다. 다만 수임료가 좀 세죠."

"얼마나요?"

"기본 수임료가 3천만 원, 그다음부터는 시간당 20만 원의 보수가 책정되고, 승소할 경우 승소액의 일정 비율을 성공보수로 내셔야 합니다."

"……변호사님 비밀이 10억 빚이 아니라는 건 확실히 알겠네요."

채윤은 양어깨를 축 늘어뜨리면서 힘없이 중얼거렸다. 서준은 그런 그녀를 물끄러미 바라보다가 빙긋 웃으면서 말했다.

"기획사 대표로서 의무를 다했다는 걸 입증할 자료가 그렇게 많다면, 굳이 비싼 돈 주고 변호사를 선임할 필요는 없어요."

"정말요?"

"네. 기숙사 임대차계약서, 학비 납부 영수증, 식대 결제한 카드 영수증, 트레이너 고용계약서와 송금내역. 그 트레이너한테 진술서도 받아서 법원에 제출하세요. 그 정도면 계약해지를 막을 수도 있고, 원한다면 위약금도 받아낼 수 있어요."

"잠깐만요, 적을게요. 영수증…… 송금내역…… 진술서……."

허겁지겁 휴대폰을 꺼내 서준이 말한 내용을 메모하던 채윤이 문득 생각난 듯 고개를 들고 물었다.

"전 애들을 억지로 붙잡거나 위약금을 뜯어내고 싶지는 않거든요. 일찍 데뷔시켜주지 못한 건 제 잘못이니까, 그냥 준 계약금만 반환받고 싶은데 가능할까요?"

"물론입니다. 반소라는 걸 제기하면 돼요. 그것도 어려운 건 아니고 반소장 하나만 쓰면 되니까, 그때 가서 내가 도와줄게요."

"정말요? 고맙습니다! 이 은혜를 어떻게 갚죠? 제가 따로 수고비라도……."

"수고비는 됐고, 그러면……."

서준은 채윤의 어깨에 엉거주춤 걸쳐져 있는 코트를 보면서 빙그레 웃었다.

"장 보러 같이 가죠. 채윤 씨하고 나하고 둘이서."

"……."

채윤은 당황한 기색을 드러내면서 곧바로 대답하지 못하고 어물거렸다. '러빙유 하우스'에 들어온 지 사흘째, 어떤 유혹에도 흔들리지 않겠다는 결심을 그럭저럭 잘 지켜왔다. 키 크고 잘 생기고 능력 있고 신사적인, 그러나 어떤 무서운 비밀을 숨기고 있을지 모르는 남자와 함께 장을 보러 가는 건 계획의 일환이 아니었다. 서준은 망설이는 채윤을 짐짓 가벼운 말투로 재촉했다.

"뭘 그렇게 생각해요? 데이트하자는 것도 아니고. 그냥 장 보는 것뿐인데."

그 말에 채윤은 에라, 모르겠다 하고 마음을 먹었다. 서준의 말대로 그냥 장보기일 뿐이었다. 여태껏 인류 역사상, 장을 보면서 큰일이 일어났단 말은 들어본 적이 없었다. 채윤은 코트를 똑바로 걸치고는 드레스룸 문을 열어젖히면서 말했다.

"그래요, 그럼. 가요. 장 보러."

채윤은 서준과 함께 걸어서 인근 마트로 향했다. 사흘째 되는 날부터는 외출할 때도 카메라맨이 따라붙을 거라고 하더니, 아닌 게 아니라 알리지 않았는데도 저만치서 핸디캠을 든 남자가 촬영을 하면서 따라오고 있었다. 그러나 서준은 카메라맨의 존재를 조금도 의식하지 않는 것 같았고, 그러자 채윤도 크게 신경 쓰이지 않았다.

처음 만났을 때부터 느꼈던 거였지만, 서준에게는 함께 있는 사람을 편안하게 해주는 재주가 있었다. 마트로 들어간 서준은 카트를 밀고, 채윤은 앞에서 끌고, 도란도란 대화를 나누면서 넓은 매장을 돌았다.

"오늘 저녁 메뉴는 뭘로 할까요? 어제 저녁엔 지훈 씨하고 뭐 먹었어요?"

"어제는 그냥 가정식 먹었어요. 고등어구이하고 함박스테이크."

"그래요? 그러면 오늘은 양식으로 한번 가볼까? 연어구이에 파스타 어때요?"

"좋죠, 거기다 와인도 한 병, 아니 두 병 곁들일까요?"

그렇게 오늘 저녁 메뉴를 두고 머리를 모아 고민하기도 하고.

"거기, 새댁. 오늘 장어가 아주 싱싱한데 구워서 신랑한테 좀 먹여봐요."

"저 새댁 아니고요. 이쪽은 신랑 아닌데요."

"아, 그럼 애인 사이인가? 그럼 더 좋지. 원래 남편한테는 미국산 소고기 주고, 애인한테는 풍천 장어 주는 법이거든. 하이고, 남자친구 아주 훤하게 잘생겼네."

가판대에서 장어를 파는 아줌마에게 애인 사이로 오해를 받기도 하고.

"시식하는 음식은 왜 이렇게 맛있는 걸까요? 저 여학교 다닐 때는요, 학교 옆에 마트가 있었는데 애들이 하도 탈탈 털어대서 결국 시식코너가 없어졌다니까요."

"난 여자들이 자기들끼리만 있을 때 왜 훨씬 많이 먹는지 그게 더 궁금하던데."

시식 코너에서 튀겨 파는 군만두를 서서 먹으면서 그런 대화를 나누기도 했다. 머리부터 발끝까지 명품만 걸치고 다니는 초일류 변호사라는 이미지와 달리, 서준은 성격도 취향도 의외로 서민적이고 털털했다.

도대체 저 사람에게는 눈에 보이는 결점이라는 게 없는 걸까. 그런 생각에 빠져 발걸음을 옮기던 채윤은 하마터면 정면에서 카트를 밀면서 기운차게 뛰어오는 어린아이와 부딪칠 뻔했다.

"채윤 씨, 위험해요!"

채윤의 몸과 카트가 충돌하기 직전, 서준의 손이 그녀의 허리를 붙잡아 자기 쪽으로 홱 끌어당겼다. 두 사람의 얼굴이 자칫 잘못하면 닿을 것처럼 가까워지면서, 서준이 뿌리고 있는 세련되고 산뜻한 향수가 채윤의 코를 간질였다. 그녀는 허리를 가뿐하게 받치고 있는 단단한 손을 의식하지 않을 수 없었다.

"아…… 감사해요. 큰일 날 뻔했네."

채윤은 더듬더듬 말하면서 조심스럽게 서준의 손에서 빠져나왔다. 두 뺨과 귓불이 살며시 달아오른 게 느껴졌다. 심장이 빠르게 뛰는 소리가 귀까지 들렸다.

'잠깐, 이거야말로 진짜 위험하잖아. 조심해야겠어. 혹하지 말자.'

채윤은 고개를 세차게 흔들어 그 미묘한 기분을 떨쳐내려고 애썼다. 서준은 아무 일도 없었다는 듯 태연하게 카트를 밀면서 그녀 옆에서 걷고 있었다.

"채윤 씨, 내 비밀이 뭐일 것 같아요?"

"네? 그건 갑자기 왜요?"

"아까 나한테, 10억 빚진 건 아닌 것 같다고 했잖아요. 그럼 남은 세 가지 중 어떤 게 내 비밀이라고 생각하는지 궁금해서요."

서준은 정말 순수한 호기심이 어린 표정을 짓고 있었다. 꼭 게임 같은, 아니 실제로 게임의 일부인 이 질문에 채윤은 순간적으로 경계심을 풀고 생각에 잠겼다.

"음, 사실 어느 쪽도 안 어울리는데, 굳이 고르자면 애 셋 딸린 돌싱남이요."

"왜요?"

"사람을 배려하고 챙겨주는 게 몸에 배어 있으니까요. 도저히 미혼남에게 가능한 수준의 스킬이 아니다 싶어요. 그리고 솔직히 서준 씨 진짜 자연스럽게 잘생겼잖아요? 학생 시절부터 여자들이 가만히 내버려 두지 않았겠죠."

채윤은 한쪽 손가락을 치켜들면서 셜록 홈즈라도 된 것처럼 진지하게 추리했다.

"고등학교 3학년 때나 대학교 초반에 사고 쳐서 아내는 애 낳고 도망가고, 본인은 끝까지 책임지겠다고 애들을 키우는 거라면 꽤 어울릴 법도 해요. 애들을 위해서라도 성공해야겠다고 이 악물고 공부해서 사법고시 붙은 거고. 그렇게 바쁘게 살다 보니까 연애할 시간이 없어서 연애 리얼리티 프로그램에 나왔······다?"

채윤은 말을 하다 말고 멈칫했다. 카트를 밀고 가던 서준이 그 위로 허리를 숙이고 엎어져 쿡쿡 소리 나게 웃고 있었다.

"그거 완전 드라마틱한데요. 채윤 씨 상상력이 풍부하네요. 소설 한번 써봐요."

장난기 어린 서준의 말에, '망각의 바다'라는 흑역사가 떠올라 버린 채윤은 흠칫하지 않을 수 없었다. 그리고 또다시, 서준을 경계해야 한다는 사실을 잊었다. 마침내 매장을 다 돈 두 사람은 물건을 채워 넣은 카트를 밀고 계산대 앞에 섰다.

"채윤 씨, 우리 계산 금액 얼마 나올지 내기할까요? 이긴 사람 소원 들어주기."

"에이, 아무리 그래도 제가 남자인 서준 씨보다는 낫겠죠. 그렇게 불공평한 내기는 양심상 못해요."

"내가 이길지도 모르는 거잖아요. 어떻게 장담해요? 합시다, 내기."

"알았어요. 후회해도 저는 책임 안 져요. 어디 보자. 연어 샀고, 고기 샀고, 우유 샀고, 파스타 샀고, 와인하고 맥주 샀고. 20만 원 정도 나올 거 같네요."

"음, 그럼 난 16만 2천 3백 원."

"에이, 서준 씨 진짜 장 많이 안 보셨구나. 5인인데 어떻게 16만 원이 나와요?"

채윤은 약 올리듯 놀렸지만, 서준은 빙그레 웃으면서 카트에 있는 물건들을 묵묵히 계산대 위에 올려놓을 뿐이었다. 그리고 잠시 후, 캐셔가 마지막 물건에 바코드를 찍으면서 운명의 숫자를 발표했다.

"총 16만 2천 3백 원입니다."

서준이 말한 것과 정확히 일치하는 금액에, 채윤의 입이 절로 벌어졌다.

"어떻게 된 거예요? 혹시 장 보는 동안 물건 가격 전부 계산하고 있었어요?"

"별거 아니고, 그냥 버릇 같은 겁니다. 머리 녹슬지 말라고 하는. 때려 맞추는 게 아니라 계산하면 안 된다는 조건은 없었잖아요?"

채윤은 어처구니가 없었지만, 달리 반박할 말이 없었다. 그녀는 서준이 스태프 명의 카드로 계산을 마치고, 식료품 봉투를 양손에 들고 마트 입구로 나올 때까지 기다렸다. 그러고는 허리에 양손을 얹은 채 그의 앞을 가로막고 서서 말했다.

"좋아요. 내기는 내기고, 여장부 한 입으로 두말 안 하니까. 소원이 뭔데요?"

설마 키스를 해 달라는 건 아니겠지. 그런 저질스러운 쌍팔년도 구닥다리 수법을 시전한다면 채윤은 그전의 고마웠던 마음을 깡그리 날려버리고 서준의 사타구니를 보기 좋게 걷어차 줄 만반의 준비가 되어 있었다. 그러나 서준은 그런 그녀를 물끄러미 바라보다가, 전혀 예상치 못한 말을 툭 던졌다.

"송채윤 씨, Open your mind."

"네?"

"마음을 열어달라고요. 솔직히 말해서, 김지훈 씨 말고 나머지 사람들한테는 완전히 철벽 치고 있잖아요. 프로그램 촬영 시작된 첫날부터."

"……"

서준의 말에 채윤은 아니라고 반박하지 못했다. 서준은 그녀를 추궁하는 게 아니라 설득하듯이, 조곤조곤 차분한 어조로 말을 이었다.

"채윤 씨 연예기획사 운영한다고 했죠. 어쩌면 회사 홍보하러 여기 나왔을 수도 있겠네요. 그래도 괜찮아요. 난 그게 나쁘다고 생각 안 해요. 어차피 인간과 인간은 서로를 이용하는 존재니까요. 나도 마찬가지고. 하지만 이용하는 관계라고 해서 감정이 생기지 말란 법은 없잖아요?"

서준은 쌍꺼풀이 갸름하게 진 깊은 눈으로 채윤을 똑바로 주시하면서 말했다.

"그러니까 마음을 열어줘요. 김지훈 씨가 아닌 다른 사람들에게도. 나에게도. 기회는 주어야 공평하지 않겠어요?"

채윤은 잠시 망설였다. 카메라맨은 원하던 만큼의 분량을 채우고, 특히 서준이 채윤을 끌어당기는 장면을 포착한 것에 대단히 만족했는지 촬영을 마치고 돌아간 후였다.

그런데도 마치 누군가 지켜보고 있는 느낌이 드는 건 왜일까. 채윤은 서준의 짙은 눈을 바라보면서, 마치 뭐에 끌리는 사람처럼 스르르 고개를 끄덕였다.

인간쓰레기, 차단우

"엇, 치사해! 서준 형이랑 채윤 누나랑 둘이서만 장 보고 온 거예요?"

양손에 식재료가 가득 담긴 봉투를 든 채 들어서는 서준과 채윤을 보고 하현이 야유 섞인 소리를 질렀다. 차례차례 퇴근하고 집으로 돌아온 지훈과 하현, 이건이 거실에 모여서 사라져버린 두 사람을 기다리고 있던 중이었다.

"미안, 다른 사람들 기다리다간 너무 늦어질 것 같아서."

사실 이것도 다 경쟁의 일환이니 미안해할 일은 아닐 텐데, 서준은 부드럽게 웃으면서 사과했다. 이건은 묵묵히 일어나서 걸어가더니 서준의 손에 들린 무거운 와인 병을 받아들었다. 뒤따라 일어난 지훈도 채윤에게 다가가, 식료품 봉투를 옮겨 받아 주방으로 가져가기 시작했다.

"오늘 바람이 세던데, 춥지 않았어요?"

"네, 많이 움직여서 괜찮았어요."

채윤은 씩씩하게 대답하더니, 마치 서로 짜기라도 한 것처럼 서준과 시선을 교환하면서 가볍게 웃었다. 찬바람을 맞아서 사과처럼 발그레해진 두 뺨과 홍조가 도는 입술이, 오늘따라 유독 반짝반짝 빛나는 까만 눈동자가 지훈의 기분을 묘하게 만들었다.

　"연어하고 파스타 면이 있네요. 와인도 있고. 오늘 저녁은 양식 먹고 싶었나 봐요? 연어에 와인 넣고 소스 만들어서 파스타에 얹으면 되겠네요. 맛있겠다."

　지훈은 왜 서준과 함께 장을 보러 갔는지 묻고 싶은 마음을 꾹 억누르고, 식재료를 하나하나 꺼내놓으면서 태연한 척 말했다. 그래도 식사 준비할 때는 채윤과 둘이 있을 수 있다는 생각에 마음이 놓였다. 첫날 저녁 식사의 대성공으로, 적어도 이 '러빙유 하우스'의 공인 셰프는 김지훈이라는 암묵적인 공식이 성립되어 있었으니까. 그런데 서준이 지훈의 손에 들린 앞치마를 슥 가져가며 끼어들었다.

　"아, 그거 아니에요, 지훈 씨. 이 와인이 얼마나 좋은 건데 이걸 소스로 만들어요? 와인은 따로 마실 거고, 연어는 구울 거고 파스타는 오일로 만들 거예요. 오늘 저녁 준비는 나하고 채윤 씨가 할 테니까 지훈 씨는 쉬고 있어요. 많이 힘들죠? 진상 민원인들이 구청 직원들 무시하고 깔보고 욕하고 그런다면서요."

　서준은 걱정하는 의미에서 한 말이란 걸, 지훈도 모르진 않았다. 그러나 왠지 기분이 나빴다. 꼭 빈정대는 것 같아서, 채윤이 듣는 앞에서 자신을 깔아뭉개는 것 같아서. '구청 직원'이라는 말을 굳이 여기서 언급해야 하나 싶었다. 심지어 자신은 정식 직원조차 되지 못하는 계약직에 불과하지 않은가. 주방 천장에 붙은 카메라가 이 광경을 지켜보고 있었다. 그 카메라의 존재로 인해 그들 사이에서는 당연하다는 듯 경쟁 구도가 형성되었다.

채윤은 두 남자를 번갈아 보며 난처한 기색을 드러냈다. 그러다가, 김지훈이 아닌 다른 남자 출연자들에게도 마음을 열어주어야 공평하다는 서준의 말이 떠올랐다. 채윤은 그 순간 마음을 굳혔다.

"그래요, 지훈 씨. 오늘은 쉬어요. 서준 씨가 파스타를 잘한다고 하니까 한 번 맡겨봐요. 큰소리 떵떵 친 것만큼 맛있지 않으면, 그때 가서 실컷 욕하자고요."

"아니, 채윤 씨! 너무 한 거 아니에요? 채윤 씨야말로 요리하면서 와인 다 마셔버리고 취하지나 말라고요! 예전에도 그런 적 있다면서요?"

장난 섞인 디스를 주고받은 채윤과 서준이 사이좋게 웃음을 터뜨리는 걸 들으면서, 머쓱해진 지훈은 주방을 떠나 거실로 나왔다. 세 사람이 복작거리기에는 주방이 충분히 넓지 않기도 했지만, 무엇보다 두 사람 사이에 낀 불청객이 되고 싶지 않았다. 이 집에 들어오기 전, 그리고 이 집에 들어오고 나서도 지긋지긋하게 그를 괴롭혔던 감정, 고독함과 소외감이 두꺼운 외투처럼 어깨를 둘러쌌다. 출연자 중에서 그래도 채윤과 가장 빨리, 가장 가까이 친해졌다는 건 어쩌면 자기만의 착각이었는지도 모르겠다는 생각이 들었다.

"우와, 서준이 형 사진발 정말 잘 받네요. 채윤 누나랑 나란히 서 있는 투샷도 좋네요. 그리고 있으니까 꼭 집들이 준비하는 신혼부부 같다."

하현은 소파에 비스듬히 앉아 주방을 건너다보면서 카메라 포커스를 맞추고 있었다. 이건은 샤워하러 갔는지, 욕실에서 물 떨어지는 소리가 들렸다.

지훈은 하현이 사진 찍는 모습을 씁쓸한 표정으로 지켜보았다. 하현의 카메라가 서준과 채윤의 투샷을 마음에 쏙 들어 한 것처럼, 아마 이 집 곳곳에 설치된 촬영용 카메라도 마찬가지일 것이다. PD가 그림 좋다며 감탄하는 소리가 귀에 선했다. 그 아래에는 '선남선녀, 천생연분, 서—윤 커플 탄생' 같은 호들갑스러운 자막이 깔릴 게 보지 않아도 뻔했다.

지훈의 미간에 굵은 주름이 잡히는 것을 본 하현이 씩 웃었다. 그리고 턱 끝으로 주방을 가리키면서 지훈에게 넌지시 말을 걸어왔다.

"지훈이 형, 신경 쓰여요?"

"넌 신경 안 쓰여?"

지훈은 대답 대신 그렇게 되물었다. 전체 열흘의 촬영 일정 중 아직 사흘밖에 지나지 않긴 했지만, 서준에 비해 하현이나 이건은 그다지 적극적으로 채윤에게 다가가는 것 같지 않았다. 이건은 본래 타고나기를 워낙 무뚝뚝한 성격이어서 하고 싶어도 못 하는 것 같았지만, 하현은 그런 것 같진 않았다. 그의 붙임성과 친근함은 가히 천하무적에 가까운 수준이었으니까. 그보다는 그렇게까지 노력할 마음이 없는 것 같았다. 손깍지를 껴서 뒷머리를 받친 하현은 소파에 눕다시피 편하게 몸을 묻으면서 태평하게 대답했다.

"저요? 그닥. 전 사실 꼭 우승해야겠다는 생각으로 여기 나온 건 아니에요."

"그럼? 왜 나왔는데?"

"그냥 재밌을 것 같아서? 어차피 시간도 남아돌고, 새로운 사람들 만나는 것도 좋아하고. TV 출연해서 얼굴이 알려지면 DJ 할 때 받는 페이나, 피팅모델 할 때 받는 알바비도 올라갈 거고. 뭐 그러다 우승

하면 좋고 아니면 말고."

"……."

"그래서 전 어떻게 되든 딱히 상관없는데, 형은 아닌 것 같네요. 혹시나 해서 얘기하는 건데, 너무 희망 회로 돌리진 마세요. 그러다 형이 상처받을까 봐 걱정돼서 하는 말이에요. 제 연애경험에 비춰 볼 때 말이죠, 여자들은 편한 남자와 금방 친구가 되지만 그건 어디까지나 우정일 뿐이에요. 정작 연애하고 사랑하는 건 불편한 남자와 하더라고요. 괜히 둘이 있으면 불편하고, 긴장되고, 한 마디 한 마디 신경 쓰이고, 마음을 들었다 놨다 하는, 그게 바로 텐션이고 케미거든요."

하현은 제법 잘 아는 것처럼 설명하다가 문득 말을 멈췄다. 거실 전면에 설치된 카메라의 존재를 의식한 것이다. 하현은 카메라 렌즈가 숨겨져 있는 곳을 한 치의 어긋남도 없이 똑바로 파악해서 쳐다보면서 장난스럽게 덧붙였다.

"아, 오해하지 마세요. 여자들에게만 국한되는 얘긴 아니니까. 남자들도 마찬가지예요. 편한 여자와는 밥친구 술친구 먹으면서 할 말 못 할 말 다 하고, 진짜 마음에 둔 여자 앞에서는 어버버거립니다. 그러니까 이 방송을 보고 계신 전국의 여성 시청자 여러분, 혹시 맘에 드는 남자가 있으면, 그 남자가 자기 앞에서 얼마나 빙구같이 구는지 꼭 눈여겨보세요!"

하현의 애교는 귀여웠다. 아마 이 영상이 방송되면, 앞 얘기만 듣고 악플을 달려고 휴대폰을 집어 들었던 시청자들도 생긋생긋 웃는 얼굴을 보면서 뭐 저런 놈이 다 있어, 하고 피식 웃어버리고 말 것이다. 지훈도 평소 같았으면 그랬을 것이다. 그러나 지금은 도저히 그럴 기분이 아니었다.

"나 바람 좀 쐬고 올게. 저녁은 너희들끼리 먹어."

"네? 형 저녁 안 먹어요? 왜요?"

"속이 안 좋아서."

지훈은 짤막하게 대꾸하고는 외투를 챙겨 들면서 일어났다. 그가 거실을 가로질러, 현관을 통과해, 집 밖으로 나오는 동안에도 채윤은 그의 동태에 관심이 없는 듯 보였다. 지훈은 그 사실에 속이 상하고 자존심이 상했다.

'그 말이 맞는 건가? 난 그냥 동성 친구처럼 편한 사람일 뿐이라고?'

한때는 지훈도 '여자를 불편하게 만드는, 긴장하게 만드는, 들었다 났다 하는' 그런 남자였다. 그의 이름 석 자 앞에는 항상 '천년에 한 번 나올까 말까 한', '페로몬을 발산하는', '마성의 매력남' 같은 순정만화에서나 나올 법한 수식어들이 따라붙었다. 여자들은 그와 맞닥뜨리면 다들 제정신이 아닌 것처럼 행동했다. 울거나, 비명을 지르거나, 기절하거나, 그것도 아니면 손을 벌벌 떨면서 어쩔 줄 몰랐다. 채윤도 마찬가지였다. 그의 앞에서는 말도 제대로 못 했고, 어쩌다 그가 무심하게 한 마디 툭 던지면 귓불까지 새빨개져서 허둥거렸다.

'그때의 나와 지금의 내가 달라진 게 뭔데? 외모? 그것 말고 또 뭐가 있어?'

주머니에 손을 넣은 채 터덜터덜 걷던 지훈은 집 앞 놀이터에 도착했다. 그리 늦은 밤은 아니었는데, 날이 추워서 그런지 놀이터에는 생쥐 한 마리도 얼씬하지 않았다. 지훈은 어둠에 내려앉아 황량한 인상을 주는 놀이터를 둘러보다가 바람에 흔들리고 있는 그네에 걸터앉았다.

마음이 복잡했다. 단순히 프로그램에서 우승 못 할지도 모른다는, 3억 원의 상금을 받지 못 할지도 모른다는 위기감만은 아니었다. 가슴 언저리를 어둡게 칠하는 듯한 이 낯선 감정은, 어떤 음식도 목구멍으로 넘어갈 것 같지 않은 이 거북함은, 어쩌면 질투일까.

지훈은 차단우로 살면서 자기보다 노래 잘하고 춤 잘 추는 가수에게, 더 높은 몸값을 받는 배우에게 질투를 느껴본 적은 있었지만, 단 한 번도 여자 때문에 질투해본 적은 없었다. 그리고 김지훈으로 살게 되면서부터는, 질투라는 감정을 아예 내려놓고 살았다. 이 세상의 태반이 자기보다 잘나 보이는 사람이었으니까. 일일이 열등감을 느끼다가는 정신병 걸리는 지름길일 테니까.

지훈은 멍하니 상념에 잠긴 채 그네를 탔다. 20분, 아니 30분 남짓 지났을까. 놀이터 입구에서 두꺼운 파카를 껴입은 그림자가 나타나서 이쪽을 기웃거렸다. 지훈이 그네를 멈추고 그쪽을 쳐다보자, 그림자가 낭랑한 목소리로 그를 불렀다.

"지훈 씨? 거기 지훈 씨 맞아요?"

"채윤 씨?"

채윤은 지훈의 목소리를 듣고 안심했다. 그녀는 종종걸음으로 그네가 있는 곳으로 다가왔다. 그녀는 그네에 앉아 있는 지훈의 앞까지 오더니, 허리에 척 손을 얹고 꾸짖듯이 말했다.

"속 안 좋다면서요. 그런 사람이 추운 날 밖에는 왜 돌아다녀요? 얼른 들어가서 저녁 먹어요. 지훈 씨 몫은 따로 남겨놨어요."

"아뇨, 그냥 바람 쐬고 싶어서요. 잠깐 이러고 있을게요. 채윤 씨만 들어가요."

실은 혼자 있는 게 싫었으면서도, 지훈은 맘에 없는 말을 했다. 그러자 채윤은 한숨을 폭 내쉬면서 주머니에서 작은 보온병을 꺼냈다.

"하우스메이트가 이러고 있는데 어떻게 들어가요? 자, 그럼 이거라도 먹어요."

지훈은 얼떨결에 보온병을 받아들었다. 뚜껑을 열자, 김이 모락모락 올라오면서 고소한 수프 냄새가 풍겼다. 저녁 식사 준비를 마친 채윤이 하현으로부터 '지훈이 형은 속이 안 좋다고 나갔다'는 말을 듣고 급히 끓인 수프였다.

"속 안 좋다고 해서 굶으면 안 돼요. 굶는 게 건강에 제일 나쁘거든요. 옆에 있어 줄 테니까 천천히 먹어요."

채윤은 다정하게 말하면서 지훈의 바로 옆 그네에 앉았다. 지훈은 아무 말도 하지 못하고, 가만히 수프 한 모금을 들이마셔 보았다. 가루에 물만 넣어서 끓이는 인스턴트 수프였지만, 그 친숙한 맛이 더 정겹고 따스했다. '굶는 게 건강에 제일 나쁘다'. 그 말은 로드매니저 시절 채윤이 단우에게 자주 했던 말이기도 했다. 내일 아침 일찍 화보 촬영이 있으니까, 피곤해서 씹는 것조차 귀찮으니까, 요즘 바지가 좀 끼는 것 같으니까 굶겠다고 하는 단우를, 채윤은 집요할 정도로 쫓아다니면서 뭐라도 하나 더 먹이려고 했다. 주마등처럼 지나가는 그 기억이 지훈은 흐뭇하기도 하고, 한편으로 씁쓸하기도 했다. 그래서 충동적인 말이 튀어나왔다.

"채윤 씨도 역시 잘생긴 남자가 좋죠?"

"네?"

지훈의 갑작스러운 질문에 채윤은 난데없이 이게 뭔 소린가 싶었다. 지훈은 쪽팔림을 무릅쓰고 차근차근 설명했다.

"아니, 그러니까 내 말은, 채윤 씨도 안목이라는 게 있고 취향이라는 게 있을 테니까. 그리고 연예기획사에서 일하면서 연예인들을 수두룩하게 봤을 테니까. 아무래도 남들보다 보는 눈이 높지 않냐는 거예요. 임서준 씨, 잘생기지 않았어요?"

"……."

채윤은 잠시 입을 벌린 채 지훈을 빤히 쳐다보았다. 거의 1분 가까이 지났을까. 그녀는 드디어 짚이는 게 있는 듯 조심스럽게 물었다.

"지훈 씨 혹시 지금…… 내가 임서준 씨 얼굴에 반해서 갑자기 친하게 지낸다고 생각하는 거예요? 오늘 장 보고 온 것도, 저녁 준비한 것도 그렇고?"

"……."

지훈의 침묵은 곧 긍정의 대답이었다. 그 반응에 채윤은 손바닥으로 이마를 짚으면서 기가 막히다는 듯 말했다.

"저요, 세상에서 제일 싫어하는 게 얼굴값 하는 놈들이에요. 연예기획사에서 일하면서 눈이 높아지지 않았느냐고요? 그럼요, 당연히 눈이 높아졌죠. 사람의 외모가 아니라 인간성을 따지는 쪽으로요!"

채윤은 놀라서 자신을 쳐다보는 지훈을 향해 열변을 쏟아냈다.

"내가 지금까지 만났던 사람 중 제일 잘생긴 남자가, 지금까지 만났던 사람 중 가장 쓰레기 같은 인간이었다면 믿겠어요? 이기적이고, 자기중심적이고, 지구가 자신을 중심으로 돈다고 생각하는 구제불능 오만방자 나르시스트. 어휴, 그 인간만 생각하면, 아니 그 인간 때문에 조금이라도 번지르르하게 생긴 남자만 보면 아직도 치가 떨린다고요, 내가!"

"……그게 누군데요?"

지훈은 채윤이 만났던 사람 중 제일 잘생긴 남자가 누굴지 생각하면서 물었다. 살아 움직이는 조각이라고 불리던 영화배우 장동준? 아도니스의 후예라는 별명을 갖고 있던 모델 이종성? 그의 머릿속에 떠오른 사람들은 주로 차단우의 경쟁자로 평가받던 인물들이었다. 그러나 다음 순간, 채윤의 입술 사이에서는 지훈이 생각지 못했던 유일한 이름이 튀어나왔다.

"차단우요! 내가 한때 광팬이었고, 매니저였던 바로 그 차단우 말이에요. 아니, 그 말은 정확하지 않겠네요. 난 매니저가 아니라 그냥 그 사람 노예였으니까."

"!"

지훈은 이루 말할 수 없이 큰 충격을 받았다. 채윤을 재회한 후로, 아니 그전에도 이렇게 충격받은 적이 없었다. 굳이 비교하자면 얼굴을 못생기게 바꾸는 성형수술을 한 후 처음으로 붕대를 풀고 거울을 봤을 때와 비슷한 충격이었다. 자신의 가장 충실한 팬이라고, 신봉자라고 믿었던 매니저가, 사실은 몸서리치게 자신을 싫어하는 안티였다니. 뭔 놈의 인생이 이렇게 끝도 없는 반전투성이란 말인가. 채윤은 충격과 혼란에 빠져있는 지훈을 두고서 봇물 터진 듯 말을 쏟아냈다.

"얼마나 성격이 더럽고 까탈스러웠으면, 얼마나 잘난 척을 해대고 배려심이 없었으면, 학창시절을 통째로 덕질에 갈아 넣어 대학까지 못 간 빠순이가 오만 정이 다 떨어졌겠어요? 상상이 가요?"

"아, 아뇨……."

지훈은 정말로 상상이 안 갔다. 자기가 뭘 그렇게 잘못했나 싶었다. 물론 채윤에게 세심하게 대해주지 못했던 건 맞았다. 아니, 조금 더 솔직해지자면 그냥 언제 어디서나 곁에 있는 스태프 중 하나로, 어쩌면 일종의 소품 같은 것으로 여겼다. 애초에 신경 쓰지 않았기에 채윤이 뭐가 그렇게 힘들었는지조차 그는 몰랐다. 그런 지훈을 향해 채윤은 따지듯이 버럭 소리쳤다.

"딸기우유 말이에요!"

"네? 딸기우유요?"

딸기우유가 도대체 뭐 어쨌다는 건지, 지훈은 화들짝 놀라서 갈팡질팡했다. 채윤은 3년이 지난 지금 생각해도 분한 듯 씩씩거렸다.

"나 사실은 딸기우유 안 좋아해요. 그냥 하도 먹다 보니 미운 정이 들어서 있으면 습관적으로 집어먹는 정도죠. 나도 인간인데, 같은 딸기 맛이면 분위기 좋은 카페에서 생크림 듬뿍 얹고 알록달록한 시럽 뿌려서 파는 스트로베리 크림 라떼 이런 거 마시고 싶지 않겠어요? 하지만 시간이 없으니까, 돈도 없으니까, 뭘 마시고 먹을 장소도 마땅치 않으니까 허구한 날 몇백 원짜리 딸기우유로 때웠던 거죠. 위대하신 차느님을 위해서라면 하던 촬영도 멈추고, 가던 길도 멈추고 식사 시간을 마련할 수 있지만, 하찮은 로드매니저 하나 때문에 그러면 안 되니까요! 난 매일 매 끼니마다 목숨 걸고 차단우 밥을 챙겼죠. 안 그랬다가는 대표님한테서 불호령이 떨어지니까요. 하지만 차단우는 어땠는지 아세요? 그 인간은 나한테 '밥 먹었냐' 그 흔한 질문 한 번 한 적 없어요. 내 입은 뭐 입이 아니고 주둥이에요?"

갈수록 신랄해지는 채윤의 말에 지훈은 수프가 입으로 들어가는지 코로 들어가는지 모를 지경이었다. 자기가 차단우였기 때문에, 지금도 내면은 차단우이기 때문에 채윤과 쉽게 가까워진 것이라고 생각했다. 그런데 그 모든 게 착각이었다.

"그러니까 나한테 역시 잘생긴 남자가 좋냐느니 그런 말은 실수로라도 하지 않는 게 좋을 거예요. 나 분노 발작 버튼 눌리니까. 알겠어요?"

"네, 네! 알겠습니다!"

무시무시한 채윤의 기세에 눌린 지훈은 자기도 모르게 깍듯한 존댓말로 대답했다. 조금만 더 했다가는 누님이라고 부르면서 납작 엎드리기라도 해야 할 것 같았다.

채윤은 지훈이 아닌 허공을 노려보면서 낮게 입속으로만 뭔가 중얼거렸는데, 지훈은 그게 상당히 수위 높은 쌍욕일 거라고 확신할 수 있었다.

"에이, 기분 다 잡쳐버렸네. 가요. 들어가서 와인이나 마시자고요."

채윤은 얼굴을 있는 대로 찡그리면서 그네에서 일어났고, 지훈도 따라 일어났다. 이번에는 들어가기 싫다느니, 혼자 있고 싶다느니 그런 말을 꺼낼 엄두도 나지 않았다. 송채윤이, 그가 예전에 알던 인물과는 완전히 다른 사람처럼 보였다.

거침없이 걸어가는 채윤과, 그런 그녀의 뒤를 쫄래쫄래 따라가는 지훈의 뒤에서 두 개의 그네가 삐그덕 소리를 내면서 흔들리고 있었다.

생일 같은 거
없었으면 좋겠어

"차단우! 차단우! 우—멘!"

톱스타 차단우의 26살 생일 기념 팬미팅이 열린 날이었다. 팬미팅이 성황리에 끝난 지 30분이 지났는데도, 팬미팅 장소인 아트홀 앞길을 가득 메운 팬들은 해산할 기미를 보이지 않았다. '단우진리교'라는 팬클럽 이름에 맞춰 '우—멘!'이라는 구호를 사용하는 그들은, 힘차게 구호를 외치면서 인도는 물론이고 도로까지 장악하고 있었다.

팬미팅을 마치고 나온 단우가 집에 가는 차를 타는 그 짧은 시간, 이른바 '퇴근길'로 불리는 그동안 그의 사진과 영상을 찍고, 눈 맞춤이라도 한 번 해보기 위해서 애타게 기다리는 것이었다. 마침내, 아트홀 뒷문이 열리면서 십여 명의 경호원과 함께 미끈한 올블랙 정장의 차단우가 눈부신 모습을 드러냈다.

"으아아아악! 단우 오빠! 교주님! 미치게 잘생겼어! 여기 한 번만 봐주세요!"

"오빠, 생일 축하해요! 태어나줘서 고마워요! 영원히 사랑할게요!"

단우는 굶주린 좀비떼처럼 맹렬하게 달려와 앞을 가로막는 팬들의 파도를 헤치며 힘겹게 앞으로 나아갔다. 수백 번, 아니 천 번은 족히 반복된 일이라 이제 짜증조차 나지 않았다. 그저 지긋지긋할 뿐이었다.

경호원 네 명이 벽처럼 둘러싸서 몸으로 부딪치는 사람들을 막아내는 가운데, 단우는 대기하고 있던 세미 리무진의 뒷좌석 문을 열었다. 차에 올라타서 문을 닫기 전, 그는 자신을 잡아먹을 듯한 시선으로 보면서 아우성치고 있는 팬들을 향해 차분하게 한 마디 던졌다.

"오늘 여기까지 와줘서 고마워요. 다들 목도 아프고 피곤할 텐데, 얼른 집에 가야죠. 부모님들이 걱정하실 거예요."

실은 '내가 너무 피곤하니 이제 그만들 가라'는 말이었지만, 팬들은 그걸 두고 또 한바탕 난리가 났다. 단우가 문을 닫는 동안에도 오열에 가까운 팬들의 목소리가 귀가 아플 정도로 연달아 메아리쳤다.

"오빠, 완전 자상보스! 자상킬러! 어떡해요, 나 오늘 여기서 심정지하나 봐!"

"교주님, 선물 받아주세요! 석 달 내내 알바해서 산 건데, 매니저가 미리 접수 안 했다고 안 받아줬어요! 나쁜 년!"

"저두요, 오빠! 제 것도요! 이거 오빠가 전에 갖고 싶어하셨던 거예요!"

단우가 미처 허락의 말을 하기도 전에, 팬들은 반쯤 열려 있는 창틈 사이로 선물 상자며 쇼핑백을 마구잡이로 쑤셔 넣었다. 그 모습을 본 다른 팬들까지 와르르 몰려와 창문에 손을 집어넣으려고 하는 바람에, 리무진 앞은 곧 난장판이 되었다.

"이러다 다쳐요. 선물은 안 받아도 돼요. 아니면 나중에 회사로 보내든가."

단우는 과열된 팬심을 달래듯 말하면서 창문 닫는 버튼을 눌렀다. 그러나 창유리가 올라가는 그 짧은 시간 동안 원치 않는 선물 공세는 계속되었다.

마침내 유리가 끝까지 올라가고 차가 움직이기 시작했을 때, 뒷좌석은 단우가 제대로 앉을 수도 없을 만큼 온갖 선물 상자들로 가득 차 있었다. 단우는 선물상자를 팔로 와르르 치워서 바닥으로 떨어뜨리고 앉을 공간을 확보했다. 그리고 운전석에 앉아 있는 사람을 향해 핀잔을 주었다.

"그러게, 창문은 왜 열어 놔? 이렇게 될 걸 몰랐던 것도 아니고."

남성용인지 여성용인지 알 수 없는 후줄근한 카키색 윈드브레이커를 입은 어깨가 움찔했다. 어깨가 비스듬히 돌아가자, 단우보다 몇 배는 더 피로에 찌들어 보이는 채윤의 얼굴이 나타났다.

"오빠가 차 타기 전에 꼭 환기해놔야 한다고 하셨잖아요. 저번에 공기 텁텁하다고 엄청 짜증 내셨는데. 다 환기될 때까지 차 안 탄다고까지 하셨잖아요."

말의 내용은 따지는 거였지만, 말투는 더없이 조심스럽고 공손했다. 단우는 그 말을 듣고도 생각이 나지 않는 표정이었다.

"내가 그랬어? 어쨌든 다음부터 팬들 있을 때는 절대 열어 놓지 마. 그러다가 위험한 물건이라도 들어오면 어떡할 거야? 요새 이상한 애들이 얼마나 많은데."

"……죄송해요."

채윤은 버릇처럼 입에 배인 말을 되풀이했다. 그녀는 차를 몰고 도로로 진입하기 직전 잠시 정차했다. 그리고 조수석에 놓아두었던, 유명한 고급 커피 체인점의 로고가 새겨진 연갈색 종이백을 단우에 게 건네주었다. 단우는 고맙다는 말도 없이 종이백을 받아들었다. 안에서는 커피 향기와 샌드위치 냄새가 진하게 흘러나왔다.

"무지방 우유 숏사이즈 다크 로스트 카푸치노, 카페인은 반만, 시 럽 빼 달라고 했어요. 샌드위치는 그릴드 베지터블 파니니고요. 중 간에 칼집 내달라고 했고요."

단우는 그 카페의 그 커피, 그 샌드위치가 아니면 잘 먹지 않았다. 그래서 채윤은 차를 세워놓고 왕복 30분이 넘는 거리를 걸어갔다 왔다. 그러나 단우는 샌드위치를 딱 한 입 베어 물고, 커피는 마시지 도 않고 잔 뚜껑만 열어 보았다.

"커피가 다 식었네."

단우는 더 이상 김이 올라오지 않는 커피를 도로 내려놓았다. 딱 히 화를 내거나 실망하는 투는 아니었다. 그저 무기력하고 권태로 운 투였다. 채윤도 똑같이 무기력하고 권태로운 표정으로 묵묵히 운전에 전념했다.

단우는 다크서클이 짙게 드리운 채윤의 옆얼굴을 힐끔 보면서, 팬미팅이 시작한 7시부터 밤 10시가 넘은 지금까지 그녀가 차 안에 서 홀로 기다리고 있었을 거라는 데 늦게 생각이 미쳤다.

"채윤이 너……."

밥은 먹었냐고, 잠깐 눈이라도 붙였냐고 물어보려고 했다. 그런데 그때, 단우의 재킷 속에서 휴대폰이 부르르 진동했다. 단우는 하던 말을 멈추고 전화를 받았다.

"여보세요?"

—차단우 씨? 뉴스시티 연예부 최은솔 기자입니다. 짧게 전화 인터뷰 좀 할 수 있을까요?

기자였다. 팬 다음으로 피곤한 존재. 단우는 일부러 전화 상대방에게 들릴 만큼 큰 소리로 한숨을 쉬었다.

"그런 건 기획사 홍보팀을 거치셔야죠. 제 번호는 어떻게 아셨죠?"

—WIN엔터 홍보팀에서 알려주셨어요. 오늘 특별한 날이니까 배우님께 직접 코멘트 받으시라고요. 사실 저희 부장님이 WIN 대표님하고 동창이시거든요.

아, 대표 지인이다. 단우는 급격히 피곤해졌지만, 그런 티를 낼 만큼 아마추어는 아니었다. 그가 침묵을 지키자, 그걸 승낙의 뜻으로 알아들은 기자가 신나서 재잘거렸다.

—오늘 뉴욕 타임스퀘어에 차단우 씨의 생일을 축하하는 광고가 걸렸죠. 서울 시내 전역 25개 구간에서는 생일 축하 메시지를 래핑한 버스와 지하철이 운행되었고요. 두바이 할리파 타워와 상하이 동방명주, 도쿄타워 전면에도 LED 광고가 걸렸고요. 단일 연예인으로는 역대급 생일 축하 이벤트였는데, 소감이 어떠신가요?

기자라는 사람들의 질문 패턴은 늘 비슷했다. 기분이 어떠신가요, 소감이 어떠신가요. 물어보나 마나 한 걸 물으니, 단우도 대답하나 마나 한 대답을 할 수밖에.

"행복하고 감사한 일이죠. 한편으로는 광고를 내기 위해 열심히 모금했을 팬 분들에게 죄송하기도 하고요. 내년 생일부터는, 광고가 줄어들고 그 대신 기부가 늘어나면 좋겠다는 게 개인적인 바람입니다. 꼭 제 이름으로 하시는 기부가 아니더라도요. 우리들만의 축제로 끝나는 광고보다는 그쪽이 더 의미 있을 것 같아요."

—와, 역시 선행에 앞장 서는 걸로 유명한 차단우 씨다운 답변이
네요. 인터뷰에 응해주셔서 감사합니다!

"아니요, 제가 감사하죠. 기사 잘 써주세요."

단우는 끝까지 프로답게 마무리 짓고 전화를 끊었다. 그리고 고개
를 뒤로 젖히면서 등허리를 파묻듯이 시트에 기댔다. 죽을 만큼 피
곤했다. 등줄기는 묵직하게 저리다 못해 아프고, 차 바닥을 디디고
있는 발끝이 푹푹 꺼지는 느낌이었다. 그는 혼잣말처럼 푸념했다.

"아, 차라리 생일 같은 거 없으면 좋겠다. 이게 생일 축하를 받는
건지 아니면 노동하는 건지 모르겠어. 평범한 사람들은 생일이 즐
겁겠지?"

"아뇨, 저도 생일 같은 거 차라리 없애버려야 한다고 생각하는데요."

"왜?"

"전 할아버지 기일에 태어났어요. 그래서 한 번도 생일상을 받아
본 적이 없어요. 원래 그렇게 하는 거래요."

채윤은 딱히 서운해하는 것 같지도 않은 간결한 말투로 답했다.
그녀의 부모가 특별히 무심하거나 한 건 아니었다. 그저 성향이 좀
보수적이고, 미신을 믿고, 먹고 살기에 바빴다. 게다가 채윤은 나이
터울 많이 나는 세 자매 중 가운데 낀 둘째다 보니, 어릴 때부터 공
부 잘 하는 언니와 귀여운 막둥이 동생 사이에 끼어 상대적으로 관
심을 받지 못했다. 그 말을 들은 단우는 채윤이 조금 안쓰러워졌다.

"그럼 나라도 챙겨줘야겠네. 너 생일이 언젠데?"

"……오늘이요."

"뭐? 나랑 생일이 같다고? 한 번도 들은 적 없는데. 왜 얘기 안 했어?"

"얘기했어요, 오빠. 1년 전 오늘, 제가 입사하고 일주일 정도 됐을 때요. 그때는 내년에 챙겨준다고 그러셨는데."

"내가 그랬어?"

단우는 멋쩍게 물었다. 그런 말을 들은 적이 있는지, 그런 말을 한 적이 있는지 아무것도 기억이 안 났다. 하긴, 하루에 세 시간도 못 자는 강행군이 석 달째 계속되는 중이니 기억력이 멀쩡하면 그게 더 이상했다. 단우는 애초에 기대도 안 했다는 듯 정면만 보고 있는 채윤을 향해 말했다.

"미안하다, 내가 많이 바빠서. 알지?"

"네, 그럼요. 신경 안 쓰셔도 돼요."

"혹시 갖고 싶은 물건 있으면 얘기해. 아니다, 그냥 내 카드로 네가 사. 100만 원 한도 내에서. 알았지?"

"……."

채윤은 대답하지 않았다. 단우는 그걸로 제 할 도리는 다했다는 듯 고개를 더 편하게 젖히면서 눈을 감았다. 온몸의 긴장이 풀리자 졸음이 한꺼번에 몰려오면서, 마치 배터리가 방전된 것처럼 시야가 가물가물해졌다. 꿈인지 현실인지 알 수 없는 몽롱한 잠기운 속에서 채윤의 목소리가 자장가처럼 드문드문 들려왔다.

"저는요, 오빠. 노란 장미 100송이를 받아보고 싶어요. 붉은 장미는 너무 흔하잖아요. 거기에 손글씨로 쓴 카드가 들어 있는 거예요. 한 가지만 더 욕심내자면, 내 생일이 한겨울이니까, 따뜻한 장갑도 함께 선물 받으면 좋겠어요. 왜 그런 거 있잖아요, 백화점에서 파는 예쁜 숙녀용 장갑이요. 그게 제 꿈이에요."

채윤은 이 추운 날, 장갑도 끼지 않고 여기저기 돌아다니고 장시

간 운전을 하느라 거칠게 튼 손등을 바라보면서 중얼거렸다. 단우
들으라고 하는 말은 아니었다. 그냥 혼자 늘어놓는 하소연이자 독
백 같은 거였다.

'노란 장미에 장갑이라니, 명품백도 아니고. 욕심이 너무 없는 거
아냐?'

단우는 그 말을 들었으면서도 못 들은 척했다. 애초에 그는 누구
에게 장미며 선물을 사다 줄 시간적, 정신적 여유가 없는 사람이었
고, 만일 지금이 활동기가 아니라 휴식기여서 여유가 난다 한들 그
런 행동은 하면 안 됐다. 책임질 수 없다면 희망도 주면 안 되니까,
그래서 계속 눈을 감은 채 잠 속으로 빠져 들어갔다. 약 한 시간 후,
지칠 대로 지친 채윤의 목소리가 그를 깨우기 전까지.

"오빠, 일어나세요. 다 왔어요."

단우가 혼자 사는 펜트하우스에 도착하자 자정이 훌쩍 넘어 있
었다. 안전벨트를 풀고 운전석에서 내린 채윤은 뒷좌석으로 돌아가
문을 열었다. 단우는 세미 리무진의 넓은 팔걸이에 이마를 기댄 채
곤히 잠들어 있었다. 이마에서부터 콧등을 타고 내려가는 윤곽은
조각처럼 매끈했고, 길고 풍성한 속눈썹은 웬만한 여자들이 다 울
고 갈 정도였다. 메이크업 아티스트가 화장이 필요 없다고 매번 극
찬하는 하얗고 투명한 피부는 어둠 속에서 더욱 빛을 발했다.

그러나 채윤은 몇 년 전 같으면 백 미터 너머에서 전광판으로만
봐도 환장했을 그 얼굴을, 이제는 바로 앞에서 봐도 아무런 감정이
들지 않았다. 그저 무감한 표정으로, 기계적인 손길로 단우의 어깨
를 조심스럽게 흔들어 깨울 뿐이었다.

"어? 벌써 다 왔어? 집이야?"

졸린 눈을 비비면서 눈을 뜬 단우는 습관적으로 휴대폰을 먼저 확인했다. 화면에서 '12:30'이라는 숫자가 빛나는 걸 보고, 그는 낭패한 낯빛이 되었다.

"아, 엄마한테 전화해야 하는데. 그래도 오늘 생일인데. 낳아줘서 고맙다고 말은 해야 하는데. 자정이 넘어버렸네."

단우가 죄책감 어린 말투로 중얼거리면서 차에서 내리는데, 채윤이 말했다.

"아까 오빠 팬미팅하실 때 제가 전화했어요."

"네가?"

"오빠가 행사 중이라서 직접 전화 못 드린다고, 감사하고 사랑한다고 전해 드리라고 했다고 말씀드렸어요. 꽃하고 케이크도 댁으로 보내드렸고요."

"……."

단우의 눈동자가 놀라움으로 커졌다. 10대 후반의 나이로 연예계에 뛰어들어 지금까지 숱한 로드매니저를 겪어본 그였지만, 여태껏 어머니를 위해 그렇게까지 해준 사람은 없었다.

단우는 채윤이 혹시 뭔가 바라는 게 있나 싶어 그녀를 빤히 쳐다보았다. 그러나 그녀는 한시라도 빨리 자취방으로 돌아가 발 뻗고 눕고 싶은 생각뿐인 듯했다.

"그럼 쉬세요. 오늘 받으신 약 5조 5억 개의 선물들은 일단 회사에 가져다 두겠습니다."

운전석 쪽으로 다시 비척비척 걸어가려고 하는 채윤을, 단우가 불렀다.

"송 매니저, 채윤아."

"네?"

단우는 뒷좌석 문을 다시 열더니, 바닥에 굴러다니는 선물상자 중 중간 사이즈의 것을 하나 집어 들었다. 그것을 채윤을 향해 내밀면서 대단한 선심이라도 쓰듯 말했다.

"생일 축하해. 앞으로도 나 좀 잘 챙겨줘라."

"……."

채윤이 곧장 선물을 받아들지 않자, 단우는 그 의미를 잘못 해석했다.

"그냥 받아. 포장만 봐도 별로 비싼 거 아닌 것 같으니까 부담 갖지 말고."

채윤은 마지못해 선물을 받아들었다. 은은하게 펄이 들어간 민트색 종이로 포장한 납작한 사각형 상자에 커다란 금색 리본이 묶여 있었다. 단우는 채윤이 선물상자를 만지작거리는 모습을 보고 만족스러운 표정을 짓더니, 인사도 남기지 않고 펜트하우스로 들어 가 버렸다.

채윤은 펜트하우스 문이 닫히고, 불이 켜졌다가 다시 꺼질 때까지 그 자리에 우두커니 서 있었다. 그러다가 손에 든 상자를 아주 낯선 것을 바라보듯 불현듯 내려다보았다. 그녀는 충동적으로 리본을 풀고 뚜껑을 열었다. 얇은 마분지에 싸인 명품브랜드의 남성용 팬티 세 장이 돌돌 말린 채 들어 있었다. 노란색과 하늘색, 연보라색이었다.

"그래도 색깔은 비슷하게 맞췄네."

채윤은 헛웃음을 지으며 박스 뚜껑을 닫아, 도로 뒷좌석에 던져 놓았다. 그녀의 24번째 생일은 그렇게 끝났다.

내가 좋아하는 것들은

"스트로베리 크림 라떼 그란데 사이즈요. 테이크아웃해갈 거예요. 시럽 뿌려주시고, 휘핑크림 얹어주시고, 또…… 그냥 좋은 건 다 얹어주세요. 여자들이 좋아할 만한 건 전부요."

지훈의 주문을 받은 카페 종업원은 황당해하는 표정이 되었다. 아침 9시, 카페를 열자마자 트레이닝복 차림으로 어슬렁어슬렁 나타나 대뜸 이상한 주문을 하는 남자 손님이라니. 커다란 테이크아웃 잔에 스팀 우유를 붓던 종업원이 물었다.

"손님, 시나몬 가루는 취향에 따라 좋아하시는 분도 있고 싫어하시는 분도 있는데, 어떻게 해 드릴까요? 뿌려 드릴까요?"

"시나몬 가루요?"

지훈은 카운터에 장승처럼 우뚝 선 채로 굳어졌다. 채윤이 시나몬 가루를 좋아하는지, 아닌지, 알지도 못했고 생각해본 적조차 없었다.

지훈은 혼란스러웠다. 채윤을 잘 안다고 생각했는데. 뛰어봤자 자기 손바닥 안이라고 생각했는데. '차단우가 정말 싫었다.'는 폭탄선언을 들은 후로는 모든 게 바뀌었다. 송채윤이라는 여자에 대해 아는 게 아무것도 없는 기분이었다. 멍하니 서 있는 지훈을 향해 종업원이 조심스럽게 불렀다.

　"손님?"

　"아, 네. 시나몬 가루는 따로 넣어주실래요? 좋아하는지 싫어하는지 몰라서."

　종업원은 번거로운 주문에 달갑지 않은 기색이었지만, 시나몬 가루를 작은 종이에 싸서 완성된 크림 라떼와 함께 건네주었다. 음료를 받아들고 카페를 나온 지훈은 '러빙유 하우스'를 향해 걷기 시작했다. 어젯밤, 딸기우유를 한 번도 좋아한 적이 없다고, 자기도 사람인데 비싸고 맛있는 게 더 좋다고 하소연하던 채윤의 말이 못내 맘에 걸렸던 그였다. 그래서 일요일인 오늘 아침 눈을 뜨자마자, 모두 늦잠자고 있는 틈을 타 집을 빠져나와 꽤나 먼 거리에 있는 카페까지 왔던 것이다.

　"채윤이가…… 아니 채윤 씨가 좋아해주겠지?"

　묘했다. 보통 별로 친하지 않을 때 '씨' 호칭을 붙이고 친해지고 나면 말을 놓는데, 지훈은 '채윤아' 하고 별 생각 없이 부르던 옛날보다 조심스럽게 '채윤 씨'라고 부르는 지금이 그녀와 더 가까워진 것 같았다.

　누군가를 위해 무언가를 준비하고, 좋아해줄지 말지를 고민하는 건, 물론 피곤하고 귀찮다고 보면 그럴 수도 있겠지만, 뭐랄까, 기분 좋은 수고였다. 생전 사본 적 없는 달달한 음료를 사들고 가면서,

지훈은 가슴 한구석이 간질간질해지는 듯한 느낌을 받았다. 사춘기 소년으로 돌아간 듯한 그 기분은, 그가 모퉁이를 돌아 집 앞 골목으로 들어설 때까지만 계속되었다.

"김지훈 씨!"

누군가 자기를 부르는 소리에 반사적으로 고개를 들었던 지훈의 눈이 커졌다.

"서 검사님?"

사복 차림이어서 처음에는 못 알아볼 뻔했다. 무슨 '맨인블랙'에 나오는 요원처럼 새까만 정장을 입은 그녀의 모습에 익숙해져 있었으니까. 지훈은 남색 파카 허리에 손을 얹은 채 자신을 노려보는 서아진 검사를 보면서 벙찐 표정을 지었다.

"여기는 어쩐 일이세요? 멀리 가셨다고 들었는데."

"멀리 갔죠, 중앙지검에 비하면 안드로메다급으로 외진 바닷가 동네로요. 거긴 공항도 없고 KTX도 없고 아무것도 없어요. 그런데 버스 세 번 타고, 기차 타고, 택시 타고 여기까지 왔다고요. 오직 김지훈 씨 때문에!"

"저 때문에요? 왜요?"

지훈이 정말 모르는 표정으로 서 검사를 쳐다보았다. 한때는 '건방지고 오만한 톱스타 차단우'의 자기중심적인 언행에 질질 끌려다니던 서 검사였지만 3년이 지나면서, 그리고 차단우가 김지훈으로 변하면서 그들의 관계에도 당연히 변화가 생겼다. 그녀는 답답하다는 듯 가슴을 주먹으로 퍽퍽 두드리며 신경질적으로 외쳤다.

"그걸 몰라서 물어요? 이 빌어먹을 리얼리티 프로그램인가 뭔가 때문이잖아요! 처음엔 신 경감이 낮술 먹고 헛소리하는 줄 알았는데, 집 주변에 카메라 든 사람들이 왔다 갔다 하는 걸 보니 진짠가 보네요. 세상에나, 김지훈 씨, 미쳤어요?"

"카메라가 있는 줄 알면 여기서 이러시면 안 되죠."

지훈은 서 검사의 팔을 잡고서 '러빙유 하우스'와 좀 더 떨어진 곳으로 황급히 데려갔다. 그 와중에도 채윤을 위해서 산 음료가 넘치거나 떨어지지 않도록 신경 쓰는 걸 잊지 않았다. 서 검사는 마지못해 질질 끌려오면서도 입을 다물지 못하고 종알거렸다.

"안 그래도 김지훈 씨를 한 번 찾아오려고 했어요. 지금 이러고 있을 때가 아니란 말이에요. 다 죽은 줄 알았던 작두파가 최근에 세력을 규합하기 시작했어요. 차단, 아니 김지훈 씨가 반대 증언했던 두목 있죠? 이탈리아 유학 다녀온 그놈 아들이 새 두목이 되어서, 흩어졌던 옛 조직원들을 다시 모으고 있다고요."

"조폭도 유학을 가요? 그것도 유럽까지?"

지훈은 서 검사의 말에 겁먹기는커녕 피식 웃으면서 그렇게 물었다. 그걸 본 서 검사는 이 철없는 인간이 아직도 현실 파악이 안 됐구나 싶어 한층 언성을 높였다.

"조폭이 유학 간 게 아니라 유학 다녀오고 나서 조폭이 됐다고요! 이탈리아 마피아가 유명하잖아요. 거기서 샷건 후려갈기는 법이라도 배워왔나 보죠. 다행히 지금은 자기 아버지 원수가 죽은 줄 알고 별 생각하지 않고 있지만, 만일 그때 죽지 않았다는 소문이라도 듣게 되면 어떻게 될 것 같아요? 바로 차단, 김지, 아니 차단…… 이름이 뭐가 됐든 당신을 찾아내서 피의 복수를 하려고 들 거예요. 머리부터 발끝까지 꽁꽁 싸매고 두메산골에 처박혀도 부족할 판에, TV에 나가겠다고요? 그것도 런칭하는 프로그램마다 평균 시청률 6%

를 넘기는 인기 종편 채널에? 도대체 사람이 얼마나 어리석으면 그런 발상이 가능하죠?"

사람들의 눈에 띄지 않을 만한 골목 구석에 다다른 지훈은 붙잡고 있던 서 검사의 팔을 놓더니, 웃음기가 싹 지워진 얼굴로 침착하게 대꾸했다.

"어리석은 게 아닙니다. 절박한 거죠."

"뭐라고요?"

"'아무도 날 찾아내지 못할 거다'가 아니라, '날 찾아내도 상관 없다'는 마음가짐으로 나왔단 말입니다. 작두파가 예전 세력을 되찾았다고요? 그래서요? 이번엔 내가 또 어떻게 하길 원하십니까? 여기서 더 못생겨질까요? 이름도 한 번 더 바꾸고? 아예 흑인이 돼버리는 건 어떻겠습니까? 아님 성별을 바꿔서 여자가 될까요?"

"오, 그거 좋네요. 성전환수술."

자기도 모르게 손뼉을 치면서 맞장구쳤던 서 검사는, 지훈이 지그시 노려보는 시선을 의식하고서 조용히 입을 다물었다. 지훈은 늘 움츠리고 다녔던 자세를 곧게 펴고, 턱을 들어 올리고, 단호한 결의가 담긴 눈빛으로 서 검사를 보았다. 그 순간의 지훈은, 적어도 그가 풍기는 아우라만큼은, 거대한 스크린을 잡아먹던 카리스마 넘치는 배우의 그것이었다.

"잘 들으세요, 서아진 검사님. 그저 목숨만 붙어 있다고 해서 사람이 사는 게 아닙니다. 그렇다면 네발짐승과 다를 게 없겠죠. 욕망이 있고, 그 욕망을 이루기 위해서 끊임없이 노력하고, 그러면서 때로는 성공하고 때로는 실패하고, 가끔 불행한 일들도 있지만 그걸 잊을 만한 행복이 또 찾아오고. 그게 사람답게 사는 겁니다. 내가 지금 사는 것처럼, 검사님이 정해준 일 외에는 아무것도 하지 못하고, 검사님이 허락해준 사람 외에는 아무도 만나지 못하고, 3년이 매일 매일 똑같아서 3일보다 나을 게 없는, 이런 무미건조한 삶은 아니란 말입니다. 아시겠어요?"

주먹을 불끈 쥐며 말하는 지훈에게서는 이루 말할 수 없는 절실함이 느껴졌다. 이른 새벽 첫차를 타고 이를 박박 갈면서 여기까지 온 서 검사조차 한 발 물러서 양보할 수밖에 없을 정도였다. 그녀는 지훈을 물끄러미 바라보다가, 이윽고 짧은 한숨을 내뱉더니 한결 가라앉은 톤으로 물었다.

"이 프로그램, 언제 촬영이 끝나는 거죠? 정식으로 방영하는 건 언제부터죠?"

"전체 촬영 기간은 열흘이고, 오늘이 나흘째입니다. 촬영 끝나고 일주일 후부터 방영하기 시작할 거고요. 왜요? 방영을 막기라도 할 겁니까?"

"그럴 리가요. 이제 나한테 그럴 힘이 어디 있다고. 일단 촬영은 끝까지 마쳐요. 그다음에 지훈 씨를 옮기도록 하죠. 외국까지는 아니어도, 작두파가 있는 서울은 벗어난 곳으로. 지금 내가 근무하고 있는 지역도 괜찮고. 혹시 갯벌에서 낙지 잡는 거 좋아해요? 잠수는 최대 몇 초 동안 할 수 있죠?"

"다시 한번 말하지만, 난 더 이상 도망 다니면서 살 생각 없……!"

"지훈 씨?"

지훈의 말을 가로막은 건 서 검사가 아닌 제3의 인물이었다. 지금까지 반대 입장에서 서로 팽팽히 맞서고 있던 지훈과 서 검사는, 판화로 찍어낸 것처럼 똑같이 당혹스러운 표정을 하면서 목소리가 들려온 쪽으로 고개를 돌렸다. 아침 운동을 하려고 나왔는지 손에는 줄넘기를 들고, 목에는 헤드폰을 건 채윤이 호기심 어린 눈으로 이쪽을 보고 있었다.

"아, 채윤 씨. 왔어요?"

왔어요, 라니. 미리 약속해 둔 것도 아닌데 이 상황에서는 맞지 않는 말이었다. 하지만 지훈은 당장 다른 말이 생각나지 않았다. 채윤은 뻣뻣하게 굳어져 있는 지훈과 그의 곁에 서 있는 서 검사를 번갈아보면서 미심쩍은 투로 말을 이었다.

"지나가는 데 큰 소리가 나서요. 꼭 지훈 씨 목소리 같아서. 그런데 여기 이분은 누구세요? 처음 뵙는 분인데, 방송 스태프도 아닌것 같고."

스태프라고 했다가는 나중에 들통날 테고, 아무 안면 없는 동네사람이라고 하기에는 지나치게 가까운 서 검사와의 간격이 설명되지 않았다. 지훈은 어쩔 수 없이 어깨를 으쓱하면서 가장 무난한 대답을 했다.

"우리 누나예요. 친누나요."

"내가요? 왜 여동생이 아니고 누나예요?"

그 와중에도 나이 들어 보이는 게 싫었던 서 검사가 반발했다가, 찌릿 하고 노려보며 눈치 주는 지훈의 시선에 흠칫해서 꼬리를 내렸다.

"네, 맞아요. 제가 지훈이 누나 되는 사람이에요. 안녕하세요, 김아진입니다. 우리 집 냄새나는 노총각이 드디어 장가갈지도 모른다고해서 구경 와 봤어요. 텔레비전 촬영하는 건 처음 봐서 신기하네요."

"어머. 누나 분이시구나. 전 지훈 씨랑 같이 촬영하는 송채윤이라고 해요. 여긴 바깥이라 카메라가 없어요. 더 구경하고 싶으시면 추운데 서 계시지 말고 집 안으로 들어가시겠어요? 저희 아침 식사하려고 준비 중인데, 같이 드실래요?"

"아니요, 괜찮아요!"

"아침은 무슨!"

서 검사는 손을 내저으며 사양했고, 지훈은 버럭 고함을 쳤다. 별 생각 없이 제안했던 채윤이 흠칫 놀라 한 걸음 물러날 정도였다.

채윤은 그녀를 정면으로 보지 못하고 괜히 시선을 돌리는 '김아진'과 그 동생을 보면서, 어지간히 사이가 나쁜 남매인 모양이라고 짐작했다. 서로 너무 싫어해서 겸상도 못 하는가 보다 하고.

'가족이 등 돌리면 남보다 더 무섭다더니, 방금 전에도 싸우고 있었나 봐.'

지훈도, 서 검사도, 채윤이 나타난 이상 그 어떤 얘기도 맘 편히 할 수 없었다. 서 검사는 얼른 사라지라는 지훈의 눈짓을 알아차리고는 재빨리 말했다.

"그럼 전 이만 가볼게요. 지훈 씨, 아니 지훈아. 아까 누나가 한 얘기 잘 생각해봐. 알았지? 우리 지훈이, 말 잘 듣는 동생이잖아."

어울리지도 않는 눈웃음을 사르르 치는 서 검사의 말속에는 분명 뼈가 들어 있었다. 살고 싶으면 제발 말 좀 들어 처먹으라는. 지훈은 얼른 가보라고 휘이휘이 손짓하면서 가시 돋친 미소를 지어 보였다.

"응, 됐어. 내 걱정은 하지 말고 누나나 잘 살아. 난 내가 알아서 할게. 여태껏 누나가 시키는 대로 해서 제대로 된 게 별로 없잖아?"

서 검사의 속을 박박 긁어놓는 말이었지만, 사정을 전혀 모르는 사람이 지켜보고 있는 앞이라 그녀는 제대로 받아칠 수도 없었다.

서 검사는 입술을 앙다문 채 지훈을 쏘아보다가, 에라 모르겠다 한숨을 쉬면서 발걸음을 돌렸다. 채윤은 총총걸음으로 사라지는 그녀의 뒷모습을 바라보면서 정말 아쉬운 듯 중얼거렸다.

"음, 아쉽네요. 남자만 득실대는 집에 다른 여자가 나타나는 것도 재밌을 것 같았는데. 싫으시다니 어쩔 수 없죠. 우리끼리 들어가요."

채윤은 지훈의 팔을 잡아당기면서 친근하게 말했다. 그는 그녀의 손에 쥐어져 있는 줄넘기를 보면서 고개를 갸우뚱했다.

"들어간다고요? 채윤 씨 운동하러 가는 거 아니었어요?"

"아뇨, 그냥 그런 척만 한 거예요. 밖으로 나올 구실이 필요했거든요. 저, 겨울 아침에 운동하는 거 딱 질색이에요. 이런 날은 그냥 전기장판 위에서 이불 뒤집어쓰고 귤 까먹으면서 만화책 보는 게 딱이죠!"

"밖으로 나올 구실이 왜 필요했는데요?"

지훈의 질문에, 채윤은 곧바로 대답하지 못하고 괜히 주위를 두리번거렸다. 마치 누군가 듣고 있지 않은지 확인하려는 것처럼. 그러더니 지훈의 귓가 가까이로 얼굴을 가져다대면서 은밀하게 속닥거렸다.

"가스 배출이요. 집 안에서는 도저히 못 하겠더라고요. 사방에 카메라가 있잖아요. 화장실에 들어가서 해도, 소리 날까 봐 신경 쓰여요. 트림도 크게 못 하고. 답답해 죽겠어, 정말!"

채윤의 애교스러운 불평에, 지훈은 자기도 모르게 풋 소리 내며 웃지 않을 수 없었다. 방금 전까지만 해도 죽느니 사느니 하는 심각한 얘기가 오가고 있었는데, 그녀가 나타나면서 이 골목에 흐르는 공기 전체가 밝고 가벼워진 기분이었다.

그녀에게는 그런 힘이 있었다. 왜 몰랐을까. 그렇게 오랜 시간을 붙어 있었는데. 어쩌면, 누군가를 안다는 건 그 사람과 얼마나 시간을 보냈는지와는 전혀 상관이 없는지도 모른다. 중요한 건 그 사람과 무엇을 하며 시간을 보냈는지, 그것인지도.

"자, 가스 배출 무사히 끝났으면 이거 마셔요. 스트로베리 크림 라떼."

지훈이 아직도 따끈따끈한 기운을 뿜어내고 있는 음료 잔을 채윤에게 건네주며 말하자, 그녀의 눈동자가 동그래졌다. 그녀는 눈앞에 두고도 믿을 수 없다는 듯 눈을 깜박거렸다. 사소하지만 사소하지 않은 이런 일이, 지훈에게만 처음인 것은 아니었다. 채윤도 처음이었다. 그녀가 뭘 좋아하는지, 뭘 원하는지 관심을 갖고 기억해뒀다가, 굳이 해주려고 하는 사람이 그전에는 거의 없었다.

'물론 지금은 어떻게든 나한테 점수를 따려는 친절맨들에게 둘러싸여 있지만, 그것도 결국 카메라 앞에서의 연기 같은 거잖아. 하지만 여기는 카메라가 없고.'

이렇게 좋은 거였구나, 이렇게 따스한 거구나. 채윤은 음료 잔을 감싼 손바닥만큼이나 가슴 밑바닥까지 따뜻하게 데워지는 것을 느끼면서 라떼에 빨대를 꽂았다.

맛을 보듯 조심스럽게 한 모금 빨아들이자, 부드럽고 달콤한 액체가 입술 끝에서부터 혓바닥을 타고 목구멍을 넘어갔다. 음, 하고 기분 좋은 소리를 내는 채윤을 보면서 지훈의 입가에도 미소가 번졌다.

"맛있어요?"

"맛있긴 한데요…… 저기, 솔직히 말해도 돼요?"

"가스 배출까지 얘기했으면서, 이제 와서 뭘 숨긴다고."

그러자 채윤은 잠시 그의 눈치를 살피더니 라떼 잔을 들어 올리면서 말했다.

"이거 딸기유유랑 맛이 똑같아요. 딸기우유 데워서 크림 얹고 시럽 뿌린 느낌?"

"하, 그럼 이 추운 날 일찍 일어나서 사 온 사람은 뭐가 되나."

지훈은 어깨를 들어 올렸다가 축 늘어뜨리면서 한숨 쉬는 시늉을 했다. 정말로 실망한 건 아니었고, 그냥 채윤의 반응이 뜻밖이고 재미있어 좀 놀려주고 싶었다.

"미안해요, 진짜 그런 걸 어떡해요? 거짓말하긴 싫단 말이에요."

채윤은 그렇게 말하면서도 라떼를 손에서 놓지는 않았다. 사실 딸기우유를 데워서 크림 얹고 시럽 뿌리는 것도 쉬운 일은 아니니까. 확실히 맛있었다. 딸기우유를 볼 때마다 생각나던, 서럽고 고달팠던 지난날들의 기억이 조금씩 녹아내리는 것 같은 착각이 들었다. 그녀는 커피잔 뚜껑을 벗겨내고, 휘핑크림이 입술에 닿는 것도 상관하지 않고 한 모금을 가득 머금고 삼켰다.

"있잖아요, 어쩌면 사람도 이런지 모르겠어요. 똑같은 음료수를 화려하게 꾸며서 이름만 멋지게 붙이면 가격이 비싸지는 것처럼 말이에요. 겉보기만 그럴 듯하면 다들 거기에 속아 넘어가는 거 아닐까요? 저 연예기획사에서 그런 거 많이 봤거든요. 누가 봐도 평범하고 옆집 동생 같던 애들이, 화장하고 염색하고 무대의상 입고 조명 비추면 완전히 다른 사람처럼 보이는 거요."

"그런가."

지훈은 애매하게 대답했다. 예전의 그라면 방금 그녀가 한 말에 절대 동의하지 않았을 것이다. 수박에 줄 긋는다고 호박 되지 않는다, 성형도 원판이 되어야 성공하는 거다, 연예인과 일반인은 태생부터가 다르다고, 그러니 절대 섞일 수도 없고 비슷한 삶을 살 수도 없다고 그렇게 말했을 것이다.

그러나 지금은, 펑퍼짐한 트레이닝복을 입고 채윤 곁에서 나란히 걷고 있는 지금은 과거의 자신이 틀렸는지도 모르겠다는 들었다. 인생에 적어도 한 번쯤 반짝반짝 빛날 수 있는 특권은, 예쁘고 잘생긴 사람에게만 있는 게 아닌지도 모른다. 그렇다면, 온갖 명품 브랜드 디자이너들이 자신의 뮤즈라고 앞다투어 주장하던 차단우가 아니라, 된장이 사람으로 태어난 것 같은 구수한 외모의 김지훈에게도 행복해질 수 있는 기회가 올지도 모른다.

하지만 어떻게? 그 기회를 얻으려면 어떻게 해야 하는 걸까? 지훈은 입술선을 따라 하얗고 가느다란 수염을 만들어가며 라떼를 마시고 있는 채윤을 물끄러미 바라보다가 불현듯 질문했다.

"또 뭐 있어요? 스트로베리 크림 라떼 말고."

"네? 뭐가요?"

"채윤 씨가 좋아하는 거, 갖고 싶은 거, 하고 싶은 것들이요. 알려 줄 수 있어요?"

"그걸 어떻게 다 말해요? 한두 개도 아니고."

"지금 생각나는 것만이라도 말해주면 되잖아요."

지훈이 포기하지 않고 집요하게 물어보자, 채윤은 잠시 생각하는 표정을 지었다. 실마리를 찾듯이 주변을 맴돌던 그녀의 시선이, 골목 끄트머리에 있는 분식집에 가서 멎었다. 일요일 아침이라 문을 닫아놓은 분식집 간판에는 비뚤빼뚤한 글씨로 커다랗게 '떡복이'라고 쓰여 있었다. 그 틀린 글자조차 정겨워 보였다.

"내가 좋아하는 것. 한밤중에 이쑤시개에 찍어 먹는 떡볶이, 휴게소에 서서 먹는 통감자구이, 캔맥주와 함께 하는 파자마 파티. 음, 다 먹을 거에 관련된 거네요. 너무 돼지 같아 보이잖아."

채윤은 지훈이 뭐라고 하지 않았는데 혼자서 고개를 도리도리 젓더니, 자신의 목에 걸려 있는 헤드폰을 내려다보면서 말을 이어나갔다.

"운전할 때 누군가와 함께 신나는 노래를 부르는 거, 사람이 아무도 없는 바닷가를 걷는 거, 맘에 드는 구절에 줄을 쳐 놓은 소설책을 보는 거, 잘 때 누군가 팔베개를 해 주는 거, 좋아하는 가수의 친필 사인이 들어간 낡은 CD 케이스를 열어보는 거요. 이것들이 내가 좋아하고, 갖고 싶고, 하고 싶은 것들이에요. 아, 너무 많이 얘기했나? 나 너무 욕심쟁이 같아 보여요?"

"……"

지훈은 잠시 할말을 잃었다. 채윤이 너무 많이 얘기해서가 아니라, 욕심쟁이 같아서가 아니라, 그녀의 소원과 욕망이라는 것들이 그가 보기에는 너무도 소박한 것들이라서 그랬다.

로또에 당첨되면 사람이 송두리째 달라진다고들 하는데, 로또 1등조차 그녀의 근본을 바꾸어 놓지는 못한 것 같았다. 그 어마어마한 당첨금을 가지고 채윤이 자신의 즐거움을 위해 한 일이라고는, 고작 여행 한 번 다녀온 게 전부였으니까. 나머지는 고스란히 자신의, 그리고 자신이 돌봐주고 싶은 다른 사람들의 미래를 위한 투자금으로 남겨두었다.

지훈은 그런 그녀가 안쓰러운 동시에 존경스럽고, 한편으로는 사랑스럽다고 느꼈다. 그랬다. 그건 분명 '사랑스러움'이라는 감정이었다. 스스로 놀라고 있는 지훈을 향해, 채윤이 고개를 살며시 기울이면서 물었다.

"근데 왜 물어봤어요? 내가 방금 말한 거 다, 지훈 씨가 해줄 수 있어요?"

"해줄게요, 전부 다."

지훈은 그녀와 눈을 맞추면서 진지한 표정으로 힘주어 말했다. 그러나 채윤은 그게 진담이라고 여기지 않는지 가볍게 웃어넘길 뿐이었다.

"말도 안 돼. 한두 개도 아닌데 열흘 동안 어떻게 다 해요?"

"열흘이 안 되면, 그 후에라도. 다 해줄게요, 꼭."

지훈은 그렇게 말하면서 돌연 제자리에 멈춰섰다. 그리고 채윤의 얼굴을 향해 가만히 손을 뻗었다. 하얀 크림이 눈송이처럼 묻어 있는 그녀의 입가를 손가락으로 닦아냈다. 그 동작과 함께 나지막이 들려오는 독백 같은 음성.

"앞으로는 크림 들어간 거 사주면 안 되겠네. 다른 남자 앞에서 이러고 다니면 안 되니까."

입술선을 따라서 어루만지듯 부드럽게 스치다가, 힘주어 꾹 눌렀다가, 마지막으로 다시 한번 아랫입술 표면을 건드리고 떨어져 나가는 감촉. 그 안에는 분명 어떤 의도가 들어 있었고, 채윤도 그것을 어렴풋이나마 감지할 수 있었다. 손가락이 닿은 건 입술인데, 이상하게도 그녀의 두 뺨이 달아올랐다.

"……"

"……"

지훈도, 채윤도, 한동안 아무 말도 하지 못했다. 그들의 만남도, 친해지는 과정도, 언젠가 이루어지게 될 선택도 그저 재미있는 TV 프로그램을 만들기 위한 게임의 일부일 뿐이었다. 그들은 그 사실을 잘 알고 있었다. 그리고 절대 진심이 되지는 않으리라고 생각하면서 이곳에 왔다. 그들에게는 각자 원하는 게 있었으니까. 사랑과는 상관없는, 지극히 현실적이면서도 절실한 목표가.

그런데 언제부터인가, 이 모든 감정들이 진짜가 되어가고 있었다. 그걸 깨닫는 순간, 지훈과 채윤에게 가장 먼저 찾아든 감정은 두려움이었다.

내가 우승하게
해 줄게요

"형, 내가 그렇게 재수 없는 인간이었어?"

서 검사가 다녀간 날 오후, 지훈은 류진과 함께 빵집에 앉아 있었다. 베이커리 한구석에 테이블 세 개를 놓고 단출하게 카페처럼 꾸며놓은 공간, 대강 카페 비슷한 분위기는 내면서 카페만큼 비싸지도 않고 빵도 푸짐하게 먹을 수 있는 곳. 그들에게는 그런 곳이 맞았다. 류진은 갓 튀겨내 따끈따끈한 도넛을 크게 한 입 베어 물면서 농담 반 진담 반으로 되물었다.

"진실한 대답을 원해, 아니면 자존감을 지켜주는 대답을 원해?"

"진실한 대답."

"아주 개쓰레기였지. 쓰레기 중에서도 가히 핵폐기물급이었어."

"……."

한 치의 망설임도 없는 류진의 대답에, 지훈은 그래도 자존감을 조금은 지켜달라고 할걸 그랬나 살짝 후회했다. 류진은 엄마 다음으로, 아니 어쩌면 엄마보다 더 차단우라는 인간을 잘 아는 사람이었다. 여자 혼자 몸으로 힘들게 자신을 키워준 어머니에게는 단 한 번도 함부로 대할 수가 없었고, 늘 듣기 좋은 말만 하고, 보기 좋은 모습만 보여주려고 했으니까.

그러나 류진과는 산전수전 공중전 화생방전까지 같이 겪으면서 서로 볼꼴 못 볼꼴을 다 보여주었다. 지방주입수술과 전신윤곽성형술이 끝난 직후 혼자서는 화장실에도 가지 못하는 지훈의 수발을 들어준 사람이 류진이었다. 지훈의 다음 타자로 WANTED 프로그램에 들어갔던 여자가 저격당한 직후 일주일 내내 둘이 안전가옥에 숨어 있으면서 마지막 남은 라면 한 봉지를 두고 멱살을 잡고 싸운 적도 있었다.

류진은 그 비자발적 동거 경험을 계기로 지훈을 보호하는 증인이 아닌 친한 동생처럼 대하기 시작했다. 경찰 선배를 따라 단란주점에 갔던 게 들켜서 아내에게 뺨을 맞고 집에서 쫓겨난 류진이, 일주일 동안 지훈의 고시원 방에 빈대 붙으면서 한 침대를 쓴 적도 있었다.

긴 얘기였지만 한 마디로 줄이자면, 류진이 쓰레기라고 한다면 차단우는 정말 의심할 여지 없는 쓰레기가 맞다는 거였다. 류진은 좌절한 기색이 역력한 지훈을 향해 병 주고 약 주듯 덧붙였다.

"하지만 지금은 제법 인간화됐어. 철도 들었고. 남 얘기 경청할 줄도 알고. 넌 맨날 외모가 변했다고 네 인생이 망가졌다고 하는데, 솔직히 말하면 내 입장에서는 예전의 너보다 지금의 네가 훨씬 대하기 편하고 호감도 가."

"아, 형도 채윤 씨하고 똑같은 얘길 하네."

"채윤 씨? 그게 누군데? 아, 혹시 그 리얼리티 프로그램 홍일점? 우승해서 상금을 받기 위해서 네가 꼬셔야 하는 그 여자?"

류진은 먹고 있던 도넛까지 내려놓으면서 강렬한 호기심을 드러 냈다. 사실 서 검사로부터 '만나서 어떻게든 끝까지 설득해 보라'는 지령을 받고 지훈을 만나러 오긴 했지만, 이미 촬영이 시작된 방송 을 중단할 순 없지 않냐는 게 그의 솔직한 심정이었다. 그것보다는 오히려 문제의 그 여자가 어떤 사람인지, 지훈과는 어떻게 관계를 발전시켜 나가고 있는지가 훨씬 더 궁금했다. 지훈은 눈앞에 놓여 있는 먹음직스러운 딸기크림빵에 손도 대지 않은 채 멍하니 쳐다보 기만 하면서 답했다.

"그 여자 맞아. 송채윤."

"이름 예쁘네. 송채윤. 어? 근데 어디서 들은 적 있는 것 같은데? 송채윤……."

기억을 되살리려는 듯 관자놀이를 손가락으로 꾹꾹 누르면서 연 거푸 중얼거리는 류진을 향해 지훈이 차분하게 말했다.

"들은 적 있겠지. 사고 직전까지 내 로드매니저였으니까. 울고 있 는 장면이 뉴스에도 나왔잖아."

이건 지훈이 '러빙유'에 출연하겠다고 선언했던 것 못지않게 파급 력 있는 폭탄선언이었다. 류진은 문자 그대로 입을 떡 벌리면서 경 악을 금치 못했다.

"뭐? 네 로드매니저? 야, 그게 말이 돼? 무슨 로드매니저가 남자 여러 명한테서 구애받는 연애 리얼리티 프로그램에 나와?"

"더 이상 로드매니저가 아니니까. 로또 1등에 당첨됐대. 지금은 영세하긴 하지만 어쨌든 엄연한 연예기획사 대표야. 딱 종편 방송국에서 좋아할 법한 드라마틱한 스토리와 캐릭터지."

"로또 1등…… 연예기획사…… 너, 지금 장난치는 거 아니지? 그 여자가 혹시 널 알아본 건 아니겠지? 제발 아니라고 말해줘, 서 검사님이 아시기라도 하면……."

류진은 노기등등한 채 버스 세 번 타고, 기차 타고, 택시 타고 달려와 고함을 질러댈 서 검사를 상상하면서 두 손으로 머리를 감싸 쥐었다. 정작 서 검사가 채윤을 오늘 아침 실제로 만났고, 류진과 달리 그녀의 이름을 기억해내지 못했다는 사실은 모른 채. 지훈은 초조함에 발을 동동 구르는 류진에게 담담하게 말했다.

"나도 혹시나 했는데, 못 알아보더라. 수술이 정말 잘 되긴 한 모양이야."

"휴우, 다행이다."

류진은 안도감에 가슴을 쓸어내렸다. 지훈은 류진의 어깨 너머 벽에 걸린 거울에 비치는 자신의 후덕한 모습을 보면서 도무지 이해할 수 없다는 투로 말했다.

"형, 채윤 씨는 매니저로 지내는 내내 차단우가 몸서리치게 싫었대, 아니, 경멸했대. 심지어 매니저가 되기 전에는 열성 팬이었는데도 말이야. 지금은 그 이름을 듣는 것조차 싫어할 정도라니까. 그런데 지금의 나는 싫지 않은가 봐. 아니, 조금 호감이 있는 것 같기도 해. 난 처음에 당연히 그 반대일 거라고 생각하고, 나한테 남아 있는 예전의 모습들을 보여주려고 했거든. 그런데 그게 정답이 아니었어."

"뭐 어때? 잘됐네. 지금의 외모가 진입장벽이 아니라니, 네 입장에선 더 바랄 게 없잖아. 그렇게 최대한 네 본모습을 숨기면서 남은 기간 동안 잘해줘 봐. 혹시 알아? 진짜 사귀게 되면 우승상금뿐만 아니라 로또당첨금 덕도 볼 수 있을지."

류진의 반응은, 지훈이 처음 채윤의 복권당첨 사실에 대해 알게 되었을 때 했던 생각을 그대로 말로 옮겨놓은 것이나 다름없었다. 그게 불과 며칠 전인데, 지금의 지훈은 채윤을 무슨 ATM 취급하는 그 말이 상당히 귀에 거슬렸다.

"채윤 씨는 좋은 사람이야. 연예기획사를 차린 건 떼돈을 벌고 싶거나 그동안 자기를 괴롭혔던 놈들을 엿 먹이고 싶어서가 아니라, 구성원들을 인간답게 대해주는 풍토를 만들고 싶어서였대. 게다가 난 전혀 모르고 있었는데, 내가 죽고 혼자 남겨진 우리 엄마까지 챙기고 있었더라고. 날 싫어했으면서도 말이야. 겉으로는 씩씩하고 야무져 보이는데, 속으로는 연예계에서 구른 사람 같지 않게 착하고 순수한 면이 있어. 그런 여자를 속인다고 생각하면 맘이 영 편하지가 않아."

조심스럽게 이어지는 지훈의 말을 듣고 있던 류진의 얼굴에 놀라움이 번졌다. 그는 지금까지 단 한 번도 지훈이 다른 사람에 대해, 특히 여자에 대해 이런 식으로 말하는 걸 들은 적이 없었다.

류진이 파악하고 있기로, 한때 차단우였던 김지훈에게 있어 여자란 양가감정을 일으키는 존재였을 뿐이다. 잘생겼을 때는 한시도 자신을 가만두지 않고 덤벼들어서 피곤하고 귀찮았던 존재, 그리고 지금은 자신에게 아무런 관심도 주지 않아서 반대로 원망스럽고 미워진 존재.

가령 길거리에서 예쁘고 몸매 좋은 여자가 지훈에게 눈길조차 주지 않고 지나가면, 그는 '3년 전에 날 봤더라면 번호 좀 받아 달라고 울면서 쫓아왔을걸' 같은 말을 하면서 열등감 섞인 조소를 짓고는 했다. 그런 태도는 상대가 누구라도, 1년 가까이 함께 일한 구청 여 직원들이어도 마찬가지였다. 그런데 만난 지 고작 나흘밖에 안 된 여자에 대해서, 저렇게 소중하다는 듯이 얘기하다니.

"그럼 속이지 말고 진짜 연애하면 되잖아. 애초에 그 프로그램 목적이 진정한 사랑을 찾는 거 아니야? 우승하고 상금만 받고 먹 튀하는 게 아니라, 계속 만나면 되지. 여차하면 그냥 이대로 결혼 도……"

"다른 사람도 아니고 형이 어떻게 그렇게 말해? 그게 그렇게 간단 한 일이야?"

지훈은 기가 차다는 듯 혀를 차면서 류진의 말을 끊어버렸다. 그 러나 류진은 쉽게 포기하지 않았다.

"왜? 뭐가 문젠데? 지금 네 얼굴이 너무 겸손하게 생겨서? 아님 돈이 없어서? 괜찮아, 네가 저번에 말했던 대로 우승상금 받아서 급 한 대로 얼굴 두어 군데, 아니 서너 군데, 아니 대여섯 군데만 재수 술하고, 예전에 주입했던 지방도 도로 흡입하고, 그러고도 2억 5천 은 거뜬히 남을 텐데 그 정도면 제법 고개 들고 살 만하지."

류진은 빵을 너무 많이 먹어서 배가 부른 건지, 아니면 두둑한 상 금을 생각만 해도 든든해지는지 불룩 튀어나온 배를 문지르며 천하 태평하게 말했다. 그러나 지훈은 매사를 그렇게 낙관적으로 생각할 수가 없었다. 이미 인생이란 놈은, 그에게 제대로 한 번 엿을 먹인 바 있으니까.

"물론 지금의 내 형편이나 외모가 마음에 걸리긴 하는데, 그보다 더 큰 문제가 있어. 앞으로 어떤 위험이 닥칠지 모르잖아, 나한테는. 오늘 아침에도 서 검사님이 고래고래 소리 지르다 갔어. 작두파 재결성됐다고, 지금 당장이라도 도망가야 한다고. 그렇다면 어디서 총이나 칼빵을 맞아도 이상하지 않고, 김지훈이라는 이 신분도 언젠가 버려야 할 날이 올 텐데, 이렇게 위태롭고 불안정하고 암울한 생활에 나 아닌 다른 사람까지 끌어들이고 싶진 않아. 그게 채윤 씨라면 더더욱."

"……."

더없이 심각해진 지훈의 표정에, 류진도 더 이상은 저 혼자 멋대로 행복회로를 돌리지 못했다. 지금은 교통순경 신세지만 한때 서울시경의 엘리트 경감이자 증인보호 프로그램의 핸들러였던 사람으로서, 작두파의 재결성 건이 지훈에게 얼마나 심각한 위협인지도 잘 알았다.

류진은 잠시 동안 무거운 침묵을 지키다가, 이윽고 지훈의 손 위에 솥뚜껑처럼 크고 두툼한 자기 손을 얹었다.

"그래, 증인보호 프로그램이니 뭐니 하지만 결국 네 인생은 네 거니까. 선택도 네가 해야지. 네가 어떻게 결정하든 난 응원하고 지지해줄 거다. 단순히 전(前) 핸들러여서가 아니라, 이제 너의 친구이자 친한 형으로서 말이야. 하지만 지훈아."

류진은 지훈의 손을 다독이듯 톡톡 두드리면서 온화한 어조로 말했다.

"누구보다 널 잘 알고, 잘 되길 바라는 입장에서는 말이야. 가능하면 혼자 남겨지지 않는 선택을 하면 좋겠다. 너, 그동안 많이 외롭고 쓸쓸했잖아. WANTED 프로그램에 들어와서 뿐만 아니라 그 전에도. 톱스타의 삶이란 게 화려하고 요란하기만 했지 소속감이나 유대감을 느껴본 적은 별로 없다고 네가 그랬잖아."

하여간, 둘이 술에 취해서든 잠에 취해서든 하도 얘기를 많이 하다 보니까 별 쓸데없는 얘기까지 지껄였나 보다. 지훈은 그렇게 생각했다. 물론 류진에게 했던 말이 틀린 말은 아니었다. 어린 나이에 아이돌 그룹의 막내 멤버로 데뷔한 차단우는, 독보적인 비주얼로 그룹 인지도를 제치고 압도적인 개인 인지도를 높임으로써 본의 아니게 멤버 형들의 미움을 샀다. 차단우 개인 팬덤의 우세는 그룹으로 활동하는 내내 계속되었고, 결국 단우는 숙소에서나 무대에서나 보이지 않게 은근한 따돌림을 당하는 신세가 되었다.

아이돌 그룹이 해체되고 배우로 데뷔한 다음에는, 어디 아이돌 따위가 충무로에 와서 비비냐는 영화배우들의 텃세에 시달렸다. 가족이라고는 돌보고 책임져야 할 엄마 하나뿐이었고, 너무 일찍 연예계 생활을 시작한 탓에 다른 친구도 없었으며, 기획사 사람들과는 철저히 비즈니스 관계를 유지했다. 언제 어디서나 혼자였다. 혼자인데 너무 익숙해져서 혼자가 아니면 이상할 정도로. 증인보호 프로그램에 들어와 과거의 인연을 모두 끊어낸 이후로는 더 말할 것도 없었다.

류진을 만나고서 '러빙유 하우스'로 돌아오는 길, 지훈은 어두운 밤거리를 터덜터덜 걸으며 고민에 빠졌다. 자기 자신을 위해서, 그리고 채윤을 위해서, 어떻게 하는 것이 가장 바람직할지에 대해. 그러나 답은 쉽게 나오지 않았고, 하도 열심히 생각했더니 머리가 지끈지끈 아플 지경이었다. 그나마 한 가지, 오전에 채윤과 함께 지나쳤던 분식집이 불을 켜고 장사를 하고 있는 게 지훈을 기쁘게 했다. 채윤이 그 분식집을 눈여겨보았던 것을 그는 놓치지 않고 기억에 새겨 두었던 것이다.

"사장님, 떡볶이 남은 거 다 주시고요. 이쑤시개도 꼭 넣어주세요."

떡볶이를 넣은 검은 비닐봉투를 흔들면서 지훈이 귀가했을 때, 거실에는 그를 제외한 모든 출연자가 모여 있었다. 모든 출연자라고 해봤자 네 명뿐이긴 하지만. 지훈은 큰소리를 내지 않고 조용히 문을 열고 들어가 현관에서 운동화를 벗었다.

"앗싸, 누나! 걸렸어요! 서울 내 땅인 거 알죠? 자, 어서 200만 원 내놔요."

"으, 나 이제 돈 다 떨어져 가는데. 다음번엔 기필코 황금열쇠를 뽑고 말겠어."

의기양양해서 소리치는 하현의 목소리에 이어 울분과 결의에 가득 찬 채윤의 목소리도 들려왔다. 지훈은 피식 웃었다. 자길 빼놓고 뭘 그렇게 열심히 하고 있는가 했더니, 서울이니 황금열쇠니 하는 게 보드게임을 하는 모양이었다.

"어, 지훈이 형! 왔어요?"

지훈을 발견한 하현이 반갑게 소리쳤다. 고개를 끄덕이며 거실로 들어서던 지훈은 잠시 멈칫했다. 커피 테이블 위에 보드게임판이 펼쳐져 있고, 그 옆에는 고급 레스토랑에서 사온 것으로 보이는 때깔 좋은 음식이 가득 차려져 있었다. 화덕에 구운 피자, 필라프를 곁들인 찹스테이크, 왕새우 꼬치구이에 과일을 가득 채운 샹그리아 병까지 놓여 있었다. 지훈의 시선이 테이블로 향하는 것을 본 하현이 싱글벙글 웃으면서 설명했다.

"서준 형이 변호해준 사람 중에 TV에 자주 나오는 유명한 쉐프가 있대요. 원래 테이크아웃이 안 되는 건데 형이 부탁하면 특별히 해준대요. 그래서 다 같이 먹으면서 부루마불하고 있었어요. 형도 같이 해요!"

"어, 그럴까……?"

지훈은 손에 들고 있던 검은 비닐봉투를 슬쩍 등 뒤로 숨기면서 중얼거렸다. 왠지 초라해 보여서 내놓기가 싫었다. 게임은 한창 진행 중이었지만, 붙임성 좋은 하현이 자기와 한편을 하자면서 그를 끌어당겼다. 그러자 서준이 농담조로 불평했다.

"2인 1조면 너무 세잖아? 공평하지 않으니까, 그럼 난 채윤 씨와 한 팀 할게. 그렇게 하고서 처음부터 다시 시작하자."

"하지만, 그러면 이건이 형이 혼자 남는데요?"

서준의 말에 하현이 고개를 갸웃하면서 말하자, 이번에는 모두의 시선이 이건에게로 쏠렸다. 게임 카드를 손에 쥔 채 진지하게 들여다보던 그는 크게 동요하는 기색 없이 무뚝뚝하게 말했다.

"누구와 한 팀이 될지는 채윤 씨가 결정하도록 하지."

그러자 이번에는 또 다 같이 채윤을 쳐다보았다. 뭐 중요한 걸 고르는 것도 아닌데, 이렇게 채윤에게 선택권이 주어지는 순간에는 항상 경쟁심이 생겨났다.

채윤은 남자들의 얼굴을 하나하나 차례대로 주시하다가, 특히 지훈과 서준을 나머지 둘보다 오래 쳐다봐서 긴장하게 만들었다가, 이내 마음을 정한 듯 말했다.

"그럼 전 그냥 혼자 할게요. 남자분들끼리 둘둘 팀 하세요. 넷이 더 친해져야죠, 같이 방도 쓰는 사인데."

"으, 남자들은 남자들끼리 친해지는 거 군대에서 실컷 해서 이 나이 되면 별로 안 하고 싶어해요."

"나도 마찬가지야."

채윤의 결정에, 서준과 이건은 똑같이 미간에 주름을 잡으면서 싫어하는 시늉을 했다. 진짜 싫어하는 것 같진 않고 장난이었다. 그들도 나흘간 숙식을 함께 하면서 어느 정도 서로에게 익숙해진 상태였다.

"왜요, 왜요! 난 지훈이 형이랑 같이 하는 거 좋은데! 형도 그렇죠?"

하현은 지훈의 팔짱을 끼면서 애교스럽게 말했다. 지훈은 그런 하현을 보면서 피식 웃을 수밖에 없었다. 철없는 막냇동생이 있다면 이런 느낌이겠구나 싶었다.

다섯이 함께 하는 보드게임은 예상보다 훨씬 즐거웠다. 서준과 이건의 팀은 치밀한 전략을 세워 체계적인 부동산 투자를 하면서 게임 초반을 압도적으로 주도해나갔다. 그러나 주요 거점만 쏙쏙 골라서 과감하게 고급 호텔을 지었던 지훈과 하현 팀의 빅픽쳐에 걸려들어 중반부터는 하락세를 타기 시작했고, 그대로 지훈과 하현의 승기가 굳혀지는 듯했다.

그러나 마지막 두 바퀴를 남기고, 그때까지 아무 작전 없이 내키는 대로 게임을 하던 채윤에게 운이 집중되기 시작했다. 별 생각 없이 무분별하게 사들인 땅들은 무슨 파리지옥이라도 되는 것처럼 다른 팀의 말을 끌어들였고, 주사위를 던질 때마다 황금열쇠에 걸렸고 이유 없는 상금이 들어왔다.

결국 채윤이 지훈의 팀을 500만 원 차이로 꺾고 최종 우승자가 되었을 때는, 모두들 입을 떡 벌린 채 놀라워할 뿐이었다. 지훈은 의기양양해 하는 채윤을 보면서 은근히 감탄했다.

'역시, 로또 당첨자라 다르긴 다르구나. 운을 한 번에 몰아서 쓰는 타입인가.'

여럿이서 떠들썩하게 게임에 몰두하다 보니 시간이 순식간에 흘러갔다. 어느새 자정에 가까워진 것을 보고 지훈도, 채윤도 놀라지 않을 수 없었다. 둘 다 오랫동안 잊고 살았다. 하나는 숨어 사느라, 하나는 바쁘게 사느라, 빡빡한 삶에 치여서, 다른 사람들과 어울리고 함께 한다는 게 얼마나 즐거운 일인지 잊고 있었다. 함께 웃고 떠들고 장난치면서, 지훈은 나머지 세 남자가 자신의 경쟁자이기보다는 친구처럼 느껴지기 시작했다. 채윤도 마찬가지로 그들에 대한 경계심이 한결 누그러졌다. 조금은 바보같이 느껴지기까지 했다. '절대 좋아하지 않을 거야!'하고 신경을 곤두세우고 있었던 것이. 어차피 사람 마음이라는 게 원하는 대로 되는 것도 아닌데.

다 함께 사이좋게 뒷정리를 한 후, 일찍 출근해야 하는 이건과 서준은 자러 들어갔고, 하현은 컴퓨터 작업할 게 있다면서 방으로 들어갔다. 지훈은 괜히 싱숭생숭한 마음에 바람을 쐬러 2층 테라스로 나왔다. 칠흑처럼 검은 하늘에 손톱으로 찍은 것처럼 새하얀 초승달이 떠올라 있었다. 지훈은 주머니에 양손을 꽂은 채 밤하늘을 올려다보면서 생각에 잠겼다. 생각하고 결정해야 할 것들이 많았다.

잠시 후, 테라스 문이 열리고 채윤이 들어오기 전까지. 그녀는 일부러 기척을 내지 않고 그의 곁으로 다가와 섰고, 그는 그녀가 왔다는 걸 알면서도 굳이 호들갑스럽게 반기지 않았다. 고작 나흘 만에, 그들은 함께 있는 데 익숙해지고 있었다. 채윤은 지훈 앞으로 고개를 들이밀고, 펼친 손바닥을 그를 향해 내밀어 보이면서 장난스러운 투로 입을 열었다.

"자, 이제 내놔봐요."

"뭘요?"

"아까 사 온 거요. 테이블에 음식 있는 거 보고 숨겼잖아요. 다 봤어요."

"그게 뭔지는 어떻게 알고?"

"에이, 냄새만 맡아도 다 알아요. 치사하게 혼자만 먹을 거예요?"

하여간 못 말리겠다. 지훈은 피식 웃으면서 테라스 의자 위에 놓아두었던 검은 비닐봉투를 채윤에게 건네주었다. 그 안에서 나타난, 랩 씌운 종이 용기에 담긴 떡볶이와 이쑤시개를 본 채윤은 어린아이처럼 천진난만하게 박수를 치며 기뻐했다.

"대박! 대박! 완전 대박! 이거 진짜 나 먹으라고 사 온 거예요?"

"그렇게 많이 먹고서 또 먹으려고?"

"에이, 왜 이래요? 아마추어같이. 원래 밥 먹는 배랑 떡볶이 먹는 배는 따로 있는 거예요."

채윤은 야무지게 말하더니 이쑤시개로 떡볶이를 찍어 날름 입속에 넣었다. 다 식었을 텐데도 싫은 기색 없이 열심히 먹는 게 정말 맛있는 모양이었다. 그녀는 새 이쑤시개로 제일 큰 떡볶이 하나를 찍어 지훈의 입가에 가져다대면서 말했다.

"자, 지훈 씨도 먹어요. 이거 정말정말 멋진 남자가 나 혼자만 먹으라고 몰래 사다준 건데, 내가 특별히 지훈 씨한테는 나눠주는 거예요. 알았죠?"

뭔가 대단한 비밀을 말해주는 것처럼 속닥거리는 게 우스워서, 지훈은 웃으면서 떡볶이를 받아먹었다. 더 이상 뜨겁지는 않았지만 랩으로 씌워놓은 덕분에 온기가 남아 있었고, 양념이 떡 속에 충분히 배어들어 매콤달콤했다.

채윤이 말한 대로, 한밤중에 이쑤시개로 찍어먹는 떡볶이 맛은 과연 특별했다. 그렇게 테라스에 선 채로 떡볶이를 나누어 먹던 도중, 채윤이 문득 지훈을 불렀다.

"지훈 씨."

"네?"

"나, 실은 오늘 아침에 지훈 씨하고 누나하고 얘기하는 거 들었어요."

뜻밖의 말에, 지훈의 가슴이 덜컹 내려앉았다. 채윤이 어디까지 들었을까. 증인보호 프로그램과 작두파에 대한 얘기까지 들었으면 안 되는데.

"물론 처음부터 끝까지 다 듣진 못했지만. 도망 다니면서 사는 게 싫다고 했죠? 저번에 어머님도 보러 갈 수 없는 상황이라고 했잖아요. 이제 알겠어요. 지훈 씨는 정말로 10억 빚이 있는 거고, 그것 때문에 빚쟁이들한테 쫓기면서 사는 거죠?"

"……."

지훈은 대답 대신 얕은 한숨을 내쉬었다. 다행히 채윤은 아무것도 눈치채지 못했고, 오히려 착각하고 있던 게 더 강해졌을 뿐이었다. 채윤은 지훈을 안쓰러운 눈길로 보면서 평소보다 훨씬 조심스러운 투로 말을 이었다.

"그냥 솔직하게 말할게요. 난 지훈 씨가 인간적으로 참 좋아요. 연애하라면 충분히 할 수도 있을 것 같아요. 하지만 난 이 프로그램에서 사랑을 찾을 생각은 없어요. 지금 그럴 여유가 있는 상황도 아니고요. 회사가 망하기 일보 직전인데."

그렇게 속내를 털어놓은 채윤은 한 번 심호흡을 하고 나서 선언했다.

"그러니까, 열흘째 되는 날 내가 지훈 씨를 선택할게요. 그러면 우승 상금을 받을 수 있잖아요. 물론 원금을 갚는 데는 부족하겠지만, 이자는 낼 수 있겠죠. 그러면 어머니도 찾아갈 수 있고, 더 이상 도망 다니면서 살 필요도 없을 거예요."

채윤의 말에 지훈은 잠시 멍한 표정이 되었다. 일이 또 왜 이렇게 되나 싶었다. 어제까지만 해도 '차단우가 아니라면 어떻게 송채윤에게 접근해야 하나'를 고민했고, 오늘 저녁까지만 해도 '채윤이 이대로 계속 다가오게 내버려 둬도 되나'를 고민했다. 그런데 지금 이 시점에서, 채윤이 그를 우승시켜 주겠다는 말을 하다니.

아이고 감사합니다, 하면서 넙죽 받아들여야 마땅했다. 억지로 노력하지 않아도, 온갖 거짓말로 채윤을 유혹하지 않아도 우승 상금이 굴러들어온다니. 어떻게 보면 지훈이 바랄 수 있는 가장 이상적인 결과였다.

그럼에도 불구하고 지훈은 직감적으로 알았다. 그 제안을 수락하면 안 된다는 것을. 그건 채윤에게, 그리고 다른 출연자들에게 공정하지 않았다.

"채윤 씨, 뭔가 오해하고 있는 것 같은데. 내가 저번에도 말했잖아요. 10억 빚 있는 사람, 나 아니라고. 어머니를 만나지 못하는 데는 다른 사정이 있고, 도망 다니면서 산다는 표현은 누나 등쌀 때문에 못 견디겠다고 한 말이었어요."

"아……."

"채윤 씨가 진심으로 날 좋아하게 되어서 선택한다면 그건 기쁘게 받아들일 겁니다. 난 많이 부족한 사람이지만, 어쩌면 연애 같은 건 해서는 안 되는 사람일지도 모르지만, 그래도 채윤 씨 마음이 다치지 않도록 노력할 거고요. 하지만 날 동정해서 선택하는 건 전혀 반갑지 않아요. 그저 회사 홍보용으로 나온 프로그램에서 누군가를 사귀어야 하는 게 부담스러워서, 친구처럼 편한 날 선택한다는 것도 마찬가지로 반갑지 않고요."

"……."

정곡을 찔린 채윤은 아무 말도 하지 못했다. 지훈은 화내고 있는 건 아니었다. 어차피 채윤에게, 아니 그 어떤 여자에게도 지금의 자신이 진지한 연애 대상이 되지 못한다는 건 알고 있었다. 그래서 조금은 슬프고, 안타깝고, 억울하기도 했지만, 그렇다고 해서 채윤의 말에 화가 나진 않았다. 그의 인생을 망가뜨린 건 채윤이 아니라 그놈의 빌어먹을 증인보호 프로그램이었으니까.

"고작 나흘 본 것뿐이지만, 이건이 형도, 임서준 씨도, 그리고 하현이도, 다들 지금의 나보다는 훨씬 나은 남자들이에요. 잘생겨서 데리고 다니기에 부끄럽지도 않고, 번듯한 직업도 있고, 성격도 각자 나름대로 매력 있고. 그러니까 TV 화면에서 쇼윈도 커플로 보일 사람이 필요하다면 그중에서 골라봐요. 그게 채윤 씨를 위한 일이에요. 프로그램이 끝난 다음도 생각해야죠. 프로그램이 끝나자마자 헤어지면, 대중은 전부 다 쇼였다고 욕할 겁니다. 채윤 씨는 연예기획사 대표를 하면서 계속 대중에게 노출되어야 할 텐데, 그런 비난거리는 주지 않는 게 좋아요."

거기까지는 생각해본 적 없었던 채윤은 지훈의 따끔한 지적에 멈칫했다. 지훈은 난처한 기색이 역력한 그녀의 얼굴을 물끄러미 바라보다가, 자신의 겉옷을 벗어서 어깨에 걸쳐주었다. 그리고 그녀를 테라스에 내버려 둔 채 안으로 들어갔다.

'좋아할 줄 알았는데…….'

혼자 남은 채윤은 지훈에 대한 미안함과 민망함, 그리고 당혹스러움에 어쩔 줄 몰라 하면서 한동안 찬바람을 맞고 서 있었다. 상금을 준다고 하면 지훈이 좋아할 줄 알았던 자신이 부끄러웠고, 다른 남자들 중에 찾아보라는 말에 조금은 섭섭하기도 했다. 많은 감정들이 한데 뒤엉켜 정확히 무엇인지 자신조차 알 수 없었다.

감사합니다. 좋아해 주셔서,
기억해주셔서

"저, 데이트 신청할게요. 이건 씨, 서준 씨, 하현이한테도. 받아주실 거죠?"

촬영 다섯째 날 아침, 식탁에 앉은 채윤은 대뜸 그런 말을 던져서 남자들을 놀라게 했다. 다이닝룸 천장에 설치된 카메라가 그들을 찍고 있다는 사실을 알았지만 채윤은 개의치 않았다. 어차피 사람들이 이 방송에서 보고 싶어 하는 게 그것 아니겠는가. 한 여자를 둔 네 남자의 치열한 경쟁, 그 사이에서 갈팡질팡하는 갈대 같은 여심, 승자와 패자가 아슬아슬하게 갈리는 짜릿한 순간. 다들 입으로는 신나게 욕하면서도 손으로는 리모컨 볼륨을 키우게 될 것이다.

"우리는 당연히 거절할 이유가 없죠. 오직 채윤 씨와 가까워지고 싶어서 이 자리에 앉아 있는 거니까. 언제 어디서든 오케이에요."

"저도 소방서에 응급상황만 안 생기면 시간 낼 수 있습니다."

서준은 오트밀에 우유를 부으면서, 이건은 빵에 버터를 바르면서 선선히 대답했다. 아침부터 어린애처럼 콜라를 홀짝이고 있던 하현이 이건과 서준의 눈치를 살피면서 채윤을 향해 조심스럽게 물었다.

"누나, 근데 지훈이 형은요? 지훈이 형한테는 데이트 신청 안 해요?"

"지훈 씨하고는 그동안 얘기 많이 했으니까."

채윤은 일부러 무심한 투로 말하면서 사각 테이블의 끄트머리에 앉아 있는 지훈을 힐끗 쳐다보았다. 그는 오가는 대화를 못 듣는 척 한 마디도 하지 않은 채 버터도 잼도 바르지 않은 맨 빵을 꾸역꾸역 입속에 우겨 넣고 있었다. 채윤은 진공청소기처럼 꾸준히 음식을 흡입하는 그 모습이 그렇게 얄미워 보일 수가 없었다.

"그럼 공평하게 하루에 한 명씩 채윤 씨와 데이트하는 걸로 할까요? 오늘, 내일, 모레, 이렇게. 각자 일정에 따라 편한 날짜에."

"난 오늘하고 모레는 소방서 나가야 해서, 내일이면 좋겠는데."

"앗, 그럼 제가 오늘 찜해도 돼요? 안 그래도 채윤 누나한테 꼭 보여주고 싶은 게 있었어요!"

서준의 말이 끝나기 무섭게 이건과 하현이 날짜를 하나씩 골라잡았다. 얼떨결에 서준이 맨 뒤로 밀리는 처지가 되자, 신나서 앞으로 나섰던 하현이 조금 미안해하는 표정을 지었다.

"서준이 형, 맨 마지막이라도 괜찮으세요? 혹시 기분 나쁘시면……."

"아니야, 기분 나쁠 게 뭐 있어. 나한테 고르라고 해도 모레를 골랐을 거야. 원래 진짜 주인공은 맨 마지막에 나타나는 법이거든."

"헐, 자신감 쩐다. 원래 변호사들은 다 그래요?"

"음, 나처럼 잘생기고 능력 있는 변호사들만 그럴걸."

서준과 하현이 실없는 농담을 주고받는 동안, 지훈은 분위기를 적당히 맞춰주기 위해 가끔 웃음기를 보이기도 하고 고개를 끄덕이기도 하면서 식빵 네 장을 먹어치웠다.

곤혹스럽기만 했던 아침 식사가 끝나고 다른 세 남자가 욕실과 침실로 흩어지자마자, 지훈은 부엌 냉장고로 달려가 생수병부터 찾았다. 허겁지겁 병마개를 따고 얼음장처럼 차가운 물을 벌컥벌컥 목구멍으로 들이붓는데, 2층 계단으로 올라가려던 채윤이 그 모습을 보고 처음으로 그에게 말을 걸어왔다.

"지훈 씨, 괜찮아요?"

정확히 뭐가 괜찮냐고 묻는 것인지는 알 수 없었다. 물도 우유도 없이 뻑뻑한 맨빵을 급히 먹은 게 괜찮냐는 건지, 아니면 자기가 다른 남자들과 데이트하는 게 괜찮냐는 건지. 어느 쪽이든 지훈의 대답은 정해져 있었다. 지훈은 잇몸이 얼얼하게 시리도록 입안을 채우고 있던 찬물을 한 번에 꿀꺽 삼키고는 얼른 대답했다.

"그럼요. 괜찮고말고요."

김지훈과 차단우가 가장 다른 점이 바로 이것이었다. 손가락 하나만 까딱하면 얻지 못하는 게 없었던 차단우는 자기가 원하는 걸 갖는 게 곧 옳은 것이라고 생각했다. 그러나 볼품없는 외모와 스펙을 가진 김지훈은 그렇지 않았다. 세상이 순리대로 잘 돌아가다 보면 자기가 원하는 것을 얻지 못할 수도 있음을 쉽게 받아들였고, 때로는 그게 옳다고 생각하기도 했다. 거울 속에 비친 자신은 누군가를, 무언가를 욕심내기에는 너무도 초라하고 부족했으니까.

"지훈 씨, 성운구청 가는 거죠? 나 오늘 그쪽 방향에 있는 회계사 무소에 갈 일이 있는데 태워다줄까요? 날씨 추운데 차 타면 편하잖아요."

"아뇨, 전 그냥 버스 타고 가면 됩니다."

지훈은 서준의 친절한 제안도 마다하고 옷장에서 꺼내온 방한용 패딩점퍼 속에 몸을 우겨 넣었다. 가뜩이나 통통한 몸을 두꺼운 패딩점퍼로 둘둘 감아놓으니 그야말로 미쉐린 타이어의 마스코트인 미쉐린 맨 같아 보였다. 훤칠하고 날렵한 몸을 단정하고 차분한 체크무늬 코트로 감싼 서준이나 근육질의 몸매를 부각시키는 양털 가죽 재킷을 걸친 이건, 젊음의 혈기를 과시하기라도 하듯 한겨울에도 멋스럽게 물 빠진 데님 재킷을 과시하고 있는 하현과는 그야말로 종족이 다른 느낌이었다.

"성운, 성운. 행복한 성운. 안전한 성운. 구청은 여러분의 곁에 있어요—."

지훈은 매일 출근 시간, 점심시간, 그리고 퇴근 시간마다 구청에서 흘러나오는 로고송을 흥얼거리면서 그 누구보다 빨리 '러빙유 하우스'를 나섰다. 중얼거림 같은 노래는 버스를 타고 구청에 도착해서 그가 근무하고 있는 민원실로 들어갈 때까지 계속되었다.

업무가 시작되기 15분 전, 민원실은 아직 한산하고 여유로웠다. 지훈은 민원실 문 앞에 잠시 선 채로 두껍고 답답한 패딩을 벗었다.

"아, 주임님. 한 번만 부탁드릴게요. 진짜 괜찮은 친구란 말이에요. 얼굴은 예쁜데 까탈스럽지 않고 애교는 작렬이고, 남자들이 뻑 가는 스타일이에요."

"난 당분간 소개팅 생각 없다니까, 진짜로. 여자친구랑 헤어진 지 아직 한 달도 안 됐는데 소개팅하는 건 그 사람에 대한 예의가 아니야. 데이트에도 상도덕이란 게 있는 거라고."

"아니, 데이트에 상도덕이 어딨어요? 그냥 만나고 싶으면 만나고,

사귀고 싶으면 사귀고, 저 하고 싶은 대로 하는 거지. 그러지 말고 일단 한 번 만나보시기라도 하면 안 돼요? 공무원 소개팅 시켜준다고 큰소리 뻥뻥 쳐놨는데."

"그럼 나 말고 김지훈 씨 소개해줘. 지훈 씨가 나보다 나이도 두 살이나 어리잖아. 저번에 물어보니까 여자친구도 없다고 했고."

자신의 이름이 나오는 순간, 민원실 문을 밀면서 안으로 들어가려던 지훈의 손이 우뚝 멈췄다. 지훈을 소개팅 시켜주라는 남자 주임의 말에 여자 직원이 팩 토라지면서 짜증 내는 소리가 열린 문틈 사이로 날카롭게 튀어나왔다.

"아! 말이 되는 소릴 하세요! 지훈 씨를 어떻게 소개시켜 줘요? 친구랑 의절할 일 있어요?"

"왜? 지훈 씨가 어때서?"

"일단 공무원도 아니고요. 그 나이에 집은커녕 차도 없고요. 무엇보다…… 에이, 모르겠다. 그냥 얘기할게요. 와꾸랑 피지컬이 구리잖아요. 가끔 뚱뚱한 남자 좋아하는 이상한 여자들이 있긴 하던데, 그런 특이 케이스가 아니면 뭐."

그 말이 끝나자마자 남자 주임이 너털웃음을 터뜨리는 소리가 들렸다. 왜 소개팅을 시켜줄 수 없는지 실은 자기도 잘 알고 있으면서, 여직원의 적나라한 표현으로 듣고 싶어 굳이 물어봤다는 게 너무도 티가 났다.

지훈은 문 손잡이를 잡았던 손을 살며시 떼고 천천히 돌아섰다. 밖은 추웠지만 차라리 바람이라도 쐬다가 들어오는 게 낫겠다는 생각에서였다. 그런데 그때, 누군가 불쑥 지훈의 앞을 가로막으면서 질문을 던져왔다.

"저기요, 출생신고 여기서 하는 거 맞나요?"

"네, 맞습니다. 안으로 들어가셔서 비치되어 있는 출생신고서 용지 찾아서 작성하시면 돼요."

"저, 출생신고를 처음 해봐서 정말 아무것도 모르는데. 출생신고서 용지가 어떤 건지 좀 찾아주실 수 있을까요?"

지훈은 짧은 한숨을 쉬면서 끈덕진 요청을 해온 민원인, 아니 민원인들을 쳐다보았다. 해산한 지 얼마 안 된 듯 얼굴이 통통 부어 있는 여자와, 그녀의 어깨를 양손으로 꼭 붙잡은 채 보호하듯 옆을 지키고 서 있는 남자를 보는 순간 바짝 곤두섰던 지훈의 신경이 누그러졌다.

30대 중반 정도 되어 보이는 부부는 소박하고 성실해 보이는 인상을 하고 있었다. 보통 아내는 산후조리원에 있고 남편 혼자 출생신고하러 오는 게 보통인데, 아내가 어떻게든 같이 오고 싶다고 졸라 미처 다 추스르지도 못한 몸으로 길을 나선 것 같았다.

"이쪽으로 오세요. 제가 도와드릴게요."

지훈은 얼른 문을 열어주면서 부부를 민원실 안으로 안내했다. 다행히 여직원과 남자 주임은 대화를 끝냈는지 자기 자리로 돌아가 각자의 컴퓨터 모니터를 들여다보고 있었다. 지훈은 민원실 구석에 비치되어있는 긴 의자로 부부를 데려가 앉힌 후, 출생신고서 용지와 볼펜을 가져다주면서 차근차근 설명해주었다.

"이 양식을 빈칸 없이 채우셔야 하고요. 혹시 본적이나 그런 거 모르시겠으면 저기 설치된 기계에서 가족관계증명서 뽑아보면 다 나와요. 혹시 아이 이름이 한자 이름이면 획 같은 거 틀리지 않게 조심하시고요."

이제 정말 할일을 다했다고 생각한 지훈은 그대로 돌아서려 했다. 그런데 이번에도 어김없이 여자의 자신감 없는 목소리가 그의 목덜미를 붙잡았다.

　"저, 이거 아이 이름인데요. 한자가 맞는지 한 번만 봐주실 수 있나요?"

　"전 봐도 잘 모르는……."

　무심하게 말하던 단우는 출생신고서 상단에 동글동글한 글씨로 적혀 있는 이름을 보자마자 눈을 크게 뜨면서 말을 멈추었다.

　"아이 이름이, 단우인가요?"

　"네, 홍단우요. 여자아이인데, 영화배우 차단우 이름을 본 따서 지었어요."

　흔한 이름이 아니어서 혹시나 했는데 역시나였다. 단우는 이해할 수가 없었다. 아이 이름을 개똥이라고 짓든 소똥이라고 짓든 그건 부모 마음이라는 걸 알면서도 결국 물어보지 않을 수 없었다.

　"한자가 이게 맞긴 한데요. 그런데, 괜찮으세요?"

　"네? 뭐가요?"

　"차단우, 교통사고로 죽은 사람이잖아요. 그것도 젊은 나이에. 그런 이름을 아이 이름으로 지으면 재수 없지 않겠어요? 보통 그렇게 생각하면서 꺼릴 텐데."

　지훈의 말에 아이 엄마는 아아, 하고 이제 알겠다는 듯한 소리를 내더니 생긋 웃으면서 가볍게 고개를 내저었다.

　"저희는 그런 거 전혀 상관없어요."

　"……."

　"이이하고 저하고 3년 전 첫 데이트할 때, 그때 본 게 바로 차단우

영화거든요. 그거 있잖아요. 무슨 영화제에서 큰 상 탄 거요."

"'광야'요. 그걸로 청룡영화제에서 남우주연상을 탔죠."

지훈은 자신이 촬영한 마지막 작품이자 유작이 되어버렸던 시대물 멜로영화를 떠올리면서 말했다. 아이 엄마는 영화 제목을 듣자마자 반갑게 손뼉을 쳤다.

"아, 네. 맞아요. 그거. 제가 그 영화에 감동 받아서 우는 걸 보고 남편이 첫눈에 반했대요. 그렇게 맑고 순수해 보일 수가 없었다나? 저도 아무 말 없이 손수건을 꺼내서 눈물을 닦아주는 남편의 자상함에 홀딱 빠졌고요. 그 후로 둘이 차단우 나온 영화는 다 찾아보고, 차단우가 낸 앨범도 다 샀어요. 노래도 다 좋거든요."

아이 엄마는 맞장구를 쳐주길 바라는 눈빛으로 옆에 앉은 남편을 바라보았다. 그녀의 남편은 진중한 표정으로 고개를 끄덕이면서 조곤조곤한 투로 말했다.

"재능 있는 사람이 교통사고로 일찍 죽은 건 안타깝고 추모해야할 일이지, 재수 없다고 욕할 일이 아니잖아요. 그 사람이 사라졌어도 한때 스크린에서, 무대에서 누구보다 눈부시게 빛나던 사람, 무슨 일이든 몸이 부서져라 열심히 하던 사람이라는 사실에는 변함이 없으니까, 우리 딸도 그런 사람으로 자라나면 좋겠어요."

"……."

단우는 순간적으로 할말을 잃었다. 가슴이 벅차서 그 감정을 어떻게 표현해야 할지 알 수 없었다. 모두에게 잊혀졌다고 생각했는데. 단 한 순간도 편하게 마음을 내려놓지 못한 채 아등바등 살아왔던 26년의 차단우 인생은 물거품처럼 흔적도 남기지 못하고 사라졌다고 생각했는데, 이렇게 그를 기억해주는, 애정을 간직하고 있는 사람들이 있었다. 지훈은 살짝 잠긴 목소리로 부부에게 말했다.

"여기서 잠깐만 기다리시겠어요?"

부부가 출생신고서를 쓰고 있는 사이, 지훈은 재빨리 접수창구 뒤에 마련되어 있는 자신의 자리로 향했다. 그리고 책상 서랍 속에 있는 포장된 기념품들을 한가득 품에 안아 들고 부부가 앉아 있는 의자로 돌아왔다.

"이거 가져가세요. 저희 구청에서 출생신고하시는 분들께 드리는 선물이에요. 이번 달에 태어난 아이들 숫자가 적어서 선물이 많이 남았어요. 아기 젖병도 있고, 남녀공용 내복하고 속싸개, 손수건도 있어요. 유용하게 쓰실 수 있을 거예요."

지훈이 내민, 몇 개인지 일일이 셀 수도 없는 기념품 꾸러미를 보면서 부부는 동시에 눈이 휘둥그레졌다.

"어머, 이걸 저희가 다 가져가도 되는 거예요? 감사하기도 해라."

"정말 감사합니다. 안 그래도 다 필요했던 물건들인데."

"아뇨, 제가 감사합니다. 단우 아기, 예쁘고 건강하게 자라길 기도할게요."

부부는 몇 번이고 연거푸 지훈을 향해 허리를 숙이며 인사했고, 그때마다 지훈도 허리를 깊이 숙이면서 맞절을 했다. 창구에 가서 출생신고를 무사히 마친 부부가 행복한 얼굴로 구청을 떠나는 것을 지켜보면서, 지훈은, 그리고 단우는, 그들에게 절대 말할 수 없었던 한 마디를 나지막한 음성으로 되뇌었다.

"정말로 감사합니다. 저를 좋아해 주셔서, 그리고 기억해주셔서."

그 사람을
정말 싫어했던 거야?

"밤 10시. 청담동에 있는 클럽 알렉스로 오시면 돼요, 누나. 입구에서 제 이름 얘기하면 들여 보내줄 거예요. 전 준비할 게 많아서 먼저 가 있을게요."

하현은 달랑 그 말만 남겨놓고서 먼저 나가버렸다. 그래도 명색이 데이트인데 남자가 집 앞에서부터 여자를 에스코트해가야 하는 게 아닌가 하다가도, 혹시 그런 개념도 낡은 건가 싶어 고개를 갸웃하게 됐다. 어쩌면 그녀보다 4살이나 어린 하현의 세대는 데이트 장소에 따로 가는 게 큰 문제가 되지 않는다고 생각할지도.

"그나저나 클럽이라니, 몇 년 만에 가보는 클럽이야. 뭘 입어야 하지?"

연예계 일을 하다 보면 클럽이나 나이트클럽, 단란주점 같은 유흥업소를 많이 드나들게 될 거라는 게 사람들의 흔한 선입견이다. 그건 맞기도 하고 틀리기도 했다. 채윤은 WIN엔터에 소속된 연예인들의 심부름을 하러, 아니면 사고 치는 것을 막거나 이미 사고 친

것을 수습하러 뻔질나게 가보긴 했지만, 제 발로 놀러가 본 적은 손에 꼽을 정도였다. 채윤은 옷장 문을 활짝 열어놓고서 한참 동안 고민했다.

"클럽 알렉스면 되게 잘나가는 곳이잖아. WIN에서도 꽤 유명한 애들이 단골로 다녔었는데. 후지게 입고 갔다간 물 흐린다고 내쫓는 거 아니야?"

어차피 거기서 거기인 옷을 하나씩 들춰보던 채윤은, '잘 모르겠을 때는 단순한 게 최고'라던 스타일리스트 화경의 조언을 기억해냈다. 다행히 옷장 한구석에서 그럭저럭 전천후로 먹힐 만한 심플한 디자인의 블랙 원피스를 찾아냈다. 인터넷 쇼핑몰에서 모델이 입은 사진을 보고 혹해서 질러 버렸지만, 막상 배송받아 입어보자 무릎 위로 훌쩍 올라오는 짧은 길이와 어깨가 훤히 비쳐 보이는 시스루 소매가 부담스러워 몇 번 입지도 못했던 옷이었다.

채윤은 원피스를 입고, 살구색 스타킹을 신고, 머리는 살짝 부풀려 드라이했다. 진한 화장은 해봤자 어울리지 않는 걸 잘 알았기에 평소처럼 연하게 화장하고, 대신 눈가에만 은은한 핑크색 펄 아이섀도우를 가볍게 발랐다. 거기에 겨울 분위기가 물씬 풍기는 눈꽃 펜던트 목걸이를 걸고 은백색 클러치를 들자 제법 클럽 나들이에 어울리는 세련된 룩이 완성되었다.

"돈이 아깝긴 하지만, 이런 옷차림으로 지하철이나 버스를 탈 수는 없지. 클럽 가면서 차를 몰고 갈 수도 없는 노릇이고. 그래도 명색이 복권 당첨자인데 택시 정도는 맘껏 타줘야 하지 않겠어?"

채윤은 8센치 높이의 까만색 펌프스를 또각거리면서 택시가 기다리고 있는 '러빙유 하우스' 앞으로 나왔다. 로드매니저 생활을 오래

한 그녀에게 있는 신발이라고는 죄다 단화 아니면 운동화, 기껏해야 로우 힐이었는데, 보다 못한 화경이 남자 만날 때 신으라며 남아도는 구두를 하나 던져준 게 바로 이 펌프스였다.

"도대체 다른 여자들은 이런 걸 어떻게 신고 다니나 몰라. 어휴. 전봇대 두 개를 달고 걸어 다니는 느낌이네. 기사님. 청담동 클럽 알렉스로 가 주세요."

클럽에서 놀기에 평일 저녁 9시는 너무 이른 시각이라고 생각했는데, 제일 잘나가는 클럽에 한해서는 그렇지도 않은 모양이었다. 채윤을 태운 택시가 클럽 앞에 도착했을 때, 골목길은 어떻게든 클럽에 들어가려고 줄 서 있는 손님들로 붐비고 있었다. 택시에서 내린 채윤은 끝도 없이 늘어선 줄을 보고 입을 떡 벌렸다.

"아이고, 고작 클럽 하나 가자고 이 줄을 서기엔 내가 나이를 너무 먹었지."

막막해하던 채윤의 머릿속에, 입구에 가서 자기 이름을 대라던 하현의 말이 떠올랐다. 유명인의 이름을 대고 어딘가에 들어가는 건 매니저 시절 숱하게 해 본 일이긴 한데, 그게 하현의 경우에도 통할지는 좀 미심쩍었다. 물론 귀여운 외모에 스타일리쉬해서 어딜 가도 사람들의 시선을 끌고 호감을 살 것 같긴 했지만, 그래 봤자 채윤이 이름도 들어본 적 없는 프리랜서 DJ에 불과하지 않은가. 채윤은 밑져야 본전이라는 심정으로, 클럽 입구를 지키고 있는 가드에게 다가가 말했다.

"저, 유하현 씨 초대받아서 왔는데요."

갓 출소한 것처럼 험악한 인상에, 부딪치면 뼈가 으스러질 것처럼 건장한 떡대를 가진 가드가 채윤을 위아래로 훑어보았다. 기가 확

죽은 채윤이 아니라고, 됐다고, 죄송하다고 말하고 물러나려고 하는 순간 가드의 입술이 열렸다.

"송채윤 씨?"

"아, 네. 그거 저 맞아요."

"들어가세요. 드링크는 무제한으로 가져다 드셔도 됩니다."

문 앞에 걸어둔 체인을 걷어낸 가드가 채윤을 위해 문을 열어주는 것을 보고, 추위에 벌벌 떨어가며 줄을 서 있던 미니스커트 또는 미니원피스 차림의 여자들이 일제히 시샘 어린 눈길을 보냈다. 좁고 어두운 계단을 지나 지하로 내려가자, 붉고 푸른 네온사인 조명이 사방에 엇갈리는 광활한 공간이 나타났다.

아직 본격적으로 클러빙이 시작할 시간은 아닌지, 홀도 스테이지도 바도 비교적 한산했다. 스피커에서는 정신없는 음악 대신 가볍고 산뜻한 팝 음악이 흐르고 있었다. 채윤보다 일찍 들어온 사람들은 언제쯤 홀이 달구어지기 시작할지 눈치라도 보는 것처럼 서로를 힐끗거리고 있었다. 그들의 시선이 채윤에게 와닿는 순간, 그녀는 자기가 이 공간에 어울리지 않는다는 게 너무도 명백하게 티날까 봐 그게 걱정스러웠다. 잔뜩 주눅 든 표정으로 바까지 걸어가는 길이 멀게만 느껴졌다.

"맥주 한 잔 주세요."

"무슨 맥주요? 버드와이저? 호가든? 코로나? 산미구엘? 삿포로?"

"그냥 국산 하이트 맥주요."

채윤은 바텐더가 내민 병맥주를 받아들고 스테이지가 훤히 내다보이는 바 끄트머리 자리를 골라 앉았다. 병맥주는 얼음에 담가 놓았던 모양인지 손이 시릴 만큼 쩽하니 차가웠다. 그녀는 문득 생각난 듯 휴대폰 시계를 들여다보았다.

"밤 10시라고 했지."

현재 시각은 밤 9시 55분. 채윤은 맥주를 홀짝이면서 밤 10시가 되면 나타날 하현을 기다리고 있었다. 처음에는 한산했던 그녀의 주변 자리가 하나둘씩 채워지고, 홀과 바를 서성이는 사람들이 점점 늘어나는가 싶더니, 9시 58분쯤 되자 떠들썩한 말소리와 웃음소리에 음악이 묻힐 정도가 되었다.

그리고 마침내 밤 10시 정각. 갑자기 클럽 건물 안의 모든 조명이 꺼졌다. 채윤은 조금 놀랐지만, 그녀를 제외한 다른 사람들은 이제 무슨 일이 일어날지 알고 있는 것처럼 기대에 찬 술렁거림을 만들어냈다. 채윤은 그들의 시선이 당연하다는 것처럼 스테이지 쪽으로 쏠리는 것을 알아차리고 그들의 시선을 쭉 따라가 보았다.

새까맣게 칠해진 것처럼 어두워서 아무것도 보이지 않는 스테이지 구석에서 뭔가가 움직이는가 싶더니, 돌연 그 위로 사이키델릭한 조명이 폭포수처럼 한꺼번에 쏟아지면서 당장이라도 난청 아니면 정신분열을 일으킬 것 같은 어마어마한 음량의 음악소리가 사방에 설치된 스피커에서 동시에 터져 나왔다.

—Open your heart now you're mine. Here in the dark we're fireflies.

무심코 스테이지에 시선을 고정하고 있던 채윤은 그곳에 DJ부스가 설치되어 있고, 그 한복판에 하현이 서 있다는 사실을 깨닫고 흠칫 놀랐다. 얼굴의 절반을 가릴 정도로 커다란 헤드폰을 끼고, 보기 좋게 마른 몸에 회색 민소매 티에, 가린 곳보다 드러낸 곳이 더 많을 만큼 여기저기 찢은 청바지를 입은 사람은 틀림없는 하현이었다.

하현이면서도 하현 같지 않았다. 왼손으로는 턴테이블을 돌리고, 오른손으로는 DJ장비에 달린 수많은 다이얼을 능숙하게 조정하면서 디제잉에 열중하고 있는 하현은 채윤이 전혀 모르는 다른 사람 같았다. 무아지경에 빠진 것처럼 손을 놀리다가 어느 순간 가볍게 리듬을 타면서 관중들을 향해 씩 웃어 보이는 순간, 그제야 비로소 집에서 보던 그 동네 백수 동생 같은 동생 하현이 맞구나 싶었다.

—I've never felt like this before. Open your heart and feel the life.

터질 듯한 비트가 지하 공간을 가득 메우고, 사람들은 기다렸다는 듯 우르르 홀로 몰려나왔다. 그들은 하현이 만들어내는 음악에 맞춰 몸을 흔드는 동시에 스테이지에 선 그를 향해 열광했다. 사람들, 특히 여자들의 열렬한 반응은 하현이 이곳에서 얼마나 대단한 인기 스타인지를 분명히 보여주었다. 채윤은 이 많은 사람들을 미치도록 즐겁게 만들어줄 수 있는 하현의 능력에 감탄하는 한편, 약간의 자기도취에 빠져서 어깨를 으쓱대고 있는 그가 귀엽기도 해서 웃음이 나왔다.

모두에게 깊은 인상을 안겨주었던 첫 번째 곡이 끝나고, 아니 언제 끝났는지조차 알 수 없게 자연스럽게 음향이 섞여들면서 두 번째 곡이 시작되었다.

—Just shoot for the stars. If it feels right. Then aim from my heart.

채윤은 한 모금씩 홀짝대는 사이에 어느새 맥주 한 병을 비워버렸다는 사실을 깨달았다. 춤추러 나갈 것도 아닌데 빈 병을 놓고 앉아 있기가 좀 민망했다.

'맥주나 한 병 더 받아와야겠다. 어차피 무한제공이니까.'

채윤이 바 의자를 밀면서 일어나는 순간, 우연인지 필연인지 하현의 시선이 이쪽으로 와서 박혔다. 세련된 블랙 원피스 차림의 채윤을 발견한 하현의 눈이 잠시 휘둥그레지는 듯하더니, 곧 초승달처럼 가늘게 휘어지면서 웃었다. 하현은 턴테이블에서 잠시 손을 뗀 틈을 타 채윤을 향해 작게 브이를 그려 보였고, 그걸 본 채윤은 저도 모르게 풋 소리를 내면서 웃었다.

—You said I'm a kid. My ego is big. I don't give a shit.

하현이 이런 식으로 매력 어필을 하고 싶었던 거라면 성공이었다. 자기 일을 열심히 하고 있는, 그러면서도 철저히 즐기고 있는 하현의 모습은 무척이나 매력적이었다. 만일 채윤에게 대여섯 살 어린 동생이 있었다면, 아니, 채윤 자신이 지금보다 대여섯 살 어렸다면 틀림없이 이 자리에서 하현에게 홀딱 반하고 말았을 것이다.

'그런데 뭔가 기시감 같은 게 드는데. 왜 그런 거지?'

바텐더로부터 맥주 한 병을 더 받아가지고 돌아오는 길, 채윤은 비로소 그 이유를 깨달았다. 조금 전 하현이 그랬던 것처럼, 예전에 무대에서 채윤을 향해 손가락으로 브이 자를 그려 주었던 사람이 또 하나 있었다. 바로 차단우였다.

당시 차단우의 나이는 스물하나, 그리고 채윤은 열아홉 살의 여고생이었다. 단우가 속했던 아이돌 그룹은 2년 동안 정상급 인기를 누렸지만, 멤버들과 소속사 간 정산을 둘러싼 문제로 갈등을 일으키다가 결국 공중분해되고 말았다. 다른 멤버들은 새로운 그룹을 만들겠다며 소속사를 나갔지만 막내인 단우는 평소 사이가 좋지 않았던 형들보다는 WIN엔터테인먼트와의 의리를 지키겠다면서 회사에 남았다.

—배신자에 이기주의자, 기회주의자. 그룹이 해체한 것도 전부 차

단우 탓이야.

―인기 좀 있다고 잘난 척하기는. 기획사와 결탁해서 다른 멤버들을 몰아내려고 했던 게 눈에 뻔히 보인다. 그러다 부메랑 맞는다. 차단우 망해라. 두 번 망해라.

차단우의 개인 팬을 제외한 그룹 팬들과 나머지 멤버 팬들은 오히려 소속사보다 단우를 더 심하게 비난했다. 아마 단우가 더 눈에 띄고, 공격하기 쉬운 표적이기 때문이었을 것이다. 배신자로 낙인찍힌 단우는 한동안 지독한 악플 세례와 악성 루머, 심지어 살해 협박에 시달렸다. 단우가 다시는 연예계에 나오지 못하고 매장당할 거란 소문도 돌았을 정도였다.

그런 단우가 6개월 만에 앨범을 내고 솔로 데뷔 쇼케이스를 한다고 해서, 채윤은 수험생 주제에 야간자율학습까지 빼먹고 달려갔다. 풀이 잔뜩 죽어 있을 단우를 응원하는 데 미약하게나마 보탬이 되고 싶었던 것이다.

열 시간 넘게 줄 선 보람이 있어 채윤은 무대 바로 앞 스탠딩석을 잡는 데 성공했고, 난생 처음 단우를 손 뻗으면 닿을 만큼 가까운 거리에서 볼 수 있었다. 얼굴에 남아 있던 젖살이 쏙 빠지고 얼굴이 핼쑥해진 단우가 마이크를 들고 무대에 등장했을 때, 채윤은 그것만으로도 울음을 터뜨릴 뻔했다. 감격과 감동의 순간이었다. 적어도, 채윤 바로 옆에 서 있던 여대생 무리가 갑자기 해체된 그룹의 이름이 적힌 슬로건을 흔들어대면서 욕설을 퍼붓기 시작하기 전까지는.

―차단우, 인간 쓰레기! 개자식! 꺼져!

단우의 솔로 데뷔 무대를 망쳐놓기 위해 팬으로 가장해서 들어온 극성 안티들이었다. 2년간의 연예계 생활을 통해 완벽한 포커페이스를 구축한 단우였지만, 적어도 그 순간만큼은 평정심을 잃고 일그러지는 얼굴을 감추지 못했다.

마이크를 쥔 단우의 손이 눈에 띄게 떨리는 것을 본 채윤의 가슴 밑바닥에서부터 뜨거운 분노가 솟구쳐 올랐다. 그녀는 두 주먹을 불끈 쥐고 자기보다 수적으로 훨씬 많은 안티들을 향해 목청이 터지도록 고함을 질렀다.

─너희들이나 꺼져!

채윤의 그 작고 여린 몸 어디에서 그런 힘찬 목소리가 튀어나왔는지 몰랐다. 심지어 채윤도 자신이 그런 목소리를 낼 수 있다는 걸 모르고 있었다. 안티들이 어깨를 움찔하면서 높이 쳐들었던 슬로건을 슬쩍 내리는 것이 보였다. 채윤은 그 기회를 놓치지 않고 주먹을 허공에 대고 휘두르면서 씩씩하게 외치기 시작했다.

─괜찮아! 괜찮아! 괜찮아!

채윤의 선창을 들은 다른 팬들이 함께 '괜찮아'를 연호했고, 쇼케이스 장소인 소극장은 어느새 떠나갈 듯한 함성소리로 가득 찼다.

압도적인 응원의 분위기 속에서 안티들은 슬그머니 꼬리를 내리고 사라지고 말았다. 수천 명의 팬들이 한마음, 한목소리로 자신의 이름을 불러주는 것을, 단우는 잠시 눈을 감은 채 듣고 있었다.

잠시 후 감미롭고 서정적인 전주가 깔리면서 무대 곳곳에 은은한 조명이 밝혀지자, 단우는 살며시 눈을 뜨고 무대 앞으로 걸어 나왔다. 그는 입술을 열고 노래를 시작하기 직전, 스탠딩석이 있는 곳을 보면서 손가락으로 빠르게 브이를 그렸다. 그의 시선은 수많은 팬들 중에서 바로 채윤을 향해 내리꽂히고 있었다.

그걸 알아차린 순간, 채윤은 심장이 빠르게 뛰다 못해 과부하가 걸려 멎어버린 것 같은 기분이었다. 적어도 그때만큼은, 세상을 다 가진 것 같았다.

"그걸 오매불망 잊지 못해서 결국 로드매니저까지 했지. 나도 참, 미련하기는."

채윤은 쓸쓸하게 웃으면서 맥주를 한 모금 마셨다. 우연의 일치인지, 아니면 신의 짓궂은 장난인지, 때마침 그녀가 앉아 있는 바 안쪽 벽에 차단우의 얼굴이 비쳤다. 물론 실물은 아니었다. 스테이지와 홀에서는 조명과 음악과 사람이 한데 뒤섞여 회오리치고 있는 한편, 홀에서는 아무 장식도 없는 벽을 스크린 삼아 감각적인 뮤직비디오와 영상 클립들을 상영하며 몽환적인 분위기를 자아내고 있었다. 그러다가 차단우가 활동하던 시절의 뮤직비디오가 나오게 된 것이었다. 어딘가 묘하고 서늘한 기분이 들었다.

그때, 채윤의 뒷자리에 앉아 있던 두 여자가 술을 마시며 대화하는 소리가 스쳐 지나가듯 귀에 들어왔다.

"그래서, 넌 그놈이 정말 싫어진 거야? 아니면 그냥 화가 난 거야? 노선을 확실히 해. 그래야 이 관계를 끝장낼지 아니면 회복해볼지 결정할 거 아니야."

"그걸 어떻게 여기서 곧바로 정해? 사람 감정이 그렇게 칼로 긋듯이 명확하게 그을 수 있는 게 아니잖아."

한 여자가 다른 여자를 다그치고, 다그침을 당하는 여자는 금방이라도 울먹이기 시작할 것 같은 목소리로 그렇게 항변하고 있었다.

아, 그럴 수도 있구나. 누군가가 싫어졌다고 말하는 건 어쩌면 그 사람한테 화가 났다는 징표일 수도 있는 거구나. 채윤은 한 번도 그런 식으로 생각해본 적이 없었다. 어쩌면 단우에 대한 자신의 감정도 그랬던 건 아닐까. 순수한 원망이라고 믿었는데, 실은 그게 애증이었던 것은 아닌지, 채윤은 갑자기 혼란스러웠다. 채윤은 새하얀 벽을 가득 채우는 단우의 수려한 얼굴을 멍하니 쳐다보면서 중얼거렸다.

"죽었는데, 죽은 것 같지가 않네. 어딘가 살아 있을 것 같고, 왠지 모르게 내 곁에서 맴돌고 있는 것 같고. 머리에서 떨쳐낼 수도 없고."

갈게요, 지금 당장

"누나, 진짜 진짜 미안해요. 하필이면 오늘 다음 타자가 펑크를 내
가지고, 제가 때워줘야 할 것 같아요. 딱 한 시간, 한 시간만 더 기다
려줄 수 있어요?"

밤 11시. 느린 템포의 재즈 음악을 틀어놓고 잠시 스테이지를 내
려온 하현은 채윤에게 달려와 애걸하듯 말했다. 이미 한 시간을 기
다린 채윤은 조금 떨떠름하긴 했지만, 사정이 그렇다는데 싫다고
할 수도 없었다.

"그래, 나 신경 쓰지 말고 가서 일해."

"바에 앉아 있는 거 불편하죠? 룸 잡아드릴까요?"

"아냐, 됐어. 룸은 무슨. 그냥 노래 듣고 있을게. 걱정 말고 어서 가
봐."

하현은 채윤에게 미안해서 안절부절못했지만, 시간을 벌기 위해
틀어놓은 재즈음악도 1분 넘게 흐르고 있었고, 빠르고 격렬한 비트

에 중독되어 몸이 부서져라 춤추던 사람들 사이에서는 벌써 불만스러운 공기가 감지되었다. 하현은 어쩔 수 없이 다시 스테이지로 돌아갔고, 채윤은 바에서 받아온 세 번째 맥주병을 열었다.

'이러다가 본격적으로 데이트 시작하기도 전에 취해버리는 거 아니야? 꽐라 돼서 막말하고 그러는 거 카메라에 찍히기라도 하면 골치 아픈데.'

괜한 노파심에 촬영팀 조감독이 있는 곳을 쳐다봤던 채윤은 그만 맥이 탁 풀리면서 피식 웃고 말았다. 채윤과 마찬가지로 하현의 스테이지가 끝나기만을 하염없이 기다리던 조감독은 어두컴컴한 바 구석에 놓인 소파에 처박히듯 웅크리고 앉아 자고 있었다. 그는 채윤보다 한 시간 먼저 클럽에 도착해서 하현 주변 사람들 인터뷰를 따고, 채윤이 들어오는 것을 찍고, 하현의 화려한 등장을 찍고, 그 다음에는 폭발하는 듯한 인파에 이리저리 휩쓸려 다니면서 하현의 디제잉 장면을 찍느라 생고생을 했다. 그러니 피곤해서 곯아떨어진 것도 무리는 아니었다.

고막이 터져나갈 것 같은 소음 속에서 태연하게 자고 있는 게 신기해 보일 법도 했지만 채윤은 그러려니 했다. 그녀도 로드매니저 시절에는 폭우가 쏟아지는 야외촬영장에서도 비닐을 덮고 자기도 하고, 폭죽이 꽝꽝 울려 퍼지는 콘서트 리허설 무대 뒤에서 자기도 했다. 그때는 그랬다. 자고 싶을 때, 먹고 싶을 때가 아니라 잘 수 있을 때, 먹을 수 있을 때 자고 먹어야 했다. 안 그러면 언제 눈꺼풀이라도 감아볼 수 있을지, 쌀 한 톨이라도 입에 넣을 수 있을지 모르니까.

'그래도 내 가수, 내 배우 잘 되는 거 보겠다고 다 참았던 거지. 미

런한 건지, 멍청한 건지, 아니면 둘 다인 건지. 에휴……'

채윤이 푸념 대신 맥주 한 모금을 또 들이켜는데, 바의 반대편 끄트머리에 앉아 있던 회색 윈드브레이커 차림의 남자가 그녀에게 다가와 불쑥 말을 걸었다.

"아가씨, 혼자 왔어요?"

"아뇨, 일행 있는데요."

채윤은 신경질적인 인상을 주는 남자의 각진 얼굴과 쭉 찢어진 눈매, 굵고 짧은 눈썹을 경계하듯 쳐다보면서 조심스럽게 대답했다.

"일행이 어딨어? 아까부터 계속 혼자 앉아 있었으면서. 말 거는 사람도 없던데, 내가 같이 마셔줄까? 아니면 춤출래?"

남자는 채윤이 허락하지도 않았는데 그녀의 옆자리에 덥석 앉으면서 말했다. 옆머리는 싹 밀어버리고 윗머리만 남겨둔 헤어스타일은 젊어 보이려고 노력한 흔적이 역력했지만, 그렇다고 해서 눈가에 잡힌 주름과 늘어진 턱까지 감출 수는 없었다. 어림잡아 40대 초반, 아무리 어려봤자 30대 후반, 그렇다고 해도 초면에 대뜸 반말찍찍 해대는 게 결코 좋아 보이지는 않았다. 채윤은 스테이지에서 현란한 조명을 받으며 턴테이블을 돌리고 있는 하현을 가리키면서 단호하게 말했다.

"저 DJ가 제 일행이에요. 아시겠으면 이제 저 좀 그만 내버려두세요."

채윤은 그걸로 상황이 끝날 거라고 생각했다. 그러나 남자는 아까부터 채윤을 보고 있었다면서 하현이 그녀에게 와서 얘기하고 가는 장면은 보지 못했는지, 클럽의 슈퍼스타인 DJ와 함께 왔다는 채윤의 말을 같잖은 허세 정도로 여겼다.

"에이, 무슨. 말이 되는 소릴 해야지. 쟤가 디제잉하는 거 보고 꽂

혔나 본데, 아무리 그래도 너무 어리잖아? 그리고 내가 소문을 좀 들어서 아는데, 쟤 겉으로 보이는 것처럼 착하고 순하기만 한 애도 아니야. 뒤에서 호박씨를 얼마나 까고 다니는데. 내가 한 마디만 하면 아가씨 깜짝 놀라 기절할걸? 정말이라니까!"

"뭔지 몰라도 듣고 싶지 않네요. 잠시 실례할게요. 화장실 가야 해서요."

채윤은 호들갑스럽게 떠들며 은근히 이쪽으로 몸을 기울여오는 남자를 슬쩍 피하면서 자리에서 일어났다. 화장실에 가려는 건 남자의 치근덕거림을 피하려는 목적도 있었지만, 진짜로 소변이 마려워서이기도 했다. 하현을 기다리면서 맥주를 세 병이나 연달아 마신 탓이었다.

채윤은 바에서 빠져나오는 순간까지도 남자의 시선이 자신의 얼굴에 고정되어 있다는 걸 알아차렸다. 단순히 차여서 기분 나쁜 게 아니라, 그 이상이 있는 것처럼 기이하게 번들거리는 눈빛이 묘하게 마음에 걸렸다.

'뭔가 불길해. 여기 더 있어봤자 재미도 없을 텐데, 하현이한테 메시지 보내 놓고 그냥 집에 갈까?'

클럽 여자 화장실로 들어온 채윤은 변기에 앉아 고민에 잠겼다. 하현에게는 조금 미안하지만, 어차피 집착남이 나타난 순간부터 이 데이트는 망쳐진 것이나 다름없었다. 빠르게 마음을 정한 채윤이 칸막이 문을 열고 나오려는데, 반쯤 열린 화장실 문 사이로 낯익은 옷이 보였다. 회색 윈드브레이커였다.

'미쳤어, 화장실 앞까지 쫓아온 거야?!'

혼비백산한 채윤은 재빨리 다시 칸막이로 들어와 문을 꼭 닫았다. 다행히 남자는 채윤이 밖으로 나오려고 했다는 사실을 미처 알아차리지 못한 것 같았다.

채윤은 칸막이 문을 열지 않고 대신 미세한 문틈에 눈을 바짝 갖다 붙이고 바깥을 훔쳐보았다. 여자 화장실 문 앞을 서성이는 남자를 지나가던 여자가 빤히 쳐다보자, 그가 멋쩍게 뒷머리를 긁으면서 변명하는 게 보였다.

"여자친구가 여기 서 있어 달라고 해서요. 어두워서 무섭다네요, 하하."

"아, 네……."

여자는 남자의 말을 크게 이상하게 생각하지 않고 그대로 지나갔지만, 채윤은 머리부터 발끝까지 소름이 쫙 끼쳤다. 걸려도 단단히 잘못 걸린 게 분명했다.

채윤은 불안감에 요동치기 시작한 가슴을 부여잡으면서 오는 길에 보았던 클럽의 구조가 어땠는지 머릿속으로 되살려보았다. 스테이지와 홀, 바가 있는 메인 공간에서 클럽 출입구로 가는 통로 중간에 여자 화장실로 빠지는 샛길이 있었고, 여자 화장실 뒤편 복도에 작은 쪽문이 붙어 있던 게 기억났다. 그건 아마 클럽 관계자들이 주로 사용하는 후문일 것이다.

섣불리 화장실 밖으로 나갔다가 남자에게 붙잡히기라도 하면 그대로 아무도 모르게 후문으로 끌려나갈 거라는 생각이 들자, 채윤은 도저히 문밖으로 나설 용기가 생기지 않았다. 클러치백 속에서 휴대폰을 꺼내는 손길이 사시나무처럼 걷잡을 수 없이 떨렸다.

'전화 받아라, 유하현. 제발 전화 받아…….'

채윤은 거의 기도하는 심정으로 하현에게 전화를 걸었지만, 그는 여전히 스테이지에 있는지 전화를 받지 않았다. 채윤은 바짝 빠짝 마르고 있는 입천장을 혓바닥으로 축이면서 하현에게 메시지를 보냈다.

—하현아, 나 화장실에 있는데 이상한 사람이 앞을 지키고 있어서 못 나가겠어.

그 짧은 메시지를 치는데도 손가락이 번번이 어긋나고 미끄러져서 몇 번이나 고쳐 썼는지 몰랐다. 그러나 그렇게 힘겹게 메시지를 보냈음에도 불구하고, 하현은 몇 분이 지나도록 그걸 확인하지 않았다. 채윤은 그가 휴대폰을 볼 수 있는 상황이 아니라는 걸 머리로는 이해할 수 있었지만, 그래도 원망스러운 마음이 울컥울컥 치밀어오르는 것은 어쩔 수 없었다.

—클럽 같은 데 별로 좋아하지도 않는데. 괜히 와가지고 이게 무슨 꼴이야.

이 안에 너무 오래 있으면 남자가 이상하게 생각할 것이고, 가만히 서서 기다리는 것 외에 무슨 짓을 할지 몰랐다. 당장 누군가에게 도움을 청해야 했다.

채윤은 바에서 자고 있을 촬영팀 조감독을 떠올렸지만, 그의 전화번호를 몰랐다. 화경은 뮤직비디오 촬영 때문에 유럽 출장 중이었고, 유노는 서울이 아닌 일산에 살았다. 그렇다면 남는 건 결국 '러빙유 하우스'에 있는 다른 남자들밖에 없었다.

그렇게 생각하는 순간, 채윤의 손가락은 이미 서준도 이건도 아닌 지훈의 번호를 누르고 있었다. 통화연결음이 딱 한 번 울리고 나서, 지훈은 곧바로 전화를 받았다.

—채윤 씨?

나지막하게 울리는 지훈의 목소리를 듣는 순간, 채윤은 두려움과 안도감이 마구 뒤섞이면서 눈물이 날 것만 같았다.

"지훈 씨. 나 어떡해요? 무서워요."

—무슨 일이에요? 지금 어딘데요?

채윤의 목소리가 심상치 않다는 걸 알아차린 지훈의 목소리도 덩달아 긴장했다. 그러나 그는 언성을 높이거나 요란을 떨지는 않았다. 그랬다가는 그녀를 더욱 겁먹게 할 거라는 것을 알았기 때문이다. 채윤은 두서없이 띄엄띄엄 설명했다.

"하현이가 자기 디제잉하는 거 보여주려고 클럽에 불렀어요. 끝날 때까지 기다리고 있는데 어떤 남자가 자꾸 추근거려서, 화장실로 도망왔더니 문 앞까지 따라와서 지키고 서 있어요. 하현이는 전화도 안 받고요. 어떻게 해야 할지 모르겠어요."

평소 같다면 채윤은 야무지게 해결책을 찾아냈을 것이다. 112에 신고한다든가, 아니면 인터넷에서 클럽 전화번호를 찾아내 여자 화장실 앞으로 가드를 불러달라고 한다든가. 그러나 막상 이런 상황에 처하자 심장이 갈비뼈 밖으로 튀어나올 것처럼 뛰고 현기증이 나면서 머리가 제대로 돌아가지 않았다. 뉴스나 신문에서 보았던 온갖 묻지 마 범죄, 여성혐오 범죄 사건들이 떠올라서 더욱 무서웠다. 그녀의 말을 들은 지훈은 아주 잠깐 침묵을 지키더니, 여전히 침착한 말투로 간결하게 물었다.

—지금 정확한 위치가 어디에요?

"청담동 클럽 알렉스 지하 여자 화장실이요. 세 번째 칸에 앉아 있어요."

마지막 말은 하지 말 걸 그랬나. 채윤은 이 다급한 상황에서도 그런 생각을 하는 자기 자신이 웃기면서도 슬펐다.

　―거기 꼼짝 말고 있어요. 갈게요, 지금 당장.

　지훈은 그 말을 마지막으로 전화를 끊었다. 다행히 '러빙유 하우스'와 클럽 알렉스는 먼 거리가 아니었고, 차로 10분이면 충분했다. 그러나 지훈에게 차가 없다는 데 생각이 미치자, 채윤은 또다시 불안해졌다.

　'서준 씨나 이건 씨한테 연락할 걸 그랬나…….'

　지금이라도 그 두 사람에게 전화해볼까 하고 휴대폰을 드는 순간, 바깥에서 덜컹 하고 화장실 문 열리는 소리가 들렸다. 채윤은 자기도 모르게 숨을 멈췄다.

　"아가씨! 여기 있지? 왜 이렇게 안 나와? 내가 계속 기다렸는데."

　채윤의 예상대로, 여자 화장실 안으로 쳐들어온 사람은 바로 그 집착남이었다. 그는 다른 여자들이 들어오지 못하도록 화장실 문을 안에서 잠가 버리더니, 채윤을 찾아 용변칸 앞을 어슬렁거리기 시작했다.

　"그냥 같이 놀자는 건데 뭘 그렇게 비싸게 굴어, 씨발. 하여간 반반한 것들보다 만만하게 생긴 것들이 요새는 더 한다니까. 처맞아 봐야 정신을 차리지. 야, 너 이 안에 있지? 내 말 들려?"

　남자는 정신 나간 사람처럼 지껄이면서 용변칸 문을 쾅쾅 두들겨 댔다. 비어 있는 첫 번째 칸막이가 열렸다가 닫히고, 두 번째 칸막이가 열렸다가 닫히고, 그리고 남자가 이쪽으로 다가오는 발소리가 점점 커졌다.

　채윤은 용변칸 칸막이 아래로 힐끗 보이는 남자의 운동화 코를 보자마자, 그가 자신의 구두를 보지 못하도록 재빨리 양변기 위로 올라가려 했다. 그러나 플라스틱으로 만든 양변기는 표면이 매끄러 웠고, 채윤의 오른쪽 구두 굽이 쭉 미끄러지면서 발바닥이 바닥에 도장을 찍듯 쾅 세게 부딪쳤다.

"윽!"

갑작스럽게 가해진 압력을 이기지 못한 채윤의 발목이 옆으로 확 꺾였고, 그녀는 균형을 잃고 비틀거렸다. 칸막이벽을 간신히 붙잡았 기에 망정이지 그렇지 않았다면 분명 넘어지고 말았을 것이다. 그 때, 안에서 나는 우당탕 쿵 소리를 들은 남자가 비열한 웃음기 섞인 목소리로 중얼거리는 게 들렸다.

"에이, 뭐야. 여기 있는 거 맞네."

남자가 아까 채윤이 밖을 내다보는 데 사용했던 칸막이 틈새로 눈을 갖다 붙였을 때, 그와 채윤의 시선이 마주쳤다. 채윤은 뱀처럼 음산한 기운을 뿜어내며 비열하게 웃는 그 눈을 보고 온몸의 피가 싸늘하게 식는 것 같았다. 남자가 칸막이 문을 바깥으로 잡아당긴 것과 채윤이 문고리를 꽉 붙잡은 것은 거의 동시였다.

덜컹—. 덜컹—.

남자는 우악스럽게 문을 흔들어댔고, 채윤은 잠금장치가 풀리지 않게 하려고 두 손으로 꽉 움켜잡은 채 기를 쓰고 버텼다. 한쪽 발 의 구두는 반쯤 벗겨진 상태였고 발목은 삔 것처럼 욱신거렸지만 상태를 살펴볼 여유조차 없었다.

남자가 흔드는 힘이 어찌나 센지 한 번 당길 때마다 어깨가 뽑혀 나갈 것 같았다. 잠금장치는 금방이라도 부서져 나갈 것처럼 덜그 럭거렸고, 채윤은 한쪽 손으로 걸쇠를 누른 채 다른 한쪽 손으로 클 러치백에서 손수건을 꺼냈다. 그리고 잠금장치가 풀리지 못하도록 그사이를 칭칭 동여맸다. 걸쇠의 사이사이를 빈틈없이 묶고 난 후 그 위를 양 손바닥으로 덮자 아까보다 확실히 흔들림이 덜했다. 남자는 와락 신경질을 내면서 아까보다 더 거친 손길로 문을 잡아당겼다.

"뭐야, 왜 이렇게 안 열려? 짜증 나게."

"······."

남자는 당기고, 채윤은 붙잡고. 그렇게 실랑이를 벌인 게 10분 가까이 되는 것 같았다. 아프기도 하고 무섭기도 해서 팔 근육이 자꾸 뻣뻣하게 굳어졌고, 손바닥에서는 축축한 식은땀이 배어났다. 채윤은 겁에 질린 티를 내지 않으려고 악문 이 사이로 말했다.

"아, 아저씨. 여기 공중화장실인 거 아시죠? 다른 여자들이 올 거예요. 문이 잠겨 있으면 이상하게 생각하고 클럽 사람을 불러올 거라고요. 그렇게 되기 전에 그냥 조용히 가시는 게······."

"아가씨, 이 클럽 처음 와 보는구나? 여기 1층에 여자 화장실 하나 더 있어. 새로 지은 곳이라 더 크고 깨끗해. 여기는 사람들이 많이 오지도 않고, 왔다가도 잠겨 있으면 그냥 1층으로 갈걸?"

남자는 채윤을 놀리듯이 즐거운 투로 말했다. 그제야 그녀는 자신이 영락없이 궁지에 몰린 생쥐 꼴이 되었음을 깨달았다. 사람들이 와주지 않는다면 어떻게 해볼 방도가 없었다.

결국 지훈이 와줄 때까지 이대로 버틸 수밖에 없는 건가 하는 절망감에 채윤의 눈앞이 아득해지려고 하는데, 돌연 반대편에서 남자가 문을 밀고 있던 힘이 사라졌다. 그리고 문 건너편에서 예의 그 능글맞은 목소리가 들려왔다.

"생각해보니까 나도 바보 같네. 아가씨가 문을 안 열어주면 그냥 옆으로 들어가면 되잖아?"

그 말이 무슨 뜻인지 채윤이 알아차리기도 전에, 옆 칸막이 문이 삐그덕 열리는 소리, 그리고 남자의 운동화가 양변기를 밟고 올라가는 소리가 들렸다. 고개를 들었던 채윤의 눈이 위에서 씩 웃으면서 내려다보는 남자의 찢어진 눈과 마주쳤을 때, 그녀는 진심에서 우러나오는 공포에 가득 찬 비명을 내질렀다.

"으아악! 사람 살려! 살려주세요! 치한 변태 스토커예요!!"

제발 이 비명 소리를 듣고 누군가 와주기를. 그러나 최고 음량으로 틀어놓은 음악 소리가 화장실 문을 희미하게 흔들 정도로 쾅쾅대고 있어 그럴 가능성은 크지 않을 것 같았다.

채윤은 손에 들고 있던 클러치백을 무기 삼아 허공에 대고 휘두르면서 목청이 터져라 비명을 지르고 또 질렀다. 남자는 그러건 말건 아랑곳하지 않고 이쪽 칸막이로 넘어오기 위해 칸막이 위쪽 벽에 한쪽 다리를 걸치고 있었다. 안전한 요새가 아니라 사자 우리로 변해버린 칸막이를 벗어나기 위해 채윤이 허겁지겁 문손잡이를 잡는 순간이었다.

철컥—. 철컥—.

밖에서 누군가 화장실 문 잠금장치를 여는 소리가 들렸다. 그와 함께 남자 몇 명이 뭐라고 말하는 것 같은 소리도 들렸다. 시끄러운 음악에 묻히고 뭉개져서 뭐라고 하는지 알아들을 수 없는 웅웅거림으로 변해버렸지만 분명 사람 목소리였다.

채윤은 낭떠러지 끝에서 구원의 동아줄을 만난 사람처럼 고개를 번쩍 쳐들었고, 칸막이 위쪽 벽을 타고 반쯤 넘어왔던 남자는 문득 동작을 멈췄다.

철컥, 끼이익—.

한 번 더 소리가 나더니 마침내 화장실 문이 열렸다. 여러 사람이 한꺼번에 들어오는 듯 요란한 발소리가 나고, 곧이어 채윤이 지금 이 순간 이 세상에서 가장 듣고 싶었던 목소리가 침침한 조명의 화장실 안에 울려 퍼졌다.

"채윤 씨? 여기 있어요?"

"지훈 씨, 여기요! 잠깐만요, 문을 열어야……!"

채윤은 절박하게 외치면서 화장실 잠금장치를 풀려고 했지만, 워낙 꽁꽁 묶어놓은 탓에 한 번에 풀기가 쉽지 않았다. 다행히 채윤의 위치를 확인한 지훈은 0.5초도 망설이지 않았다. 그는 세 번째 칸막이 앞으로 달려와서 안에 대고 소리쳤다.

"채윤 씨, 뒤로 물러나요!"

채윤이 주춤주춤 뒤로 물러나자마자, 지훈은 그대로 칸막이 문을 부술 듯 세게 걷어찼다. 쾅앙 소리와 함께 잠금장치가 떨어져 나가면서 문이 열렸고, 그 충격에 칸막이 전체가 흔들리면서 무당벌레처럼 벽에 붙어 있던 남자가 주르륵 아래로 미끄러져 내렸다. 채윤은 못 볼 것을 본 사람처럼 황급히 옆쪽으로 피했다.

정신없이 달려온 듯 가쁘게 숨을 몰아쉬면서 나타난 지훈은 벽을 손으로 짚으며 꿈틀꿈틀 일어나려는 남자를 손가락으로 가리키면서 채윤에게 확인하듯 물었다.

"이놈이에요?"

"네."

채윤이 고개를 끄덕이면서 대답하자, 지훈은 허리를 숙이더니 남자의 멱살을 거침없이 틀어잡아 허공으로 들어 올렸다. 그리고 당황한 표정을 짓고 있는 남자의 얼굴 정면에 시원하게 주먹을 날렸다. 퍼억, 샌드백을 때리는 듯한 경쾌한 소리와 함께 남자의 고개가 옆으로 푹 꺾였고, 콧구멍에서부터 인중을 타고 빨간 두 줄이 흘러내렸다.

"맞은 걸로 신고하고 싶으면 해. 이쪽에서는 성폭행 미수범으로 신고할 테니까. 어느 쪽이 골로 가는지 한번 보자고."

지훈은 남자의 멱살을 놓으면서 바닥에 내팽개치듯 던져버리더니, 더러운 것을 만지기라도 한 것처럼 손을 탁탁 털면서 경멸하는 어조로 말했다.

나보다 괜찮은 놈
만나라고

"가요."

지훈은 짤막하게 말하고 채윤의 손목을 잡아끌었다. 그녀가 그를 따라 나오자, 문 앞에서 대기하고 있던 떡대 같은 가드 두 명과 클럽 매니저가 우르르 칸막이로 몰려 들어갔다. 지훈이 오는 길에 그들에게도 상황을 알렸던 것이다. 그들과 함께 서 있던 하현이 채윤을 보자마자 헐레벌떡 달려왔다.

"누나, 괜찮아요? 내가 정말 미안해요! 내가 죽일 놈이에요!"

"……"

거듭 고개를 숙이며 사죄하는 하현에게 채윤은 괜찮다고 말해주고 싶었다. 하현의 잘못이 아니었으니까. 그러나 간신히 떼어놓은 입술 사이에서는 아무런 말도 나오지 않았다. 마음이 아직도 진정되지 않은 탓이었다. 창백하게 질려 있는 채윤 대신, 지훈이 예전에는 사용한 적 없는 엄격하고 냉정한 말투로 하현을 불렀다.

"유하현."

지훈은 두 명의 가드에게 양팔을 붙잡힌 채 질질 끌려나가는 회색 윈드브레이커의 남자를 서늘한 눈빛으로 힐끗 쳐다보면서 단호하게 말했다.

"공과 사는 확실히 구분해야 하는 거야. 여긴 네가 일하는 장소잖아. 개인적인 손님을 부르는 건 널 보러 온 사람들한테도 실례고, 제대로 신경 써주지 못할 거라면 채윤 씨한테는 더 실례지. 앞으로는 절대 이런 짓 하지 마."

지훈이 차단우라는 이름으로 연예계에 몸담고 있던 시절, 그는 애인이나 친구를 촬영장이나 백스테이지, 심지어 시상식장까지 데려와서 자랑하고 싶어하는 동료 연예인들을 눈꼴 사납다고 생각했다. 그런 걸 보면 뭐랄까, 간절함이 덜해 보였다. 그들이 차지하고 있는 그 스타의 자리가 누군가에게는 평생을 갖다 바쳐도 오를 수 없는 기적 같은 것임을 생각하면 더욱 그랬다.

그리고 우연인지 필연인지, 단우에게 그런 모습을 보였던 동료 연예인들은 오래 가지 않아 스캔들 아니면 인성 논란, 그것도 아니면 실력 논란으로 가파른 내리막길을 탔다. 지훈은 하현이 그들의 전철을 밟지 않기를 바랐기에 더 정색하면서 꾸짖었다. 평소 과묵하면서도 다정한 지훈이 보여주는 완전히 다른 모습에 하현은 금세 풀이 죽었다.

"형……."

하현은 뭐라고 변명 한 마디 할 엄두도 못 내고 금방이라도 울 것 같은 얼굴로 고개를 푹 떨구는데, 그걸 보고 있으려니 지훈도 마음이 약해지고 말았다. 그는 하현의 어깨를 가볍게 툭 치면서 아까보다 훨씬 누그러진 어조로 말했다.

"알겠으면 가서 일해. 채윤 씨는 내가 잘 데리고 들어갈 테니까 걱정 말고."

다른 사람 같았다면 이 상황에 일은 무슨 일이냐고, 다 때려치우고 당장 따라오라고 화를 냈을지도 모른다. 그러나 지훈은 스테이지에서 사람들이 하현을 기다리고 있다는 것을, 그 숫자가 몇 명이든 하현은 그 스테이지를 책임진 사람으로서 절대 외면해선 안 되고 그럴 수도 없다는 것을 이해하고 있었다.

그건 채윤도 마찬가지였다. 로드매니저를 하던 시절, 독감으로 열이 40도가 넘어가도, 심한 눈병이 나서 한쪽 눈이 아예 보이지 않아도, 심지어 어릴 적 키워주셨던 할머니가 돌아가셨다는 연락이 와도, 단우가 표정 하나 변하지 않고 열 시간 넘는 촬영을 거뜬히 소화해내는 것을 여러 차례 본 적이 있는 그녀였다.

미적거리는 하현을 재촉해 스테이지로 돌려보내고 나서, 지훈은 채윤을 부축하고 문제의 화장실 밖으로 빠져나왔다. 정신없이 돌아가던 상황이 이제야 좀 정리되는 느낌이었다. 지훈은 복도 천장에 달린 노르스름한 조명 아래서 채윤의 모습을 살펴보았다. 치맛단이 허벅지를 간신히 가릴까 말까 한 얇은 블랙 원피스를 보고 그의 눈썹이 슬쩍 올라가는가 싶더니, 걸치고 있던 허름한 패딩점퍼를 벗어 그녀의 어깨에 두르듯 걸쳐주었다. 계속해서 그의 시선은 반쯤 벗겨져 오른쪽 발등 아래서 달랑거리고 있는 그녀의 까만색 펌프스에 가닿았다.

"아, 이건 아까 넘어질 뻔해서……."

채윤이 변명하면서 구두를 고쳐 신으려고 하는데, 지훈이 그녀를 부축하고 있던 팔을 놓더니 앞으로 몸을 숙이면서 말했다.

"잠깐만 있어 봐요."

채윤이 멈칫하는 사이, 지훈은 그녀 앞에 한쪽 무릎을 꿇고 앉았다. 그리고 두 손으로 그녀의 오른발을 살며시 들어 올렸다. 마치 깨지기 쉬운 유리를 다루는 것처럼 부드럽고 섬세한 손길이었다.

그는 채윤의 발목이 눈에 띄게 부어 있는 것을 보고는 보일 듯 말듯 눈살을 찡그렸다. 그리고 구두를 다시 신기는 대신 아예 벗겨서 자기 손에 들더니, 채윤에게 등을 보이고 돌아앉으면서 대뜸 말했다.

"이 상태로 계단 올라가는 건 무리겠네. 업혀요."

"……."

채윤은 벙찐 얼굴로 지훈의 등을 내려다보고 서 있었다. 사실 발목이 시큰거리고 아파서 계단을 올라갈 수 있을까 걱정되긴 했지만, 그렇다고 지훈에게 업혀서 올라가다니 정말 그래도 되나 싶었다. 망설이는 그녀에게 지훈은 덤덤하게 말했다.

"이 춥고 시끄러운 데서 계속 이러고 있고 싶어요? 아니면 안전하고 따뜻한 집으로 얼른 가서 쉬고 싶어요? 선택은 채윤 씨가 해요."

'안전하고 따뜻한 집'이라는 말이 채윤의 마음을 결정적으로 흔들어 놓았다. 그녀는 에라 모르겠다 하면서 지훈의 목덜미를 두 팔로 감으면서 등에 기대었다. 혹시 무겁지는 않을까 걱정했는데, 지훈은 공기를 업은 사람처럼 가뿐하게 몸을 일으키더니 1층 출입구로 통하는 계단을 척척 올라가기 시작했다.

그의 어깨는 채윤이 생각하고 있던 것보다 더 넓었고, 어깨에서부터 등, 허리를 지나 떨어지는 직각의 선이 반듯하고 예뻤다. 한때 극성 아이돌 덕후였고, 줄곧 연예계에서 일하고 있는 채윤의 안목은 그 상체의 골격이 딱 여자들이 좋아서 쓰러지는 그런 종류의 것임을 알아차렸다. 물론, 그런 식으로 써먹으려면 우선 넉넉하게 붙어 있는 등살부터 빼야겠지만.

하지만 채윤은 화보나 영화에 나오는 근사한 근육질의 등보다, 지금 자신을 떠받치고 있는 지훈의 소박한 등이 더 좋았다. 푹신하고 따뜻한 쿠션 같았다. 계속 이대로 기댄 채 쉬고 싶은 마음이 들게 했다.

"어? 저건 내 차잖아요?"

지훈의 등에 업힌 채 클럽 문을 빠져나온 채윤은 길목에 세워져 있는 연두색 소형차를 보고 눈을 동그랗게 떴다. 그렇지 않아도 지훈이 어떻게 이렇게 빨리 온 것인지 궁금했던 참이었는데, 설마 자기 차를 타고 왔을 줄은 몰랐다. 지훈은 고개를 끄덕이면서 태연한 태도로 채윤의 차 조수석을 향해 걸어갔다.

"긴급 상황이라 어쩔 수 없었어요. 택시는 오는 데 오래 걸릴 것 같아서. 기분 나쁜 건 아니죠?"

"그런 건 아닌데요. 그런데 차 키가 어디 있는지는 어떻게 알고……."

채윤은 지훈이 그녀의 몸을 왼팔만으로 거뜬히 지탱하면서 오른 손으로 바지 주머니 속에서 차 키를 꺼내는 것을 보고 어안이 벙벙해졌다. 지훈은 차의 도어락을 풀고, 조수석 문을 열어 채윤을 그 안에 조심스럽게 앉히면서 간결하게 대꾸했다.

"항상 같은 곳에 두잖아요. 신발장 첫 번째 서랍."

지훈이 안전벨트를 매주는 사이 채윤은 잠시 허깨비에 홀린 것 같은 기분으로 앉아 있었다. 차 키를 신발장 첫 번째 서랍에 넣어두는 건 그녀가 운전면허를 딴 기념으로 아빠 차를 몰고 놀러 갔다가 차 키를 잃어버려서 크게 혼이 난 후에 일부러 들인 습관이었다. 차 단우의 로드매니저를 하던 시절에도, 언제 어디로든 이동할 수 있게 차 키는 옷 주머니에 넣어놓으라는 WIN엔터 대표의 말을 듣지 않고 번번이 '신발장 첫 번째 서랍'을 고집하다가 충돌이 일어난 적이 몇 번 있을 정도였다.

'하지만 그 습관을 얘기한 적은 없는 것 같은데…… 혹시 내가 차 키를 어디에 넣는지 지켜보고 있었던 건가? 왜? 왜 그런 사소한 것까지 훔쳐보지?'

채윤은 바에 앉아서 끈질긴 시선으로 자신을 쳐다보던 회색 윈드브레이커의 남자를 떠올렸다. 그리고 칸막이 틈 너머로 소름 끼치게 번들거리던 그 찢어진 눈도. 혹시 남자들이란 게 다 그렇게 너나 할 것 없이 주변 여자를 관음하는 게 아닌가 하는 피해망상에 가까운 생각마저 들었다.

채윤은 아랫입술을 지그시 깨물면서 지훈의 패딩으로 덮인 무릎을 양손으로 움켜쥐었다. 그때, 차 시동을 걸고 좁은 골목길을 유유히 빠져나가 큰길로 나온 지훈이 한쪽 손은 여전히 운전대에 얹은 채, 다른 한쪽 손을 뻗어 채윤의 손등 위에 올려놓으면서 다독이듯 말했다.

"무서워할 것 없어요. 이제 괜찮으니까."

불안해하는 그녀의 표정이 운전석에 달려있는 차 실내경을 통해 지훈에게도 고스란히 읽혔던 것이다. 크고 따뜻한 손바닥이 손등을 감싸듯 덮어주는 그 안온한 감촉에, 갈팡질팡하던 채윤의 정신도 차츰차츰 안정을 되찾기 시작했다.

'그래, 이 사람 김지훈이지. 성운구청 계약직 직원 김지훈. 노래 잘하고 요리 잘하는 사람. 날 위해 크림 라떼를 사다 준 사람. 좋은 사람. 믿을 수 있는 사람.'

집까지 돌아오는 길 내내 지훈은 채윤의 손을 놓지 않았고, 채윤도 그의 손을 뿌리치지 않았다. 어느 순간부터는 치한에 대한 기억이 의식 저편으로 날아가면서 두려움도 싹 사라졌지만, 그저 그 감촉이 좋아서 계속 손을 잡고 있었다.

지훈은 채윤이 이동하는 거리를 최대한 줄이기 위해서 '러빙유하우스'의 대문 바로 앞에 차를 바짝 붙여 세웠다. 그는 시동을 끄자마자 운전석에서 재빨리 내려 민첩하게 조수석 앞으로 돌아왔고, 조수석 문을 열고 채윤의 안전벨트를 풀어주었다. 누군가에게 이런 대접을 받아보는 게 처음인 채윤은 그 모습을 물끄러미 바라보다가 실없는 농담을 던졌다.

"지훈 씨, 로드매니저 해도 잘 하겠네요. 난 처음에 이런 거 못 해서 많이 혼났는데."

"채윤 씨가 혼난 건 그게 아니라 다른 이유 때문일 겁니다."

지훈은 하루에 한 번 꼴로 사고를 일으키던 좌충우돌 신참 로드매니저 송채윤을 떠올리면서 피식 웃었다. 자기가 팬의 입장이었기 때문인지 유독 팬들에게 마음이 약해서 사인 요청도 사진 찍는 것도 제지 못 하다가 밀물처럼 밀려드는 팬들의 물결에 되려 제가 깔려버리는 일이 비일비재했고, 하루에 다섯 개 이상 잡히는 스케줄을 제대로 기억하지 못해서 엉뚱한 장소에 단우를 앉혀놓고 가버리기도 했다.

단우가 그녀에게 차 문을 열어줘야 한다고 강조한 건 레드카펫에서뿐이었다. 아무리 그래도 백 명 가까운 기자들이 플래시 터뜨릴 준비를 하고 기다리고 있는데 직접 문을 열고 나올 수는 없으니까. 그런데 채윤은 제가 잘못했던 것들은 싹 잊어먹고 억울했던 것들만 기억하고 있는 모양이었다. 그래도 지훈은 그런 그녀가 얌체 같아 보이거나 얄밉지 않았고, 오히려 귀여워 보였다.

지훈은 채윤을 부축해서 집안으로 데리고 들어갔다. 불이 환하게 켜진 집안에서 다른 사람의 기척은 나지 않았다. 채윤은 신발이 몇 개 놓여 있지 않은 신발장을 보면서 고개를 갸웃거렸다.

"이건 씨하고 서준 씨는요? 아직도 안 온 거예요?"

"둘 다 야근하고 오느라 늦는대요."

채윤은 지훈의 도움을 받아 거실 소파에 앉으면서 안도의 한숨을 내쉬었다. 그녀가 퉁퉁 부은 발목으로 절뚝거리면서 들어왔을 때, 그리고 치한에게 당할 뻔한 얘기가 나왔을 때, 이건과 서준이 어떤 난리법석을 떨지 생각하면 벌써 피곤했다. 그런 면에서 지훈은 안심이었다. 평범한 구청 계약직 직원이라면서, 산전수전 공중전 화생방전까지 다 겪어본 사람처럼 만사에 달관한 태도를 보이는 그였으니까.

이번에도 마찬가지였다. 지훈은 채윤을 붙잡고 다른 데 다친 곳은 없느냐, 병원 가봐야 하는 거 아니냐, 경찰에 신고해야 하는 것 아니냐, 충격받지 않았느냐 어쩌고 저쩌고 하면서 호들갑을 떠는 대신, 우유를 듬뿍 넣은 뜨거운 커피 한 잔을 가져다주었다. 그녀가 커피를 마시는 사이 이번에도 아무 말 없이 욕실로 들어가더니, 잠시 후 더운 물을 채운 대야를 들고 와서는 소파에 앉아 있는 채윤의 발 아래 내려놓았다.

"어디가 부러지거나 한 건 아니고 살짝 삔 것 같은데, 온찜질과 냉찜질을 번갈아가면서 해주고 푹 쉬기만 하면 금방 나을 거예요. 자, 천천히 발 담가봐요."

채윤은 지훈이 시키는 대로 더운 물 속에 맨발을 집어넣었다. 시리고 얼었던 발의 냉기가 한 번에 녹아내리듯 풀리면서 찌르르 기분 좋은 느낌이 전신을 감쌌다.

"찜질할 때는 그냥 찜질만 하지 말고, 가벼운 마사지도 같이 해주면 좋아요. 놀라서 긴장한 근육을 풀어줘야 하거든요. 내가 하는 걸 잘 봐요. 어렵지 않으니까."

지훈은 조금 전 클럽 복도에서 그랬던 것처럼 이번에도 한쪽 무릎을 꿇고 앉아서, 대야 속에 두 손을 담그고 채윤의 발을 주물러주기 시작했다. 아이돌 그룹으로 데뷔해서 활동하던 시절, 잘 모르고 좋아하지도 않았던 춤을 급히 배워서 추느라 그의 몸도 성할 날이 없었다.

다행히 타고난 운동신경이 워낙 좋아서 데뷔 1년 차 무렵에는 제법 잘 춘다는 평가를 받게 되었지만, 그렇게 되기까지는 참 어지간히 많이도 아프고 다쳤다. 근육통을 가라앉히는 방법에 대해서라면 모르는 게 없었고, 마사지도 웬만한 프로 못지않게 능숙하게 했다. 그러나 그런 배경을 모르는 채윤은 뭉친 부분을 귀신같이 짚어내서 시원스럽게 풀어주는 그의 마법 같은 손놀림에 감탄할 뿐이었다.

'이 남자가 숨기고 있는 능력은, 놀라움의 끝은 어디일까?'

생각해보면 놀라운 것투성이였다. 지훈은 채윤의 전화를 받은 지 10분 만에 클럽으로 달려오는 민첩함을 발휘하면서, 그 와중에 클럽 가드들과 매니저, 하현에게까지 연락하는 것도 잊지 않았다. 화장실 칸막이 문을 단번에 부숴버린 발차기나 스토킹남의 얼굴에 보기 좋게 먹여준 펀치는 액션영화의 남자주인공 같았다. 지훈에 대한 관심을 떼기 위해 하현과 데이트하려고 했던 것인데, 어떻게 된 게 하현이 아닌 지훈과 데이트하고 온 것 같은 기분이었다. 채윤은 기분 좋은 압력으로 자신의 발목을 지그시 누르고 있는 지훈을 내려다보면서 불쑥 물었다.

"근데 나한테 왜 이렇게 잘해줘요? 언제는 다른 남자 만나 보라면서요."

지훈은 채윤의 말에 곧바로 대답하지 않았다. 실은 그도 혼란스러웠다. 퇴근하고 돌아왔을 때 채윤이 없는 집안을 본 순간, 그는 가슴 한구석이 텅 빈 것 같은 허전함과 아쉬움을 느꼈다. 혼자 식탁에 앉아 먹는 밥은 꺼끌꺼끌한 모래알을 씹는 것 같아서 몇 술 억지로 뜨다가 말았다. 밤 열 한시가 넘어도 그녀가 돌아오지 않자 가시방석에 앉은 것처럼 엉덩이가 따끔거려서 제자리에 가만히 앉아 있을 수 없었고, 그러다가 그녀에게서 전화가 걸려왔을 때는 혹시 무슨 일이 생겼나 싶어 가슴이 철렁 내려앉았다.

그 순간부터 그녀를 업고 클럽을 빠져나올 때까지의 그 시간은, 이상하게도 기억이 흐릿했다. 그녀에게 무슨 일이 생길지도 모른다는 불안과 공포, 그리고 흥분과 분노에 그가 그가 아니었던 것이다. 지훈은 여전히 시선을 채윤의 발에 고정한 채, 감정을 억눌러 한층 낮아진 음성으로 나지막하게 말했다.

"다른 남자 만나는 건 상관없어요. 하지만 형편없는 놈이나 이상한 놈 만나는 건 절대 안 돼. 송채윤 씨는 내가 아는 가장 좋은 여자니까, 그만큼 좋은 남자를 만나란 말입니다."

그렇게 말하는 중에도 지훈의 손은 채윤의 발을 놓지 않았다. 그의 손바닥이 그녀의 발등을 스치듯 쓰다듬고, 살며시 펼쳐진 다섯 손가락이 가느다란 발목을 피아노 건반 연주하듯 느리게 어루만졌다. 의도적인지 아닌지 알 수 없는 그 작고 비밀스러운 스킨십에 채윤은 발끝에서부터 전기가 통하는 것처럼 전율이 일었다. 이런 느낌은 정말이지 처음이었다. 그녀는 자꾸만 시선을 피하려고 하는 그를 사선으로 내려다보면서 마치 떠보듯이 물었다.

　"지훈 씨는요? 지훈 씨도 좋은 사람이잖아요. 나 그냥 지훈 씨 만나면 안 돼요? 내가 싫어요? 내 선택을 받으려고 이 프로그램 출연하는 거 아니었어요?"

　채윤은 카메라가 그들을 찍고 있다는 사실을 잊어버렸고, 그건 지훈도 마찬가지였다. 그가 천천히 고개를 들어 올리자, 상체를 숙인 채 아래를 내려다보고 있던 채윤과 눈이 마주쳤다. 둘 중 하나가 조금이라도 움직이면 코가 닿을 것처럼 서로의 얼굴이 가까이 있었다. 지훈은 채윤의 살짝 벌어진 입술에서 반들거리는 핑크빛 립스틱의 딸기향과 얼굴에 바른 연한 파우더의 우유향을 그대로 맡을 수 있었고, 채윤은 지훈에게서 배어나는 체온과 숨결을 고스란히 느낄 수 있었다.

　"난……"

　지훈이 뭐라고 말을 잇기 전에, 채윤이 그를 향해 지그시 얼굴을 기울였다. 둘 사이를 맴돌고 있던 공기가 팽팽해지면서 시간의 흐름이 느려지는 듯한 신비한 느낌이 들었다. 둘 사이의 간격은 급격히 줄어들어 어느덧 지훈의 눈동자에 채윤의 얼굴이 가득 들어찼다.

　채윤이 가만히 눈을 내리깔자, 은은한 펄이 뿌려진 눈꺼풀을 길고 풍성한 속눈썹이 차양처럼 에워싸고 있는 모습이 보였다. 그 아름다움에 순간적으로 매료된 지훈은 그녀의 입술이 자신의 입술 바로 앞으로 다가올 때까지 꼼짝도 하지 못했다. 달콤한 딸기우유 향이 마약처럼 코끝으로 스며들었다.

지훈은 맹세할 수 있었다. 그 순간 자신을 기다리고 있는 그녀의 입술은, 그때까지 그가 두 개의 인생을 살면서 겪어봤던 어떤 유혹보다 훨씬 강렬했다는 것을. 그러나 지훈은 지난 3년간 뭐든지 얻어내는 데보다는 포기하는 데 익숙해졌고, 그래서 다행인지 불행인지 입술이 맞닿기 직전의 마지막 순간에 고개를 돌려 피할 수 있었다.

얼떨결에 허공에 입 맞추게 된 채윤은 어리둥절한 표정으로 감았던 눈을 떴다. 지훈은 황망한 낯빛으로 그를 쳐다보는 채윤을 모른 척한 채 그녀의 발을 대야에서 빼내고, 미리 준비해온 마른 수건으로 닦아주면서 온찜질을 마무리 지었다. 그리고 대야를 양손에 들고 일어나면서 감정을 읽을 수 없는 덤덤한 목소리로 말했다.

"많이 피곤할 텐데 이만 쉬어요. 나도 쉴 테니까."

채윤은 대야와 수건을 챙겨 사라지는 지훈의 뒷모습을 멍하니 쳐다보고 있었다. 민망하기도 하고, 서운하기도 하고, 도대체 저 남자의 진심이 뭔지 헷갈리기도 했다. 그녀가 더는 보이지 않도록 욕실 문을 닫고 들어온 지훈은 욕조에 물을 쏟아버리면서 안타까운 어조로 혼잣말했다.

"나보다, 김지훈보다, 차단우보다 더 괜찮은 놈 만나라고. 이 답답한 여자야. 세상에 남자가 얼마나 많은데 왜 이놈 아니면 또 이놈이야."

그냥 오늘 해요,
데이트

"여기까지 오라고 해서 미안해요. 원래 오늘 오전 9시 퇴근인데, 자꾸 교대가 늦어져서. 기분 나쁘지 않았으면 좋겠습니다."

이건은 옷장 안에서 머플러를 꺼내는 걸 마지막으로 문을 닫으면서 정중하게 사과했다. 그의 어깨 너머로 보이는 벽시계가 오후 1시를 가리키고 있었다.

"기분 나쁘긴요. 덕분에 소방서 구경도 하고 좋죠."

옷장에서 세 발짝 정도 떨어진 입구에서 이건을 기다리고 있던 채윤이 싹싹하게 대답했다. 그러나 사실 소방서 내부는 그녀가 생각했던 것보다 평범했다. 커다란 소방차와 구급차가 몇 대씩이나 서 있는 주차장을 제외하면 사무실이나 탈의실, 휴게실, 구내식당, 체력단련실과 카페까지 있는 게 일반 회사와 크게 다르지 않아 보였다. 짙은 와인색 코트를 걸치고 연회색 머플러를 두른 이건도, 소방관이라기보다는 그저 체격이 남들보다 좋은 중견 회사원 정도로 보였다.

"자, 그럼 갈까요?"

이건이 채윤을 데리고 소방서 건물을 나와 주차장 앞을 지나갈 때였다. 별안간 건물 전체에 위이이잉, 하고 요란하게 사이렌이 울리더니 사무실과 연결된 통로에서 열 명 남짓의 소방관들이 우르르 몰려나왔다. 몇 초 전까지의 평화로운 분위기가 거짓말이었던 것처럼, 급박하게 돌아가는 분위기가 팽팽하게 긴장된 공기로 느껴졌다.

그들은 일사불란한 움직임으로 두 무리로 갈라져 한쪽은 하얀색 구급차량에, 나머지 한쪽은 붉은색 구조차량에 올라탔다. 이건은 그를 지나쳐 허둥지둥 뛰어가는 앳된 외모의 남자 소방관을 붙잡고서 다급하게 물었다.

"무슨 일이야?"

"무지개아파트 옥상에서 투신자살하려고 한대요. 선배님, 같이 가실 거예요?"

후배 소방관의 질문에 이건은 순간적으로 망설이는 듯했다. 그때, 구조차량 조수석에 타고 있던 중년 남자가 차창 밖으로 고개를 빼꼼 내밀면서 소리쳤다.

"야, 걘 냅 둬! 어제오늘 합쳐서 일곱 번 넘게 출동했어. 그러다 쓰러진다. 데이트나 하라 그래. 독수공방 귀신으로 늙어 죽기 전에."

"아, 네! 죄송합니다, 선배님. 즐거운 데이트 되십시오!"

후배 소방관은 이건을 향해 깍듯이 고개를 숙여 보이고는 재빨리 다시 구조차량으로 뛰어갔다. 그가 올라타자마자 구조차량 문이 닫히고, 때맞춰 출동 준비를 끝낸 구급차량까지 두 대가 동시에 출발했다. 이건은 뭐에 홀린 사람처럼 그쪽에서 시선을 떼지 못하다가,

구조차량 맨 뒷좌석 한 줄이 통째로 비어 있는 걸 보고 마음을 정한 듯 채윤을 향해 돌아섰다.

"채윤 씨, 미안해요. 데이트는 다음에 해요."

이건은 그 말만 남겨놓고 진입로를 빠져나오는 구조차량을 향해 번개같이 달려갔다. 차를 멈춰 달라고 말할 필요도 없었다. 그는 훌쩍 뛰어올라서 차량 후미에 달린 기다란 사다리를 잡았다. 그리고 힘을 하나도 들이지 않는 것처럼 가볍고 민첩하게 위로 올라갔다. 지붕 위에는 현장 구조활동을 위한 각종 장비가 설치되어 있고, 네다섯 사람 정도는 거뜬히 앉을 수 있는 공간도 있었다. 익숙한 동작으로 그 끄트머리에 걸터앉은 이건은 채윤이 있는 쪽을 내려다보면서 말하려고 했다.

"정말 미안해요. 일단 집에 가 있으면……."

그러나 이건은 미처 말을 끝맺지 못했다. 아까 채윤이 서 있던 자리가 텅 비어 있었던 것이다. 그사이에 가 버렸나 생각하던 이건은, 발밑에서 누군가 바람에 날리는 머리카락을 나풀거리며 흐느적흐느적 올라오는 걸 발견하고는 기겁했다. 텔레비전 속에서 처녀귀신이 기어 나오는 일본 공포영화의 한 장면 같았다. 이건은 자신을 뒤따라 사다리를 올라온 사람의 정체를 확인하고서 한 번 더 놀랐다.

"채윤 씨?"

"그냥 오늘 해요, 데이트!"

이건과 같은 강철 근력이 없는 채윤은 두 발로 사다리 맨 밑단을 까치발로 디디고, 두 팔을 필사적으로 뻗어 사다리 윗단에 대롱대롱 매달린 채 소리쳤다. 그 모습을 보는 이건의 표정은 경악에서 황당함으로 변했다.

"네?"

"프로그램 촬영하는 거, 며칠 남지도 않았는데, 또 언제 기다려요? 일 끝날 때까지, 기다릴게요. 몇 시에 끝나도 좋으니까, 그때 같이, 밥이라도 먹어요!"

이건이 허리를 숙이고 채윤을 끌어 올려주는 동안, 그녀는 가쁜 숨을 쉬어가며 띄엄띄엄 말을 뱉었다. 달려가는 소방차 사다리를 붙잡고 올라탈 수 있다니, 채윤은 자기가 그런 일을 할 수 있는 사람인지도 몰랐다.

그녀에게 뜻밖의 저력을 불어넣어 준 건 지난 며칠 동안 쌓여온 분노였다. 지훈이 아닌 다른 남자에게 관심을 가지려고 시도했던 하현과의 첫 데이트가 망하고, 그 상황에서 구하러 온 사람이 지훈이었다. 그런데 지훈은 그녀와 키스하는 것을 암묵적으로 거절했다. 이쯤 되니 온 우주가 힘을 모아 자신을 구박하고 있는 게 아닌가 싶었고, 어떻게든 이건과의 데이트는 해내고 말겠다는 오기가 들었던 것이다. 간신히 구조차량 지붕까지 무사히 올라온 채윤은 이건의 옆자리에 앉았다.

"이야, 레이디가 아주 적극적이시네. 좋아, 좋아."

사이렌이 울리는 와중에도 열린 차창을 통해 채윤의 목소리가 흘러 들어간 모양이었다. 아까 이건에게 데이트를 하라고 했던 중년 남자가 조수석에서 감탄 섞인 너스레를 떠는 소리가 들렸다. 이건이 정색하면서 아래에 대고 경고하듯 불렀다.

"팀장님!"

"아, 미안. 방해 안 할게. 둘이 오붓한 시간 보내. 그래봤자 몇 분 안 되겠지만. 레이디, 우리 한 주임 잘 부탁해요. 예쁜 구석은 1도 없지만 예쁘게 봐줘요.”

팀장은 제 자식 자랑하는 것처럼 호들갑스럽게 덧붙이고는 조수석 창문을 닫았다. 창문이 완전히 올라가기 직전, 구조 차량에 타고 있던 다른 소방관들이 와와거리면서 휘파람 부는 소리가 들렸다. 어린애처럼 짓궂고 장난스러운 그 모습에 채윤은 풋 웃음을 터뜨릴 수밖에 없었다. 이건의 데이트를 모두가 이렇게 응원하다니, 그가 평소에 얼마나 많은 인망과 신뢰를 얻고 있는지 그것만 봐도 알 수 있었다.

사이렌의 붉은빛을 발견한 자동차들은 너나 할 것 없이 길을 비켜주었고, 구조차량은 모세가 홍해를 가르듯 막혀 있던 도로에 길을 내면서 앞으로 달려나갔다. 차량 진행 방향과 반대로 앉아 있던 이건은 저 멀리 뒤쪽에서 다른 차들에 막혀 꼼짝도 못 하고 있는 촬영팀 차량을 물끄러미 보다가 채윤에게 물었다.

“화재나 재난 현장이 아니라 위험할 일은 없겠지만…… 정말 괜찮겠어요?”

“네, 자살 희망자라면서요, 어쩌면 제가 도움이 될 수 있을지도 몰라요. 기획사에서 일하면서 연습생이며 연예인 애들이 온갖 히스테리 부리는 걸 다 달래봤거든요. 자살까진 아니지만 자해하려고 하는 걸 막은 적도 있고요.”

채윤은 망설임 없이 대답했다. 물론 그게 차단우의 얘기는 아니었다. 차단우는 완벽하고 아름다운 자기 자신을 너무도 사랑했기에 그 몸에, 아니 옥체를 자기든 누구든 감히 해친다는 생각만으로도 견디지 못할 사람이었다. ‘입금되면 그때부터 관리한다’는 다른 연예인들과 달리 차단우의 엄격한 식이요법과 운동요법은 365일 24

시간 연중무휴였다.

그런 그가 술, 담배, 심지어 마약까지 손대는 다른 연예인들보다 훨씬 더 빨리 세상을 떠나게 된 것은 참으로 지독한 아이러니였다. 습관처럼 또다시 단우 생각에 잠겨버린 채윤을 깨운 것은 옆에 앉아있는 이건의 음성이었다.

"그래요. 그럼 잠깐 이것 좀 들고 있어요."

그 말과 함께 채윤을 향해 뭔가가 획 날아왔다. 바로 이건이 걸치고 있던 와인색 모직 코트였다. 채윤은 자기 몸집보다 두 배는 더 큰 코트에 깔려 허우적거리다가 가까스로 옷자락을 들추고 고개를 내밀었다.

"이걸 왜……?"

이걸 왜 나한테 주느냐고 물으려던 채윤의 입술이 그대로 움직임을 멈췄다. 칼바람이 부는 이 추운 날씨에, 이건은 가림막도 없는 차량 천장 위에서 상의를 탈의하고 있었다. 목까지 올라오는 담청색 니트가 홀렁 벗겨지자, 거대한 요새처럼 단단하고 선명한 윤곽의 상체가 고스란히 드러났다. 복근에 뚜렷하게 새겨진 여덟 갈래의 빗금을 본 채윤은 두 뺨을 붉혔다.

이건은 그녀의 반응에 신경 쓰지 않고 장비함에 들어 있는 밝은 주황색의 활동복을 꺼내 머리부터 집어넣었다. 채윤은 민망함을 감추려고 옆쪽으로 시선을 돌리면서 아무거나 생각나는 말을 했다.

"어, 저기. 소방관이 투신하려는 사람까지 구하러 다니는 줄은 몰랐어요."

"소방관이 하는 일이 얼마나 많은데요. 불 끄고, 다치거나 아픈 사람들 구하러 가고, 고장 난 엘리베이터 열어주러 가고, 동물원에서 탈출한 동물도 잡으러 가요."

두 눈을 동그랗게 뜬 채 신기한 듯 이건의 말을 듣고 있던 채윤은, 문득 뭔가 생각난 듯 그가 있는 쪽으로 고개를 돌렸다. 다행히 이건은 활동복 단추를 다 채우고 이제는 뛰어다니기 편하고 튼튼한 가죽 소방화로 갈아신는 중이었다. 채윤은 별거 아닌 질문인 것처럼 들리게 하려고 애쓰면서 최대한 가벼운 말투로 물었다.

"그럼 교통사고 현장에도 당연히 출동하겠네요?"

"그렇죠. 사고가 크지 않을 땐 구급대원들만 가기도 하는데, 화재나 폭발 위험성 있을 때는 총출동이니까. 왜요? 뭐 궁금한 거 있어요?"

"이런 거 물어봐도 되는지 모르겠는데요. 교통사고 사망자의 시신을 가족도 못 보게 하는 경우가 자주 있나요?"

지금 이 시점에서 이 얘기를 꺼내는 건 이상했지만, 채윤은 언젠가, 어디선가 알 만한 사람이 있으면 꼭 물어보고 싶었다. 3년 전 단우가 사고를 당했을 때, 기획사 대표와 매니저인 자신은 물론이고 단우의 엄마에게까지 '훼손이 너무 심하다'는 이유로 시신을 보지 못하게 했던 병원과 경찰의 조치가 정상적인 것이었는지.

"가족도 못 보게 한다고요? 그건……."

이건은 눈가에 주름을 잡으면서 이해할 수 없다는 표정을 지었다. 그러나 그가 말을 더 잇기도 전에, 소방차가 끼이익 소리를 내면서 급정거했다. 뒤로 확 젖혀졌다가 넘어지듯 앞으로 쏠리는 채윤의 어깨를 이건이 얼른 붙잡아주었다. 그들이 도착한 곳은 어느 고층 아파트 건물 앞이었다.

구조차량과 구급차량의 문이 동시다발적으로 열리고, 이건이 입은 것과 같은 활동복 차림의 소방관들이 우르르 쏟아져나왔다. 조수석에서 구르듯 뛰어내린 팀장이 사다리를 한 손으로 잡고 성큼성큼 지붕으로 올라오더니, 팀원들을 한눈에 내려다보면서 신속하게 지휘했다.

"A조는 802호로 올라가! B조는 아파트 전면과 측면을 돌면서 추락지점 파악하고, C조는 에어매트리스 설치 준비한다! 움직여!"

이건은 A조에 속해 있는 모양이었다. 그는 팀장의 지시가 떨어지기 무섭게 구조차량 지붕에서 곧바로 바닥으로 뛰어내리더니, 아까 그 앳된 얼굴의 후배 소방관과 함께 아파트 입구로 뛰어들어갔다. 엉거주춤한 자세로 사다리를 내려온 채윤도 헐레벌떡 그 뒤를 따랐다. 엘리베이터는 한 대뿐이었고, 전광판을 보니 26층에 멈춰 서 있었다. 이건과 후배 소방관은 정확히 1분 동안 기다리더니, 그 후에도 전광판의 숫자가 바뀔 생각을 하지 않자 미리 약속한 것처럼 동시에 비상구로 돌진했다. 채윤은 날렵한 발소리를 내며 순식간에 2층으로 올라가버리는 그들의 뒷모습을 보면서 입을 떡 벌리고 있었다.

'난 못해. 8층까지 뛰어 올라가다가는 내가 구급차 신세를 지게 될 거라고.'

다행히 몇 분이 더 지난 후에 엘리베이터가 움직이기 시작했다. 채윤은 엘리베이터를 타고 8층으로 올라갔다. 소문을 듣고 구경하러 몰려온 아파트 주민들이 802호를 에워싸고 있었고, 이건의 후배 소방관이 문 앞에 서서 그들의 출입을 통제하고 있었다.

안으로 들어가지 못한 채윤은 여기 서 있어야 하나 생각했는데, 뜻밖에 소방관이 먼저 그녀를 알아보고 손을 흔들면서 이리 오라고 불렀다.

"거기, 선배님 친구분? 죄송하지만 부탁 하나만 할게요. 선배님이 무전기를 안 갖고 가셔서 지금 교신이 안 되거든요. 안으로 들어가서 이것 좀 전해주세요."

"아, 네."

채윤은 소방관이 건네주는 검은색 무전기를 얼떨결에 받아들고, 그가 열어주는 문틈으로 비집고 들어갔다. 아파트는 현관에서 곧바로 거실을 거쳐 곧바로 베란다까지 이어지고, 거실 양옆에 방과 부엌, 화장실이 나뭇가지처럼 붙어 있는 구조였다.

이건은 채윤에게 등을 보인 채 거실 한복판에 우뚝 서 있었다. 그의 시선은 베란다에 고정되어 있었고, 창문과 문이 활짝 열린 베란다 난간에는 긴 머리카락을 높게 묶은 여학생이 보기만 해도 위태로운 자세로 걸터앉아 있었다.

"오지 마! 죽어버릴 거야! 이 거지 같은 세상 하루라도 더 살고 싶지 않다고!"

이건은 혹시나 여학생을 자극할까 봐 섣불리 다가가지 못하고 있는 것 같았다. 채윤은 신발장에 구두를 벗어놓고 깨금발로 사뿐사뿐 발을 디뎠다. 그리고 이건의 바로 옆까지 다가가 무전기를 내밀면서 속닥거렸다.

"이건 씨, 여기 무전기요."

이건은 여학생에게서 눈을 떼지 않은 채 손을 뻗어 무전기만 받아들면서 작게 고개를 끄덕였다. 고맙다는 의미였다. 무전기 전달 미션을 완수한 채윤은 그대로 그 집을 나오려고 했다. 응급구조에 대해 아무것도 모르는 자신이 참견하기에는 지금 상황이 너무 심각한 것 같아서였다.

그런데 채윤이 거실과 등지고 있는 작은 방 쪽으로 비스듬히 돌아선 순간, 그녀의 눈에 낯익은 형태의 물체가 포착되었다. 그건 바로 반쯤 열린 방문에 붙어 있는 유명 남자 연예인의 코팅 브로마이드였다.

'잠깐만, 얘 혹시……'

채윤은 고개를 길게 빼서 여고생의 방으로 추측되는 방 안의 풍경을 엿보았다. 브로마이드의 주인공이 크고 작은 액자 속에서, 달력 속에서, 베개에 프린트된 사진 속에서 환하게 웃고 있었다. 어디 그뿐인가. 실물 사이즈의 등신대가 떡하니 침대 옆에 서서 손까지 흔들고 있었다. 그 순간 채윤은 확신했다. 아파트 8층에서 투신하고 싶어하는 이 여학생은 그녀와 같은 부류, 핏속에 진하게 흐르는 덕질 DNA를 갖고 있는 아이돌 팬이었다.

내 마음에
불이 났어요

"너, 일루전 좋아하니? 강이현 팬이야?"

채윤은 난간에 앉아 있는 여고생을 향해 조심스럽게 물었다. 이건이 채윤에게 함부로 말 걸지 말라고 제지하려는 순간, 당장이라도 뛰어내릴 것처럼 허공만 바라보고 있던 여고생이 이쪽을 향해 힐끗 눈길을 보냈다. 좋아하는 그룹의, 좋아하는 멤버 이름이 무슨 열려라 참깨 주문처럼 그녀의 닫혔던 귀를 트이게 한 것이다. 그런데 여고생은 채윤이 생각했던 것처럼 '우리 오빠 최고'를 외치며 열광하는 대신 흰 눈을 치켜뜨면서 이를 갈 듯이 말했다.

"내 앞에서 그 자식 이름 꺼내지 마. 팬 기만이나 하고 다니는 바람둥이 새끼."

채윤은 이게 뭔 소린가 싶어 잠시 어리둥절했다. 초절정 인기 아이돌 그룹 일루전은 채윤이 일하던 WIN엔터테인먼트 소속이었고, 채윤의 가장 친한 언니인 화경이 스타일링을 맡고 있어서 그녀도 간간이 소식을 전해 듣고 있었다.

'촬영한다고 한동안 연예 뉴스를 안 봤더니, 무슨 일이 있었나?'

채윤은 휴대폰을 꺼내 재빨리 인터넷에 접속했다. 포털 사이트 검색창에 '일루전 강이현'이라고 키워드를 넣고 검색하자, 여고생의 방문에 코팅된 브로마이드로 붙어 있던 프로필사진과 함께 제목만 봐도 시끌벅적한 뉴스기사가 줄줄이 떴다.

—K-POP 대표 아이돌 그룹 일루전의 리더 K군, 충격적인 속도위반 스캔들!

—비밀교제 중인 일반인 여자친구 임신 9개월째인 것으로 밝혀져!

어이쿠, 저런. 채윤은 지금쯤 발칵 뒤집어졌을 WIN엔터테인먼트의 초호화 사옥과 그보다 더 심하게, 아마도 쑥대밭이 되었을 일루전 팬덤의 모습이 눈에 선했다. 평범한 열애설이라면 잡아떼기라도 할 수 있는데, 속도위반이라니 이건 뭐.

"고작 그것 때문에 죽으려고 하는 거야? 좋아하는 가수한테 여친이 있어서?"

채윤의 말은 여고생의 발작 버튼을 제대로 눌러버렸다. 그녀는 두 손으로 난간을 잡은 채 몸을 홱 돌리면서 채윤을 쏘아보았다. 열애설 기사를 보고서 몇 시간 동안 펑펑 울었는지 그녀의 눈은 퉁퉁 부어 있었고, 목은 잔뜩 쉬어 있었다.

"고작 그거라니, 함부로 말하지 마. 당신이 뭘 안다고! 강이현은 내 삶의 전부였어. 팬들이 일생일대의 사랑이라고 해서, 그 말만 믿고 용돈 탈탈 털어가면서 앨범 사고, 굿즈 사고, 스밍 돌리고, 투표해 가면서 밀어줬는데! 이렇게 배신을 때려!"

"어, 어, 조심. 조심!"

여고생의 몸이 흔들거리는 것을 본 이건이 조마조마해하면서 소리쳤다. 아파트 8층 베란다 높이는 대략 22미터, 운 좋게 화단 나뭇가지에 걸리거나 잔디밭에 떨어지면 살 가능성도 있었지만, 난간에 앉아 있다가 뒤로 떨어져서 머리가 부딪치기라도 하면 생존 가능성은 0으로 수렴했다. 이건이 여고생에게 다가가지도 못하고 물러나지도 못하고 망설이는데, 여러 명이 복도로 우르르 몰려오는 발소리가 나더니 현관이 시끌벅적해졌다.

"들어가시면 안 됩니다. 응급구조 활동 중입니다."

"방해는 하지 않겠습니다. 그냥 찍기만 하면 안 될까요? 한 컷만이라도! 저희 이상한 곳 아니고요. IBS 예능국 촬영팀입니다."

바깥에서 들려오는 소리에 이건과 채윤은 동시에 서로를 마주 보았다. 소방서에서 그들을 놓쳐버리고 닭 쫓던 개 꼴이 되었던 촬영팀이, 느리긴 하지만 꾸준하게 추격한 끝에 마침내 이 아파트까지 도착한 것이다.

하긴, 응급구조 데이트라니 촬영팀으로서는 기대도 하지 못했던 어마어마한 떡밥일 게 분명했다. 그러나 그런 사정을 알지 못하는 여고생은 '촬영팀'이라는 단어를 듣자마자 소스라치게 놀랐다.

"방송국에서 온 거야? 아, 어떡해! 나 완전 쌩얼인데. 머리도 뻗쳤는데. 옷도 구리게 입었는데. 이럴 줄 알았으면 비비랑 틴트라도 바르고 올라올걸. 에이씨, 작작 좀 처 울 걸 그랬네."

여고생은 소매가 축축하게 젖은 구겨진 트레이닝복을 내려다보면서 울상을 지었다. 그러더니 급한 대로 머리라도 어떻게 해야겠다는 생각이 들었는지, 난간을 잡고 있던 두 손 중 한 손을 조심스럽게 떼었다. 그러고는 자유로워진 한 손으로 머리카락을 묶은 고

무줄을 주섬주섬 풀기 시작했다.

머리카락을 어깨 너머로 풀어 내리면서 묶은 자국을 없애려고 손으로 열심히 펴는 여고생을, 이건도 채윤도 어이없는 얼굴로 바라볼 수밖에 없었다. 그 순간 채윤은 깨달았다. 저 철없는 여고생은 전혀 죽을 마음이 없다는 사실을. 그녀는 그저 다른 사람들의 관심을 끌고 싶을 뿐이었다. 채윤이 여고생을 향해 한 걸음 성큼 나아가면서 툭 던지듯 물었다.

"너 말야, 공부 못하지?"

"채윤 씨!"

이건은 깜짝 놀라 채윤의 입을 막으려고 했지만, 그녀는 손을 내저어 그의 만류를 뿌리쳤다. 다행히 성적 얘기는 아이돌의 열애설 얘기만큼 여고생을 흥분시키지는 않았다. 그저 흰 눈으로 채윤을 째려보면서 퉁명스럽게 대꾸할 뿐이었다.

"그래, 나 43명 중에 42등 한다. 왜?"

"달리 잘하는 것도 없고, 친구들한테서 인기도 없고, 뚜렷한 장래 희망도 없지? 솔직히 말해서 네가 뭘 잘하는지, 뭘 하고 싶은지도 잘 모르겠지? 그래서 너 대신 네가 응원하는 강이현이 무대에서 빛나면서 남들에게 환호받는 게 좋았던 거지? 그렇게 근사한 사람이 팬덤 이름을 부르면서 사랑한다, 너희들뿐이다, 그런 말 할 때마다 마치 너한테 말하는 것 같은 착각도 들고. 진짜 연애하는 것 같고?"

"그걸 어떻게……"

여학생은 마치 자기 마음을 들여다본 것처럼 술술 얘기하는 채윤에게 놀라 반박해야 한다는 것도 잊어버린 것 같았다. 채윤은 멍한 표정이 된 여학생을 향해 한 걸음 더 나아가면서, 지난 10년간 그녀가 깨달은 바를 압축해서 들려주었다.

"착각하면 안 돼. 네가 누군가를 위해 돈과 시간과 노력을 쏟아붓는다고 해서, 그 사람에게 있어서 네가 반드시 중요한 존재가 되는 건 아냐. 그 사람이 이룬 성취가 곧 네 것이 되는 것도 아니야. 그 사람은 널 대리만족시켜주는 존재도 네 소유물도 아니고, 그냥 평범한 한 인간일 뿐이야. 가끔은 화도 내고 짜증도 내고, 실수도 하고, 좋아하는 사람이 생기면 연애도 하고. 그러다가 소문이 나기도 하고 안 좋게 헤어지기도 하고. 남들하고 다 똑같은 거라고."

"……."

"초라한 네 삶을 바꾸고 싶으면, 주인공이 되어 멋지게 살고 싶으면 네가 움직여야 돼. 네가 잘하는 일이 뭔지, 하고 싶은 일이 뭔지 찾고, 꿈을 위해서 매일 조금씩이라도 노력해나가야지."

"노력하면 뭐 해요? 이 헬조선이 얼마나 짜증 나는 나란데. 지금부터 공부해봤자 내신 1등급들한테 밀려서 삼류 전문대나 갈 거고, 취업도 못 하고 빌빌대다가 결혼도 못 하고. 편의점, 마트 알바나 전전하다가 혼자 비참하게 늙어 죽겠죠. 그럴 바엔 차라리 그냥 지금, 그나마 어리고 고생 덜했을 때 죽는 게 나아요."

여고생은 입을 삐죽이면서 불평했지만, 채윤은 그녀의 마음이 조금이나마 움직였다는 걸 알 수 있었다. 채윤에게 존댓말을 쓰기 시작한 것도 그랬고, 가장 희망적인 신호는 그녀가 좋아하는 아이돌이 아닌 자기 자신에 대해 말하고 있다는 것이었다.

채윤은 잘 알았다. 여고생에게 지금 필요한 건 희망이었고, 베란다에서 내려오게 해 줄 명분이었다. 채윤은 여고생을 똑바로 쳐다보면서 진지하게 말했다.

"그래, 네가 노력해도 아무것도 이루지 못할 수도 있겠지. 이 세상이 때로는 공평하고 때로는 불공평해서, 내가 100을 했을 때 1000을 돌려줄 때도 있고 10도 돌려주지 않을 때도 있으니까. 하지만 딱 한 가지는 확실하게 알 수 있지. 네가 이대로 있으면 아무것도 변하지 않을 거라는 거."

어느새 이건은 채윤을 말리려던 것도 잊은 채 그녀의 말에 귀 기울이고 있었다.

"지금 네 마음이 어떨지 난 누구보다 잘 알아. 나도 내 현생까지 갈아가면서 연예인 좋아해 봤고, 죽고 싶을 만큼 배신감도 느껴봤어. 그런데 그거 알아? 네가 현실에서 스스로의 힘으로 뭔가 이뤄냈을 때, 널 정말 이해하고 좋아해 주는 누군가와 만나면서 느끼게 될 감정들에 비하면 그 감정들은 가짜에 불과하다는 거. 1등 못 하면 어때? 대기업에 취직 못 하면 어때? 전문대 졸업장도, 보잘것없는 월급도, 그게 네 힘으로 얻어낸 온전한 네 것이라는 것만으로도 값지고 대단한 거야."

"그럼 언니도…… 언니도 덕질해 봤어요?"

채윤이 시키지 않았는데도 먼저 '언니'라고 불러오는 여고생의 말투는 아까보다 훨씬 사근사근해져 있었다. 그래서 채윤도 좀 더 마음 편하게 대답할 수 있었다.

"당연하지. 이래 봬도 내가 덕후 역사에 한 획을 그은 덕 중의 덕, 대덕이야. 지금은 깔끔하게 탈덕했지만."

"누구 팬이었는데요? 팬들 사이에서도 유명한 그런 네임드였어요?"

"어, 저기, 그게……."

졸지에 이 자리에서 덕밍아웃을 하게 된 채윤은 저도 모르게 이건의 눈치를 보았다. 이게 정말 데이트인지 뭔지는 모르겠지만 어쨌든 오늘의 데이트 상대 앞에서 한때 열렬히 좋아했던 연예인을 밝히는 게 그리 현명한 짓인 것 같지 않아서였다. 그러나 이건은 오히려 채윤을 향해 독촉하는 듯한 눈짓을 보냈다. 여고생이 투신하려는 시도를 멈추고 채윤의 말을 듣기 시작했으니 계속 장단을 맞춰주라는 뜻이었다. 채윤은 어쩔 수 없이 솔직하게 털어놓았다.

"나 '단우진리교'라고, 영화배우 차단우 팬클럽에 있었어. 서울지부 교…… 아니, 지부장이었고."

채윤은 팬클럽 내에서 불리던 대로 '교주'라고 말하려다가, 이 나이가 되어서 입에 담기에는 너무도 유치한 명칭이라는 걸 깨닫고 얼른 고쳐 말했다. 그러나 여고생이 깜짝 놀라면서 채윤을 향해 소리치는 바람에 숨기려던 것들이 다 들통났다.

"단우진리교 서울지부 교주요? 저 알아요! 중학교 때 차단우 팬이었어요! 그럼 언니가 혹시 '단우비'님이에요? '망각의 바다' 쓴 사람?"

"어, 뭐…… 그랬던 것 같기도 하고 아닌 것 같기도 하고……."

"헐, 미친! 언니 제가 진짜 존경해요! 저 '망바' 읽고서 사흘 밤낮을 울었어요. 소장본 내신 거 꼭 갖고 싶었는데, 신청 기간 놓쳐서 얼마나 아까웠는지 몰라요."

채윤은 '망바'란 단어가 튀어나온 순간 이 대화를 때려치우고 싶은 마음이 굴뚝 같아졌다. 외국어로 된 대화를 듣는 것처럼 신기한 표정으로 이쪽을 빤히 쳐다보는 이건을 보기가 민망했다. 그러나 여고생이 소장본 얘기를 꺼내자, 이 상황을 자신에게 유리하게 활용할 수 있는 좋은 생각이 떠올랐다. 채윤은 베란다 입구까지 바짝 다가가 여고생을 향해 물었다.

"너, 이름이 뭐야?"

"슬기요."

"그래, 슬기야. 그럼 이렇게 하자. 네가 지금 당장 그 베란다에서 내려오면 내가 소장본에 사인까지 해서 줄게. 어때?"

"정말이요?"

"그래. 목숨은 소중한 거야. 홧김에 버려도 되는 그런 게 아니라고. 그깟 바람둥이 아이돌은 잊어버리고 언니 손 잡고 내려와. 응?"

슬기는 자신을 향해 내밀어진 채윤의 손을 물끄러미 바라보다가, 마침내 결심한 듯 그 위에 자기 손을 얹었다. 그런데 그때, 이건이 허리에 차고 있던 무전기가 뚜뚜 울리더니 팀장의 목소리가 흘러나왔다.

"한 주임. 피신고자 부모랑 연락이 됐는데, 아빠는 외국 출장 중이고 엄마는 의사인데 수술실 들어갔대. 일단 우리끼리 해결해야 할 것 같다."

무전기 음량을 그렇게 크지 않았지만, 하필이면 바로 그 순간 채윤과 슬기는 대화를 멈추었고, 현관 밖의 소란도 그쳐 버렸다. 그래서 슬기는 자기 부모가 오지 않을 거라는 말을 분명히 알아들을 수 있었다. 그녀는 채윤의 손바닥에 올려놓았던 손을 매몰차게 거둬가면서 심통 난 목소리로 중얼거렸다.

"그럴 줄 알았어. 둘 다 나한테는 관심도 없지. 맨날 꼴찌만 하는 딸, 차라리 낳지 않았다면 좋았겠다고 생각할걸. 내가 떨어져 죽고 나면 좀 후회할려나?"

채윤은 순간적으로 말이 막혔다. 슬기에게는 그녀가 생각지 못했던 또 다른 상처가 있었던 것이다. 충분한 애정과 관심을 표현해주지 않는 부모에 대한 불만이었다. 그건 사인한 책 몇백 권이 있어도 해결되지 않는 문제였다. 채윤이 뭐라 말해야 할지 몰라 난감해하고 있을 때, 여태껏 거의 말을 하지 않고 가만히 있던 이건이 불쑥 앞으로 나섰다.

"너, 무슨 말을 그렇게 못되게 해? 자식이 부모한테 어떤 존잰데."

"……."

슬기는 입을 벌린 채 이건을 쳐다보았다. 그의 말에는 채윤의 말과는 또 다른 종류의 힘이 있었다. 엄격하고 무뚝뚝했지만, 그만큼 묵직한 진심이 느껴졌다.

"너희 부모님이 밖에 나가서 힘들게 일하는 것도 결국 널 잘 돌봐주기 위한 거잖아. 지금 네가 여기서 이러고 있다는 걸 알면서도 당장 달려오지 못하는 부모님 심정은 어떨 것 같아? 왜 그렇게 철이 없어?"

"에이씨, 나도 몰라서 그런 거 아니란 말이에요. 그치만 난 잘난 것도 없고 속만 썩이는 딸이니까, 아빠 엄마 고생만 시킬 바에는 차라리 없어지는 게……."

슬기는 감정이 북받쳐 오르는 듯 격앙된 어조로 말하더니, 급기야 눈에 눈물이 그렁그렁 고이기 시작했다. 이건은 그 틈을 타 슬그머니 채윤이 있는 베란다 입구까지 접근하면서 여전히 투박하고 무심한 듯한 투로 말했다.

"왜 잘난 게 없어? 이렇게 예쁘고, 말도 잘 하고, 부모님 생각도 할 줄 알고, 베란다 난간에 30분 넘게 균형 잡고 앉아 있을 만큼 운동신경도 뛰어난데."

이건의 말에 슬기의 두 눈이 동그래졌다. 이건이 알고 하는 건지는 모르겠지만, 채윤은 그의 수완에 감탄하지 않을 수 없었다. 삶의 의욕을 잃고 충동적으로 자살하려는 10대 소녀의 자존감을 단번에 높여주는 데, 멋지고 잘생긴 남자가 진심을 담아 말해주는 '예쁘다' 라는 말보다 더 효과적인 방법이 어디 있겠는가.

"내가…… 예뻐요? 정말이요?"

붓기로 엉망이 되어 있던 슬기의 얼굴에 발그스름하게 화색이 돌았다. 그녀는 수줍어하는 몸짓으로 양손으로 두 뺨을 가리려고 했다. 그런데 그게 문제였다. 두 손이 자기도 모르게 난간을 놓는 순간 엉덩이가 미끄러지면서 슬기의 몸이 앞으로 휙 기울어진 것이다. 채윤이 창문을 향해 손을 뻗으면서 비명을 질렀다.

"슬기야!"

그러나 이미 늦었다. 슬기는 두 팔을 물레방아처럼 휙휙 돌리더니 그대로 난간 밖으로 떨어져 버렸다. 그녀는 이 다음 순간 일어나게 될 일을 예견한 듯 두 눈을 질끈 감았다. 그리고 그와 동시에 채윤 옆에 서 있던 이건이 휙 몸을 날렸다.

"이건 씨!"

채윤은 창문 밖으로 다이빙하듯 점프하는 이건을 보면서 다시 한 번 비명을 질렀다. 이건은 슬기의 몸이 허공에서 고꾸라지기 직전 두 팔을 벌려 그녀를 감싸 안았고, 온몸으로 그녀를 보호하면서 수직으로 하강했다.

그리고 정확히 3초 후, 화단에 널찍하게 펼쳐진 파란색 에어매트리스 위에 파묻히듯 떨어지며 착륙했다. 이건은 매트리스 위를 나뒹구는 그 순간까지도, 슬기의 어깨에 두른 팔을 풀지 않은 채 그녀를 충격으로부터 보호했다. 슬기는 아무런 타격도 입지 않은 채 이건의 넓고 든든한 품 안에서 감았던 눈을 뜰 수 있었다. 그녀는 시야에 가득 들어찬 이건의 보기 좋게 그을린 피부와 담백한 눈매, 강인하고 남자다워 보이는 얼굴 윤곽을 홀린 듯이 바라보다가 입을 열었다.

"저기요, 저 화재 신고할 게 있는데요."

지금 이 상황과는 전혀 어울리지 않는 뜬금없는 소리였지만, 이건은 본능적으로 반응했다.

"화재 신고? 지금? 어디에?"

그러자 슬기는 제 가슴을 손가락으로 가리키면서 이건을 향해 배시시 웃어 보였다.

"여기요. 제 마음에 불이 났어요. 소방관 오빠, 이름이 뭐예요?"

흙을 닮은 남자

"정말 미안해요. 이제부터는 아예 휴대폰 꺼 놓을게요. 방해되는 일 없게."

택시에 올라탄 이건은 채윤이 보는 앞에서 휴대폰 전원을 껐다. 활동복에서 다시 평상복으로 갈아입고 나자, 사람을 구하기 위해서라면 물불 안 가리는 터프한 소방관의 모습은 사라지고 과묵하고 단정한 인상의 남자만 남았다.

채윤은 그가 베란다 밖으로 훌쩍 뛰어내리는 장면을 봤을 때의 그 심장 떨어지는 느낌을 떠올리면서 가만히 고개를 끄덕였다. 기나긴 근무에 초과근무까지 끝낸 소방관 한이건은 이제 마침내 오프 상태로 들어갔고, 이 지역에서 건물이 한 채 송두리째 무너지거나 대규모 산불이 나지 않는 한 비상소집될 일은 없다고 했다.

"여기로 가 주세요."

뒷좌석에 자리 잡고 앉은 이건은 택시 기사에게 목적지의 주소가 적힌 종이쪽지를 건네주었다. 택시는 아파트 단지를 빠져나와 달리기 시작했고, 단지 입구에 불법주차되어 있던 방송국 차량도 당연하다는 듯 택시를 따라왔다. 이건은 차창 너머로 에어매트리스가 철거되는 모습을 바라보면서 채윤에게 말했다.

"많이 놀랐을 텐데, 그래도 채윤 씨는 침착하게 잘 대처했어요. 채윤 씨가 아니었더라면 그 슬기라는 아이는 어떻게 되었을지 몰라요."

"에이, 처음부터 죽을 맘도 없었던 앤데요. 뭘."

채윤은 현기증이 난다는 둥, 토할 것 같다는 둥 해가면서 어떻게든 이건의 품에서 떨어지지 않으려던 여고생을 떠올리면서 고개를 절레절레 저었다. 이건의 휴대폰 번호를 알려달라고, 안 그러면 어떻게 해서든 알아내겠다고 끈덕지게 매달리는 걸 보니 그녀는 새로운 덕질 대상과 함께 삶의 의욕도 되찾은 게 분명해 보였다.

"아니에요. 그 나이대 애들은 언제 어떻게 충동적으로 행동할지 모르니까. 채윤 씨가 경험에서 우러나온 얘기를 해 준 게 정말 도움이 됐어요."

"윽, 그 얘긴 안 하면 안 될까요. 제 흑역사인데."

채윤이 손바닥에 이마를 파묻으면서 괴로워하자, 이건은 좀처럼 웃는 일이 없는 입가에 보일 듯 말 듯한 미소를 머금었다.

"왜요, 난 흥미진진하게 들었는데. 채윤 씨가 차단우 팬이었는 줄은 몰랐네요."

"이건 씨도 알아요? 차단우? 혹시 팬이었어요?"

"전 관심 없었지만 가까운 사람이 무척 좋아했었어요. 영화 드라마 나올 때마다 챙겨보고. 뭐, 그게 아니더라도 사고 났을 때 워낙 뉴스에 크게 났으니까."

"하긴."

채윤은 단우가 세상을 떠났을 때의 그 아수라장을 떠올리면서 고개를 끄덕였다. 병원 앞과 기획사 건물 앞에 진을 치고서 온종일 생중계를 내보냈던 방송국들은, 장례식이 끝나고 더 이상 보도할 거리가 없어지자 차단우 특집 프로그램을 급히 제작해서 줄기차게 틀어댔다. 나중에는 다들 지겹다고 그만 보고 싶어 할 정도였다.

"아, 그러고 보니까 최근에 그 배우 생각을 한 적이 있었는데."

"네?"

"왜 그랬더라. 아, 맞다. 김지훈 씨. 지훈 씨하고 그 죽은 차단우라는 영화배우하고 좀 닮지 않았어요?"

이건의 말에, 채윤은 자기도 모르게 입을 떡 벌리면서 그를 쳐다보았다. 굳이 말로 표현하지 않아도, 그녀의 표정이 이미 '이 무슨 개풀 뜯어 먹는 소리냐'고 그에게 묻고 있음이 명백했다. 김지훈과 차단우라니. 차라리 옥동자와 레오나르도 디카프리오가 서로 닮았다고 하는 게 더 그럴듯할 것 같았다. 이건도 말하고 나니 이상했는지 얼른 변명하듯 덧붙였다.

"아니, 생긴 게 닮았다는 게 아니라. 뭐랄까, 그 사람 특유의 분위기나 눈빛 같은 게."

"저어어어어언—혀 안 닮았어요! 아, 둘이 목소리가 좀 비슷하긴 하네요. 그래서 그런 느낌을 받으셨나 봐요."

"음, 그런가요. 차단우 목소리가 어땠는지까지는 기억 안 나는데."

이건이 고개를 갸웃하며 중얼거리는 것과 동시에 택시가 멈춰섰다. 택시 문을 열고 내리는 채윤의 양옆으로 한글 간판을 단 아기자기한 소품 가게들이 즐비하게 늘어서 있었다. 반짝거리는 개량 한복을 차려입고, 종이우산을 흔들면서 거리를 누비는 사람들을 보고 채윤은 두 눈을 동그랗게 떴다.

"인사동이잖아요? 이건 씨가 생각한 데이트 장소가 여기에요?"

이건에 대해 잘 알지는 못했지만 사람 많고 시끄러운 곳을 싫어할 것 같은 인상이었는데, 평일 저녁에도 발 디딜 틈 없이 복작거리는 인사동이라니 조금 뜻밖이었다.

이건은 묵묵히 고개를 끄덕이더니, 채윤의 손이 아닌 옷소매를 손가락 끝으로 잡은 채 앞장서 나가기 시작했다. 방송국 차량에서 내린 촬영 스태프가 저 멀리서 두 사람의 뒷모습을 잡으면서 따라오고 있었다. 데이트할 때마다 동에 번쩍 서에 번쩍 홍길동처럼 나타나는 카메라와 마주치다 보니, 채윤은 이제 카메라가 있어도 거의 의식하지 않게 되었다.

이건은 데이트 필수 코스로 알려진 전통 찻집과 한복 카페를 지나치더니, 그 유명한 쌈지길마저 그대로 통과해버리고는 인적이 드문 한적한 골목길로 접어들었다. 마침내 그는 골목 끄트머리에 자리 잡은 소담한 한옥 앞에 멈춰섰고, 채윤은 간판 없이 흑백의 도자기 그림 하나만 달랑 걸려 있는 건물 입구를 올려다보면서 의아한 표정을 지었다.

"여긴 뭐하는 곳이에요? 도자기 파는 곳?"

"도예공방. 도자기 만드는 곳이에요."

이건이 문 옆에 달려있는 벨을 누르자, 수수한 생활한복을 입은 공방 주인이 나와 그들을 맞이했다. 채윤은 스무 평 남짓 되는 작은 공방에 놓여 있는 전기물레 두 대와 기다란 나무 테이블, 그리고 선반을 빼곡하게 채우며 진열되어있는 각양각색의 도자기를 호기심에 차서 둘러보았다.

공방 주인은 채윤에게 앞치마를 두르게 하고 작은 물레에 앉히더
니, 물레를 돌려 원하는 형상을 빚어내는 법을 간단히 설명하고 시
범을 보여주었다. 약 10분간의 간단한 수업이 끝나고 나서, 주인은
물레에 얹어줄 새 흙덩어리를 떼어내 테이블 위에 치대면서 채윤에
게 물었다.

"초보자 분들은 형태가 단순한 밥그릇이나 술잔, 아니면 물컵이
나 필통을 만드시는 게 좋아요. 어떤 걸 해보고 싶으세요?"

"술잔! 술잔이요!"

채윤은 패기 있게 외치고 나서, 너무 큰 소리로 말했나 싶어 이건
의 눈치를 보았다. 그는 큰 물레에 앉아 혼자 흙덩어리를 얹어놓고,
페달을 밟아 물레를 돌려가면서 모양을 잡고 있었다. 공방 주인이
옆을 떠난 후에도 느리게 빙글빙글 돌아가는 물레를 바라보기만 할
뿐 손댈 엄두도 내지 못하는 채윤에게는 이건의 그런 모습이 신기
하고 또 대단해 보였다.

"이건 씨는 자주해 봤나 봐요. 도예가 취미예요?"

"취미까진 아니고, 가끔 시간 날 때만 와요. 이게 마음을 다스리는
데 도움이 되거든요."

"일종의 정신 수양 같은 거예요?"

"그렇다기보다……."

이건은 물에 적신 손을 흙 가장자리에 두고 중심을 잡으면서 담
담하게 말했다.

"2년 전에 아주 괴로운 일이 있었어요. 곁에 있던 누군가를 하루
아침에 잃어버렸죠. 일주일 가까이 잠 한숨 못 자고 물 한 모금 못

마실 만큼 정말 힘들었죠. 거의 6개월 동안 입을 닫고 지냈는데, 선배 소방관을 통해서 이 공방을 소개받았어요. 그 선배는 화재 현장에서 생긴 트라우마 때문에 괴로워하고 있었는데, 흙을 만지면서 위안을 얻었다고 하더라고요. 부정적인 생각, 부질없는 생각, 불안, 공포, 후회, 외로움. 그런 것들을 모두 흙 속에 묻어버린다고 생각하면 도움이 돼요. 솔직히 말하면 지금도 완전히 벗어나진 못했거든요."

"무척 소중한 분이었나 봐요. 그분이."

채윤은 느릿느릿 회전하고 있는 흙덩이에 조심스럽게 손을 얹으면서, 이건이 말하는 '누군가'가 애인이거나 가족, 아니면 직장 동료일 거라고 추측했다. 과거의 일에 대해 얘기하는 이건의 표정은 건장한 체격과는 반대로 나약하고 섬세해 보였다. 한 마리 사자 같은 그 남자에게 숨겨져 있을 거라고는 예상치 못한 면이었다.

"네. 정말 가까운 사이라고 믿었는데. 자기가 아프다는 것조차 말해주지 않았어요. 그래서 슬프고, 화나고, 미안하면서도, 배신감이 들었죠. 왜 아무 말도 하지 않았던 걸까. 내가 그렇게 못 미더웠나. 무능력해 보였나. 한마디라도 해줬으면 어떻게든 도와줬을 텐데. 내가 할 수 있는 게 별로 없어도. 그래도 뭐라도 했을 텐데 하면서. 그 사람을 원망하고 나를 원망하다가 또 그 사람을 원망했죠. 그러다 보니까 나중에는 그 생각이 날 갉아먹으면서 망가뜨리더라고요."

"알아요, 어떤 건지. 저도 그런 적 있어요."

채윤은 자기도 모르게 불쑥 말했다. 그녀의 두 손은 어느새 흙덩이 위에 얹혀 있었다. 마치 이건이 말한 것처럼, 갑자기 들끓어 오르는 감정을 받아줄 곳이 필요하기라도 한 것처럼. 이건은 그 모습을 힐끗 보더니 침착한 어조로 물었다.

"혹시 그 교통사고?"

"네. 소중하거나 뭐 그런 건 아니고, 그냥 일 때문에 매일 얼굴 보고 살던 웬수 같은 사람이었는데요. 공식적으로 사고로 처리되긴 했는데, 이상한 점이 많았어요. 그래서 자살이란 얘기도 있었고, 마약 얘기도 나왔고, 심지어 스토커가 사고를 가장해서 죽인 거란 루머까지 있었죠."

채윤은 술술 털어놓고 나서 괜히 뜨끔해서 이건을 쳐다보았다. 이렇게까지 자세히 말하면 이건이 차단우의 얘기라는 걸 눈치채지 않을까 싶었던 것이다. 그러나 이건은 여전히 감정을 읽을 수 없는 덤덤한 얼굴로 물레만 돌리고 있었다.

"어느 쪽이든, 내가 모르는 뭔가가 있는 건 확실했어요. 그즈음에 그 사람, 이상했거든요. 생전 안 보던 뉴스를 열심히 들여다보질 않나, 전화만 울리면 깜짝깜짝 놀라고, 일 없는 날이면 집 밖으로 안 나가려고 하고. 정확히 무슨 일이었는지는 지금도 모르지만, 그 일이 그 사람의 죽음과 연관되어 있는 건 확실해요."

단우가 죽기 전 한 달간 있었던 이런저런 수상한 일들이 채윤의 기억 속에 주마등처럼 스치고 지나갔다.

"무슨 일 있냐고 그렇게 물어봤는데, 돌아오는 건 '넌 알 거 없다'는 말뿐이었어요. 왜 그랬을까요? 내 걱정이, 내 마음이 그 사람에게는 그저 하찮았을까요?"

그 순간 채윤의 손끝에 힘이 들어가면서 물레 위에서 돌아가고 있던 기둥이 와락 우그러지고 말았다. 채윤은 볼품없이 주저앉아 버린 흙덩어리를 멍하니 바라보면서 입술을 지그시 깨물었다.

그때, 이건이 자리에서 일어나더니 그녀 곁으로 다가왔다. 그는 무너진 흙덩어리를 몇 번 매만져 처음 상태로 되돌리더니, 아까 공방 주인이 앉았던 채윤의 의자 뒤 보조의자 끄트머리에 걸터앉았다. 채윤의 등 뒤쪽에서부터 둥글게 뻗어온 그의 양손이 그녀의 손위에 얹히더니 함께 물레질을 하기 시작했다.

"조급해하지 말고. 이렇게. 오른손은 7할만, 왼손은 3할만 힘을 준다고 생각해요. 왼손은 거들 뿐. 그런 말 알죠?"

"아, 네……."

채윤은 긴장감으로 몸이 바짝 굳어졌다. 맞닿은 등을 통해 이건의 따뜻한 숨결이, 오르락내리락하는 가슴의 호흡이 고스란히 느껴졌다. 강철처럼 단단한 그의 두 팔이 그녀의 어깨를 완전히 감싸고 있었고, 운동으로 다져진 근육덩어리 허벅지가 그녀의 골반에 아슬아슬하게 와닿고 있는 상태였다.

'이거 완전 백허그잖아. 이래도 되는 걸까? 나중에 틀림없이 방송에 나올 텐데. 지훈 씨가 보면 어떡하지?'

채윤은 공방 한구석에 세워진 삼각대와 카메라를 보면서 마음을 졸이다가, 불쑥 치밀어오르는 반발감에 마음가짐을 바꿨다.

'뭐 어때, 보건 말건. 제발 다른 남자 만나라고 등 떠밀던 사람인데 잘됐다고 좋아하겠지. 그럴 거면 애초에 방송 출연은 왜 했대?'

"채윤 씨가 아무리 생각해봤자, 그 사람은 이미 떠난 사람이고 돌아오지 않아요. 채윤 씨가 하고 싶은 수백 가지 질문에 대답해줄 수도 없고요. 그러니까 '만약 이랬다면 그때 어떻게 됐을까', '만약 그랬다면 지금 어떤 모습일까', 하는 그 모든 '만약에'들은 이 흙 속에 묻어버린다고 생각하고, 천천히, 집중해봐요."

채윤은 귓가에 나지막하게 울리는 이건의 목소리를 들으면서 매끄러운 흙의 움직임을 손끝으로 음미했다. 문득 이건은 흙을 닮은 남자인 것 같다는 생각이 들었다. 조용하고, 부드럽고, 늘 그 자리에 있으면서 모든 것을 묵묵히, 그러나 힘있게 포용한다.

그에 비하면 지훈은 물 같았다. 때로는 따뜻하다가 때로는 차갑고, 유연하면서도 변화무쌍하고, 겉보기로만 봐서는 그 깊이를 도저히 가늠할 수 없는 묘한 구석이 있었다. 마지막으로 차단우는, 불 그 자체였다. 화려하게 타오르면서 사람들의 시선을 사로잡고, 맹렬한 열기로 모두를 압도해버렸다. 그리고 다른 사람이 그 곁에 머물거나 파고들 여지를 조금도 주지 않았다. 다 타버린 불이 재가 되어 비에 씻기면, 강에 흐르는 물로 변할 수도 있을까. 채윤이 그런 생각에 잠겨 있을 때 이건이 그녀의 귓가에 대고 소곤거렸다.

"아, 그리고 아까 물어봤던 그거 말인데. 시신이 아무리 훼손되었어도 직계가족은 보고 싶으면 볼 수 있어. 얼굴이 망가졌으면 오히려 신원확인을 위해 병원 측에서 참고 봐 달라고 하는 경우도 많고."

"그게 정말이에요?"

채윤은 깜짝 놀라면서 뒤를 돌아보았다. 그 바람에 손이 꼬이면서 이건이 간신히 되살려놓은 모양이 단숨에 뭉개지고 말았지만, 채윤은 아랑곳하지 않았다. 그녀가 이건에게 좀 더 자세히 물어보려고 하는 찰나, '사랑과 영혼'을 연상시키는 물레장면을 찍으며 광대 승천한 표정으로 황홀경에 빠져 있던 촬영팀 스태프가 주섬주섬 삼각대를 접기 시작했다.

"전 이만 가볼게요. 두 분은 데이트 즐기세요."

"끝까지 찍으시는 거 아니었어요?"

"이미 분량도 충분히 뽑았고. 대본 있는 리얼리티도 아닌데 그렇게까진 안 해요. PD님한테 받은 디렉션도 그런 식이고요. 진짜 커플처럼 단둘이 보내는 시간도 있어야, 출연자들간 케미가 생기고 감정도 싹튼다고요. 그러니 두 분, 지금부터는 카메라로부터 자유로운 데이트를 즐기시길 바랍니다. 여태껏 카메라가 있어서 못 했던 말 있으면 맘껏 하시고요."

촬영 팀 스태프는 눈을 찡긋하고 사라졌지만, 채윤은 딱히 카메라가 없어졌다고 해서 뭘 다르게 할 생각은 없었다. 그들은 그로부터 20분 정도 더 물레를 돌렸다.

채윤은 정체를 알 수 없는 괴이한 형태의 물건을 만든 다음 자원 절약을 위해 추가 시도를 포기하겠다고 선언했다. 그동안 이건은 어떻게 저 솥뚜껑 같은 손에서 저런 게 탄생했을까 싶을 정도로 예쁘고 앙증맞은 미니 물주전자를 완성했다. 채윤은 찰흙이 덕지덕지 묻은 앞치마 끈을 풀면서 이건에게 물었다.

"그럼 우린 어떻게 할까요? 저녁이라도 먹을까요? 저 점심 때부터 굶어서 무지하게 배고픈데."

"저, 채윤 씨. 데이트를 계속하기 전에 꼭 해야 할 얘기가 있는데요."

"그게 뭔데요?"

그토록 자기 얘기를 안 하던 이건이 과거 얘기를 한 번 하더니 드디어 말문이 트인 모양이었다. 채윤은 긍정적인 신호로 해석했다. 지훈에 대한 일종의 보복으로 시작한 이 데이트가 진심으로 재밌어지고 있는 참이었다.

그런데 그때, 앞치마 주머니에 넣어두었던 휴대폰이 진동했다. 휴대폰을 꺼내본 채윤은 화면에 떠 있는 '김지훈' 세 글자를 보고 눈썹을 한가운데로 모았다. 그녀는 잠시 고민하다가 무뚝뚝한 태도로 전화를 받았다.

"여보세요?"

—채윤 씨, 지금 건이 형 하고 같이 있죠? 형이 휴대폰 꺼놨어요?

"네, 즐거운 데이트 중이라서요. 왜요?"

채윤은 일부러 '데이트'라는 단어에 힘주어 말하면서 지훈의 질투를 이끌어 내려 했다. 그러나 지훈은 그런 건 신경도 쓰이지 않는 듯했다.

—방해해서 미안한데, 좀 바꿔줄 수 있어요? 꼭 전해야 할 말이 있어서.

"그게 뭔데요? 그냥 나한테 얘기해요. 내가 전할 테니까."

—아뇨, 본인에게 직접 해야 할 말이에요.

"그러니까 그게 뭐냐고요. 이건 내 휴대폰이잖아요. 나한테 얘기 안 할 거면 그냥 끊어요."

채윤은 비뚤어진 마음에 괜히 심통을 부렸다. 다른 남자와 데이트를 하라고 해놓고, 막상 데이트를 하려고 하면 꾸역꾸역 머릿속을 비집고 들어오는 지훈이 얄미워서였다. 그는 채윤의 고집을 꺾을 수 없다는 걸 깨달은 듯 짧은 한숨을 쉬더니 긴박함이 느껴지는 어조로 말했다.

—형 딸이 다쳐서 지금 병원에 있대요. 성운대학병원 응급실이요. 당장 오라고 전해주세요.

첫 번째 비밀이
밝혀지다

"여름아! 가을아! 겨울아!"

이건은 새파랗게 질린 얼굴로 소아응급실 문을 열고 뛰어들어갔다. 그는 안내데스크에 들러서 물어볼 여유도 없이, 곧바로 안쪽으로 들어가 칸막이 침상 사이를 기웃거리기 시작했다. 그 뒤를 황급히 따라가는 채윤의 얼굴과 손등에는 아직도 찰흙이 덕지덕지 묻어 있었다. 이건은 한가운데 칸막이 아래로 뭉툭한 운동화를 신은 자그마한 발들이 옹기종기 모여 있는 것을 보고 냅다 커튼을 젖혔다.

"아빠!"

침대 위에 누워 있던 자그마한 여자아이가 몸을 벌떡 일으키면서 낭랑한 목소리로 외쳤다. 다홍색 꽃무늬 원피스를 입고, 밤톨처럼 동그란 머리 양쪽에 새까만 머리카락을 양갈래로 쫑쫑 땋아 드리우고, 구슬처럼 크고 둥근 눈을 초롱초롱 빛내고 있는 여자아이의 턱 아래에는 네모난 반창고가 붙어 있었다.

침상 옆을 지키고 앉아 있는 사람은 지훈이었고, 그의 양 무릎 옆에는 누가 봐도 이건의 자식임을 알 수 있을 만큼 그를 빼닮은 남자 아이 둘이 하나씩 자리 잡고 서 있었다. 지훈은 가쁜 숨을 몰아쉬며 서 있는 이건을 안심시키듯 차분하게 말했다.

"겨울이는 괜찮아요. 어린이집에서 놀다가 넘어지면서 밥상 모서리에 턱을 찧었대요. 두 바늘 깔끔하게 꼬맸고 뼈에는 아무 이상 없대요."

"꼬맸다고?"

이건은 금방이라도 기절할 것 같은 표정을 지으면서 어린 딸의 곁으로 달려갔다. 딸은 기다렸다는 듯이 여린 나뭇가지 같은 두 팔을 활짝 벌려 아빠의 목덜미를 와락 끌어안았다. 이건이 뭘 걱정하는지 미리 알아차린 지훈이 힘주어 말했다.

"걱정 마세요. 저도 얼굴 여기저기 꼬매 봐서 아는데 이 정도로는 흉터 안 남아요. 연고만 잘 발라주면."

이건은 딸의 턱 아래 붙은 반창고의 크기를 꼼꼼하게 확인하더니 이내 안도하는 표정이 되었다. 그는 뒤늦게 지훈에게 인사해야겠다는 생각이 들었는지, 아이를 껴안고 있던 걸 풀고 대신 지훈의 손을 턱 붙잡았다.

"고마워, 정말로. 평소엔 어머니가 애들을 봐주시는데 오늘은 어딜 가신 건지."

"어머님 감기약 드시고 주무시고 계셨대요. 어린이집에서 할머니한테 연락이 안 되니까 여기저기 찾아보다가, 소방서에도 전화하고, 소방서에서는 러빙유 하우스 전화번호를 알려줬나 봐요. 그 전화를 제가 받은 거고요. 촬영팀에 전화 걸어보니까 이미 촬영 끝났다길래, 어쩔 수 없이 채윤 씨한테까지 전화하게 된 거죠."

지훈은 '어쩔 수 없이'에 강세를 두면서 커튼 뒤에 서 있는 채윤더러 들으라는 듯 말했다. 이건의 딸은 아빠의 옷자락을 잡아당기면서 칭얼대는 소리로 어리광을 부렸다.

"아빠, 어디서 뭐 하고 있었어?"

"아빠 도자기 만들고 있었어. 알지? 저번에 겨울이한테도 만들어 줬잖아."

"응, 응. 뭐 만들었어? 사진 찍었어?"

공방에서 만든 도자기는 가마에 구워야 해서 한 달 후에야 완성품을 받아볼 수 있고, 오늘은 물레로 빚어놓은 성형물을 폴라로이드 사진으로 찍어서 주기만 한다고 했다. 아이는 그 과정을 잘 알고 있는 모양이었다. 이건은 코트 안주머니에서 손바닥만 한 사이즈의 폴라로이드 사진을 꺼내 아이에게 보여주었다.

"우와, 예쁘다. 이것도 나 줄 거야? 가져도 돼?"

아이는 한 손에 쏙 들어오는 사이즈로 탐스럽게 빚어진 미니 주전자의 사진을 들여다보면서 탄성을 질렀다. 이건은 그 질문에 곧바로 대답하는 대신 반사적으로 채윤을 쳐다보았다. 주전자가 완성되어 오면 채윤에게 주겠다고 이미 약속한 후였던 것이다. 이건은 미안한 표정을 지으면서 머뭇머뭇 말머리를 꺼냈다.

"그건 이미 다른 사람한테⋯⋯."

"그래, 가져도 돼. 처음부터 네 거였어."

이건의 말을 가로막으면서 선뜻 대답한 사람은 채윤이었다. 아이는 와아, 하고 두 팔을 흔들면서 환호했고, 이건은 채윤을 향해 고마워하는 눈빛을 보냈다. 채윤도 이 정도는 별 거 아니라는 눈빛으로

답했다.

'세 쌍둥이를 키우고 있는 돌싱남'이 이건이었다는 사실에 처음에는 충격을 받았지만, 천사 같은 세 아이와 한 공간에서 단란하게 있는 그를 보니 이보다 더 자연스러운 광경이 없을 것 같았다.

"둘이 할 얘기가 있을 것 같은데. 나가서 하고 와요. 애들은 내가 볼 테니까."

간단한 말로 상황을 정리해준 건 이번에도 지훈이었다. 채윤은 네 개의 비밀 중 아마도 가장 크고 심각할 비밀이 밝혀졌음에도 불구하고 전혀 놀라지 않은 듯 침착한 그를 보면서, 인생을 두 번째 살고 있는 사람 같다는 생각마저 들었다. 이란성 세쌍둥이 중 사내아이 두 명, 그러니까 여름이와 가을이는 지훈의 휴대폰에서 재생되고 있는 로봇 애니메이션을 보느라 넋이 나가 있었고, 겨울이는 침대 등받이에 몸을 기대고 누워 지훈이 사다 준 과자 봉지를 냉큼 뜯고 있었다.

이건은 안심하고 채윤과 함께 소아응급실 밖으로 나왔다. 복도에는 앉아서 대기할 수 있는 긴 의자와 함께 자판기가 설치되어 있었다. 채윤은 의자에 앉았고, 이건은 커피를 두 잔 뽑아와서 한 잔을 그녀에게 내밀었다.

"마실래요? 더 좋은 걸 사줘야 하는데, 지금은 멀리 나갈 수가 없어서."

채윤은 말없이 믹스커피가 담긴 종이컵을 받아들었다. 이건은 그녀 옆에 앉아 커피를 한 모금 마시고 나서 이야기를 시작했다.

"2년 전 내가 잃어버렸다고 한 사람이, 애들 엄마예요."

당연히 그럴 거라고 생각했지만, 채윤은 그래도 움찔했다. 사실

따지고 보면 이건과 나이 차이가 그리 많이 나지도 않는데, 외모로 보면 실제보다 훨씬 젊어 보이는데, 그런 그가 결혼하고, 아이들을 낳고, 사별하는 다사다난한 과정을 겪었다는 게 아직도 믿기지 않았다.

"아내 이름이 봄이었어요. 그래서 세쌍둥이가 생겼을 때 이름을 여름, 가을, 겨울로 지은 거죠. 아내는 정말 봄처럼 밝고, 따뜻하고, 화사하고, 생기 넘치는 사람이었어요. 소방관 아내로 사는 게 절대 쉬운 일이 아닌데, 항상 생글생글 웃으면서 힘든 티 한 번 안 냈어요. 그래서 말 안 했나 봐요. 뇌에 종양이 생겼을 때도. 아내는 겨울이를 업은 채 이유식을 만들다가 그대로 쓰러져서 죽었어요."

"……."

"아내가 떠나고, 우리 집에서는 봄이 사라졌어요. 딛고 일어나기까지 아주 오래 걸렸죠. 상실을 완전히 극복하는 게 불가능하다는 걸, 그저 매일 견디듯이 열심히 살면서 아픈 기억 위에 새로운 기억을 차곡차곡 쌓아나가는 수밖에 없다는 걸 깨닫고 나서부터 조금 수월해졌어요. 사람들과 어울려 웃고 떠들 수도 있게 됐죠."

이건은 잠시 말을 멈췄고, 채윤은 그가 '러빙유 하우스'에서의 떠들썩한 생활을 떠올리고 있다는 걸 알았다. 지난 엿새 간의 생활은, 그랬다. 분명 즐거웠다.

"누군가를 만나보고 싶다는 생각은 했는데, 이런 프로그램에 출연할 생각은 없었어요. 애 셋 딸린 홀아비에, 그것도 직업이 소방관인 사람이 나왔을 때 상대방이나 사람들의 반응이 어떨지는 안 봐도 알 수 있었으니까. 그런데 여기 PD가 어머니 사촌조카여서, 나 모르는 사이에 둘이 얘기가 다 되어버린 거예요. 환갑 넘은 어머니가 죽기 전에 마지막 소원이라고 우시는데, 도저히 거절할 수가 없었어요."

이건은 땅이 꺼지도록 깊은 한숨을 내쉬면서 손바닥으로 이마를 짚었다.

"어머니 얘기를 듣고 이 방송국에서 만든 비슷한 프로그램을 몇 개 찾아봤는데, 보통 모든 정보를 공개하고 시작하더라고요. 나이, 직업, 사는 곳, 가족관계나 연애경험까지. 그러면 난 어차피 초장에 차이고 끝나겠다 싶어서 승낙하게 된 거죠. 히든 시크릿? 네 가지 비밀? 그런 건 촬영이 시작하고 나서야 알았어요."

"그랬군요."

채윤은 고개를 끄덕이며 수긍했다. 엿새란 시간은 누군가의 성품을 파악하는 데 있어 결코 짧은 시간이 아니고, 그 누군가가 함께 살면서 데이트까지 한 사람이라면 더욱 그랬다. 채윤이 그동안 알게 된 한이건은 돈을 벌기 위해 자식이 있는 사실까지 숨겨 가면서 연애 게임을 하려 들 사람이 아니었다.

"본의 아니게 채윤 씨를 속이게 된 건 정말 미안해요. PD가 프로그램 포맷을 망치면 안 된다고 하도 붙잡고 사정하는 바람에. 뭐, 그것도 그냥 다 변명일 뿐이죠. 누가 나한테 족쇄를 채워놓은 것도 아니고, 때려치우고 나가려면 언제든 나갈 수 있었을 테니까. 어쩌면 나도 혹했는지 몰라요. 5년 만에 '쌍둥이 아빠'가 아닌 '한이건'으로 지내게 된 것에. 재혼 전문 결혼정보회사에서 소개해준 여자와 한정식집에 어색하게 마주 앉아서 연봉이 얼마고 살고 있는 집 시세가 어떻고 얘기하는 대신, 내 과거를 부담스럽지 않아 하는 사람과 감정을 교류하는 제대로 된 데이트를 할 수 있다는 것에. 미안합니다. 말하다 보니 끔찍하게 염치없는 생각이었네요."

"아니에요. 괜찮아요."

채윤은 진심을 담아 대답했다. 비밀이 든 상자를 처음 열어봤을 때는 사람을 갖고 노는 건가 싶어 열 받았지만, 오히려 그 비밀의 주인을 알게 된 지금은 화나지도 불쾌하지도 않았다. 오히려 그토록 어렵게 결심해서 하게 된 데이트마저 사람을 구하러 가느라, 응급실로 달려가느라 망쳐버린 이건이 안쓰럽게 느껴질 정도였다. 그는 서너 모금에 걸쳐 훌쩍 다 마셔버린 커피잔을 만지작거리면서 말했다.

"사실 오늘 데이트, 두 번이나 방해받긴 했지만, 난 정말 재밌었거든요. 러빙유 하우스 생활도 즐겁고. 감히 채윤 씨에게 선택받길 바라진 않을 테니까, 나 너무 미워하지 말고, 촬영 끝날 때까지만이라도 이대로 친구처럼 지낼 순 없을까요?"

채윤은 그녀의 옆얼굴에 조심스럽게 와닿는 이건의 시선을 느끼면서 천천히 고개를 끄덕였다. 그녀는 이건에게 가혹하게 굴 마음이 조금도 없었다. 어떤 관점에서 보면, 다른 세 가지 비밀에 비해 이건의 비밀은 비난의 여지가 적은 게 아닌가 싶은 생각마저 들었다. '10억의 빚', '포르노 영화 출연', '성형수술', 그것들은 전부 자기 자신이 선택한 결과지만, 이건이 사별하고 돌싱이 된 것은 그의 의지와 아무 상관 없는 것이니까.

"저, 이건 씨. 너무 자책하지 말아요. 나 화나지 않았고, 배신감 느끼지 않고, 오히려 이건 씨가 정말 대단해 보여요. 사람을 보살핀다는 게 굉장히 힘든 일이잖아요. 난 멀쩡한 성인 한 명을 돌보는 것도 제대로 못 해서 결국 사고를 냈는데, 이건 씨는 그보다 훨씬 연약하고 섬세한 아이들을 셋이나 잘 키워왔잖아요. 존경스러워요. 언젠가 이건 씨의 진가를 알아보는 현명한 여자가 꼭 나타날 거예요."

채윤이 열렬한 칭찬을 진지한 표정으로 듣고 있던 이건이 그녀의 눈을 지그시 들여다보며 떠보듯 물었다.

"그 여자가 혹시 채윤 씨는 아니겠죠?"

"아, 저는……."

당황해서 허둥지둥하는 채윤을 빤히 바라보던 이건은 풋 실소를 터뜨렸다.

"농담이에요. 난처해 할 필요 없어요. 채윤 씨, 김지훈 씨한테 관심 있는 거 다 알아요."

"티 나요?"

채윤은 아니라고 말하는 대신 그렇게 말해놓고서 지레 놀라 입을 다물었다. 이건은 양 뺨이 사과처럼 발그스름하게 달아오르는 그녀를 보면서 빙그레 웃었다.

"딱히 티 난 건 아닌데, 내가 원래 그런 걸 잘 알아봐요. 아무래도 항상 극한의 상황에서 사람들을 만나다 보니까, 겉으로 보이는 외모나, 표정이 아닌 다른 것들을 볼 수 있게 됐다고 해야 하나."

"그래요? 무슨 관심법 같은 거예요?"

채윤이 두 눈을 동그랗게 뜨면서 묻는 걸 보고, 이건은 여전히 웃음기 배인 목소리로 대답했다.

"그보다는 뭐랄까, 그 사람의 마음이나 본질 같은 거. 아우라 같은 거. 그런 내 안목에서 볼 때, 김지훈 씨는 정말 좋은 사람이에요. 타고난 성품이 선해요. 정도 많고. 일반적인 남자들과 달리 좀 복잡하고 비밀스럽긴 하지만."

"너무 복잡하고 비밀스러워서 머리가 터질 것 같으니까 문제죠."

채윤은 커피를 다 마시고 텅 빈 종이컵을 꽉 쥐면서 볼멘소리를 했다. 이건은 그녀의 손아귀에서 꾸깃꾸깃해진 컵을 살며시 빼내면서 대화를 시작할 때보다 한층 밝아진 어조로 말했다.

"세상에 쉬운 연애가 어딨겠어요. 며칠만 더 참아요. 그러면 모든 게 밝혀질 테니까. 김지훈 씨와 송채윤 씨, 잘 어울려요. 두 사람이라면 기쁜 마음으로 응원해줄 수 있을 것 같네요."

이건의 말을 들으면서 채윤은 복도 저편에 있는 응급실을 물끄러미 바라보았다. 지훈이 이건의 세 아이를 제 자식들처럼 돌보고 있는 그 새하얀 공간을.

좋아해요,
불만 있어요?

"오늘 들킨 건 제작진한테는 비밀로 할게요. 여름, 가을, 겨울이랑 오랜만에 데이트하고 오세요. 방해꾼들은 이만 사라져 드릴 테니까요."

채윤은 응급실 데스크에서 수납절차를 밟고 있는 이건을 향해 가벼운 어조로 말했다. 그의 넓은 등에는 어린 딸이 업힌 채 곤히 잠들어 있었고, 양팔에는 장난꾸러기 아들 둘이 아빠를 철봉 정도로 여기는지 대롱대롱 매달려 있었다. 이건과 아이들을 놓아두고 응급실을 나온 채윤이 버스 정류장이 있는 정문 쪽으로 가려고 하는데, 복도에서 기다리고 있던 지훈이 반대 방향을 손짓하며 그녀를 불렀다.

"채윤 씨, 차 가져왔어요. 내가 운전할 테니까 집까지 같이 가요."

"남의 차를 너무 당연하다는 듯이 타고 다니는 거 아니에요? 보험 가입도 안 되어 있으면서."

"위급상황이다 보니까 나도 모르게⋯⋯."

뒷머리로 손을 가져다 대면서 미안해하는 지훈을 보고 채윤은 풋 웃음을 터뜨렸다.

"알아요, 농담한 거예요. 잘했어요. 애가 다쳤다는데 택시 기다리고 있으면 늦죠. 사고만 내지 마요."

그 말에 뜨끔해진 지훈은 소리 내어 대답하는 대신 가만히 고개만 끄덕였다. 그들은 후문으로 빠져나와 야외 주차장을 향해 어깨를 나란히 하고 걷기 시작했다. 지훈이 채윤의 키스를 피해버린 그 밤 후로 단둘이 있는 것은 이게 처음이었고, 아무래도 어색할 수밖에 없었다. 지훈은 괜히 헛기침을 해서 목을 고르고는 별로 궁금하지도 않은 질문을 던졌다.

"이건 형이랑 데이트는 재밌었어요?"

"네, 아주 재밌었어요. 둘이 놀다가 하나가 죽어도 모를 만큼 완전 스릴만점에 끝장나게 로맨틱했어요."

그러면 뭘 하나. 데이트 상대가 애 셋 딸린 돌싱남인 걸로 밝혀지면서 데이트가 끝났는데. 지훈은 바락바락 오기를 부리는 채윤의 옆얼굴을 귀엽다는 듯 바라보았다. 그녀의 뺨에 얼룩처럼 묻은 회색 찰흙 같은 것이 그의 시선을 잡아끌었다.

"진짜 재밌었나 보네. 얼굴에 뭐가 묻었는지도 모르고 돌아다니고."

지훈은 혼잣말처럼 중얼거리면서 채윤의 얼굴 가까이로 오른손을 가져갔다. 그리고 셔츠 소맷단으로 흙 얼룩을 살살 문질러 지워냈다. 그가 뭘 하고 있는지 알아차린 채윤은 깜짝 놀라 뒤로 물러나려고 했다.

"뭐 하는 거예요? 그러면 옷이 더러워지잖아요."

그러나 지훈은 그녀의 얼굴에서 손을 떼기는커녕 오히려 한 걸음 더 나아가면서 얼룩의 마지막 한 점까지 깨끗하게 닦아내려고 했다.

"가만히 좀 있어 봐요. 이거 싸구려라서 괜찮아요. 로맨틱한 데이트를 끝내고 돌아온 여자인데, 예쁘게 반짝이고 있어야 어울리죠. 흙 묻힌 모습도 나름대로 개성 있긴 하지만."

살결 위를 기분 좋은 압력으로 누르면서 움직이는 그의 옷자락이, 그 너머에서 느껴지는 따뜻한 체온이 굳어져 있던 채윤의 마음을 사르르 녹여버렸다.

그 순간, 그녀는 자기 마음을 정확히 알았다. 그리고 자기도 모르게 오른손을 뻗어서 지훈의 손목을 턱 잡았다.

"이봐요, 김지훈 씨."

"?"

"난 역시 그쪽이 좋은 것 같아요. 아니, 좋아해요. 지훈 씨가 만만해서가 아니라, 불쌍해서가 아니라, 지훈 씨와 제대로 사귀어보고 싶으니까 촬영 마지막 날에 지훈 씨를 선택할 거예요. 그러면 받아줄 거예요?"

"……."

채윤의 마음을 짐작 못 했던 건 아니지만, 예상치도 못한 장소에서 갑작스런 고백을 받게 된 지훈은 멈칫하지 않을 수 없었다. 지훈의 눈동자가 흔들리는 것을 알아차린 채윤은 왼손을 마저 뻗어서 그의 입을 무작정 막아버렸다.

"아니, 잠깐만. 아직 대답하지 말아요. 시간은 충분히 있으니까. 그냥 이것만 대답해요. 내가 좋아한다는 데 불만 있어요? 불만 없으면 일단 나 혼자 그냥 좋아하고 있을려고요. 아이돌 가수 좋아하듯이."

지훈은 하얗고 가느다란 손에 입이 막혀버린 채로 슬며시 한쪽 입꼬리를 들어 올렸다. 당돌하면서도 솔직한 채윤의 고백을 듣고 있자니, 자신을 둘러싼 그 모든 복잡한 상황들은 아무 상관도 없는 것처럼 여겨졌다.

그래, 돌이켜보면 그녀는 원래 이런 여자였다. 중간이라는 게 없는 여자. 누군가에게 빠져버리면 오직 그 사람을 가까이서 보고 싶다는 이유로 그가 일하는 회사에 취직까지 해 버리는 여자. 이별과 죽음을 보고 들으면서 성숙하고 차분해졌어도, 로또 당첨이라는 일생일대의 사건을 겪고 기획사 대표로 변신했어도, 그녀의 가슴 속에는 여전히 공연장 맨 앞자리에서 솜주먹을 힘차게 흔들면서 목이 터져라 응원하던 열혈 소녀의 영혼이 그대로 남아 있었다. 지훈은 그 사실이 그토록 기쁘고 반가울 수가 없었다.

'그래, 어쩌면 괜찮을지도 모르지. 나도 3년 동안 힘들 만큼 힘들었으니까, 솔직히 이 정도 포상은 받아도 되는 거잖아. 내가 누군지 끝까지 밝히지만 않으면 돼. 프로그램 우승 상금으로 번듯한 회사 하나 차리고, 채윤 씨에게 부끄럽지 않은 남자친구로 거듭나면 돼. 가끔 엄마도 만나고. 이대로 조용히 살면……'

지훈은 충동적으로 결심했다. 채윤이 자기 입을 막고 있는 손을 치우는 즉시, 나도 좋아한다고, 마지막 날 꼭 날 선택해 달라고 말해야겠다고. 어쩌다 보니 고백은 먼저 받게 되어버렸지만 사실은 내가 먼저 좋아하기 시작했고, 내가 더 좋아한다고. 매번 눈치 없이 끼어드는 카메라도 없으니, 뜬금없다고 생각했던 지금 이 장소야말로 어쩌면 고백하기에 제일 적절한 곳인지도 몰랐다. 차단우가 죽은 바로 이곳, 성운대학병원에서, 김지훈과 송채윤은 새로운 관계를 시작할 수 있을지도.

채윤의 손가락이 지훈의 입술 위를 가볍게 스치면서 움직이는 바로 그 순간, 저만치 보이는 후문에서 수동 휠체어 한 대가 덜덜거리면서 나타나는 게 보였다. 거의 은발에 가깝게 머리가 센 늙은 남자가 무릎담요를 덮은 채 그 위에 앉아 있었고, 뒤에서는 대기업 비서처럼 머리부터 발끝까지 칼정장을 차려입은 젊은 남자가 흰 장갑을 낀 손으로 열심히 휠체어를 밀고 있었다. 후문 문턱을 넘던 휠체어가 양옆으로 흔들리면서 덜컹거리자 늙은 남자는 눈살을 확 찌푸리며 불평했다.

"고마 니 니 살살 좀 몬 하나? 내 엉덩이 뿌사질라 그란다."

늙은 남자의 걸죽한 부산 사투리가 공기를 가르면서 울려 퍼지는 것과 동시에 지훈의 온몸은 뻣뻣하게 굳어졌다. 그는 채윤의 손이 자신의 얼굴에서 떨어져 나가는 것도 의식하지 못한 채 두 눈을 부릅뜨면서 후문 쪽에 시선을 고정했다.

"죄송합니다, 회장님. 죽을 죄를 지었습니다."

허리를 각도기로 잰 것처럼 완벽한 직각으로 굽히며 깍듯하게 사죄하는 젊은 남자의 동작이 눈에 익었다. 지훈은 그런 식으로 인사하는 사람들을 살면서 딱 한 번 본 적 있었다. 바로 3년 6개월 전, 작두파 조직원들이 두목 마봉두의 지시를 받아 아무 죄 없는 40대 은행원을 야산에 묻어버리는 충격적인 장면을 목격했을 때였다. 지훈은 사막 한가운데서 신기루를 맞닥뜨린 사람처럼 눈도 깜박거리지 못한 채 천천히 휠체어에 앉은 사람 쪽으로 시선을 옮겼다.

"죽을 죄를 졌으면 죽어야지. 안 그나? 니 죽고 싶나? 그래서 일부러 이라는 거가?"

"아, 아닙니다. 회장님! 죽고 싶지 않습니다!"

"그라믄 알아서 행동을 잘 해야지. 와 언행일치가 안 되노? 두진이가 니 그래 가리칫나?"

말도 안 되는 트집을 잡으며 젊은 조직원을 달달 볶아대고 있는 늙은 남자의 얼굴이 마치 카메라로 클로즈업한 것처럼 확대되어 시야에 들어왔다. 예전에 봤을 때보다 흰 머리가 훨씬 많아지기는 했지만, 듬직했던 풍채가 살이 쫙 빠지면서 거죽만 남다시피 했지만, 그래도 틀림없었다.

억지로 우그러뜨린 것처럼 납작한 얼굴형, 불독처럼 보기 싫게 늘어진 눈꺼풀과 뭉툭한 코, 가까이 가지 않아도 담배 냄새가 풀풀 풍길 것처럼 거무스름한 입술과 말할 때마다 엿보이는 뻐드렁니까지. 작두파 두목 마봉두였다. 지훈이 기억하고 있는 그대로였다. 어떻게 잊을 수 있겠는가. 멀쩡한 사람을 구덩이 속에 던져놓고 십여 명이 일제히 달려들어 삽으로 흙을 퍼부어서 묻어버리는 광경은 살면서 흔히 볼 수 있는 게 아니었다.

—남의 쌩돈을 갖다 쓰고 안 갚으믄 그기 죽을 죄 아니고 뭐겠노? 묻으라.

지훈은 구덩이 속에서 필사적으로 두 손을 뻗어 바짓가랑이에 매달리는 채무자를 단번에 발로 걷어차버리면서 냉정하게 말하던 3년 6개월 전의 마봉두를 떠올리며 몸서리쳤다. 아무것도 모르는 채윤이 마봉두와 그 부하를 신기한 듯 쳐다보며 조금 크다 싶은 소리로 말했다.

"어머, 저 사람들 조폭인가 봐요. 분위기가 딱 그런데요?"

"쉿!"

채윤의 천진난만한 행동에 혼비백산한 지훈은 그녀의 어깨를 잡아채듯 감싸서 바로 옆에 있는 커다란 SUV 뒤로 숨었다. 그들이 떠드는 소리를 들었는지 마봉두가 날카로운 눈초리로 고개를 돌리는 게 보였다. 역시, 오랜 교도소 생활을 하면서도 연륜 있는 조폭의 직감은 무뎌지지 않았던 것이다. 마봉두가 수술한 차단우의 얼굴을 알아보지 못할 가능성이 99.9%라 해도 과언이 아니었지만, 지훈은 사람을 땅에 파묻는 걸 한 끼 밥 먹는 것보다 더 가볍게 여기는 인간 앞에서 굳이 위험을 무릅쓰고 싶지는 않았다. 그리고 무엇보다, 지금 함께 있는 채윤을 저 하이에나 같은 조폭 두목의 눈에 띄게 하고 싶지 않았다. 그녀만큼은 아무것도 모르는 채로, 아무 상관 없는 채로 남겨두고 싶었다.

"왜 이래요? 무슨 숨바꼭질하는 것도 아니고. 이것 좀 놔 봐요. 아프다고요!"

채윤은 아무 설명도 하지 않고 다짜고짜 양어깨를 꽉 눌러 주저 앉히는 지훈의 손길에 놀라서 소리쳤다. 그가 다급한 나머지 힘 조절을 하지 못하는 바람에, 채윤의 어깨는 한 대 맞기라도 한 것처럼 욱신욱신 아팠다.

지훈이 갑자기 왜 이러는지, 그의 표정은 왜 전혀 모르는 사람처럼 딱딱하게 굳어져 버린 건지 채윤은 도무지 이해할 수 없었다. 무섭기도 하고 싫기도 해서, 마구 몸부림치며 어떻게든 그의 손아귀를 벗어나려 했다. 채윤의 몸이 SUV에 쾅쾅 부딪치면서 둔탁한 충격음을 냈고, 그 소리를 포착한 마봉두의 눈꼬리가 스윽 올라갔다.

"아야, 저쪽에서 뭔 소리 안 났나?"

"가서 살펴볼까요, 회장님?"

그들의 대화를 들은 지훈의 낯빛은 탈색한 것처럼 새하얗게 질려 버렸다. 채윤의 어깨를 잡은 양손에 자기도 모르게 또 힘이 들어가

버렸다. 채윤은 으윽 외마디 신음소리를 뱉었지만, 지훈은 그래도 그녀를 놓아줄 생각이 들지 않는 듯했다. 그제야 그의 이상한 반응이 후문 쪽에서 오고 있는 휠체어 노인과 그 동행 때문이라는 걸 깨달은 채윤이 그를 똑바로 올려다보면서 입을 열었다.

"도대체 저 사람들이 뭔데……."

지훈의 양손은 자꾸만 반항하는 채윤을 붙잡느라 바빴고, 그녀의 목소리는 여전히 음량 조절이 안 되는 상황이었다.

지훈에게는 선택지가 많지 않았다. 채윤이 말을 채 끝마치기도 전에, 쉴 새 없이 움직이던 그녀의 입술을 느닷없이 날아든 지훈의 입술이 빈틈없이 덮어버렸다.

"!"

채윤은 SUV 차체에 기대어 쪼그려 앉은 채로, 그리고 지훈에게 어깨를 붙잡힌 채로, 입술을 빼앗긴 채로 꼼짝도 하지 못했다. 키스라고 부르기에는 조금 부족했다. 그저 그의 윗입술이 그녀의 윗입술을, 그의 아랫입술이 그녀의 아랫입술을 지그시 누르면서 움직이지 못하게 막고 있을 뿐이었다. 그의 입술은 그녀에게 조금의 간격도 허용하지 않겠다는 듯, 그러면서도 필요 이상으로는 깊이 들어가지 않도록 절묘한 지점에서 밀착하고 있었다.

새털처럼 가볍고, 비단처럼 부드러웠다. 바깥바람을 쐰 두 사람의 입술은 차가웠지만, 맞대고 있는 사이에 점차 온도가 올라가고 있었다.

"……."

숨 막히는 정적이 주차장을 메우자, 귀를 쫑긋 세우고 있던 마봉두의 표정도 일순간 누그러졌다. 그는 휠체어 손잡이에서 손을 뗀

채 SUV 쪽으로 목을 빼고 있던 젊은 조직원을 향해 고개를 가로저
으며 말했다.

"아이다. 잘못 들았나 보다. 가자. 두진이 기다린다."

젊은 조직원이 다시 휠체어 손잡이를 잡아 앞으로 밀기 시작하
자, 바퀴가 돌돌 소리를 내면서 매끄럽게 굴러갔다. 그동안에도 지
훈과 채윤의 입술은 맞물려 겹쳐져 있었다. 한 치만 미끄러지면 저
깊은 곳으로 파묻힐 것처럼 아슬아슬하게 맞닿은 입술 끝에서 수백
마리의 나비 떼가 날아오르는 것처럼 짜릿한 전율이 일어나 두 사
람 모두를 덮어버렸다. 첫 키스였다.

딱 나흘만 더,
너와 함께

"도대체 어떻게 된 겁니까? 왜 마봉두가 멀쩡하게 돌아다니고 있냐고요?"

지훈이 테이블을 주먹으로 꽝 내려치자 플라스틱 쟁반 위에 수북이 쌓아놓은 감자튀김 더미가 우르르 무너져 내렸다. 서아진 검사는 마치 그 주먹에 자기가 얻어맞기라도 한 것처럼 움찔하면서 허둥지둥 사과했다.

"곧바로 알려주지 못해 미안해요. 하지만 나도 어제 소식 듣고 급하게 서울 올라온 참이었다고요. 나도 이제 예전 같지 않아. 검찰에서 찬밥 신세라고요. 그 누구도 나에게 아무것도 자발적으로 말해주지 않는다고요. 까마득한 후배에게 구걸하다시피 부탁해서 정보를 캐내야 하는 내 심정은 어떤지 알아요?"

'천원의 행복' 프로모션으로 1인당 한 잔씩만 주문할 수 있는 밍밍한 아메리카노를 내려다보면서 서 검사는 땅이 꺼지게 한숨을 쉬었다. 한때 서울중앙지검 강력부에서 잘나갔던 그녀에게도, 밖에서 손님을 접대할 때마다 투뿔 한우 등심을 구워 먹던 그런 시절이 있었다. 한창 잘나갈 때는 투뿔 한우 등심을 구워 먹는 정도가 아니라 파인 다이닝 레스토랑 하나를 통째로 빌려서 프라이빗한 식사를 즐기기도 했던 과거의 차단우, 지금의 김지훈이 그런 그녀를 똑바로 쳐다보면서 말했다.

"글쎄요. 잘은 모르겠지만 하루아침에 얼굴과 이름은 물론이고 가족까지 송두리째 잃어버린 것보다는 낫겠죠. 그래서, 검사님이 얻어냈다는 정보가 뭔데요?"

"마봉두가 교도소에서 간암 3기 판정을 받았어요. 절제술을 받아야 해서 일단 형 집행정지가 내려진 상태고, 체력이 많이 약해져 있는 상태라 정확히 언제 수술받게 될지는 알 수 없대요."

"말하는 걸 보니까 꽤나 기력 넘치는 것 같아 보이던데요."

지훈은 자기 나이의 절반도 안 되어 보이는 젊은 조직원을 눈빛과 목소리만으로도 완전히 주눅 들게 만들던 마봉두를 떠올리면서 회의적으로 대꾸했다. 서 검사는 목이 타는 듯 커피 한 모금을 들이마신 후 고개를 끄덕이며 설명을 계속했다.

"사실 검찰에서도 간암 3기가 아니라 2기에서 진행 중이고, 변호사가 말하는 것보다는 덜 심각한 상태가 아닌가 의심하고 있어요. 하지만 그쪽에서 진단서며 진료기록을 무더기로 제출했다는데 아니라고 할 수도 없는 노릇이잖아요. 그랬다가 자칫 잘못되기라도 하면 그 책임은 전부 검찰과 교정기관에서 져야 하니까. 일단 사람 목숨 살리고 보자는 거죠."

"그러면 제 목숨은요? 전 안전한 거예요? 제가 살아 있다는 건 작두파에서 아직 모르고 있는 거 맞죠?"

"지훈 씨, 그게⋯⋯."

서 검사는 긍정의 대답만을 애타게 기다리고 있는 지훈을 차마 마주 보지 못하고 시선을 슬그머니 돌려버렸다. 먹지는 않고 잘근잘근 짓눌러놓기만 한 눅눅한 감자튀김이 또다시 그녀의 손톱 끄트머리에서 산산 조각났다. 그래도 한때 윗사람으로 모시던 정이 있어 서 검사의 체면이 회생 불가능할 정도로 구겨지는 건 보기 힘들었던지, 아까부터 얼음 띄운 콜라만 벌컥벌컥 마셔대고 있던 류진이 앞으로 나섰다.

"내 말 잘 들어, 지훈아. 일이 좀 복잡하게 됐다."

"그게 무슨 소리야?"

지훈은 웃음기라고는 흔적도 찾아볼 수 없는 류진의 정색한 낯빛을 보고, 대답을 듣기도 전에 이미 뭔가가 단단히 잘못되고 말았음을 짐작했다.

"아무래도 너, 아니 차단우가 살아 있다는 걸 작두파에서 알고 있는 것 같다."

"⋯⋯."

"네 사망진단서를 썼던 의사가 그저께 날 찾아왔었어. 한 달 전, 작두파 놈들한테 납치당했다가 반나절 만에 풀려났대. 어디 창고 같은 데로 끌고 가서 차단우 안 죽은 거 아니냐고, 어떻게 된 건지 불라고 마구 두들겨 팼나 봐. 모르는 척하는 게 오히려 사는 길인 것 같아서 이 악물고 잡아뗐대. 풀려나자마자 곧바로 신고하고 싶었는데, 진짜 물불 안 가리는 놈들인 걸 아니까 보복당할까 봐 너무 무서웠대. 계속 망설이다가, 마봉두가 풀려나서 그 대학병원 암 클

리닉에 다니고 있다는 걸 알고 심각하게 걱정됐나 봐. 그동안 널 찾아다녔을 거고, 어쩌면 이미 찾았을지도 모른다고 경고하더라."

그 말을 들은 지훈은 문자 그대로 뒷목이 뻐근하게 당기면서 두 개골이 아래쪽부터 지끈지끈 아팠다. 상상할 수 있는 최악의 사태가 현실로 다가오고 있었다.

"놈들이, 그놈들이 도대체 어떻게 알았지? 모든 걸 완벽하게 처리했다고 했잖아! 형하고 서 검사님이!"

"그게 말이야, 사실 3년 전에도 잡음이 전혀 없었던 건 아니었어. 네가 너무 절묘한 타이밍에 사라져버리는 바람에, 작두파뿐만 아니라 몇몇 기자들도 이상하게 여기는 눈치였어. 특히 마봉두 변호사가 아주 똑똑한 사람인데, 증인보호제도가 도입된다는 얘길 들었는데 혹시 비밀리에 그 프로그램에 투입된 거 아니냐는 질문을 서 검사님한테 대놓고 하기도 했어. 네 시신을 유족에게 공개하지 않은 점이나, 교통사고에 대한 수사를 일반적인 경우보다 빨리 끝내 버린 점도 의심을 샀지."

쭈뼛거리며 털어놓는 류진의 말에 지훈은 너무도 기가 막혀 화조차 안 났다.

"뭐라고? 그런데 왜 나한테 그런 거 다 얘기 안 했어?"

"기자들은 사망신고서 공개한 후로 조용해졌고, 작두파 놈들은 너희 어머니 주변에서 한 달 가까이 얼쩡거리다가 아무 기미도 안 보이니까 포기했고. 깔끔하게 정리된 것 같은데 굳이 너한테 얘기해서 걱정하게 만들 필요 없다고 생각했어. 그때는."

"그때는? 그 뒤에는 어떻게 된 건데? 왜 3년 만에 갑자기 문제가 생긴 건데?"

"난 의사 통해서 들었고, 의사는 마봉두 아들 마두진한테 직접 들었다는데, 그 경위가 좀 황당하고 웃겨."

류진은 슬슬 김이 빠져가는 콜라로 중간중간 목을 축이면서 사정 설명을 했다. 그건 그의 말대로 과연 지훈도 류진도 전혀 상상치 못한 기상천외한 이야기였다.

발단은 두 달 전, 교도소 건강검진에서 이상 소견을 받은 마봉두가 정밀 검사를 위해 잦은 외출을 나오기 시작하면서부터였다. 암일지도 모른다는 걸 직감한 마봉두는, 이탈리아 유학을 마치고 돌아와 엘리트 조폭이자 새롭게 결성된 작두파의 실세로 떠오른 아들 마두진에게 유언 비슷한 걸 남겼다. 차단우가 죽은 게 확실하다면, 그 뼛가루라도 가져다가 자기네 집 고양이 모래상자에 깔아야 암으로 죽더라도 속 시원히 눈을 감겠다는 것이다.

장군의 아들 김두한 이후로 가장 무시무시한 두목이라는 마봉두의 명령, 그것도 인생을 정리하면서 마지막 소원이라는데 이를 거역할 수 있는 사람은 없었다. 결국 작두파 최고의 행동요원들로 구성된 정예부대가 한밤중에 추모공원 문을 따고 침입해서 차단우의 유골함을 훔쳐냈고, 거기까지는 별 탈이 나지 않았다. 문제는 그다음이었다.

유골함에 든 가루를 모래상자에 깔아놓고 고양이에게 시원하게 오줌 한 방 갈기라고 시키려는데, 뭔가 이상한 점이 마봉두의 눈에 띄었던 것이다. 진짜 사람의 뼛가루에 비하면 묘하게 입자가 가늘고, 곱고, 일정하고, 특유의 약간 거무스름한 빛깔이 아니라 완전히 정제된 새하얀 빛깔인 것도 그렇고.

마봉두는 아들과 부하들의 만류를 뿌리치고 검지로 문제의 가루를 찍어 맛을 보았고, 단번에 이건 그놈의 유골이 아니라 밀가루라고, 어딘가 살아 있는 것이 분명하다고 고래고래 고함치기 시작했다는 것이다. 거기까지 들은 지훈이 반발하면서 류진의 이야기를 잠시 중단시켰다.

"에이, 말도 안 돼. 마봉두가 무슨 밀가루 음식 전문 쉐프도 아니고. 그걸 한 번 찍어 먹어보고 맛을 어떻게 구분해. 골분이 어떤 맛인지도 모를 텐데."

"네가 마봉두 과거를 다 알면 그런 말이 안 나오지. 부산 바닥에서 20년 동안 마약 거래만 하면서 작두파를 키웠어. 작대기, 아이스, 떨, 도리, 손 안 대 본 마약이 없고 직접 피우기도 오지게 피워본 놈이라고, 그놈이. 거래하면서 혹시라도 밀가루 섞였을까 봐 눈에 불을 켜고 시식한 게 몇 백 번, 아니 몇 천 번은 족히 될 텐데 밀가루 맛을 못 알아차릴려고."

류진의 말에 강한 확신이 깃들수록, 지훈의 미간에 굵게 패인 주름은 점점 깊어져만 갔다. 지훈은 절망적인 사태 속에서도 어떻게든 행복회로를 돌려보려고 필사적으로 머리를 굴려보았다.

"그놈들이 내 유골함, 아니 차단우의 유골함을 가져가서 들여다본 건 확실해? 마두진이 의사를 압박하려고 거짓말로 꾸며냈을 가능성은 없어?"

"우리도 그러길 바랬는데, 추모공원 쪽에 연락해서 CCTV를 확인해보니까 맞아. 새벽 세 시 무렵에 검은 양복 입은 놈들이 얼굴도 안 가리고 들어와서 납골당 유리 부수고 꺼내 가는 게 찍혔어. 너희 어머니가 보름에 한 번씩 오시는 것 빼고는 찾아오는 사람이 없어서, 너희 어머니 오시기 전날만 들여다보고 그 외에는 살펴보지 않왔다고, 그래서 유리가 부서진 것도 납골함이 없어진 것도 몰랐다고 추모공원 관리인이 스스로 인정하더라. 혹시 너희 어머니 걱정하실까 봐 일단 똑같은 유골함에 이름 써서 전시해 두긴 했어."

지훈은 한때 팬들이 너무 많이 몰려와서 방문 시간을 제한해야 했던 자신의 납골당에 이제는 관리인조차 무관심해졌다는 사실보다, 불쌍한 늙은 어머니가 지난 3년 동안 한 달에 두 번, 그의 생일과 기일과 그 외 각종 자잘한 기념일까지 합치면 백 번도 넘게 납골당에 찾아가 500g에 천 원도 안 하는 밀가루가 든 함 앞에 서서 인사하고 얘기하고 또 울었을 거라는 사실에 더 화가 치밀어 올랐다.

"그러니까 왜 유골함에 밀가루를 넣어놔! 거기다 형은 마봉두가 마약왕인 것도 알고 있었다면서! 이왕 넣는 거 진짜 뼛가루 넣었으면 됐잖아! 화장장에 널리고 널린 게 뼛가루인데. 여기서 한 스푼, 저기서 한 스푼 동냥해서라도 좀 넣지 그랬어! 이 준비성 없고 게으른 인간들아! 빌어먹을!"

지훈은 머리끝까지 치밀어 오른 분노를 끝내 이기지 못하고 주먹을 날렸다. 처음 있는 일이었다. 안전가옥에 갇혀 반미치광이가 되어가던 시절 류진과 싸움이 붙었을 때조차 기껏해야 멱살 몇 번 잡아 흔들고, 서로 꼬집고 할퀴다가, 바닥에 뒤엉켜 구르며 쪼잔하기 그지없는 육탄전을 벌이지 않았던가.

수십 명의 악당들과 맨손으로 싸워 이기는 건 와이어 달고 날아다니는 액션 영화 촬영장에서나 가능한 일이었다. 하지만 한 번도 아니고 두 번씩이나 죽어야 한다는 말은 제아무리 고난과 시련에 달관한 사람이라 할지라도 이성을 잃어버리게 만들었다.

"!"

류진은 반사적으로 두 눈을 질끈 감으면서 고개를 살짝 옆으로 비틀었다. 그 주먹이 설마 성격은 괄괄해도 체구는 가녀린 여자인 서 검사에게 날아갈 리는 없고, 당연히 자기에게 와서 맞을 거라고 생각했던 것이다. 피하려는 몸짓은 아니었다. 자기가 한 대 화끈하게 맞는 걸로 지훈의 화를 풀어줄 수 있다면 쌍코피 정도는 시원하게 터뜨려 줄 의향이 있었다.

그러나 지훈은 마지막 순간에 방향을 꺾고 말았다. 핏줄이 시퍼렇게 돋아나도록 억세게 움켜쥔 주먹은 류진의 얼굴이 아닌 바로 그 뒤에 있는 타일에 가서 부딪쳤다. 퍽, 하고 듣기만 해도 아픈 둔탁한 마찰음이 매장 안에 울려 퍼지자, 패스트푸드점 안에서 햄버거를 먹고 있던 다른 손님들이 일제히 이쪽을 쳐다보았다.

"지훈아!"

류진은 바위처럼 단단한 벽에 부딪혀 긁히면서 살갗이 벗겨져 나간 지훈의 손등을 보고 소스라치게 놀라며 소리쳤다. 그가 손수건을 꺼내 지훈의 손등을 허겁지겁 싸매는 동안, 서 검사는 쟁반에 놓여 있던 물티슈를 뜯어 벽에 묻은 피를 부랴부랴 닦아냈다. 다행히 타일이 매끄러운 재질이라 피는 흔적도 없이 깔끔하게 닦여나갔다.

그동안 그들의 좌우 앞뒤 테이블에 앉은 사람들은 심심하던 차에 잘됐다는 듯 구경하기에 바빴다. 그중 몇 명은 휴대폰 카메라까지 꺼내 들고 찰칵찰칵 사진을 찍어대고 있었다. 그 모습을 본 서 검사의 이마에 식은땀이 났다. 일급비밀로 부쳐야 할 증인의 존재가 TV에 나가는 것으로도 모자라 유튜브까지 진출하는 일만은 막아야 했다.

"소란을 피워서 죄송합니다. 하지만 사진은 찍지 말아 주세요. 본인 동의 없는 카메라 촬영은 위법인 거 아시죠? 지워주세요. 지금 당장."

서 검사가 정중하지만 따끔한 투로 요청하자, 사람들은 슬금슬금 휴대폰을 내렸다. 돌발적으로 화를 쏟아내고 난 지훈은 허탈한 낯빛으로 털썩 주저앉으면서 간이의자 등받이에 몸을 묻었다. 소동을 부린 것은 지훈이었지만, 면목 없다는 듯 동시에 고개를 숙이면서 그에게 사과한 건 류진과 서 검사 쪽이었다.

"미안하다. 정신 나간 사이코 개자식인 건 알았지만 설마 유골함을 훔쳐가서 테이스팅을 해 볼 줄은 몰랐지. 무슨 유골 소믈리에도 아니고."

"나도 미안해요."

사법제도가 어쩌고, 시스템이 어쩌고 또 구실을 대며 변명할 줄 알았는데, 그들이 의외로 순순히 사과하자 오히려 지훈이 맥이 빠져버렸다. 어차피 엎질러진 물, 이제 와 그 두 사람을 닦달한다고 해서 뭐가 달라질 것도 아니었다. 지훈은 양팔로 머리를 가두듯이 감싸고 그사이의 비좁은 틈에 고개를 파묻으면서 웅얼거렸다.

"그래서, 이제 내가 어떻게 해야 하는데요? 이번엔 또 무슨 짓을 해야 살아남을 수 있는 겁니까?"

"방법은 하나뿐이에요, 지훈 씨. 내가 저번에 말했던 것처럼 새로운 신분을 만들어야 해요. 김지훈의 신분은 예전 WANTED 프로그램 때 만들었던 거고, 후에 입증된 것처럼 그 프로그램은 물샐 구멍이 너무 많았어요. 그놈들이 촬영장으로 찾아오지 않은 걸 보면 다행히 지훈 씨를 아직은 찾아내지 못한 것 같지만, 본격적으로 수색 작업에 들어간 이상 찾는 건 시간 문제예요."

서 검사가 말하는 속도는 점차 빨라졌고, 낯빛은 눈에 띄게 초조

한 기색을 드러내고 있었다. 예전에는 그저 만약을 대비한 노파심 섞인 잔소리 정도였다면, 지금은 정말로 지훈의 목숨을 염려해서 하는 말이었다. 이미 지훈을 업무관계로 아는 사람이 아니라 절친한 친구이자 동생으로 여기게 된 류진도 옆에서 거들었다.

"그래, 지훈아. 사망진단서 쓴 의사한테도 접근한 놈들인데, 누군들 안 건드리겠냐? 교통사고 당시 널 후송했던 구급요원, 치료해줬던 의료진, 가짜 장례식 치러준 장의사, 서류 만들어준 정보통신부 공무원, 안전가옥 관리하는 경찰. 당장 생각나는 것만 해도 이 정도라고. 그중 단 한 사람이라도 입을 열면 그냥 끝장나는 거야. 지금 이 상태로는 너무 위험해. 러빙유인가 뭐시긴가 하는 프로그램 촬영도 당장 때려치우고, 성형수술 몇 번만 더 해서 좀 더 눈에 띄지 않는 평범한 신분으로 바꾸자. 그것만이 살길이야."

눈을 질끈 감은 채 고개를 수그리고 있던 지훈은, 류진의 말을 끝까지 듣고 난 후 천천히 고개를 들었다. 엉망으로 흐트러져버린 머리카락을 손등으로 대충 걷어 올리는 그의 눈동자에는 실망과 절망이, 그리고 분노가 짙게 어려 있었다.

"지금보다 더 눈에 띄지 않게? 더 평범하게? 그게 가능하긴 해? 도대체 이번에는 내 인생을 어디까지 바닥으로 떨어뜨려야 안심할 건데?"

"지훈아……."

"성형수술 몇 번만 더 해서? 형한테는 그게 그렇게 간단하게 말할 수 있는 일이야? 얼굴 성형 네 번에 전신 성형 세 번 받다가 수술대 위에서 죽을 뻔한 걸로 부족해? 왜? 아예 얼굴을 탈부착으로 바꾸라고 하지. 그럼 신분이 들통날 때마다 갈아 끼우면 되잖아."

정곡을 강하고 묵직하게 찌르는 지훈의 신랄한 말에 류진은 한마디 대꾸도 하지 못하고 시선을 떨어뜨리고 말았다. 차라리 성형 수술을 대신 받아주고 싶을 만큼 절실하게 미안한 마음 앞에서는, 미안하다는 말조차 너무도 가볍게 여겨졌던 것이다.

그런 류진의 마음을 그의 표정에서 고스란히 읽어내버린 지훈은 그에게 더 뭐라고 할 수도 없었다. 어쩌면 자신의 지금 이런 행동도, 말도, 실은 그냥 분풀이에 불과한지도 몰랐다. 자기 인생을 망쳐놓은 진짜 장본인인 마봉두 앞에서는 금방이라도 바지를 적실 것처럼 벌벌 떨면서 숨어놓고서, 어떻게든 자신을 도와주고 살려주려는 사람들에게만 큰소리 빵빵 치고 있는 게.

지훈은 이마를 손으로 짚은 채 들끓는 감정을 억누르느라 낮아진 목소리로 토해내듯 말했다.

"나흘만…… 딱 나흘만 더 줘요. 지금 하고 있는 촬영만 마무리할 수 있게."

"지훈아, 다시 한번 말하지만 TV에 나가는 건 그야말로 말도 안 되는……."

"어차피 김지훈 신분 버려야 한다며. 얼굴도 고치라며. 촬영 끝나고 편집하고 방송 나가려면 한참 걸릴 텐데, 그때쯤이면 성운구청 공무원 계약직 김지훈이라는 인간은 이미 지구상에서 사라져 있지 않겠어? 그러니까 상관없잖아. TV에 나가든 전국 500개 영화관에 동시 개봉하는 영화에 출연하든."

"……."

언제나 그렇듯, 지훈의 말에도 일리가 있었다. 만일 마봉두가 김지훈의 소재를 찾다가 TV에서 방송하는 '러빙유—히든 시크릿'을

보게 되더라도, 그것만으로 김지훈이 어딨는지 알 도리가 없을 뿐
더러, 아마도 김지훈이라는 인물은 주민등록등본상 이미 사망처리
되어 있을 것이다. 교통사고든, 병사든, 자살이든 뭐든 적당한 사인
을 붙여서. 지훈은 테이블 너머로 불쑥 손을 뻗어 류진의 두 손을
잡았다.

"부탁이야, 형. 김지훈의 데뷔작이자 유작이 될 작품이야. 이런 식
으로 도망치듯 끝내고 싶지 않아. 부탁할게요, 서 검사님. 단 1분 1
초도 더 바라지 않을 테니 나흘만 기다려줘요."

어느새 자존심을 완전히 내던져버리고 간청하는 지훈에게 류진
은 차마 안된다는 말을 할 수가 없었다. 그래, 고작 나흘인데. 나흘
만에 마봉두가 지훈의 정체와 위치를 한꺼번에 알아내 기습할 위험
은 거의 없을 것 같기도 했다. 류진은 서 검사의 눈치를 살폈고, 서
검사는 몇 초 동안 고심하는 듯하더니 이내 보일 듯 말 듯 희미하게
고개를 끄덕였다.

"고맙습니다. 정말 고마워요."

지훈은 그 어느 때보다 진심을 담아 말하며 정중히 고개를 숙였
다. 나흘. 길다면 길고, 짧다면 한없이 짧은 그 시간이 그에게 허락
된 유예 기간이었다. 아무것도 모르는 채윤 곁에 선량한 남자 김지
훈으로서 머물 수 있는 마지막 시간이었다.

그 한마디가
이렇게 어려워서

"어떡하지? 지금 김밥이라도 싸놔야 하나? 사다 나르는 건 숱하게 해봤어도 직접 만들어본 적은 없는데. 대충 인터넷 보고 따라하면 될려나? 재료는 어떡하지? 여기 있는 걸로는 안될 것 같은데. 지금이라도 나가서 사 올까?"

채윤은 찬장 문을 붙잡은 채 안을 들여다보며 중얼거리고 있었다. 아직 레시피를 확인하기 전이었지만 햇반과 반찬용 김, 참치캔, 피클과 토마토 통조림으로 김밥을 싸기 어렵다는 것 정도는 그녀도 알 수 있었다. 자못 난감한 듯 한숨을 내쉬는 채윤의 등 뒤에서 누군가 불쑥 나타나면서 물었다.

"뭘 따라 해요? 뭘 사 와요?"

"지훈 씨!"

화들짝 놀란 채윤이 찬장 문을 쾅 소리 나게 닫으면서 뒤로 한 발짝 물러섰다. 병원에서 집으로 돌아온 후, 급한 볼일이 있다면서 저녁 식사도 하지 않고 뭐에 쫓기는 사람처럼 허둥지둥 나가버렸던 지훈이었다. 그래서 채윤은 하현, 서준과 함께 단출한 저녁식사를 했다.

천하태평하고 긍정적인 성격으로 둘째 가라면 서러운 하현은 채윤과의 데이트를 망쳤다고 해서 의기소침해지거나 풀이 죽지는 않았다. 오히려 한 번만 더 기회를 주면 안 되겠냐고, 이번에는 결코 후회하지 않을 거라고 애교와 허세를 번갈아 부리며 채윤을 졸졸 쫓아다녔다. 그와 반대로 채윤과의 첫 정식 데이트를 눈앞에 두고 있는 서준은 채윤에게 이런저런 질문을 능숙하게 던지면서 그녀의 취향을 파악하려 애썼다.

그러나 채윤은 두 남자의 공세 속에서도 얼빠진 표정을 하고 앉아 밥 숟가락을 뜨는 둥 마는 둥 했다. 누군가 정지 버튼을 눌러놓기라도 한 것처럼, 그녀의 의식은 온통 지훈에 대한 생각으로 가득 채워져 있었다. 보다 정확히 말하면, 병원 주차장에서 그가 했던 기습적인 입맞춤에 대한 생각으로.

키스라고 부르기도 민망한, 무슨 도장 찍듯 꾹 눌렀다 떼는 입술 박치기였지만, 그래도 그의 입술과 그녀의 입술이 몇 초 동안이나 맞붙었다 떨어진 것은 부인할 수 없는 사실이었다.

'하필이면 그때, 거기서, 도대체 왜? 내가 하려고 할 때는 피했으면서. 고작 하루 사이에 마음이 바뀌기라도 한 거야? 아니, 그럼 본격적으로 좀 해보던가. 유치원 애들끼리 하는 뽀뽀도 아니고 그게 뭐냐고. 입 맞춘 다음에도, 심지어 집에 올 때까지도 말 한 마디 안 하고 무서운 얼굴로 운전만 하는 건 또 뭔데? 맘에 안 드는 거라도 있었나? 뭘 제대로 했어야 맘에 들고 자시고를 따지지. 웃겨, 정말!'

대충 먹는 시늉에 그친 식사를 마치고 다 같이 설거지와 뒷정리를 하면서도 채윤은 그 자리에 없는 지훈을 향해 원망인지 푸념인지 투정인지 알 수 없는 혼잣말을 쏟아놓았다. 그러다 내일 출발 시각을 알려주는 서준의 말을 듣고서야 뒤늦게 정신을 차리고 때 아닌 김밥 타령을 하며 부엌을 서성이는데, 그런 그녀의 눈앞에 고민의 당사자인 김지훈이 떡하니 나타난 것이다.

"어, 그게. 내일 서준 씨랑 데이트하는 날이잖아요. 아침 일찍 나가자고 하길래, 차 타고 가면서 간단히 먹을 거라도 준비해야 하나 고민하고 있었어요."

"아……."

어딘가 평소보다 조심스러운 말투로 하는 채윤의 대답에, 지훈은 감정을 읽을 수 없는 애매한 감탄사로 반응했다. '러빙유 하우스'로 입주한 이후 여태껏 둘의 사이가 이렇게까지 어색하고 서먹해진 적이 없었다. 차라리 서로 이름조차 모르고 있던 첫날 첫 만남 자리가 그나마 나았겠다 싶을 정도였다.

채윤은 초조한 듯 머리카락이나 옷을 만지작거리면서 지훈의 옆얼굴을 힐긋거리다가, 그가 이쪽으로 고개를 돌릴라치면 불에 덴 듯 화들짝 놀라며 시선 방향을 바꿔버렸다. 그러면 지훈의 눈동자는 괜히 딴청 피우는 채윤을 몰래 지그시 훔쳐보다가, 채윤의 눈길이 이쪽으로 다시 돌아오기 전에 황급히 달아나버렸다.

'데이트를 한단 말이지. 한서준하고…….'

지훈은 채윤이 하현이나 이건과 나가기로 했을 때와는 달리 묘하게 조금 더 수줍어하고 긴장하는 것 같은 게 실제로 그런 건지, 아니면 서준에 대한 자신의 열등감에서 오는 착각에 불과한 건지 문득 궁금해졌다. 가지 말라고 하고 싶었다. 나에게는, 아니, 우리에게는 시간이 고작 나흘밖에 없다고. 그러니 낭비하지 말자고 하고 싶었다. 하지만 정작 그의 입술 사이에서 튀어나간 건 정반대의 말이었다.

"그래요, 잘 다녀와요. 내일 날씨 춥다는데 옷 따뜻하게 입고."

예나 지금이나 지훈의 발목을 잡는 건 그놈의 지긋지긋한 자존심이었다. 지금은 채윤의 감정이 지훈을 향해 기울어져 있을지 몰라도, 그렇게 되기까지 과정에서 두 가지 요소가 크게 작용했다는 걸 그는 스스로 분명히 인식하고 있었다. 첫 번째는 이성에 대한 매력이라고는 쥐뿔도 없을 것 같은 자신의 생김새가 오히려 채윤의 경계심을 무너뜨려 비교적 쉽게 호감과 친근감을 싹트게 했다는 것. 그리고 두 번째는 자신의 목소리와 노래, 그리고 이따금 예사로운 말들 속에 섞어서 툭 던지는 의미심장한 말들이 채윤에게 한때 열렬히 좋아했던 차단우를 연상시키면서 어딘가 낯설고 신비하면서도 친숙한 매력을 주었을 거라는 것.

그래서 지훈은 다른 남자 출연자들에 비해 외모나 스펙이 현저히 불리한데도 그들보다 더 빨리, 더 쉽게 채윤과 가까워질 수 있었다.

지훈은 그게 다른 남자 출연자들에게는 공평하지 않다는 생각을 끝내 지울 수가 없었다. 만일 그들이 뺀드르르 잘생긴 얼굴에 돈 자랑이나 해대는 속물들이었다면 그냥 통쾌해하고 지나갔을 것이다. 그러나 매너 좋고 자상한 능력남 임서준도, 귀엽고 풋풋한 연하의 매력이 물씬 풍기는 하현도, 심지어 애 셋 딸린 돌싱 소방관인 이건조차도 하나같이 좋은 사람들이었다.

그런데 그런 그들의 앞길을 가로막는 장본인이, 우승해봤자 상금을 타기도 전에 이 지구상에서 사라져야 할 김지훈인 것이다. 지훈은 그게 얼마나 대단한 민폐인지 누가 말해주지 않아도 잘 알았다.

"……."

채윤은 옷 따뜻하게 입으라는 말만 던져놓고 입을 꾹 다물어버린 지훈을 복잡한 표정으로 응시하고 있었다. 머릿속이 뒤죽박죽 복잡했다. 저 사람은 도대체 나와 뭘 하고 싶은 건지, '세상에서 가장 착한 남자' 역할만 할 거라면 이른바 '싸워서 사랑을 쟁취하는' 연애 리얼리티 프로그램에는 왜 출연한 건지 알 수 없는 노릇이었다. 그때, 손수건으로 꽁꽁 싸매놓은 지훈의 손이 그녀의 시야에 들어왔다.

"지훈 씨, 손이 왜 그래요? 다쳤어요?"

"아, 별거 아니에요."

"별거 아니긴. 이리 줘 봐요."

채윤은 뒤로 숨기려던 지훈의 손을 잡아채듯 가져왔다. 류진이 남자 솜씨로 서툴게 묶어놓은 손수건을 풀어헤치자, 살갗이 다 벗겨질 정도로 꽤 깊은 찰과상이 드러났다. 다급하게 지혈부터 하느라 소독은 하지도 못해서 찢긴 손등에는 새빨간 피 얼룩과 함께 벽에서 묻은 먼지 알갱이가 엉겨 있었다. 예상보다 훨씬 심각한 상처를 보고 채윤은 자기도 모르게 헉 숨을 들이마셨다.

"많이 다쳤잖아요! 당장 병원 가야 하는 거 아니에요?"

"이런 걸 가지고 무슨 병원을 가요. 괜찮아요."

지훈은 채윤에게 붙잡힌 손을 빼내려고 하면서 쑥스럽다는 듯 말했다. 비단 이번 일이 아니어도, 그는 웬만하면 병원에 가지 않으려고 하는 편이었다. 짧은 시간 내에 정상적인 인간은 도저히 견딜 수 없는 과도한 성형수술을 겪다 보니, 이름을 일일이 기억할 수도 없는 온갖 약품과 약물에 알레르기 반응을 보이는 체질이 되어버리고 말았던 것이다. 그러다 보니 병원에서 항생제 주사를 한 번 맞으려고 해도 비밀리에 성형수술을 했던 대학병원에 미리 연락해 상의해야 했고, 조금 과장해서 팔만대장경 수준의 의료기록이 왔다 갔다 하는 번거로운 과정을 거쳐야 했다.

혹시 엑스레이라도 찍게 될 경우, 몸 곳곳에 부속품처럼 들어 있는 각종 보형물에 대해 일일이 설명해야 하는 것도 더없이 피곤했다. 지훈은 구청에서 근무하던 첫 해, 그의 엑스레이 사진을 본 기사가 너무 놀란 나머지 뒤로 벌러덩 넘어지고, 구청 직원들이 우르르 몰려와 웅성대며 사진을 구경했던 것을 생생히 기억하고 있었다.

지훈은 옛날에 당한 교통사고 때문이라고 대충 둘러댄 후, 그다음부터는 건강검진하는 시기마다 대학병원에서 따로 검진받아 결과만 제출하고는 했다. 그런데 지금 이 시점에서 병원이라니, 카메라도 찍을 거리 생겼다며 신나서 쫓아올 텐데 당치도 않다고 생각하던 지훈은 다음 순간, 채윤이 하는 말에 귀가 번쩍 뜨였다.

"그럼 내일 아침 일찍 가 봐요. 이거 제대로 소독하지 않으면 감염될 수도 있어요. 나랑 같이 가요. 서준 씨하고 약속은 미루든가 할게요."

"약속을 미룬다고요?"

그렇게 되면 말이 미루는 거지, 프로그램 촬영이 고작 나흘밖에 남지 않은 시점에서 서준과 채윤의 데이트는 흐지부지되어버릴 확률이 훨씬 컸다. 지훈은 마음이 흔들렸다. 말로는 괜찮다, 괜찮다 했지만 상처 부위의 통증이 쉽게 가라앉지 않고 계속 쿡쿡 쑤시는 게 조금 심상치 않은 구석이 있기도 했다. 채윤과 함께 병원에 다녀오면, 이것저것 둘러대야 하는 번거로움이 있겠지만 그래도 한편으로는 분명 안심될 것 같았다.

대답을 재촉하는 듯 지훈을 쳐다보는 채윤의 눈과 그의 눈이 마주친 순간, 타닥타닥 가벼운 발소리가 나면서 하현이 부엌으로 걸어들어왔다.

"어, 지훈이 형 왔네요. 채윤 누나도 여기 있었구나."

하현은 냉장고 문을 열어 생수를 꺼내면서 쾌활하게 인사했다. 지훈과 채윤 사이에 오가던 묘하게 긴장된 기류는 제3자의 등장으로 인해 순식간에 온데간데없이 사라져버리고 말았다.

"어? 어. 이제 곧 자려고."

채윤은 얼떨결에 대답했고, 지훈은 그 틈을 타서 그녀에게 잡혔던 손을 빼내서 재빨리 다시 등 뒤로 숨겼다. 하현은 마개를 딴 생수를 단숨에 들이키더니 부엌 한가운데 어정쩡하게 서 있는 채윤을 향해 넉살 좋게 재잘거렸다.

"누나 내일 데이트 나가려면 일찍 자야죠. 벌써 열한 시 넘었는데. 늦잠 자면 안 돼요. 서준이 형이 데이트 준비 엄청 열심히 하는 것 같던데."

"그래? 서준 씨가?"

"아까 슬쩍 들여다봤는데, 노트북으로 계속 인터넷 검색하고 있더라고요. 여기저기 전화도 해보는 것 같았고. 생긴 거나 하는 걸 봐서는 완전 선수인 줄 알았는데 좀 의외였어요. 서준 형이 그러는데, 그동안 일이 바빠서 제대로 데이트해 본 지가 오래됐대요. 아닌 척하려고 해도 은근 긴장하는 눈치였어요."

하현은 자기보다 나이도 경험도 많아 보이는 서준이 새삼 귀엽게 느껴지는 듯 피식 웃으면서 빈 생수병을 쓰레기통에 버렸다. 그리고 채윤을 향해 비스듬히 돌아서면서 조금 진지해진 표정으로 덧붙였다.

"재밌는 시간 보내고 와요, 누나. 이건 진심이에요. 내가 첫 번째 데이트 때 누나를 위험에 처하게 해서 미안한 것도 있고. 서준이 형 정도면 나도 졌다고 깔끔하게 인정하고 포기할 수 있을 것 같으니까. 솔직히 처음에는 약간 젠 체하는 타입이 아닌가 생각했는데, 같이 살다 보니까 의외로 털털한 구석이 많더라고요. 데이트 상대로 데리고 다니기에도 제일 좋을 것 같아요."

지훈은 하현의 말에 그 어떤 숨겨진 의도도 없다는 걸 잘 알고 있었다. 그가 지난 엿새 동안 한 방에서 먹고 자고 씻고 하면서 겪어 본 유하현은 생각한 그대로 말하고, 말한 그대로 행동하는 투명한 유리 같은 녀석이었다.

지훈과 채윤 앞에서 서준에 대한 칭찬을 늘어놓은 것도, 정말 순수하게 그의 데이트가 잘 되길 응원하는 마음에서였을 것이다. 그러나 그 말을 듣는 지훈은 마음 한구석에 '그렇다면 난 애초에 견제하거나 인정할 만한 대상도 안 된다는 건가' 하는 생각이 슬그머니 고개를 쳐드는 것을 막을 수가 없었다.

또 한 가지, 서준이 채윤과의 데이트 준비에 그렇게 공을 들이고 있다는 것도 의외였다. 지훈은 세상 사람들이 흔히 생각하는 것처럼, 잘생기고 매력적인 남자들은 연애를 하기 위해 별다른 노력을 하지 않는 줄 알았던 것이다. 왜냐하면 그도 한때 그랬으니까.

톱스타 차단우로 군림하던 시절, 그는 여자에게 시간, 돈, 노력 중 그 어느 하나 들여본 적이 없었다. 굳이 정성을 쏟지 않아도 눈이 휘둥그레지게 예쁘고 몸매 좋은 여자들이 제발 한 번만 만나달라고, 엔조이라도 좋으니 옆에만 있게 해달라고 바짓가랑이 잡고 매달리다시피 했으니까. 어울리는 부류는 다르겠지만, 서준도 손가락 하나만 까딱하면 달려올 여자들은 적지 않게 있을 터였다. 그런데 채윤과 첫 데이트라고 잔뜩 긴장한 채 인터넷 검색에 열중하고 있다니. 그 모습을 상상하는 지훈의 심사는 이리저리 뒤엉킨 실타래처럼 복잡했다.

'송채윤과 데이트하는 놈이 허우대만 멀쩡하고 속은 시커먼 놈인 것도 싫고, 허우대도 멀쩡하고 속도 알찬 놈인 건 더 싫고. 어쩌자는 건지 나도 모르겠군.'

속으로 한탄하는 사이 하현은 부엌을 떠나고, 덩그러니 남겨진 채윤은 지훈이 무슨 말이든 하기를 기다리면서 하릴없이 옷자락만 배배 꼬고 있었다. 서준의 노력과 성의를 무시하고 데이트를 일방적으로 연기하는 건, 나중에 이 프로그램이 방영될 때 전국적으로 욕 받이가 되기에 딱 좋은 '나쁜 년' 짓이었다.

그래도 지훈이 적당한 구실을 주기만 한다면, 병원에 같이 가달라고 부탁하기만 한다면 채윤은 나쁜 년이 되는 것을 감수할 용의가 있었다. 그러나 그녀가 그걸 감수할 수 있는지와, 그녀가 그렇게 하도록 지훈이 내버려두는지는 사뭇 다른 문제였다. 지훈은 이 문제는 이걸로 정리하자는 듯 아까보다 한결 단호해진 어조로 말했다.

"데이트 잘하고 와요. 내 손등은 하룻밤만 자고 나면 딱지 않고 싹 나을 테니까 신경 쓰지 말고. 혹시 아프면 병원은 혼자 다녀올게요."

"그래요, 그럼."

채윤은 그쯤에서 포기할 수밖에 없었다. 장본인이 싫다는데, 병원에 같이 계속 가주겠다고 우기는 것도 부담스러울 것 같았기 때문이다. 지훈은 그렇게 또 한 번 그녀와의 사이에 보이지 않는 선을 그었고, 그러면서도 그녀에게 문제의 입맞춤에 대해서는 단 한 마디 해명이나 변명을 하지 않았다.

누군가가 갖고있는 비밀에 신기함과 호기심이 생기는 것도 처음 한두 번이지, 이쯤 되면 상대방은 벽에 대고 혼자 소리치는 기분이 들면서 지치고 싫증 나기 마련이다. 채윤은 지훈의 귀에도 다 들릴 정도로 큰 소리로 한숨을 내쉬며 그에게서 등을 돌렸다.

"잘 자요."

"채윤 씨도 잘 자요."

주저 없이 부엌을 떠나는 채윤의 뒷모습을 보면서, 지훈은 문득 그녀가 처음 자신의 로드매니저로 왔던 날을 떠올렸다. 연예인들의 구두를 닦는 일부터 화장실 변기를 뚫는 일까지 문자 그대로 전천후로 뛰던 아담한 체구의 신참은, 사무실이나 복도에서 차단우를 마주칠 때마다 얼굴이 새하얗게 질려서는 금방이라도 기절할 것처럼 숨을 헐떡거리고는 했다.

그건 그나마 양반이었다. 혹시 다른 스태프나 직원이 차단우 씨에게 말을 전하라고 시키기라도 하면, 어디서 단전호흡이라도 하고 오는지 한참 만에 나타나서는 귓불까지 새빨개져서 더듬거렸다.

—오, 오, 오, 오, 오빠! 아, 아니! 차, 차, 차, 차차단우 배우님!

그러면 단우는 대표가 인건비 좀 아껴보겠답시고 어디서 또 모지리 같은 애를 헐값에 데려왔구나 속으로만 혀를 차면서 그녀를 향해 눈을 치켜뜨고는 했다.

—차단우면 차단우지, 차차차차차단우는 또 뭐야? 너, 한국말도 똑바로 못해?

—죄, 죄, 죄, 죄송해요! 배, 배, 배우님을 실제로 뵈니까 너, 너무

떨려서…….

그때까지만 해도 채윤은 그랬다. 단우가 대놓고 핀잔을 줘도 시무룩해 하거나 기분 상한 티를 내기는커녕, 감히 자기 따위가 톱스타의 심기를 거슬렀다는 것이 죄송해 어쩔 수 없는 듯 몇 번이고 고개를 숙였다.

단우는 날 잡아 잡수라는 듯 벌벌 떨고 있는, 여자라기보다는 소녀에 가까운 그 애송이를 볼 때마다 한심하고 답답했다. 그리고 한편으로는 숨만 쉬어도 혼나고 까여서 일거수일투족이 조심스럽기만 했던 연습생 시절이 떠올라 은근한 연민이 생기기도 했다.

―그래서, 나한테 말을 건 이유가 뭔데? 또 누가 심부름시켰어?

―저, 그게. 어, 죄, 죄, 죄송해요! 깜박 잊어버렸어요! 가서 여쭤보고 올게요!

그게 한두 번이 아니었다. 단우로서는 애가 정말 어디가 모자란 애가 아닌가 하는 의심을 하지 않을 수 없었다. 팬 매니저를 거쳐 로드매니저까지 승격하면서 채윤도 단우에게 할말은 제법 할 수 있게 되었지만, 그래도 호랑이 선생님 앞에 서 있는 어린아이 같은 그 소심한 표정의 흔적은 지워지지 않았다.

그때 단우는 이해하지 못했다. 벙어리도 아니고 외국인도 아닌데 왜 하고 싶은 말을 맘껏 하지 못하는지. 입은 그러라고 달려있는 게 아닌가 하면서.

'가지 말라고, 같이 있어 달라고 그 한 마디를 하는 게 이렇게 어려워서.'

말의 무게는 결코 가볍지 않았다. 좋아하는 사람일수록. 그 관계가 소중할수록. 폐를 끼치고 싶지 않아서. 지금까지 만들어온 그 무언가를 망가뜨리고 싶지 않아서. 섣불리 행동했다가 미움을 사게 되고 싶지 않아서. 자꾸만 주춤하고 움츠러들게 되는 이 마음을, 지훈은 이제야 알게 되었다. 그건 어쩌면 나이 스물아홉에, 인생 2회차에 뒤늦게 찾아온 첫사랑이었는지도 몰랐다.

그 남자의
또다른 면모

　―꼬마김밥엔 원래 김치가 최고인데 냄새 날까 봐 뺐어요. 보온 병에 들어 있는 건 어묵 국물이에요. 샌드위치는 눅눅해지니까 제일 먼저 먹어요.

　일곱 번째 날 아침, 졸린 눈을 비비며 방문을 열고 나온 채윤을 맞이한 건 문간에 가지런히 놓인 사각 쇼핑백과 그 위에 붙어 있는 포스트잇이었다. 채윤은 얼빠진 표정으로 쇼핑백을 열어 안을 들여다보았다. 반투명한 밀폐용기 세 개는 딱 한입에 먹기 좋게 만든 꼬마김밥과 참치 샌드위치, 과일로 꽉꽉 채워져 있었다.

　보온병을 열어보자, 추운 날이면 생각나는 매콤하고 짭짤한 오뎅 국물 냄새가 확 풍겨오면서 공복의 허기를 자극했다. 무심한 듯 설명조로 써 놓은 포스트잇에 이름이 빠져 있어도, 이 모든 게 누구 솜씨인지 짐작하기는 어렵지 않았다.

　"손도 아픈 사람이 무슨."

채윤은 기가 막히기도 하고 미안하기도 하고, 그 와중에 지훈의 진심은 뭔지 알 수가 없어서 또다시 머리가 지끈지끈 아파 오기 시작했다. 안 그래도 지난 밤 거지 같은 꿈을 꿔서 심란하던 참이었다.

꿈속에서 그녀는 소방차 지붕 위에서 하현이 디제잉하는 요란한 음악을 들으며 지훈과 키스하고 있었고, 그들 주변에서는 수백 대의 물레가 빙글빙글 돌아갔다. 촬영감독이 그 장면을 카메라에 담으면서 끝내주는 그림이라고 외치는 순간, 어디선가 느닷없이 달려온 1.5톤 화물트럭이 그들이 타고 있던 소방차를 짓이기려는 듯 무서운 기세로 들이받았다. 채윤과 지훈은 본드로 붙인 것처럼 입술과 입술로 이어진 채 애니메이션 속 한 장면처럼 허공으로 휙 날아갔다.

이번에도 어디선가 뿅 나타나 펼쳐진 에어매트리스 위를 데굴데굴 구르던 채윤은, 자신과 입 맞추고 있는 사람이 어느 순간 김지훈이 아닌 차단우로 변해 있음을 깨닫고 소스라치게 놀랐다. 온 얼굴에 피 묻은 붕대를 둘둘 감고 있는 단우를 보고 경악한 채윤이 비명을 지르면서 그를 밀쳐내려는 순간, 휴대폰 알람 소리가 무려 다섯 번째 울리면서 그녀는 뒤늦게 잠에서 깨어났다. 채윤은 고개를 세게 흔들면서 간밤에 꾼 뒤숭숭한 꿈의 기억을 떨쳐내 버렸다.

"얼굴이라도 한 번 보고 갈까. 도시락 고맙다고 하고, 손은 어떤지 좀 보고."

계단 아래로 내려다보이는 1층으로 시선을 보내면서 채윤이 고민하는 찰나, 그녀의 휴대폰 알람이 다시 한번 울렸다. 밤잠을 설치다 늦게 일어나는 바람에 서준과 주차장에서 만나기로 한 시각이 얼마 남지 않은 것이다.

―집에서 같이 나가는 것도 좋지만, 한 번 데이트 기분 제대로 내보죠. 지하 주차장에서 기다릴게요. 차 따뜻하게 데워놓고.

　채윤은 간밤에 서준으로부터 받은 메시지를 떠올리며 마지못해 방으로 도로 발걸음을 돌렸다. 서둘러 샤워하고, 머리를 말리고, 옅게 화장하고, 청바지에 목까지 올라오는 살구색 스웨터와 털 달린 파카를 걸쳤다.

　약속시간 3분 전, 채윤은 성큼성큼 현관을 가로질러 걸어가면서 지훈과 하현이 지내고 있는 방 쪽을 힐긋 쳐다보았다. 방문은 굳게 닫혀 있었고 아무 소리도 들리지 않았다. 지훈은 일어난 김에 아예 일찍 출근해버린 것 같았고, 하현은 으레 그렇듯 쿨쿨 자고 있을 터였다.

　"예, 회장님. 흥신소에서는 회신 왔습니다. 예상대롭니다. 위조된 게 틀림없습니다. 얼굴이요? 아니요, 보셔도 못 알아보실 겁니다. 네, 그 정돕니다."

　채윤이 지하 주차장으로 통하는 계단을 내려오는데, 넓은 공간에 공명하듯 울려 퍼지는 서준의 음성이 귓가를 파고들었다. 채윤은 반사적으로 걸음을 우뚝 멈췄다. 남의 대화를 엿듣는 게 잘하는 짓이 아니라는 걸 알면서도, 왠지 모르게 자꾸만 관심이 갔다.

　'변호사 일할 때 서준 씨는 저런 말투를 쓰는구나. 완전히 다른 사람 같네.'

　정중하고 깍듯하긴 했지만 그 대신 냉철하고, 사무적이고, 감정이라고는 조금도 느낄 수 없는 기계 같은 말투였다. 만일 검은색 세단의 몸체에 비스듬히 기대어 휴대폰을 받고 있는 서준의 옆모습을 보지 못했다면 방송 스태프 중 한 명이 주차장에 들어왔나 생각했을 것이다. 평소 선량한 인상을 주는 그의 깨끗하고 또렷한 이목구비가, 가면처럼 딱딱하게 굳어진 표정과 결합하자 차갑고 섬뜩한 기운을 풍겼다.

'그래, 아무나 변호사 하는 건 아니잖아. 일할 때는 프로페셔널하게 변하는 거지. 누구나 그렇잖아.'

채윤은 그렇게 합리화하면서 왠지 모르게 엄습해오는 불길한 느낌을 지워버리려고 했다. 그녀가 다시 계단을 내려가기 시작하자, 통로를 저벅저벅 울리는 부츠 소리를 들은 서준이 곧바로 휴대폰을 끊어버리더니 차체에서 몸을 떼었다.

"채윤 씨, 왔어요?"

고개를 번쩍 들면서 반갑게 부르는 서준의 표정은 싹 변해 있었다. 언제나 그렇듯 구김살 하나 없이 서글서글한 웃는 상이었다. 채윤은 자기가 뭔가 잘못 본 게 아닌가 하는 생각이 들 정도였다. 서준은 민첩하게 조수석 쪽을 돌아가 문을 열고, 채윤이 올라타기만을 기다렸다. 나무랄 데 없는 매너였다.

"그럼 가실까요?"

채윤은 입꼬리를 끌어올려 의례적인 미소를 지어 보이며 고개를 끄덕였다. 조수석에 올라타자, 전에는 보지 못했던 물건이 눈에 띄었다. 바로 대시보드에 설치되어 있는 디지털 캠코더였다. 그전까지는 방송 제작진이 차량 안에서 오가는 대화나 벌어지는 장면은 찍지 않고 넘어가곤 했는데, 촬영 후반부부터는 전략을 바꾼 모양이었다. 그 이유가 단순히 방송의 분량과 재미를 더하기 위해서인지, 아니면 갈수록 중구난방이 되어가는 듯한 연애전선에 어떻게든 개입해보려는 시도인지는 알 수 없었다.

"그런데 우리 오늘 어디 가는 거예요? 어디 멀리 가요? 서준 씨 사무실에 안 나가봐도 돼요?"

"오늘 하루 연차 냈어요. 채윤 씨와 여기저기 가보고 싶은 데가 많아서. 첫 번째 목적지까지 가는 길이 좀 멀어서 일찍 출발했어요. 미안해요. 내 극성 때문에 채윤 씨가 피곤하죠?"

서준은 노련한 솜씨로 부드럽게 차를 몰아나가면서 진심으로 미안해하는 투로 말했다. 그러자 채윤은 한결 마음이 놓였다. 역시 서준은 착하고 배려심 넘치는, 어떤 상황에서도 편안하게 기댈 수 있는 둘째 오빠 같은 존재였다. 그에 비하면 이건은 듬직하고 믿음직스러운 큰 오빠 같았고, 하현은 철부지지만 도저히 미워할 수 없는, 집안에 비타민처럼 활력을 불어넣어 주는 늦둥이 막내 동생 같았다.

그리고 지훈은…… 채윤은 마지막 남은 한 남자에게 돌아가려는 망상의 나침반을 얼른 멈춰버렸다. 김지훈은 정말이지 종잡을 수 없는 캐릭터였다. 원하는 게 뭔지, 무슨 생각을 하고 있는지 도무지 알 수가 없었다. 채윤은 지금 이 순간 옆에 앉아 있는 서준에게 더 집중하기로 했다. 잘나가는 로펌 변호사라면 분명 눈코 뜰 새 없이 바쁠 텐데, 자신과 함께 즐거운 시간을 보내기 위해 연차까지 낸 사람이 아닌가. 채윤은 좀 더 신경 써서 꾸미고 나올 걸 후회하면서 사근사근하게 말했다.

"편하게 차 타고 가는 제가 피곤할 게 뭐 있겠어요. 운전하는 사람이 더 피곤하죠. 아침도 못 먹고. 아, 맞다. 간식 있는데 좀 드실래요?"

"간식이요?"

채윤은 조수석 시트 아래 놓아두었던 쇼핑백을 꺼내 무릎 위에 올려놓았다. 그리고 서준의 눈치를 보며 밀폐용기 뚜껑을 하나씩 열었다. 혹시 비싼 차에 냄새 밴다고, 아니면 뭐 떨어뜨리면 어떻게 하느냐고 싫어하진 않을까 걱정되었던 것이다. 그러나 지훈이 세심하게 메뉴를 고른 덕분에 꼬마김밥이나 샌드위치에서는 별로 진한 냄새가 나지 않았고, 그 대신 과일에서 나는 상큼한 향이 기분 좋게 차 안을 메웠다. 찍어 먹을 수 있는 이쑤시개도 여러 개 들어 있어서 음식을 흘릴 염려도 없을 것 같았다. 서준은 간단하긴 하지만 한눈에 보기에도 정성이 느껴지는 정갈한 간식 도시락을 보면서 기분 좋은 감탄사를 연발했다.

"우와, 굉장하다. 채윤 씨가 싸 온 거예요? 아니, 이런 건 또 언제 준비했대요? 내가 나올 때까지만 해도 부엌에는 김지훈 씨밖에 안 보였는데."

"이거 제가 만든 게 아니라 지훈 씨가 만들어준 거예요."

"지훈 씨가요?"

"네, 아침에 일어나 보니까 방문 앞에 있더라고요. 이따 들어가면 꼭 고맙다고 얘기하려고요."

서준에게 굳이 그 말을 할 필요가 없었는지 모르겠지만, 채윤은 그래도 밝히고 싶었다. 집 안 부엌과 차 안에 설치된 카메라가 신경 쓰여서가 아니라, 그런 게 아니더라도 지훈의 노력을 자신의 것으로 가로채고 싶지는 않은 마음에서였다. 그녀의 말을 들은 서준은 알다가도 모르겠다는 듯 도시락을 연거푸 힐끔거리면서 의아해하는 표정을 지었다.

"갑자기 헷갈리네요. 난 김지훈 씨가 나의 가장 강력한 연적이라고 생각했는데, 데이트하러 나오는 길에 도시락까지 싸서 들려 보냈다는 게. 혹시 이 안에 설사약이나 뭐 그런 게 들어 있는 건 아니겠죠?"

"그런 사람 아니에요."

사람 헷갈리게 하는 놈이라고 자기는 밤새 욕한 주제에, 남이 지훈에 대해 안 좋은 말을 하는 건 듣기 싫었던 채윤이 단호하면서도 퉁명스럽게 말했다. 서준은 자신이 실수했다는 걸 깨달았는지 얼른 말을 고쳤다.

"알아요, 그런 사람 아닌 거. 그냥 농담 한 번 해봤어요. 어쨌든 김지훈 씨가 하는 행동이 특이한 건 사실이니까."

"……."

채윤은 긍정의 말도 부정의 말도 하지 않았다. 지훈을 이해하기 힘든 건 그녀도 마찬가지였지만, 그걸 '특이하다'는 단어로 표현하고 싶진 않았다.

서준은 차가 잠시 신호를 받아 정차한 사이 과일 도시락의 맨 위에 토핑되어 있는 견과류를 집어 입으로 가져가면서 천연덕스럽게 말을 이었다.

"한 가지는 확실히 알겠네요. 김지훈 씨가 송채윤 씨를 많이 아낀다는 거. 방송에서의 이미지 연출이나 우승 상금 때문이 아니라, 진심으로 위해 준다는 거. 내가 보기에는 채윤 씨도 지훈 씨를 남다르게 생각하는 부분이 있는 것 같고."

"……."

채윤은 이번에도 대답 대신 침묵을 지켰다. 이게 프로그램에서 의도하는 이른바 '러브 시그널'인지는 모르겠지만, 지훈을 생각하기만 하면 나머지 세 남자를 생각할 때와는 달리 속에서부터 열불이 홧홧 솟아오르면서 가슴이 답답해 죽을 것 같은 심정이 되는 상태였으니, '남다르게 생각'하는 것 자체는 어떻게 보면 맞았다. 서준은 조가비처럼 입을 꾹 다물고 있는 채윤을 곁눈질로 지그시 보면서 말했다.

"돌이켜 보면 처음부터 그랬죠. 우리 셋과 달리 김지훈 씨는 잘 보이려고 안달복달하지 않았는데도 금방 채윤 씨와 친해졌고, 뭔가 둘이서만 대화가 잘 통하는 게 있는 것 같았고. 꼭 프로그램 출연하기 전부터 서로 알고 지내던 사람들이 모르는 척하자고 짜고 나온 것 같았다니까요."

서준은 사람 좋게 들리는 너털웃음을 지으면서 농담처럼 가볍게 말했다. 그의 마지막 말이 묘하게 떠보는 듯한 느낌을 주는 걸, 채윤은 그저 자신의 자의식이 지나친 것으로 여겼다. 그래서 똑같이 가볍고 예사로운 투로 맞받아쳤다.

"그럴 리가요. 여기 나오기 전까지는 김지훈이라는 인간이 지구상에 존재하는 것도 몰랐는데."

"정말이에요? 어떤 식으로든 연관된 적 없어요?"

"없어요."

지체없이 대답하는 채윤을, 서준은 유독 유심히 쳐다보았다. 마치 그녀의 대답이 진실인지 아닌지 가늠해보는 것처럼. 그는 견과류를 조금 집어먹은 것 외에 다른 음식에는 별 관심 없는 듯 질문만 계속 던져댔다.

"그럼 혹시 지훈 씨한테서 과거사 들은 건 없어요? 남자들끼리 있을 때도 워낙 개인적인 이야기를 안 하는 사람이라 궁금하더라고요. 되게 기본적인 거 있잖아요. 어디서 사는지, 가족관계는 어떻게 되는지, 구청 계약직이 되기 전에는 뭘 했는지, 대학은 어딜 나왔는지, 그런 거요."

　서준이 오늘따라 왜 이리 지훈에게 관심을 보이는지 영문 모를 일이었다. 평소 만인에게 친절한 서준은 지훈에게도 당연히 상냥하고 온화하게 굴었지만, 그렇다고 해서 이건이나 하현에 비해 특히 더 친해지고 싶어하는 기색을 드러낸 적은 한 번도 없었다. 채윤은 처음 탔을 때는 한없이 안락하게만 느껴졌던 세단의 조수석 안이 돌연 가시방석처럼 따끔거리는 것 같은 기분에 조심스럽게 입을 열었다.

　"저기, 우리 이제 김지훈 씨 얘기는 그만하면 안 될까요? 자리에 없는 사람에 대해 이러니저러니 얘기하는 거, 저 별로 안 좋아해서요."

　"아, 그럼요. 미안합니다. 제가 대단한 실례를 범했네요. 오늘은 우리의 역사적인 첫 공식 데이트 날인데."

　서준은 기억력 뛰어난 사람답게 같은 실수를 반복하지 않았고, 그다음에는 언제 어느 자리에서 꺼내도 문제 될 여지 없는 무난한 화제만 올랐다. '러빙유 하우스'를 처음 봤을 때의 감상이라든가, 요즘 점점 추워지고 있는 날씨라든가, 요즘 인기를 끌고 있는 영화와 드라마, 책 얘기라든가, 하물며 이틀 전 터졌던 유명 아이돌 그룹 멤버의 열애설까지.

　자칫 잘못하면 억지로 나온 선 자리에서 나누는 대화처럼 어색하고 지루해질 수도 있는 화제들이었지만, 화술이 뛰어난 서준은 흔한 얘기도 재밌게 꾸며서 하고, 한 화제에 대해 채윤이 슬슬 할 얘기가 없어질 때쯤 자연스럽게 다른 화제를 꺼내 침묵이 흐르지 않게 하는 능숙한 재주가 있었다. 원래 변호사들은 다 이렇게 말을 잘하는 건가 채윤이 내심 탄복할 정도였다.

"채윤 씨, 그거 아세요? 일본에서는 연예기획사가 열애설을 터뜨린 여자 아이돌에게 민사 손해배상을 청구한 사례도 있어요. 청구액이 우리나라 돈으로 무려 8천만 원이 넘어갔죠."

"어머, 진짜요? 그래서 어떻게 됐는데요? 누가 이겼어요?"

지훈이 만들어준 간식을 야금야금 까먹으며 서준과의 대화에 빠져들다 보니 어느새 1시간 20분 남짓이 훌쩍 흘러가 버렸다. 채윤은 4차선, 8차선을 왔다 갔다 하던 창밖 도로가 어느새 2차선으로 줄어들고, 빽빽한 빌딩 숲 대신 푸른 상록수림이 낮은 건물 사이를 울창하게 메우고 있는 바깥 풍경을 보면서 두 눈을 크게 떴다. 서준은 브레이크를 가볍게 밟아 차량 속도를 서서히 줄이면서 말했다.

"자, 이제 다 왔네요. 오늘의 첫 번째 데이트 장소."

당신은 주인공이 되기 위해
태어난 사람

"여기가 우리 데이트하는 장소예요? 대학교 캠퍼스?"

채윤은 눈 앞에 펼쳐진 낯선 풍경을 신기하다는 듯 휘휘 둘러보며 물었다. 겨울방학 시즌임에도 불구하고 아직 종강하지 않은 학생들과 학사일정과 관계없이 도서관에 다니면서 공부하는 학생들, 그게 아니더라도 그냥 습관적으로 학교에 놀러 오는 학생들로 캠퍼스는 바쁘게 붐볐다.

채윤과 서준이 차를 세우자마자 번개처럼 나타난 촬영 스태프와 카메라가 그 모습을 멀찌감치 떨어져서 담고 있었다. 아마 오프닝 장면으로 쓰려는 것 같았다. 방송 제작진의 차가 대체 어디서부터 따라오고 있었는지 채윤은 눈치도 못 챘는데, 처음에는 어설프고 서툴렀던 그들의 미행 솜씨도 촬영이 7일 차에 접어들면서 점점 향상되고 있는 모양이었다.

"네, 저 정말 고민 많이 했거든요. 어떻게 하면 채윤 씨 기억에 남는 첫 공식 데이트를 할 수 있을지. 영화관이나 카페, 쇼핑몰 같은 곳은 너무 흔하잖아요. 그래서 둘만의 시간여행을 떠나보면 어떨까 했죠. 누구에게나 대학 시절은 아름다운 추억이잖아요. 때마침 여기서 하는 좋은 공연도 있고 해서 딱 좋겠다 싶었어요."

사실 채윤은 대학을 가지 못했기에 캠퍼스에 얽힌 아름다운 추억 같은 것은 없었지만, 일부러 여기까지 데려온 서준의 정성을 생각해 굳이 그렇게 말하진 않았다. 대신 서준이 그녀에게 보여주고 싶다는 공연에 초점을 맞춰서 질문했다.

"무슨 공연인데요? 대학생들이 하는 거예요?"

"사실 사촌동생이 이 학교 다니거든요. 스포츠댄스 동아리 부회장인데, 무슨 큰 대회에서 상 탄 기념으로 공연을 한다고 하더라고요. 아직 학생들이긴 하지만 프로 못지 않은 실력이니까 꽤 볼 만할 거예요. 아, 저기네요."

조곤조곤 설명하면서 채윤의 속도에 맞춰 천천히 발걸음을 옮기던 서준은 눈앞에 나타난 돔 형태의 문화관 건물을 손가락으로 가리켜 보였다. 건물 전면에는 커다란 현수막이 나부끼며 오늘의 공연 프로그램을 알리고 있었다.

—서명대학교 스포츠댄스 동아리 '하바나' 동아시아 선수권 대회 수상기념공연!

일찍 출발했는데도 벌써 정오를 훌쩍 넘긴 시각이었고, 공연은 이미 시작했는지 건물 안에서는 라틴풍의 흥겨운 음악이 흘러나오고 있었다. 서준은 입구를 지키고 있던 학생에게 미리 준비해온 티켓을 내밀어 확인시킨 후, 채윤의 손목을 가볍게 잡고 안으로 성큼성큼 걸어 들어갔다. 그의 태도가 너무도 자연스러웠던 까닭에 채윤은 흠칫 놀라면서도 그 손을 차마 뿌리치지 못했다. 그들이 공연장 입구에 도착했을 때, 때마침 음악이 멈추면서 우레와 같은 박수소리가 들려왔다.

"아, 막간인가 보네요. 지금 들어가면 되겠어요."

서준은 조심스럽게 문을 열고 채윤을 안으로 안내했다. 무대에서 방금 솔로 무대를 마친 남자 댄서가 인사하며 퇴장하는 모습이 보였다. 관객석은 절반 정도 채워져 있었지만 분위기는 더할 나위 없이 좋았다. 서준은 무대가 한눈에 들어오는 가운데 열로 채윤을 데려가더니, 그녀가 편히 자리 잡고 앉을 때까지 접이식 의자를 한 손으로 누르고 있어 주었다. 과연 여자를 대하는 매너가 숨 쉬는 것처럼 자연스럽게 몸에 배어 있는 남자다웠다.

"다음은 살사의 한 종류인 도미니카 공화국의 전통 댄스, '바차타'를 감상하시겠습니다. 격정적인 연인들의 춤이 선사하는 매력에 푹 빠져보시기 바랍니다."

사회자 역할을 맡은 학생의 소개 멘트가 끝나자, 무대를 둘러싼 모든 조명이 일제히 꺼졌다. 곧이어 암흑 속으로 안개처럼 하얗고 희미한 핀 조명이 내리꽂혔다. 기대에 찬 관객들이 예의 바른 침묵을 지키는 가운데, 검은색 탱크톱과 타이즈를 신은 여자 댄서가 무대 왼쪽에서부터 조명 속을 우아하게 가로지르며 등장했다. 계속해서 같은 색깔의 민소매 티셔츠와 바지를 입은 남자 댄서가 무대 오른쪽에서 날아오르듯 근사한 점프를 하며 등장했다.

느린 곡조로 시작된 음악은, 남자 가수의 감미로운 노랫소리와 함께 전통 악기의 소리가 더해지면서 조금씩 리듬이 빨라졌다. 무대 위의 남녀 댄서는 마치 음악과 한 몸이 된 것처럼 부드럽고 유연하게 스텝을 밟으면서 서로를 향해 구애하듯 춤을 추었다.

"지미 바우어의 'Por ti'라는 곡이에요. 영어로 하면 'For you'. 가사가 무척 낭만적이죠."

채윤이 음악에 맞춰 저도 모르게 고개를 까닥거리기 시작하자, 그녀 옆에 앉은 서준이 귓속말로 알려주었다. 따뜻한 숨결이 귓바퀴를 쓸어내리면서 이루 말할 수 없이 간지러운 느낌을 주었다. 채윤도 덩달아 목소리를 낮추면서 물었다.

"서준 씨는 그런 걸 다 어떻게 알아요?"

"사촌동생이 좋아해서 자주 들려줬거든요. 춤 동작이 가사를 어떻게 표현하는지 살펴보면 더 재미있어요."

서준은 노래 한 소절이 끝날 때마다 채윤의 귓가에 대고 로맨틱한 가사의 뜻을 번역해서 읊어주었다.

―yo venderia el alma por ti, iria a la luna cien veces por ti.

"널 위해 내 영혼을 팔겠어. 널 위해 몇 백 번도 더 달에 가겠어."

'연인들의 춤'이라는 소개말처럼, 바차타는 관능미가 물씬 풍기는 다소 선정적인 춤이었다. 두 댄서는 포옹하듯 가슴과 배를 바짝 밀착한 채 서로의 머리나 목을 손으로 감싸면서 두 다리로 뒤엉키는 동작을 반복했다.

―y si es necesario. daria mi corazon para. que vivas tu por ti, yo venderia el alma por ti.

"만일 그래야 한다면, 내 심장을 주어서라도 널 살게 하겠어. 널 위해 내 영혼도 팔겠어."

무대 밖에는 한 점 빛도 들어오지 않는 공연장 안의 어둠, 여자 댄서의 허리를 한 팔로 감은 채 그녀의 손끝에서부터 어깨까지 이르는 선을 키스하듯 입술로 훑어 올라가는 남자 댄서의 리드미컬한 동작, 나른한 분위기의 라틴 음악과 그 열정적인 가사를 차분한 톤으로 읊어주는 서준의 속삭임.

이 모든 게 하나로 어우러져 채윤의 감각을 자극하면서 묘한 기분과 긴장감을 자아냈다. 그건 하현이나 이건과 데이트할 때는 느끼지 못했던 감정이었다.

채윤은 40분에 가까운 시간이 어떻게 흘러가는지도 모르는 채, 댄서들의 춤과 음악과 곁에서 도란도란 말을 걸어주는 서준의 목소리에 집중하면서 나머지 공연을 마음껏 즐겼다. 마지막 곡까지 감상하고 난 후 마침내 자리에서 일어서면서 서준은 그녀에게 정중히 부탁했다.

"채윤 씨만 괜찮다면, 잠깐 백스테이지에 들러도 될까요? 사촌동생에게 인사하고 싶어서요."

"그럼요, 당연하죠."

채윤과 서준, 그리고 객석 맨 뒷줄에 앉아 그들과 함께 공연을 지켜본 촬영 스태프들까지 다 같이 무대 옆문을 통해 백스테이지로 이동했다. 채윤에게 백스테이지는 결코 낯선 장소가 아니었지만, 가수나 배우가 아닌 댄서들이 쓰는 백스테이지는 처음 와 보는 것이었기에 어떤 분위기일지 호기심이 생겼다.

분 냄새와 땀 냄새, 꽃다발에서 풍기는 진한 꽃향기가 마구잡이로 뒤섞인 복도로 들어서자 옷도 제대로 입지 않은 댄서들이 정신없이 돌아다니며 서로의 이름을 부르거나 대화하고 있는 모습이 보였다. 서준이 '출연자 대기실'이라는 팻말이 붙어 있는 큰 방으로 채윤을 데리고 들어서자, 그를 알아본 누군가가 낭랑한 목소리로 반갑게 소리쳤다.

"오빠!"

화장대에 앉아서 진한 무대 화장을 지우고 있다가 서준을 보자마자 벌떡 일어선 사람은, 아까 채윤을 정신없이 매료시켰던 바차타 여자 댄서였다. 아까는 강렬한 조명과 무대까지 이르는 거리 때문에 자세히 보지 못했는데, 가까이서 본 여자는 굉장한 미인이었다. 고양이처럼 크고 둥근 눈, 물고기처럼 길게 빠진 눈꼬리가 아무것도 모르는 소녀처럼 청순한 분위기와 상반되게 섹시하고 고혹적인 이미지로 보는 사람의 시선을 확 잡아끌었다. 탱크톱 가슴 아래에서부터 골반에 걸친 타이즈 위까지 완전히 드러난 아찔한 허리 곡선과 다리의 각선미가 3D 프린터로 뽑아낸 것처럼 완벽해서, 채윤을 비롯해 같은 공간 안에 있는 모든 여자를 압살해버리는 건 두말할 것도 없었다. 서준은 온화하고 선량한 인상의 그와는 조금도 닮은 구석이 없는 사촌동생을 채윤에게 소개해주었다.

"채윤 씨, 이쪽은 내 사촌 동생 고혜라. 서명대학교 졸업반 학생이고 댄스스포츠 아마추어 선수예요. 혜라야, 이쪽은 나와 같이 '러빙유' 프로그램을 찍고 있는 송채윤 씨야. 인사드려."

"안녕하세요."

혜라는 채윤을 제대로 보지도 않고 인사를 하는 둥 마는 둥 하더니 곧바로 서준에게 몸을 돌려 매달리듯 어리광을 부렸다.

"오빠, 같이 밥 먹고 갈 거야? 오빠 온다고 해서 나 뒷풀이도 안 간다고 했는데. 저번에 얘기했던 프렌치 레스토랑 갈까?"

"거긴 다음에 가자. 오빠는 오늘 채윤 씨랑 데이트하는 중이야. 알지?"

서준이 혜라에게 눈을 찡긋하면서 그렇게 말하는 걸 보니, 채윤에 대해 미리 이야기해둔 듯했다. 가족이나 친척에게 이성에 대해 얘기한다는 건 그만큼 관심이 있다는 증거니까. 혼잡한 대기실을 뚫고 오지 못하고 언저리에서 서성이고 있던 촬영 스태프가 그 말을 듣고는 맹렬한 기세로 사람들을 헤치고 접근해 와서는 서준과 채윤, 그리고 혜라가 서 있는 삼각 구도를 열심히 찍어댔다. 혜라는 붉은 불이 깜박이며 돌아가고 있는 카메라를 보더니 의미심장하게 미소지으며 대답했다.

"그래, 노총각 사촌오빠가 여자친구 좀 만들어보겠다는데 착한 사촌동생인 내가 협조해야지. 우리 오, 빠, 잘 부탁해요, 언, 니."

인형처럼 예쁜 그 미소가 어딘지 모르게 비웃는 기색을 띤 것 같은 건, 묘하게 '오빠'와 '언니'라는 호칭을 강조하는 것 같던 건, 그저 채윤의 착각이었을까. 그러나 채윤이 이상하다고 생각할 틈도 없이, 그들은 꽃다발을 들고 줄줄이 밀려드는 인파에 떠밀려 대기실을 나올 수밖에 없었다.

공연장 밖으로 나가는 길, 서준은 한꺼번에 빠져나가느라 무질서하게 움직이는 사람들의 물결 속에서 채윤을 잃어버리지 않기 위해 다시 한번 그녀의 손을 잡았다. 아까 공연을 보러 들어갈 때도 그렇고 지금도 그렇고, 서준의 몸짓이 지극히 자연스럽고 순수해 보였기에 채윤은 거부할 수가 없었다.

그렇다고 그 느낌이 싫은 것도 아니었다. 서준의 손은 평생 궂은 일은 한 번도 해 보지 않은 것처럼, 남자 손 같지 않게 하얗고 곱고 매끄러웠다. 그러나 채윤은 그 은근한 스킨십을 즐기기보다는, 집에 혼자 남아 있을지도 모르는 지훈과, 다친 상태에서 이른 아침부터 그녀를 위해 도시락을 싸 주었던 그의 손을 떠올리면서 죄책감을 느꼈다.

"공연 어땠어요? 괜찮았죠? 채윤 씨 넋을 잃고 보던데."

멍하니 회상에 잠겨 있던 채윤을 깨운 건 서준의 목소리와 차갑고 서늘한 공기였다. 그들은 어느새 건물 밖으로 나와 있었다. 건물 사방을 둘러싸고 설치된 스피커에서 공연에 쓰였던 흥겨운 라틴 음악이 흘러나오면서 지나가는 사람들의 어깨까지 들썩이게 하고 있었다. 채윤은 상기된 얼굴로 망설임 없이 대답했다.

"네, 정말 좋았어요. 전 예전부터 무대 위에서 반짝반짝 빛나는 사람이 제일 부러웠거든요. 마치 다른 세계에서 온 것처럼, 어쩌면 그렇게 자연스럽고, 당당하고, 아름다울 수 있을까요?"

채윤의 열렬한 찬사에, 서준은 입가에 엷은 미소를 머금으면서 격려하듯 말했다.

"채윤 씨도 그렇게 될 수 있어요."

"에이, 아니에요. 전 언제나 객석 아니면 무대 뒤에서 지켜보거나 응원하는 역할이었어요. 지금까지 사는 내내 그랬어요. 거기에 딱히 불만도 없어요. 사람에게는 태어날 때부터 이 세상에서 주어진 역할과 위치라는 게 있는 거니까. 단 한 명의 스타가 무대 위에서 돋보이기 위해서는, 그 아래와 뒤에서 분주히 움직이는 수십, 수백 명의 노력이 필요한 거거든요. 전 그 수십 수백 명 중 한 명인 거고요."

채윤의 말에, 서준은 뭔가 곰곰이 생각하는 듯한 표정이 되었다. 그러더니 이내 고개를 저으면서 제법 단호하게 잘라 말했다.

"아니요, 그렇지 않아요. 채윤 씨는 그 누구보다 훌륭한 여주인공이에요. 봐요, 지금도 카메라가 채윤 씨를 쫓아다니면서 찍지 못해 안달 내고 있잖아요. 나처럼 괜찮은 남자가 열심히 구애도 하고 있고."

장난기 섞인 말에 채윤은 결국 참지 못하고 풋 소리를 내면서 웃고 말았다. 그러자 서준은 한결 진지한 어조로 그녀의 눈을 들여다보면서 다시 한번 말했다.

"지금뿐만이 아니에요. 채윤 씨는 언제나 주인공이었어요. 주인공이 되기 위해 태어난 사람이에요. 우리 모두는 자기 삶에서 단 하나뿐인 주인공이에요. 지구는 태양이 아니라 나를 중심으로 돌고, 내가 없으면 이 세상은 아무 의미도 없다고요. 적어도 내 입장에서는 그렇잖아요. 안 그래요?"

그렇게 생각할 수도 있구나. 채윤은 완전히 새로운 관점을 본 기분이었다. 여태까지 그녀는 다른 사람을 위해 자기를 희생하고, 다른 사람의 욕구와 필요를 자기의 욕구와 필요보다 우선하는 데 익숙해져 있었고, 그게 옳다고 믿어왔다. 그게 정말로 자신의 가치관에서 나온 것인지, 아니면 회사와 주변 사람들의 끊임없는 세뇌로 주입받은 것인지도 모르는 채로. 채윤은 이 세상 무엇도 무서울 것 없다는 듯 곧은 자세로 서 있는 서준을 바라보면서 불쑥 내뱉었다.

"생각해 보니까, 서준 씨 말도 맞는 것 같아요. 내가 죽으면 다 끝이잖아요."

다른 사람들의 사랑을 받기 위해 아무리 발버둥 쳐도, 그렇게 필사적으로 모은 인기가 하늘을 찌를 정도가 되어도 다 소용없었다. 죽어버리면, 전부 끝이다. 쓸쓸한 낯빛을 한 채윤을 향해, 서준이 불현듯 손을 내밀며 뜻밖의 제안을 했다.

"그럼 우리도 한 번 춤춰볼까요? 마침 음악도 나오는데."

"춤이요? 여기서요? 사람들 다 있는데요?"

주변을 둘러본 채윤은 당치도 않다는 듯 말하면서 서준으로부터

한 걸음 물러섰다. 그들은 돔 건물의 계단과 계단 사이, 널찍한 반원형의 계단참에 서 있었다. 노천극장의 무대라고 보면 못 볼 것도 없었지만, 채윤은 무대는 물론이고 남들이 지나다니는 곳에서 춤을 추게 되리라고는 상상해 본 적도 없었다. 그러나 서준은 전혀 개의치 않았다.

"뭐 어때요. 우리만 즐거우면 됐지. 우리가 주인공인데."

엘리트 변호사라고 해서 학창 시절부터 얌전히 공부만 해 온 모범생일 줄 알았는데, 서준에게는 채윤이 모르는 면모가 많이 있었다. 클라이언트를 대할 때의 딱 부러지는 태도도 그렇고, 스페인어로 된 노래를 줄줄이 외우는 거며, 스포츠댄스를 하는 사촌동생과 친하게 지내는 거라든지, 이렇게 남들이 다 보는 앞에서 대뜸 춤을 추자고 즉흥적으로 제안하는 것도 정말이지 새로웠다. 채윤은 서준이 이끄는 대로 그의 손 위에 손을 얹으면서 소심하게 어물거렸다.

"저, 춤출 줄 몰라요."

"괜찮아요. 나만 믿고 따라와요."

서준은 우아한 동작으로 오른손을 뻗어 채윤의 오른손을 살포시 잡고, 왼손은 펼쳐서 그녀의 등을 받치듯 감싼 채 천천히 스텝을 밟기 시작했다. 적당한 거리를 두고 리듬에 맞춰 그녀를 이끄는 그의 리드는 전문적으로 배운 수준까지는 아니었지만, 전혀 부끄럽지 않을 만큼 세련되고 능숙했다.

채윤은 그저 그가 발을 떼어놓을 때 발을 떼어놓고, 그가 원을 그리며 팔을 움직일 때마다 거기에 자신의 손을 맡기기만 하면 됐다. 그것만으로도 왈츠가 되기에는 충분했다. 서준은 바람에 사뿐히 흔들리는 나뭇잎처럼 가볍고 경쾌하게 몸을 움직이면서 채윤에게 말했다.

"남의 시선 같은 거 신경 쓰지 말아요. 춤은 자기 자신의 감정을 표현하는 거니까. 그 누구도 채윤 씨에게 잘 한다 못 한다 말할 수도 평가할 수도 없어요. 당신이, 오직 당신만이 주인공이라고요."

처음에는 이상하다는 듯 그들을 쳐다보며 지나가던 행인들 중 하나둘씩 웃으며 박수 치는 이들이 생겨났고, 발걸음을 멈추고 구경하는 이들도 생겨났다. 젊은 선남선녀 커플이 스피커에서 흘러나오는 음악에 맞춰 즐겁게 춤추는 모습은 누구나 흐뭇하게 지켜볼 만한 청춘의 화폭이었으니까.

'미친 것 같지만, 의외로 재밌네. 이거.'

채윤은 어느 순간부터 춤을 잘 추고 못 추고는 신경 쓰지 않게 되었다. 그냥 지금 이 순간, 견딜 수 없이 즐거웠다. 그들을 방해하지 않도록 주변을 빙글빙글 돌면서 찍고 있는 카메라가 보였다. 그녀는 분명 주인공이었다. 주인공이 되고 싶지 않았던 게 아니었다. 그럴 용기를 내지 못했을 뿐이었다.

로또에 당첨된 사건은 그녀의 통장 계좌를 늘려주었을 뿐, 본질적인 부분을 바꾸어주진 못했다. 이제 채윤은 스스로 인정해야 했다. 자신도 다른 여자들과 마찬가지로 모두의 주목과 동경을 받을 수 있는, 동화처럼 낭만적인 로맨스를 원한다는 사실을. 그 욕망을 부인할 수도 외면할 수도 없다는 것을.

그리고 지금 그녀의 눈앞에 있는 남자 임서준. 잘생기고, 능력 있고, 자상하고, 신사적이며 유쾌하게까지 한 그는 그 로맨스를 실현시켜 줄 수 있는 인물이었다. 현실 세계의 왕자님 그 자체였다.

가짜를 진짜로
만드는 방법

"채윤 씨는 대학교 때 전공이 뭐였어요? 동아리 활동은 뭐 했어요? 어떤 학생이었어요? 아, 궁금한 게 너무 많네요. 원래 누구한테 관심이 생기면 돌잡이 때 뭐 잡았는지까지 알고 싶어진다잖아요."

채윤과 서준은 어깨를 나란히 한 채 걷고 있었다.

외국의 어느 공원처럼 아기자기하게 꾸며진 캠퍼스 곳곳에서는 깔깔대며 웃는 소리가 BGM처럼 울려 퍼졌다. 팔짱을 끼고 참새처럼 재잘대며 지나가는 여학생들, 다정하게 손을 잡거나 어깨동무를 한 채 연분홍색 꽃비 아래 서 있는 캠퍼스 커플들은 보기만 해도 즐겁고 행복해 보였다.

비록 꽃은 피지 않는 계절이었지만, 그들의 젊음이 그 어떤 꽃보다 풋풋하고 싱그러웠으며 달콤했다. 그 모습을 반쯤은 신기하게, 반쯤은 부럽게 구경하고 있던 채윤이 불쑥 서준에게 고백했다.

"서준 씨. 사실 저, 대학 안 나왔어요. 공부 못 했고, 좋아하지도 않았고, 하루라도 빨리 서울 올라와서 하고 싶은 일이 있었거든요. 그래서 부모님이랑 대판 싸우고 진학 포기했어요."

채윤의 말에 서준은 흠칫하더니 발걸음을 우뚝 멈췄다. 그의 얼굴에는 진심으로 미안해하는 기색이 드러나 있었다.

"아, 그랬구나. 몰랐어요. 실례되는 질문을 했네요. 기분 나빴죠?"

"아니에요. 그럴 수도 있죠. 서준 씨 덕분에 캠퍼스 구경해보고 저도 좋아요."

"혹시 가보고 싶었던 곳은 없어요? 내가 어디든 데려가 줄게요. 나도 여기 대학원 다녀서 구석구석 잘 알거든요. 캠퍼스 체험을 하려면 제대로 해야죠."

서준은 학생회관이며 구내식당, 카페, 연못, 노천극장, 잔디밭 등이 원형으로 펼쳐져 있는 캠퍼스를 턱짓으로 가리키며 말했다. 채윤은 몇 개인지 일일이 셀 수도 없이 많은 건물들과 시설들을 바라보면서 한참 망설인 끝에 입을 열었다.

"저기, 어디든 가볼 수 있다면, 가보고 싶은 곳이 한 군데 있긴 한데요."

"그래요? 거기가 어딘데요?"

채윤은 뒤에서 적당한 간격을 두고 그들을 따라오고 있는 카메라에게 들리기라도 할세라, 고개를 살짝 기울이고 서준에게 귓속말했다. 서준은 채윤이 귓속말 할 때마다 재빨리 얼굴을 가까이 붙여오는 것을 은근히 즐기는 듯했고, 그녀도 그리 싫지 않았다.

채윤의 속삭임을 들은 서준은 잠시 의아해하는 표정이 되었지만, 약속한 대로 앞장서서 어디론가 가기 시작했다. 촬영 스태프와 카메라까지 이끌고 채윤의 주문에 따라 그가 잠시 후 도착한 곳은, 유럽풍의 하얗고 붉은 벽돌로 지어진 사각형 건물이었다. 서준은 두꺼운 책을 옆구리에 낀 학생들이 삼삼오오 무리 지어 건물 안으로 들어가는 것을 보면서 채윤에게 물었다.

"왜 하필 도서관이에요?"

"그냥요. 원래 책 좋아하기도 하고, 대학 도서관은 어떻게 생겼는지 꼭 와 보고 싶었거든요. 로망 같은 게 있었어요."

채윤은 서준이 유치하다고 실소를 터뜨릴지도 모른다고 생각했다. 그게 아니면 고졸 주제에 지적인 체한다고 비웃을지도 모른다고. 하지만 그는 진지한 얼굴로 고개를 끄덕이며 맞장구쳐 주었다.

"맞아요. 이해해요. 책이 많이 있는 곳에는 뭔가 시간이 멈춘 듯한 분위기가 있죠. 요즘 대학 도서관은 토익 공부하고 스펙 쌓는 곳으로 바뀌어서, 정작 책 보러 오는 사람은 별로 없는 게 아쉽더라고요."

서준은 대학원생 때 쓰던 학생증을 꺼냈고, 채윤에게는 혹시 몰라서 사촌동생에게 미리 빌려두었다는 학생증을 건네주었다. 두 사람은 쉽게 안으로 들어갈 수 있었지만, 촬영 스태프는 예상치 못한 난관에 부딪쳤다. 도서관 열람실은 학생증 없이는 출입금지일 뿐만 아니라, 내부에서는 어떤 종류의 촬영도 금지되었던 것이다.

리얼리티를 살리겠다며 서준에게 '데이트 코스를 어디로 정했는지 제작진에게도 알리지 마라'고 지시한 PD는 자기가 판 함정에 스스로 빠지는 격이 되고 말았다. 난처한 얼굴로 PD와 통화하던 촬영 스태프는 약 5분 후 휴대폰을 끊었다. 그러고는 서준과 채윤에게 다가와 어쩔 수 없다는 듯 어깨를 으쓱해 보였다.

"캠퍼스 데이트는 공연 관람과 애프터 댄스까지인 걸로, 방송에서는 그렇게 편집할게요. 두 분은 도서관 구경하고 나오세요. 주차장에서 기다리고 있을게요."

채윤도 서준도 의도한 것은 아니었지만, 어부지리 격으로 카메라의 간섭 없는 자유로운 데이트를 할 수 있게 되었다. 채윤은 지금까지와는 비교도 안 될 만큼 가벼운 마음으로 기나긴 도서관 복도를 걸어갔다. 낡고 해묵은 종이 향기가 기분 좋게 그녀의 코끝에 스며들면서 마치 아주 잘 아는 어떤 곳에 온 것처럼 편안한 느낌이 들게 했다.

"채윤 씨, 거기 앞에 서 볼래요? 사진 찍어줄게요."

"앗, 그럴 필요 없는데……."

"꼭 한 번 와보고 싶었던 곳이라면서요. 언제 또 올 수 있을지 모르고, 평생 못 올지도 모르는데, 사진이라도 남겨봐야죠. 나 사진 잘 찍어요."

서준의 논리정연한 설득에 못 이긴 척 채윤은 수십 개의 거대한 책꽂이가 한눈에 들어오는 열람실 입구에 섰다. 그리고 서준이 요구하는 대로 문간을 손으로 짚고 정면을 보기도 하고, 지그시 눈을 내리깐 채 아래를 보기도 하고, 일상 속 한 장면을 포착한 것처럼 옆이나 뒤를 보기도 하면서 다양한 각도와 포즈로 사진을 찍었다. 다른 학생들의 눈치가 보이지 않도록 신속하고 효율적으로 미니 촬영회를 마친 서준은 휴대폰을 도로 주머니에 집어넣으면서 말했다.

"모델 하는 것도 힘들죠? 잠깐 여기 있어요. 따뜻한 음료수라도 사가지고 올게요. 도서관은 반입 금지이긴 한데, 주머니에 숨겨 가지고 오면 아무도 몰라요."

서준은 책들이 끝도 없이 진열되어있는 열람실 안에 채윤을 남겨놓고 잠시 떠났다. 채윤은 책꽂이 사이를 거닐면서 이런저런 책들을 구경하기 시작했다. 어차피 어려운 책은 잘 몰랐다. 그녀는 소설을, 이야기를 좋아했다. 그것도 사랑 이야기. 고달픈 현실을 잊게 해줄 만큼 달콤하고 말랑말랑한 러브스토리가 좋았다.

옛날 신문과 잡지가 모여 있는 코너를 지나, 영어로 된 책만 잔뜩 꽂힌 코너를 지나서, 그녀가 다다른 곳은 학생기증도서가 모여 있는 코너였다. 별 생각 없이 책등에 적힌 제목을 쭉 훑어보던 그녀는, 낯익은 제목을 발견하고서 소스라치게 놀랐다.

"이게 왜 여기 있지?"

채윤은 고개를 갸웃거리며 문제의 책을 꺼내 들었다. 진녹색 표지에 동이 터오는 새벽 바다가 수채화 풍의 일러스트로 그려져 있고, 그 위에는 새하얀 글씨로 '망각의 바다'라는 제목과, '첫눈'이라는 작가 이름이 쓰여 있었다. 채윤의 책이었다. 그녀의 책 왼쪽에는 90년대 베스트셀러 소설이, 오른쪽에는 일본의 유명한 문필가가 쓴 수필집이 각각 자리 잡고 있었다.

이걸 이곳에 둔 사람은 무슨 내용인지는 알고 둔 걸까. 채윤은 신기하기도 웃기기도 해서 그 자리에 선 채 한참을 들여다보다가, '망각의 바다'와 수필집을 한꺼번에 들고 책꽂이 앞 책상에 앉았다. 책을 읽은 사람이 어떤 흔적을 남기지는 않았는지, 혹시 그동안 책이 밟아온 여정을 보여줄 만한 자그마한 단서라도 없는지 자세히 들여다보고 싶었다. 수필집은 혹시나 날아올지 모르는 사람들의 시선을 의식한 위장수단이었다.

"조금만 봐야지, 조금만."

고대 유물을 발굴하는 고고학자처럼 조심스럽게 책을 열어보았던 채윤은 겉표지 안쪽에 양면테이프로 붙어 있는 차단우의 포토카드를 보고 피식 웃었다. 그러나 그 미소는 사진 속 주인공의 마지막에 대한 기억으로 곧 흐려졌다.

몇 분 후 서준이 따끈따끈한 캔 커피를 들고 돌아올 때까지, 그녀는 복잡한 표정으로 단우에게서 시선을 떼지 못했다. 한때 누구보다 찬란하게 빛나던 스타가 지금은 아무도 알아주지 않는 이 도서관 책꽂이 구석에, 책갈피 사이에, 홀로 외롭게 남아 있는 것 같아 괜히 슬퍼졌다.

"채윤 씨, 뭘 그렇게 열심히 보고 있어요? 책이에요?"

서준의 목소리를 들은 채윤은 허겁지겁 책장을 덮었지만, 이미 늦었다. 그녀의 옆자리에 앉은 서준은 캔커피를 책상 위에 올려놓고 고개를 한껏 기울여 책장을 확인하는 중이었다. 위장용으로 가져온 수필집은 별 소용도 없었다.

"처음 보는 책인데, 제목이 특이하네요. '망각의 바다'? 소설이에요?"

채윤은 그냥 모르는 척 시치미 뗄까 하는 충동이 들었지만, 변호사인 서준에게 어설픈 거짓말을 해봤자 소용없을 것 같았다. 예전에도 연습생들과의 계약 해지 건을 아무 일도 아닌 척 숨기려다가 들킨 전적이 있지 않은가. 채윤은 체념하고 그냥 솔직하게 대답했다.

"정식 출간된 소설은 아니고 연예인 팬픽이에요. 고등학생 때 재밌게 읽었는데 이런 데서 다 보네요."

"연예인? 차단우?"

서준의 입술 사이에서 그 이름이 바로 튀어나오는 것을 들은 채윤은 화들짝 놀랐다. 그녀가 차단우의 팬이었다는 사실을 지훈은 물론 잘 알았고, 이건도 알게 되었지만, 하현이나 서준에게는 밝힌 적이 없었다. 딱히 그들을 믿지 못해서라기보다는, 그냥 말할 기회가 없었다. 채윤은 본능적으로 경계심이 발동했다.

"차단우라고 말한 적 없는데, 어떻게 알았어요?"

"아, 그게."

서준은 잠시 말문이 막힌 듯했지만, 그 시간이 오래가지는 않았다. 그의 침착하고 차분한 태도는 감추고 싶었던 걸 들켰다기보다는, 마침내 기다리던 것이 왔다는 것에 가까웠다.

"미안해요, 채윤 씨. 처음부터 솔직하게 얘기했어야 하는데. 실은 나, 채윤 씨가 누군지 알아요."

"네?"

"클라이언트 중에 엔터업계와 관련 있는 사람이 있거든요. 몇 달 전에 한 번 들은 적 있었어요. 차단우 전 로드매니저가 복권에 당첨되어서 직접 기획사를 차렸다고요. 그때 기획사 이름 들었어요. 그리고 저번에 계약서 훑어볼 때, 채윤 씨가 그 기획사 대표라는 걸 알았고요."

"아……."

채윤은 입을 벌린 채 탄성 비슷한 소리를 냈다. 로또에 당첨되어 전 회사를 그만두었다는 사실은 당시 부모님과 화경, 그리고 WIN엔터 대표에게만 알렸을 정도로 철저히 기밀에 부쳤는데, 그래도 말이 새어나간 곳이 있었던 모양이다.

서준은 채윤이 멍하니 있는 사이 그녀의 손에서 책을 슬쩍 가져가 꼼꼼히 들여다보았다. 마치 오래된 책 안에 비밀스럽게 숨겨진 보물 지도를 찾는 사람처럼.

"아까 채윤 씨가 그랬잖아요. 서울에 올라와서 꼭 하고 싶은 일이 있어서 대학 진학도 포기했다고. 혹시 그게 차단우 로드매니저가 되는 거였어요?"

"아뇨, 그땐 감히 로드매니저가 될 수 있을 거라는 생각조차 못했어요. 그냥 사랑하는 단우 오빠를 매일매일 가까이 볼 수 있는 곳으로 가자. 무작정 그렇게 가출해서 상경한 거였죠. 촌구석에서 매번 기차 타고 버스 두 번씩 갈아타면서 상암동 방송국을 다니기는 너무 힘들었거든요."

거기까지 말한 채윤은 이렇다 할 감정을 표정에 드러내지 않고 있는 서준을 보면서 지레 발이 저렸는지 선수를 치고 나섰다.

"뭐라고 말하고 싶은지 다 아니까 입 아프게 말 안 해도 돼요. 정신 나갔다. 미쳤다. 부모님께 무슨 불효냐. 나중에 내 딸이 너같이 될까 봐 무섭다."

그건 채윤이 팬 시절부터 심지어 로드매니저 시절까지도 걸핏하면 들었던 레퍼토리였고, 달달 외우다 못해 귀에 딱지로 앉아 지금까지도 사라지지 않는 비난들이었다. 그러나 서준은 단정한 입가에 엷은 미소를 머금은 채 가만히 고개를 저었다.

"그런 말 하려던 거 아닌데."

"아니에요? 나, 한심해 보이지 않아요? 서준 씨는 학교 다닐 때부터 착실하게 공부해서 사법고시 붙고 변호사 됐을 거 아니에요. 늘 바른 생활 사나이로 살면서, 일탈이라고는 한 번도 한 적 없을 것 같은데."

그러자 서준은 한쪽 입꼬리를 슬쩍 끌어올리며 다시 한번 의미심장하게 웃었다.

"채윤 씨가 아직 나에 대해 많이 모르네. 그렇게 바른 생활 사나이 아니에요. 난 무슨 일이든 자신이 판단하기에 가치 있는 일이라

면 물불 안 가리고 미쳐보는 게 인생의 묘미라고 생각하는 사람이
에요. 그게 사랑이라면 더 말할 것도 없고."

서준이 눈을 깜박일 때마다, 조선 시대 선비처럼 올이 가지런한
눈썹이 얇은 눈꺼풀과 함께 움직였다. 그 눈꺼풀 아래서 진갈색 눈
동자가 진지하고 열성적으로 빛나고 있었다. 그래서 채윤은 그가
쏟아내는 말들이 가식 없는 진심이라는 사실을 알 수 있었다. 이곳
에는 카메라도 제작진도 없었고, 오직 그들뿐이었으니까.

"누군가를 진심으로 사랑한 시간이 아깝다거나 한심하다는 말은,
진짜 사랑을 해 보지 않은 사람들이나 하는 거죠. 그것만큼 멋진 게
어디 있다고."

서준의 열렬한 말에, 채윤은 자기가 했던 게 그렇게 대단한 건가,
칭찬받을 만한 건가 싶어 얼굴이 붉게 달아올랐다. 단 한 번도 그런
식으로 생각해 본 적이 없었다. 자기 자신이 아닌 차단우의 성공을
위해, 행복을 위해 가장 꽃다운 시절의 몇 년을 송두리째 허비한 흑
역사라고 치부하고 있었다.

"사랑이라는 말은 좀…… 그냥 연예인에 대한 철모르는 동경이었
을 뿐인데."

채윤은 과거 단우에 대해 자신이 가졌던 감정을 어떻게든 축소시
키려고 했지만, 서준은 '망각의 바다' 표지 안쪽에 끼워진 사진에서
턱을 괸 채 감미롭게 미소짓고 있는 단우의 얼굴을 내려다보며 힘
주어 말했다.

"사랑이죠, 그 정도면. 누군가에 대해 이렇게 긴 글을, 그것도 구
구절절한 사랑 이야기를 쓴다는 게, 지극한 사랑이 아니고서 가능
하겠어요? 게다가 송채윤 씨는 WIN엔터에 취직해서 차단우 씨와

개인적으로 아는 관계가 된 후에도 몇 년 동안이나 그 사람을 위해 헌신했잖아요. 단순한 팬의 감정이었다면 그럴 수 없죠."

"……."

채윤은 서준의 지적에 일시적으로 할말을 잃었다. 그건 정말 사랑이었을까? 동경이나 선망이 아니라, 광기나 집착이 아니라, 사랑이라고 이름 붙일 수 있을 만큼 아름다운 감정이라고 말해도 되는 걸까. 로드매니저 노릇을 하면서 제멋대로에 이기적이고 쌀쌀맞게 구는 차단우에게 학을 떼고 질려버린 것은 사실이었다.

그러나 한편으로는, 팬일 때는 보지 못했던 그의 인간적인 면모에 거듭 매료된 순간들이 분명히 있었다. 열이 펄펄 끓는 것을 숨기고 웃는 얼굴로 무대에 올라가 컨디션 최상인 사람처럼 노래하고 춤추는, 아니면 카메라 앞에서 온몸을 던져 연기하는 프로페셔널한 모습이라든가. 건초염에 걸린 손목을 주물러 가며, 채윤이 대신 써 주겠다는 것도 퉁명스럽게 마다하고 500장의 포토카드에 일일이 사인하는 모습이라든가. 재벌 2세가 결혼식에 와 달라고 부르는 것은 거절해도 홀어머니가 병원 가는 날은 절대 빼먹지 않고 일일이 챙기는 다정한 모습도 그랬다.

채윤은 무리한 일정에 파김치가 되어 뒷좌석에 축 늘어져 선잠을 자는 단우를 볼 때마다 가슴 한구석이 얇게 베이는 듯한 느낌을 받았던 것을 아직도 생생히 기억했다. 그게, 그 아픔이 정말, 사랑의 징후였을까.

"그렇게 사랑하고 소중히 여겼던 사람이 어느 날 갑자기 사고로 비명횡사했으니 하늘이 무너지는 느낌이었겠죠. 채윤 씨가 다른 사람에게 마음 여는 걸 꺼리게 된 것도, 관계에 어려움을 겪다가 이런 프로그램까지 나오게 된 것도 다 이해해요."

여태까지 셜록 홈즈 못지않게 깊은 통찰력을 보여주었던 서준은, 채윤의 출연 동기에 이르러서 그만 삐끗하면서 엉뚱한 방향으로 빠지고 말았다. 그래도 별 상관없었다. 어차피 그가 정말 하고 싶었던 말은 따로 있었으니까.

"하지만 사람은 사람으로 잊는 거라잖아요. 채윤 씨도 이제 그만 과거로부터 벗어나서 새로운 로맨스를 찾아야죠. 오늘 우리 데이트도 바로 그걸 위한 거고."

"서준 씨."

채윤은 서준이 돌연 훅 치고 들어오는 것에 당황해서 그의 이름을 부를 뿐 다른 반응을 보이지 못했다. 서준은 채윤의 어깨에 양손을 얹으면서 그녀의 두 눈을 지그시 들여다보았다.

"돌려 말하는 건 체질적으로 직업적으로도 안 맞아서, 그냥 단도직입적으로 말할게요. 송채윤 씨. 나, 당신이 마음에 들어요. 우리가 만난 게 하필이면 리얼리티 프로그램이라서, 게다가 우승상금까지 걸려 있어서 내 말이 거짓으로 들릴지도 모른다는 거 잘 알아요. 하지만 나 그까짓 3억에 휘둘려서 맘에도 없는 말을 해야 할 만큼 능력 없는 남자 아니에요. 정 못 믿겠으면, 프로그램 촬영 마지막 날에 다른 사람을 선택하고, 그 후에 나한테 와도 돼요. 난 돈 같은 거 필요 없고 채윤 씨 마음만 원하니까."

지금까지 그 누구도 채윤에게 이렇게 직선적으로, 확신에 가득 차서, 그리고 자신만만하게 돌진해온 적이 없었다. 만일 방송 PD가 이 고백을 들었더라면, 이 장면을 카메라에 담지 못한 것이 억울해서 뒷목을 잡으면서 쓰러졌을지도 몰랐다.

"우리, 가짜를 진짜로 한번 만들어봐요. 우리 감정만 진짜라면, 그러면 그 누구도 가짜라고 매도할 수 없을 거예요."

서준이 결연한 음성으로 말하는 것과 동시에, 자로 잰 것처럼 반듯하고 준수한 그의 얼굴이 채윤을 향해 서서히 다가왔다. 키스할 거라고, 채윤은 그 순간 그렇게 생각하면서 두 눈을 커다랗게 떴다. 서준이 입술을 가까이 가져오면 고개 각도를 살짝만 돌려서 피할 작정이었다. 예전에 지훈이 그녀에게 했던 것처럼.

그러나 임서준은 그렇게 얕은 수를, 훤히 들여다보이는 수를 쓰는 남자가 아니었다. 그는 채윤의 어깨에 얹은 양손을 자기 쪽으로 가볍게 끌어당기면서 그녀를 자신의 품 안에 파묻듯이 안았다. 불의의 습격에 놀란 채윤이 밀어내야겠다는 생각을 하기도 전에, 왼쪽 어깨에서 스르륵 내려간 손이 그녀의 등을 지그시 누르면서 둘 사이에 있던 틈을 메워버렸다. 상냥하면서도 무게감 있는 그의 목소리가 살며시 맞닿은 가슴과 가슴을 통해 직접 울리듯 전달되어왔다.

"고마워요. 뿌리치지 않아 줘서. 지금은 카메라도 없으니까, 채윤 씨도 어느 정도는 나에게 호감이 있는 거라고 생각해도 되는 거죠? 아직 김지훈 씨를 따라잡진 못했어도, 어느 정도 가능성은 있는 거죠?"

"……."

채윤은 아무 대답도 하지 못하고 입술만 달싹였다. 방정맞은 심장이 빠르게 뛰는 게 설렘 때문인지, 아니면 혼란스러움 때문인지 명확히 알 수 없었다.

'게임이 아니라, 나를 진심으로 좋아한다고? 임서준 같은 남자가? 왜?'

서준은 뭐든지 적당한 타이밍을 맞출 줄 아는 남자였다. 채윤이 부담감을 느끼기 전에 먼저 포옹을 풀고 그녀를 향해 부드럽게 웃어 보이는 것만 봐도 그랬다. 그 온화한 미소는 그녀에게 방금 전 일어났던 일이 그저 우정의 표시에 가까운 거라는, 지훈에 대한 자기 마음에 떳떳하지 못한 어떤 잘못도 저지른 게 아니라는 합리화를 할 수 있게 만들었다. 물론, 아무리 그래도 마음이 편치 못한 건 사실이었지만.

서준은 채윤을 끌어안는 동안 책상 위에 잠시 뒤집어 두었던 그녀의 책을 가지런히 펼쳐 놓으면서 다 안다는 듯이 친절하게 말했다.

"저 책, 잠깐 혼자 볼 수 있게 해 주는 게 낫겠죠? 자기 책을 대학 도서관에서 마주치는 일은 아무에게나 일어나는 행운이 아니니까요. 입구에서 커피 마시면서 기다리고 있을게요. 천천히, 마음껏, 들여다보고 싶은 만큼 들여다보다가 와요."

채윤이 책과 단둘이 있고 싶어한다는 건 어떻게 알았을까. 정장 모델 뺨칠 만큼 근사하게 도서관 복도를 런웨이처럼 걸어가는 서준의 뒷모습을 보면서, 채윤은 그에게 속내를 훤히 읽히고 있는 것 같은 묘한 기분이 들었다.

서준이 코너를 돌아 완전히 보이지 않게 된 후, 채윤은 뒤죽박죽이 된 머리를 떠안고 다시 책상에 와서 앉았다. 어쩌다 보니 고백의 기폭제 노릇을 하게 된 그녀의 책 옆에, 서준이 두고 간 캔커피가 놓여 있었다. 코트 안에 넣어 가지고 왔는지 아직도 온기가 전혀 식지 않은 캔 옆면에, 자로 대고 그은 것처럼 또박또박 글씨가 적힌 포스트잇이 붙어 있었다.

―독서에 열중하시는 모습이 아름답습니다. 제 이상형이세요. 언제 한 번 저녁을 사드릴 기회를 주시면 좋겠습니다. 010―33XX―

28XX. 임서준.

　채윤은 작게 소리 내어 웃음을 터뜨릴 수밖에 없었다. 서준은 어떻게 안 걸까. 도서관에서 멋진 남자에게 데이트 신청 메시지가 적힌 포스트잇을 받는 것도 그녀의 로망 중 하나였다는 것을.

수달, 황제펭귄,
그리고 연어

"우리 저녁 먹으러 가는 거 아니었어요? 왜 여기로 와요?"

채윤은 아무리 봐도 밥 먹는 용도로는 보이지 않는 광활한 실내를 둘러보면서 의아해했다. 아마존 열대우림처럼 꾸며진 공간에서는 유리벽 너머로 악어와 거북이가 엉금엉금 기어 다니는 모습이 보였고, 빙산과 이글루 모형으로 북극처럼 꾸며놓은 그 맞은편 공간에는 펭귄 떼가 삼삼오오 무리 지어 놀고 있었다. 캠퍼스 데이트가 끝나고 나서 서준이 채윤을 데리고 온 곳은 최근 개장한 도심의 유명한 아쿠아리움이었다.

"일단 따라와 봐요."

서준은 빙긋 웃으면서 채윤을 이끌고 어딘가를 향해 거침없이 나아갔다. 아쿠아리움에서는 실컷 촬영할 수 있겠다며 신난 촬영 스태프가 데이트를 방해하지 않을 만큼 적당한 거리에서 그들을 따라오고 있었다.

아쿠아리움답게 에스컬레이터를 타고 지하 1층으로 내려가는 동안 터널 모양으로 설치된 길쭉한 대형 수조 속에서 몇 천 마리의 정어리 떼가 대열을 짓고 헤엄치는 장관을 구경할 수 있었다. 일부러 채도와 명도를 낮춘 남색 수조 안에서 은백색 물고기 떼가 춤추듯 움직이는 모습은 밤하늘을 눈부시게 수놓은 은하수를 연상시켰다.

에스컬레이터에서 내린 서준은 다른 사람들이 가는 전시관 방향이 아니라 그 반대편으로 발걸음을 옮겼다. 그가 간판이나 표지판도 붙어 있지 않은 검은색 문을 열자, 그 건너편에 채윤이 태어나서 한 번도 본 적 없는 별세계가 펼쳐졌다.

"우와⋯⋯!"

채윤은 뭐에 홀린 사람처럼 주위를 둘러보며 탄성을 내뱉었다. 그곳은 아쿠아리움 내부 공간을 이용한 고급 레스토랑이었다. 감탄한 것은 채윤만이 아닌 듯, 시간 차를 두고 도착한 촬영 스태프들도 감탄에 차 술렁이는 소리가 뒤에서 들려왔다. 돔 형태의 파노라마 360도 초대형 수조가 사방을 둘러싸고 있었고, 발이 푹 꺼질 것처럼 두껍고 부드러운 융단 카펫 위에 앤티크 테이블 네다섯 개가 넓은 간격으로 드문드문 놓여 있었다.

어디선가 바람같이 나타난 웨이터의 안내를 받아 '예약석' 팻말이 놓인 중앙 테이블로 이동한 서준은, 채윤이 앉을 수 있도록 의자를 빼 주면서 차근차근 설명했다.

"예약 손님만 받는 소규모 프라이빗 레스토랑이에요. 사람이 너무 몰리면 감당이 안 된다고 해서 광고도 안 하고 알음알음 입소문으로 듣고 찾아오는 곳이죠. 연말에 오려면 최소 석 달 전에 예약해야 하는데, 다행히 클라이언트 중에 관계자가 있어서 딱 한 테이블 마련해 줬어요."

　서준이 말하는 동안에도 채윤의 시선은 초대형 수조에 고정되어 있었다. 크리스마스 시즌을 맞아 수조 한가운데에는 어마어마한 크기의 수중 트리를 장식해 놓은 게 보였다. 어떻게 한 것인지는 모르겠지만 형형색색으로 환하게 빛나는 크고 작은 전구들, 물에 둥둥 떠다니지 않도록 무거운 추를 달아놓은 눈사람과 선물 상자를 비롯한 각종 조형물 사이로 이국적인 빛깔을 띤 열대어 무리가 유유히 유영하는 광경이 무척이나 인상적이었다. 서준은 테이블 위에 놓인 냅킨을 넓게 펼쳐서 채윤의 무릎 위에 놓아주면서 넌지시 물었다,

　"어때요? 맘에 들어요?"

　"솔직히 말해도 돼요?"

　당연히 좋다는 반응이 나올 줄 알았는지, 서준은 눈을 크게 뜨면서 채윤을 보았다. 그러나 그것도 잠시, 그는 이내 부드럽게 미소 지으면서 고개를 끄덕였다. 그러자 채윤은 쭈뼛쭈뼛해가면서도 하고 싶은 말을 다 했다.

　"멋지긴 한데, 어쩐지 횟집 같아요. 괜히 물고기들한테 미안해지네요. 우리 오늘, 해산물 먹는 건 아니죠? 그건 진짜 좀 악취미일 것 같아서요."

　"아니에요. 다행히."

　기껏 좋은 곳에 데려왔는데 어깃장 놓는다고 서준이 기분 나빠할지도 모른다고 생각했는데, 그는 오히려 풋 웃음을 터뜨리면서 대답했다. 레스토랑 메뉴는 쉐프 특선 디너 코스 한 가지로 통일되어 있었고, 그들이 완전히 자리 잡고 나자 웨이터가 웰컴 드링크와 함께 에피타이저를 내왔다. 다행히 해산물이나 어패류는 없었고, 닭

가슴살 구이를 얹은 신선한 샐러드에 산뜻한 노란색 단호박 수프가 곁들여져 있었다. 한 점의 미술 작품처럼 아름답고 세련되게 데코레이션된 음식 접시는 차마 함부로 손을 댈 수 없을 것 같았다.

조심스럽게 단호박 수프 한 숟가락을 떠서 입에 넣은 채윤은 서준의 등 뒤에 있는 수조 안에서 산타 복장을 한 아쿠아리스트가 손을 흔들며 지나가는 모습을 신기하게 쳐다보면서 입을 열었다.

"원래 변호사가 다 그런 건지 모르겠는데, 서준 씨는 참 아는 사람도 많고, 아는 것도 많은 것 같아요. 원래 아쿠아리움 오는 거 좋아하세요?"

"자주 오진 못하는데, 관심은 많아요. 아쿠아리움도 그렇고, 동물원이나 사파리도 그렇고. 뭐랄까, 사람 공부하기 좋거든요. 사회성으로 정제되지 않은 동물 날것 그대로의 모습을 관찰할 수 있어서. 본능이 드러날 수밖에 없는 극한적인 상황에 처했을 때 사람이 어떻게 행동할지 대강 예측할 수 있게 돼요."

채윤은 서준의 말을 못 알아들을 것 같기도 했고, 어렴풋이나마 이해할 수 있을 것 같기도 했다. 그러고 보면 서준에게는 관찰자 입장이 사뭇 잘 어울리는 것 같았다. 모두가 함께 모여서 놀고 있을 때나, 밥 먹고 있을 때나, TV를 보고 있을 때도 비슷했다. 항상 나서서 떠드는 건 하현의 몫이었고, 그걸 받아주는 건 채윤과 지훈의 몫이었으며, 필요할 때면 이건이 묵직하게 중심을 잡아주었다.

서준은 여유만만한 미소를 띤 채 그 모든 걸 지켜보고 있다가, 결정적인 순간에 나서서 교통정리를 하거나 솔루션을 제시하는 역할을 하고는 했다.

"그럼, 우리 러빙유 하우스 식구들은 어떤 것 같아요? 이 아쿠아리움 안에 있는 어떤 동물하고 닮았어요?"

"음, 그거 재미있는 질문이네요. 어떨까요."

서준은 섹션 별로 분리된 수조 안에 들어 있는 무수히 많은 해양동물을 물건을 감정하는 사람의 눈길로 하나하나 꼼꼼하게 뜯어보더니 결론을 내리기 시작했다.

"제일 알기 쉬운 건 하현이죠. 첫인상이 딱 수달 같았거든요. 아기자기한 생김새에 호기심이 많고, 겁이 없어서 저보다 크고 강한 동물에게도 서슴없이 접근하고, 사람을 굉장히 잘 따라서 애완동물로도 사랑받죠."

철딱서니 없지만 귀엽고 무해한 작은 동물. 동글납작한 머리에 자그마한 귀, 역삼각형 모양의 코에 똘망똘망한 검은 눈을 빛내며 기도하듯 두 앞발을 모으고 선 수달과 하현의 이미지를 겹쳐보자, 채윤은 아닌 게 아니라 비슷하다고 웃으며 인정할 수밖에 없었다.

"그럼 이건 씨는요? 덩치가 크니까 고래? 날렵하고 힘이 세니까 북극곰?"

"아뇨, 이건이 형은 황제펭귄이죠. 남극의 신사. 펭귄 중에서는 가장 몸집이 크고, 영하 50도를 넘나드는 남극의 혹독한 겨울에 정면으로 맞서는 강인한 종이거든요. 마치 군대처럼 질서정연한 집단생활을 하고, 어리고 약한 녀석은 다 같이 둘러싸고 보호해주는 의리 있는 면도 있죠."

"아, 정말 비슷하네요."

채윤은 펭귄처럼 까만 연미복을 입은 이건이 허리에 양손을 얹고 건장하고 위풍당당한 모습으로 남극 한복판에 서 있는 모습을 연상했다.

실없는 말장난처럼 시작한 놀이었지만, 듣다 보니 갈수록 재미있고 흥미로웠다. 같은 남자의 시선에서 관찰한 남자 출연자들은 어떤지 궁금하기도 했다. 서준은 애피타이저에 이어 나온 오일 파스타를 능숙하게 포크로 감아올리면서 덧붙였다.

"황제펭귄은 지구상에 현존하는 동물 중 부성애가 가장 강하기도 하죠. 인간 못지않게, 아니 어쩌면 인간보다 더할지도 모르겠네요. 암컷이 알을 낳으면 그때부터 수컷은 눈과 얼음만 먹으면서 40일 동안 알을 품고, 알에서 새끼가 태어나면 자기 몸속에 있는 것을 토해내서 먹여가며 새끼를 키우죠. 그렇게 넉 달간 새끼를 키우다 보면 황제펭귄의 체중은 원래의 1/3으로 줄어들어요. 그 상태로 곧바로 암컷과 새끼에게 줄 먹이를 구하러 수심 500미터가 넘는 바다로 잠수해 들어가죠. 물론 그 과정에서 지쳐 죽거나 얼어 죽는 일이 부지기수고요."

채윤은 느끼하지 않고 깊은 풍미가 나는 파스타를 먹으면서 서준의 이야기에 푹 빠져들었다. 부성애 강한 펭귄이라니 과연, 밤낮도 휴일도 없이 세쌍둥이를 혼자서 키우는 이건에게 딱 어울리는 비유였다.

연신 감탄하며 고개를 끄덕이던 채윤의 머릿속에, 이건이 세쌍둥이 아버지라는 것은 지훈과 자신만이 알고 있는 비밀이라는 사실이 떠올랐다. 채윤은 서준이나 하현에게 말한 적 없었고, 지훈은 그런 걸 말하고 다닐 성격이 아니었으며, 그렇다고 이건 그가 직접 털어놓았을 것 같지도 않았다. 채윤은 어떻게 반응해야 할지 몰라 갈팡질팡하다가 일단 시치미를 떼보기로 했다.

"어, 근데 갑자기 왜 여기서 부성애 얘기가 나오는 거예요? 이건 씨랑 부성애가 무슨 상관있나요?"

"그냥, 형이 워낙 다정한 성격이잖아요. 나중에 자식 낳으면 애지 중지 키울 것 같아서요."

채윤의 질문에 서준은 전혀 당황하는 기색 없이 침착하게 답했다. 그런 걸 보면 그가 뭔가 알고 있으면서 일부러 숨기는 것 같지는 않았다. 그래도 채윤은 왠지 찝찝한 기분을 완전히 지울 수 없어서, 다른 사람 얘기로 화제를 돌리기로 했다.

"그럼 지훈 씨나 서준 씨는 어때요? 뭘 닮았어요?"

"김지훈 씨는……."

서준은 턱 끝을 손가락으로 슬슬 문지르면서 잠시 뜸을 들였다. 다른 사람들에 대해 말할 때와는 다르게 지훈에 대해서 말할 때는 상당히 고심하는 것 같았다. 채윤은 괜히 긴장해서 무릎 위에서 냅킨을 꼭 쥔 손을 꼼지락거렸다. 도저히 파악할 수 없는 김지훈이라는 사람을, 자기보다 훨씬 똑똑한 누군가가 분석해준다면 참 좋을 것 같았다.

"굳이 고른다면 연어? 연어는 회유하는 습성이 있죠. 자기가 태어나서 자란 고향에 대한 애착이 아주 강해요. 북태평양을 여행하며 살다가 산란할 때가 되면 거센 물살과 폭포를 거슬러 올라가 자기가 태어난 바로 그 하천의 그 지점을 찾아가죠. 그 과정에서 물개나 상어, 곰, 늑대에게 잡아먹히기도 하고, 천만다행으로 무사히 귀향하더라도 산란이 끝나면 죽게 되는데 말이에요. 어떻게 보면 죽기 위해 돌아온다고나 할까. 근성 있지만, 미련하고 또 무모하죠."

서준의 이야기는 이번에도 어김없이 흥미진진했지만, 알쏭달쏭 수수께끼 같았다. 채윤은 서준이 왜 하필 지금 이 시점에서 연어 얘기를 꺼내는지 알 수 없었다.

"어, 그러니까 그 얘기는, 김지훈 씨가 수영을 잘한다는 뜻이에요?"

"내가 왜 이 얘기를 하는지, 채윤 씨는 정말 모르겠어요?"

"네."

채윤이 즉각 대답한 후에도, 서준은 한참동안이나 그녀의 눈을 빤히 쳐다보고 있었다. 그녀의 말에 조금이라도 거짓이 섞여 있다면 알아내려는 듯한 기세였다. 채윤은 서준이 갑자기 왜 이러는지 알 수 없어 갈수록 더 혼란스러워졌다.

"서준 씨, 아까부터 왜 자꾸 알아들을 수 없는 말을……."

당혹스러운 낯으로 손을 내저던 채윤은 엉겁결에 웰컴 드링크가 들어 있던 잔을 건드렸고, 잔이 옆으로 엎어지면서 과일과 향료가 섞인 액체가 그녀의 대각선에 앉아 있던 서준의 무릎 위로 튀었다.

"앗, 죄송해요!"

난감해서 어쩔 줄 몰라 하며 쉴 새 없이 깜박이는 채윤의 두 눈을 본 서준은, 그제야 뭔가 시험하는 듯했던 그 태도를 풀면서 평소와 같은 말투로 돌아왔다.

"모르면 됐습니다. 그냥 해본 소리니까 마음에 담아두지 말아요. 잠깐 실례할게요. 닦고 와야겠네요."

서준이 아무렇지도 않게 자리를 털고 일어난 후, 웨이터가 메인요리인 스테이크를 가지고 왔다. 그릴 자국이 선명히 남은 두툼한 한우 스테이크는 고소한 불향이 풍기면서 후각을 자극했지만, 채윤은 고기에 손댈 기분이 아니었다.

지나치게 의식하지 않으려 애썼지만, 식연찮은 느낌을 도저히 지울 수가 없었다. 진의를 알 수 없는 서준의 말뿐만이 아니었다. 드문

드문 그에게서 엿보이는 묘하게 날카로운 눈빛이, 한 점 티 없이 반듯한 그의 셔츠와 스웨터 주변으로 감도는 서늘한 공기가 못내 마음에 걸렸다. 착각이라 여기고 넘어가는 것도 한두 번이지 않은가.

'특히 지훈 씨 얘기가 나올 때마다 그런 것 같아. 혹시 서준 씨가 지훈 씨를 싫어하나? 둘 사이에 무슨 일이 있었나?'

그때, 서준이 빈 의자에 걸어놓고 갔던 재킷이 마치 살아 있는 것처럼 부르르 떨었다. 재킷 주머니에 휴대폰이 들어 있었던 것이다. 짧지만 강한 진동음이 다소 아슬아슬하게 걸쳐져 있던 재킷을 바닥에 떨어뜨리고 말았고, 채윤은 반사적으로 허리를 숙였다.

재킷에 먼지가 묻지 않도록 서둘러 주워 올리고, 계속해서 주머니에서 굴러나온 휴대폰을 집어 들려는 순간, 다시 한번 진동음이 울리면서 휴대폰 화면이 켜졌다. 서준이 사촌동생 혜라와 함께 우애 좋게 어깨동무하고 찍은 사진이 배경으로 깔려있었다. 다른 사람의 프라이버시를 침해할 생각은 조금도 없었던 채윤은 곧바로 눈길을 돌리려고 했다. 휴대폰 상단의 맨 윗줄에 알림 메시지와 함께 뜬 한 줄이 시야에 뛰어들어오기 전까지는.

—송채윤은 정말 아무것도 모르는 거 맞나?

데이트하는 남자의 휴대폰 메신저에서 자기 이름을 발견하고도 그대로 지나칠 수 있는 여자는 없을 것이다. 채윤은 카메라에 잡히지 않도록 계속 몸을 수그린 상태에서 슬쩍 휴대폰 버튼을 눌렀다. 다행히 보안 잠금은 되어 있지 않았다. 메신저 창에 들어가 아래에서부터 위로 화면을 끌어올리자, '회장님'이라는 이름으로 저장된 상대방과 서준이 주고받은 메시지가 역순으로 펼쳐졌다.

—이제 어느 정도 신뢰를 얻은 건가?

이건 1분 전 '회장님'이 서준에게 보낸 메시지. 서준의 재킷을 흔들어 떨어뜨린 바로 그 메시지였다.

—지금 송채윤과 같이 있습니다. 이따 연락드리겠습니다.

이건 3시간 전 서준이 '회장님'에게 보낸 메시지였다. 그리고 그 메시지 아래에는 사진이 첨부되어 있었다. 서준이 채윤에게 평생 한 번뿐인 추억을 남기자고 고집하면서 도서관 입구에서 찍어준 그녀의 사진이었다. 여러 장의 사진 중, 서준은 채윤의 얼굴이 정면으로 가장 잘 나온 것을 '회장님'에게 보냈다.

'도대체 내 사진이 왜 여기에……'

채윤은 이걸 어떻게 해석해야 할지 몰랐다. 휴대폰 화면을 넘기는 오른손이, 휴대폰을 꽉 움켜쥐고 있는 왼손이 희미하게 떨렸다. 그 떨림은 화면을 위로 한 번 더 당겼을 때 한층 커졌다. 어젯밤 10시 반, 아마도 채윤이 지훈과 부엌에서 대화하고 있었을 그 시각에 서준은 '회장님'에게 또 다른 사진을 보냈다. 바로 지훈의 사진이었다.

목욕수건을 목에 걸고 러닝셔츠와 헐렁한 반바지 차림으로 욕실에서 나오고 있는 그 모습은, 지훈이 찍어도 좋다고 허락하지 않은 게 틀림없었다. 사진 위에는 짧고 간결한 메시지가 있었다.

—이게 김지훈입니다. 혹시 알아보시겠습니까?

송채윤에 이어서 이번에는 김지훈이다. 이쯤 되면 채윤은 더 이상은 자신의 착각이 정말 착각이라고 믿을 수 없었다. 채윤이 그랬듯, 서준에게도 이 프로그램에 출연하기로 마음먹은 진짜 목적이 따로 있는 것이다. 그건 사업 홍보 같은 단순하고 알기 쉬운 것은 결코 아닐 것이라는 예감이 채윤의 머릿속을 스쳤다.

다만 예측이든 판단이든 하기 위해서는 더 많은 정보가 필요했다. 채윤이 그 이전 메시지들까지 확인하기 위해 손가락을 움직이려는 찰나, 레스토랑 입구 쪽에서 묵직한 구둣발 소리가 들려왔다. 서준이었다. 한쪽 손으로 바닥을 짚고 일어난 채윤은 서둘러 그의 휴대폰을 도로 재킷 주머니에 넣어놓고, 아까 그랬던 것처럼 의자 등받이에 걸쳐놓았다.

"아, 서준 씨. 왔어요? 얼룩은 빠졌어요? 괜찮아요?"

채윤은 자리에 앉는 서준을 향해 아무 일도 없었다는 듯 말을 건 넸다. 다행히 그는 그녀가 휴대폰을 허겁지겁 집어넣는 장면을 보지 못한 모양이었다.

"네, 물로 씻어내니까 깨끗하게 빠졌어요. 걱정하지 않아도 돼요."

서준은 평소처럼 상냥하게 대답하면서 냅킨으로 다시 무릎을 덮었다. 그와 동시에 그의 시선이 재킷 주머니에서 빼꼼 삐져나와 있는 휴대폰으로 향했다. 그의 시선이 움직이는 방향을 본 채윤의 심장 박동이 빨라지기 시작했고, 그의 손이 휴대폰을 꺼내든 순간에는 순간적으로 심장이 멎을 뻔했다.

휴대폰을 들여다본 서준의 눈이 가느스름해졌다. 읽지 않은 메시지가 읽음 상태로 바뀌어 있는 것을 확인했을 것이다. 채윤은 불안에 떠는 티를 내지 않으려고 테이블 아래서 두 주먹을 꾹 쥐었다. 천근처럼 느껴지는 몇 초가 흐른 후, 서준이 채윤에게 질문을 던졌다.

"채윤 씨, 혹시 내 휴대폰 봤어요?"

가볍게 스치고 지나가는 말투였지만, 그 안에 담긴 의미는 전혀 가볍지 않았다. 채윤은 이미 본 것을 보지 않았다고 거짓말해봐야 별 소용 없으리라는 걸 알았다.

"죄송해요. 일부러 보려고 한 건 아니고, 휴대폰이 진동하다 바닥에 떨어지는 바람에 우연히 보게 됐어요. 그런데 서준 씨."

채윤은 거기서 잠깐 말을 멈추고 심호흡을 했다. 지금 이 자리에서 추궁당해야 할 사람이 있다면 그건 그녀가 아니라 서준이었다. 채윤은 위축된 모습이 아니라 당당한 모습을 보이려고 애쓰면서 살짝 떨리는 목소리로 물었다.

"서준 씨가 제3자와 주고받는 메시지에 제 이름이 언급된 이유가 뭐죠? 제 사진은 또 뭐고요?"

채윤은 지훈의 사진을 본 것에 대해서는 일부러 얘기하지 않았다. 그녀에게 비록 법률 관련 학위나 변호사 자격증은 없었지만, 대신 오랫동안 정글 같은 연예계에서 구르면서 몸으로 터득한 몇 가지 생존법칙이 있었다. 그중 한 가지는, 상대방의 수를 읽기 전에는 절대 손에 쥐고 있는 카드를 전부 보여줘서는 안 된다는 것이었다. 채윤은 무슨 생각을 하는지 아직은 실마리가 잡히지 않는 서준의 천연덕스러운 낯빛을 유심히 살펴보면서 한 번 더 물었다.

"서준 씨가 메신저로 얘기하고 있던 '회장님'이라는 사람, 누구예요?"

"……"

채윤은 서준이 낭패한 얼굴을 보일 것이라고 생각했다. 어쩔 줄 몰라 하면서 얼굴을 붉히고, 식은땀을 삘삘 흘리고, 어쩌면 말을 더듬을지도 모른다고. 아니면 거짓말하다 들킨 사람들이 으레 그렇듯 왜 남의 휴대폰을 들여다보냐고 적반하장으로 화를 낼지도 모른다고. 그러나 서준은 조금 난처해 하는 기색을 띠긴 했어도, 그 이상의 동요는 보이지 않았다.

"미안해요. 채윤 씨가 보게 될 줄은 몰랐는데, 기분 많이 나빴죠?"

서준은 채윤을 향해 나무랄 데 없이 깍듯하고 정중한 태도로 고개를 숙여 그녀를 놀라게 했다. 서준은 진심으로 미안하고 송구스러워하는 표정이었다.

"일단 사과부터 할게요. 저 같아도 기분 나빴을 거예요. 모르는 사람하고 이러쿵저러쿵 내 이름 반말로 부르면서 얘기하고 있는 거 알았으면. 혹시 내 말 들어줄 마음이 있으면, 어떻게 된 일인지 해명해도 될까요?"

그렇게까지 말하는데 듣지 않겠다고 할 수도 없는 노릇이었다. 채윤이 가만히 고개를 끄덕이자, 서준은 휴대폰 전화번호부를 열어 그 안에 저장된 '회장님'의 연락처를 보여주면서 차근차근 설명하기 시작했다.

"저번에 말한 적 있죠. 엔터업계와 관련 있는 클라이언트가 있다고. 그땐 자세히 말하지 않았는데, 사실 어느 중견기업체 회장님이에요. 자산을 여기저기 투자해둔 상태인데, 그중 한 곳이 WIN엔터테인먼트고요. 이번에 WIN엔터가 일본 연예기획사를 인수합병한다는 소문이 돌고 있는데, 내부적으로 철저하게 기밀을 지키고 있는 상태거든요. 좋은 쪽으로든 나쁜 쪽으로든 주가에 엄청난 영향을 끼칠 텐데, 주주 입장에서는 많이 답답한가 봐요. 채윤 씨는 얼마 전까지만 해도 WIN에서 일했었고 지금도 아는 사람이 있을 테니까, 혹시 뭐 아는 거 없나 물어봐달라고 끈질기게 부탁하더라고요. 안 된다고 누누이 말했는데 계속 부탁해 와서."

"아……."

설마 그런 대답을 듣게 되리라고는 예상치 못했던 채윤은 그만 말문이 막혀버렸다. 그저 맨 뒷자리 세 개가 모두 같은 그 특이한 번호를 외우기라도 할 기세로 들여다보고 있을 뿐이었다. 그녀가 그다음에 하려던 질문까지, 서준은 미리 짐작하고 선수 쳤다.

"그러면 사진은 왜 보냈는지 궁금하겠죠. 채윤 씨를 직접 만나게 해주지 못할 거면 얼굴이라도 확인하게 해달라고 하도 졸라서요. 옛날에 WIN에서 일했던 그 매니저가 맞는지 봐야겠다는 거예요. 채윤 씨와 데이트하는 도중에도 자꾸 전화 와서, 어떻게든 떼어내려고 사진 한 장 보여준 거예요. 물론, 그렇다고 해서 채윤 씨 허락도 없이 개인적으로 찍은 사진을 보낸 게 잘했다는 건 아니고요. 변명의 여지 없는 경솔한 짓이었죠. 정말 죄송합니다. 채윤 씨가 원한다면, 내 휴대폰에 남아 있는 사진은 당장 전부 삭제할게요."

"……."

서준의 설명은 완벽했다. 단 한 가지, 지훈의 사진에 대한 해명이 빠진 것을 제외하면. 그러나 채윤은 지금 이 자리에서 그것까지 걸고넘어질 생각은 없었다. 지금은 일단, 서준이 무슨 이유에서든 거짓말을 하고 있다는 것을 분명하게 확인하는 것만으로도 충분했다. 아니, 차고 넘쳤다. 서준은 지훈을 제외하면 채윤이 '러빙유 하우스' 안에서 가장 믿고 의지하던 사람이었으니까.

"원래 변호사란 직업이 이래요. 겉보기엔 화려하고 근사한지 몰라도, 실은 억지 부리는 철부지 클라이언트들 뒤치다꺼리하는 게 일의 대부분이에요. 이 일도 그 와중에 생긴 실수고요. 이걸로 해명이 됐을까요? 내가 채윤 씨한테 무례를 저지른 건 두말 할 여지가 없으니까, 여기서 데이트 그만하고 싶다고 해도 이해할게요."

채윤에게 이제 식욕 같은 것은 조금도 남아 있지 않았고, 서준과 가깝게 붙어 앉아 식사하고 싶은 마음도 없었다. 그러나 지금 그녀가 데이트를 중단하고 자리를 뜬다면, 촬영 스태프는 뭔가 문제가 생겼다는 것을 눈치챌 것이다. 어쩌면 서준도, 그녀가 사진 한 장, 메시지 한 개만 본 것 치고는 지나치게 예민하게 반응한다고 의심할지도 모르고.

그래서 채윤은 일단 모른 척하고 상황을 좀 더 보기로 했다. 비밀을 갖고 있다는 건, 때로는 시소처럼 왔다 갔다 하는 관계에서 우위를 만들어주기도 하니까. 비록 상대방이 그 사실을 모르고 있다 하더라도.

"아뇨, 그러실 것까진 없어요. 그렇게 기분 상하지 않았어요. 저도 본의 아니게 서준 씨 옷에 음료수 쏟고, 서준 씨 휴대폰 훔쳐봤으니까 그냥 비긴 셈 쳐요."

"그렇게 말해줘서 고마워요. 그러면, 식사 계속할까요? 혹시 더 먹고 싶은 건 없어요?"

서준은 환하게 웃으면서 당장이라도 웨이터를 부를 것 같은 기세로 주위를 두리번거렸다. 그 장단에 맞춰 어설픈 미소를 지어 보이는 와중에도, 채윤의 온 신경은 한 군데로 쏠려 있었다.

서준의 휴대폰 속에서 보았던 지훈의 사진. 아무것도 모른 채 샤워를 마치고 유유자적하게 나오던 그 모습. 경계심이라고는 1도 보이지 않는 무방비한 그 모습과, 서준이 지훈을 두고 '미련하고 무모한' 연어에 비유했던 말이 겹쳐지면서 기묘하게 불길한 느낌을 자아냈다.

〈2권에서 계속〉